읽기와 쓰기
사이의 시학

읽기와 쓰기
사이의 시학

임명숙 지음

한국학술정보[주]

책머리에

　다원주의와 가치상대주의로 표명되는, 후기산업사회의 우중충한 잿빛 도시에서 살아야 하는 나는 상품이미지와 가상 세계로 깊게 빠져들고 있음을 부인할 수가 없다. 그래서인지 이따금 아니, 자주 사람을 그리워하면서도 사람이 싫어 사람을 피해 어디든 가고 싶다는 충동에 사로잡힌다. 나와 타인들이 의식적이든 무의식적이든 뱉어낸 말들이 때론 소음과 잡음으로 다가와 견디기 버거울 때, 더욱 그 바람은 커진다. 아마도 그 누구든 한 번쯤 느껴보지 않았을까 싶다.

　인간은 언어적 동물이다. 인간만이 문화를 향유하는 동물이다. 언어로 문학(문화)을 창조하고, 발전한다는 논리가 맞는다면 인간의 언어는 참으로 위대하기도 하지만 아무것도 아닌 그것일 수도 있다. 주체가 말을 했을 때, 기의는 한순간 옆의 것을 붙잡고 미끄러져 다른 기표를 만들어내는 그 즉시 또다른 기의가 생성되기에. 언어는 고정되어 있지 않고 끝없이 산종, 그래서 단 하나의 기표와 단 하나의 기의가 영원히 만나지 못하는 슬픔을 지닌 불확정성 때문에. 그렇기에 때론 '나는 너를 사랑해'는 착각이고, 오래된 어느 광고 문구처럼 '사랑은 움직이는 거야'가 더 정직한 말인지도 모른다.

　문학은 무엇인가. 문학이 언어 예술임은 틀림없건만 과연 누가 이

물음에 정확하고 명쾌하게 정의를 내릴 수 있겠으며, 또한 그 많은 정의에 그 어떤 독자가 고개를 끄덕일 수 있을까. T.S. 엘리엇의 지적처럼 문학은 정의하면 정의할수록 오류의 역사이므로……

이 책은 이 물음과 정의를 말끔히 지워내지 못한 채 쓴 것이다. 환언하면 기존 논자들의 일방적이고 권위적인 목소리, 마치 진리인듯 고정된 그것에서 벗어나고자 다시 읽고 다시 쓰기를 한 것이다. 더 나아가 미처 보지 못한 것들 혹은 텍스트 이면과 횡간에 숨겨져 있는 것들을 찾아 새롭게 보고 새롭게 쓴 것이다. 그래서 이 책은 어떤 독자이든 주체가 되어 딴죽을 걸며 다시 읽고 새롭게 쓰기를 할 수 있는 권리가 있기에 열려 있는 공간이다. 책을 손에 든 주체가 텍스트를 다시 읽고 다시 쓰기를 하는 행위, 그것이 곧 문학과 문학교육의 지평을 넓혀 나가는 작업이며, 그 모든 과정이 곧 시학이 아닌가. 문학은 특정 개인이나 권력 집단, 그래서 모더니즘이 그토록 떠받들던 엘리트계층만 누리는 행위가 아니라 지금은 작가와 독자가 모두 주체이기에.

자고 깨고 나면 어제와 또 다른 멀티미디어 매체가 등장하고, 그 속에서 옴짝달싹 못한 채 디지털상상력으로만 살아가는 아니, 살아갈 수밖에 없는 이 무시무시한 시대에 고리타분하게 문학은 이런 것이다 저런 것이다 운운하는 것 자체가 어찌 보면 우스꽝스러운 일인지 모른다. 하지만 아무리 리얼리티와 시뮬라시옹의 경계를 짐작할 수 없는 시대라 할지라도 활자매체인 문학이 지닌 매혹성은 분명히 있어 영원히 존재할 것이다. 과거도 현재도 미래도 문학은 존재했고 존재하고 또 존재할 것이라 믿기 때문이다. 왜 그런가. 디지털매체가 지닌 강력한 힘의 하나라 할 수 있는 SNS, 여기저기 이곳저곳 올려져 있던 글들이 모여 다시 아날로그 방식인 책으로 만들어지는 오늘날의 현실. 그 아이러니.

　강의 첫 시간에 강조했던 내용을 잊어서인지 종강을 한 후에도 메일을 보내는 학생이 종종 있다. 글쓰기에 자신이 없는데, 어떻게 하면 잘 쓸 수 있느냐는 질문 아닌 질문을 종종 받는다. 특이한 것이 이들 대부분은 문학에 관심이 있거나 성적이 좋은 학생들이라는 점이다. 짧은 질문에 비교적 길게 꼬박꼬박 답장을 해주는 편이다. 이들은 모두가 트위터를 하고 페이스북에 글을 올리고 댓글을 달며 카톡을 즐기는 요즘의 학생들, 바로 우리들이다. 한결같이 어떠한 대상에 대하여 어떠한 방식이든 분명히 읽는 동시에 쓰기 행위를 하고 있다. 그런데 이상하게도 문학이나 글쓰기는 강의 시작부터 고개를 떨군다. 문학교육을 하는 한 사람으로서 이 현상을 어떻게 바라보아야 할 것인가. 바라보고만 있을 수는 없겠으며, 더 고민하고 더 깊이 연구하여 바람직한 방향을 제시하거나 이렇다 할 해결책을 마련해 주어야 하건만. 과연 나는 제대로 학생들의 질문에 답변을 해 주었는지 지금도 자문하고 있다.

　문학교육의 어려운 점, 문제점은 바로 문학은 특정인이나 재능 있는 사람만의 영역이라는 편견과 견고함이다. 문학 작품이 세상에 던져진 바로 그 순간부터 그것은 작가의 것이 아니라 그것을 손에 쥔 자신의 것이다. 문학 행위는 그 누구든 주체가 되어 지금 이 순간의 내 감상이며, 내가 하는 평론이며 나만이 만들어 놓는 담론이다. 그렇기에 너와 내가 이루어내는 시학은 늘 새롭게 채워지는 동시에 비워지고 또다시 채우는 현재진행형이 아닌가. 작가와 독자의 경계가 지워지고 주체와 타자도 분리되지 않으며, 텍스트를 읽는 행위와 쓰기 행위는 자유롭게 동일선상에 놓여질 때, 문학과 문학교육의 지평은 끝없이 계속 펼쳐질 것이고, 그것이 디지털상상력으로 이어져 오늘과 내일의 다양하고 질 좋은 문학(문화) 콘텐츠 또한 더욱 풍성하게 이루어지지 않겠는가.

나는 나만의 시각으로 고전문학, 현대문학, 여성문학, 외국문학 등에서의 몇몇 기표들을 씨줄과 날줄로 마구 엮어 보기도 하고 또 찬찬히 풀어 놓기도 했다. 새롭게 읽고 새롭게 쓰기를 통해 이루어진 시학, 그것이 어느 한쪽으로 치우쳐 있거나 혹은 미처 발견하지 못해 텍스트만큼 남겨져 있을 것은 분명하다. 때문에 다른 관점에서 볼 때에는 그리 좋은 책만은 아닐 것이다. 좋은 책은 독자가 계속 만들어 내는 것이므로.

그 누가 요즈음 튀는(?) 말 가운데 하나를 고르라면 주저하지 않고 '스펙 쌓기'를 선택할 것이다. 너무 무겁고 너무나도 무섭게 와 닿기 때문이다. 그것을 좇으며 살아내기 할 수밖에 없는 내 감성이 비틀거리며, 이성은 삐걱거리고 도구화되어 합리적이라는 미명하에 순수 욕망(사랑)마저 나 자신도 모르는 사이 점점 더 박제되어 갈 것만 같아서. 이 책이 그 박제성을 뚫는, 그래서 단 줄이라도 원초적 사람(자연) 냄새로 독자에게 다가간다면 좀처럼 행복해할 줄 모르는 나는 그것 때문에 행복해지고 싶다.

언제나 보이지 않는 곳에서도 기도해 주는 가족과 강의실에서 만나는 소중한 그들, 그리고 이 책을 흔쾌히 출간해주신 한국학술정보(주) 여러분께 진심으로 고마움을 전한다.

2012년 9월

임명숙

제2부 현대문학, 무엇을 다시-보기해야 할 것인가

여성문학, 왜 '여성'문학이어야 하는가

제4부 비교문학, 한국문학과 세계문학의 보편성을 찾아서

제1부

고전문학,
어떻게 다시-읽기를 해야 할 것인가

서사무가 <세경본풀이>에 나타나는 대지의 신 마주하기

1. 무녀의 노래, 진정한 삶에 대한 물음

한국의 무속신앙은 한국인의 의식 생활에 깊이 내재되어 그 수용 과정에 있어서 생명력을 잃지 않고 문화를 전승하고 보존하는 역할을 해왔다고 해도 과언은 아닐 것이다.

무녀에 의해 구송되는 무가는 서정적이고 교술적이며 서사시적인 성격을 갖기도 하는데, 그 가운데 서사무가는 전설, 민담과는 달리 기본적으로 신성성을 그 존재 근거로 하는 허구적 서사이면서도 구조적 측면에서는 하나의 완전한 이야기로서 문학적인 요소를 지니고 있음을 간과할 수가 없다. 이는 무속신화가 단순히 신의 이야기만을 전개하는 것이 아니라, 오히려 그 이면에는 인간의 삶과 죽음, 또는 생존 등의 문제를 핵심에 두고 있다고 볼 때에 서사무가에 나오는 여성의 이야기가 단지 현실과 유리된 허구에서 머물 수 없는 것이, 실제로 여성뿐만 아니라 인간의 삶과 깊이 관련되어 있다고 볼 수 있기 때문이다.

서사무가는 시조신화의 주류를 이루고 있는 남성영웅신화와는 달리 그 이야기의 주인공들이 대부분 여성으로 등장하면서 이들이 처하게 되는 여러 상황들에 주목하게 된다. 이는 여성 인물 앞에 놓여 있는 여러 제약과 고난이 한 특수한 개인에게만 문제되는 것이 아니라, '여성' 일반의 삶과 관련된 문제이고, 여성영웅이 단지 특수한 개인이 아닌 '여성'이란 이름으로 묶일 수 있는 집단을 전제로 한 대표성을 갖는다고 할 수 있기 때문이다. 다시 말해 그가 영웅일 수 있는 것은 그의 삶이 곧 여성 일반과 관련되고, 그의 고난이 곧 여성에게 보편적인 의미를 가지며, 그가 고난을 극복하고 자신의 존재가치를 드러내는 것은 곧 여성 일반의 정체성 확인과 직결되기 때문이다.

무가 가운데 제주도 본풀이는 한국의 신화와 서사시 연구를 위한 보고(寶庫)로서, 그 자료적 가치를 인정받은 지 오래이다. 본풀이는 굿을 중심으로 한 한국 무속 문화의 특성과 한국 고전문학의 원형을 탐구하는 데 있어서도 핵심적인 자료가 된다. 특히 일반본풀이는 무속제의라는 본래적 기능을 넘어서 서사무가에 내포된 문학성과 오락성이 얼마나 확대될 수 있는가를 보여 준다. 때문에 본풀이에 대한 '서사시적' 연구는 무속제의라는 본래적 기능을 넘어서 바로 본풀이가 갖고 있는 문학성에 보다 주목하는 입장이다. 여기서 동일한 자료를 대상으로 하면서 굳이 '여성 서사시'라는 다른 이름으로 바꾸어 부를 수 있는 것은 동서고금을 막론하고 고전문학, 현대 문학에 이르기까지 인간의 감정과 삶의 복합적 양상들은 작품 속에 내재되어 있기 때문이다. 그렇기에 시대를 초월하여 인간관계가 얽혀져 있는 문학 작품을 재조명할 수 있는 것은 시공간을 초월하여 독자층에게는 언제나 다양하게 열려 있는 것이다. 이유는 본풀이를 하나의 엄연한 문학 갈래로서 다룬다는 입장을 강조하고 있기 때문이다.

문학에 대한 정의나 개념에 대해서는 단 한마디로 결코 말할 수는 없다. 하지만 인간의 세계 인식과 생활 감정의 미적 표현으로 언어에 의해 이루어지는 새로운 삶의 창조라는 측면에서 문학은 어떠한 측면에서 볼 때 인간 삶의 양식이라고도 할 수 있다. 이러한 측면에서 보면 문학은 인간의 삶에 나타나는 현실의 모순을 문제 삼으면서 사회의 결손이나 빈약함에 대해 보완적이고 수정적인 기능을 지니게 된다.

여성에 의해 불린 무가 또한 그 시대의 문학으로서 그 속에는 사회상이나 문화적 상황 등이 다양하게 표출될 뿐 아니라 여성 특유의 가치관이나 여성성, 여성 의식 등이 내재되어지는 것은 자명한 일이다. 물론 무가를 담당한 작가층(巫女)이나 독자층(수용하는 청자)의 입장에서 이러한 요소들을 의식하면서 무가를 전승하고 읊었다고 만도 볼 수는 없지만, 시공간을 초월하여 작가의 작품 속에는 작가 의식이 내재되어 있음을 결코 배제할 수 없기 때문이다.

이러한 맥락으로 볼 때에 서사무가에 대한 접근을 여성서사시의 범주에 넣고 현재의 시점에서 여성 시각으로 다시 읽고 다시 해석하는 작업은 현대 문학 비평의 일환인 페미니즘 시각으로 기존의 문학을 다시 읽기, 그래서 다시 쓰기로 변형시키는 과정으로서, 이는 곧 기존의 시각에 동의하는 독자가 아닌 저항하는 독자의 태도를 강조하여 그동안 남성적 전통 속에서 소외되었거나 간과되었던 여성의 전통을 재발견할 수 있다.

따라서 세경본풀이에 나타나는 여성 인물은 당대의 여성적 사고를 표출한 것으로 여성 의식에 대해서도 깊이 있게 접근할 필요성이 있다. 이는 그동안 남성 중심적 비평 기준이 문학의 보편적 기준으로 등치되어 왔던 비평 현실에서 여성 독자의 경험과 여성의 눈을 통한 여성 비평적 관점에서 텍스트를 검토하는 것은 적극적이며, 다시점적·다원주의적 해석의 과정을 거쳐 가능하게 된다. 그렇기에 페미니즘적 시각으로 세경본풀이에 내재된 여러 양상들을 재조명하고자 하는 것은 단지 종교적·신화적·민속학적인 측면에서 여성의 신격을 규명하는 데 초점이 맞추어진 기존의 시각이나 논의된 측면에서 벗어나, 문학적 측면에서 세부적으로 접근함으로써 여성 문학사의 한 줄기로 자리하게 되는 데 한 걸음 나아가는 계기가 되는 것이다.

1.1. 보석보다 더 빛나는 세경본풀이

세경본풀이는 다른 서사무가와는 달리 대단히 긴 서사구조를 보이는 장편이다. 이는 이야기하는 층(무녀, 작가)과 받아들이는 층의 의식이 후대로 전승되면서 첨삭되었다는 추측도 가능하게 된다. 그렇기에 세경본풀이는 여주인공의 탄생, 연애와 결혼, 생존 등의 순환 구조를 이루는 가운데 주변 인물들과의 갈등 속에서 다양한 양상을 드러내고 있다. 이는 그만큼 여성의 삶이 다각도로 형상화된 것으로, 다시 말해 당대 여성들의 경험이 그들만의 삶 속에서 이루어진 담화로서 텍스트에 나타나는 여러 양상들은 사회적·문화적 특수성으로 인해 형성되어지는 여성성, 여성 의식, 여성 정체성과도 연관된다. 따라서 작품 전반에 걸쳐 표출되어지는 양상들을 규명하고자 할 때에 그 접근하는 방법을 페미니스트 시학의 관점에서 다시 읽기를 할 수 있다.

시학은 문학에 대한 체계적 연구를 의미한다. 시학(poetics)의 기원은 아리스토텔레스의 <시학>에서 찾아볼 수 있는데, 서술체로서 모든 문학에 관계되는 의미로 사용하게 된다. 또한 체계나 구조는 어떤 구성원리나 기법이 어떻게 작용하여 하나의 유기적인 전체로서의 작품과 그 문학적 언술을 형성하는가를 드러냄이 그 목표라고 할 수 있기 때문에 시학은 내용 분석의 수단으로서 구조의 형식적 연구를 강조하는 것, 표현과 내용 사이의 역동적 관계를 확립하는 것, 작품의 서사적 기법과 그것들이 놓여 있는 가치체계까지도 평가하는 것 등을 포괄하는 용어가 된다. 이런 맥락에서 시학은 개별적인 작품을 만들어 내는 일반적인 법칙의 규명을 목적으로 하기 때문에 중요한 것은 이러한 접근법을 통해 내용과 형식의 이분법을 극복할 수 있다는 점이다.

따라서 이러한 시학의 개념을 토대로 한다면 페미니스트 시학은 남녀의 생리적이고 정신적인 성차(gender)가 문학 텍스트의 발생과 그 구조에 어떻게 관여하는지와 문학의 텍스트성이나 문학성에서부터 독자의 수용양상에 이르기까지 다양하게 표현될 수 있는 성차를 추적하여 읽어낼 수 있어야 한다는 것을 우선 기본 전제로 삼는다. 그러므로 페미니스트 시학은 여성텍스트에 나타나는 상상력의 원천과 그로 인한 변용을 추적하는, 그리고 그것을 더 큰 맥락 안에 풀어놓음으로써 새로운 의미를 발견하는 과정을 의미한다고 할 수 있다.

페미니스트 시학을 정립하기 위해 노력한 페미니즘 이론에서 강조하듯, 시학은 남성의 펜에 의해 언제나 대상화되었기 때문에 결코 그들 나름의 이야기를 가지지 못한 여성들이 자신들의 욕망을 '어떻게' 표현하는가에 대해 관심을 둔다. 여성 작가들은 가부장적 규범을 전복시키려고 표면적으로는 남성적인 전통에 편입하지만 남성의 억압에 분노하는 무의식과 광기를 그 이면에 감추고 있기에 가부장제의 금기를 뚫고 나오려는 이런 분노가 페미니스트 시학의 창조성이 된다. 이때 여성들의 비평은 표준적인 정전으로부터 배제되어 왔을 뿐만 아니라 문학 이론의 고전적 전통이 양성적 존재를 인정한 적이 없었기에 유기(遺棄)의 시학이 되어, 그 기본적인 플롯 패턴은 순진한 여성의 유혹과 유기라고 볼 수가 있다. 이와 연관시켜 볼 때에 이러한 유기의 현상이 여성의 원형적인 경험이 될 수 있다. 그렇기에 여성 경험의 공통분모를 통해 여성의 역사와 문화의 다양성을 포괄하는 페미니스트 시학, 즉 여성 문학의 지배적 시학은 여성의 모성적 윤리를 고려하면서 남성들이 직선적이고 점진적인 구조를 선호하는 것과는 달리 여성들은 순환적이고 반복적인 구조를 선호하게 되는 것이다.

그렇다면 다양한 입장에서 접근되고 있는 페미니스트 시학으로 세경본풀이를 분석하고자 할 때에 실제적인 분석 층위를 설정하는 문제가 어렵게 대두된다. 한 편의 작품은 여러 하부 단위들이 유기적으로 결합된 하나의 구조임과 동시에 작가 또는 그 시대에 속한 다른 작품들이 이루는 상위 구조의 하부 단위이기도 하기 때문이다. 여기서 더 나아가면 그것은 문학사나 언어를 표현수단으로 하는 인간의 모든 활동과 관련 있는 상위 구조의 일부분이기도 하다. 때문에 전체적인 구조를 포괄하면서 그 단면을 드러낼 수 있는 분석 층위의 설정이 필요하게 된다. 이러한 분석 층위는 작품 구조의 복잡성을 분석하고 기술하기 위한 방법론이며, 작품 구조와 그 의미 작용을 보다 면밀하고 효과적으로 기술하기 위한 추상적 구분에 해당한다.

따라서 세경본풀이에 대하여 분석하고자 할 때에 필요한 분석의 틀을 육체, 문화, 그리고 현실, 정신의 층위에서 찾아볼 수가 있다. 이 두 층위는 기존의 페미니즘 문학에서의 논의를 수렴하는 것일 뿐만 아니라 지금까지 이론적으로 언급되었던 분야를 실제 작품 속에 적용하였을 때 작가와 텍스트가 어떻게 특징 지워지는가를 규명하는 데 매우 유효하다.

텍스트 속에서 육체와 연관되는 생물학적 모델은 여성 육체가 지니는 남성 육체와의 차이에 연유하는 젠더(성차)공간적 특성을 지니는 것을 논의의 근거로 삼는다. 육체적 층위는 성차에 대한 가장 극단적인 진술로서 텍스트에 씻을 수 없는 흔적으로 그 감정이 나타나게 되는데, 즉 여성의 저술은 신체에서부터 나오고, 이러한 성적인 차이가 여성의 원천이 되므로 육체에 대한 접근은 여성이 어떻게 사회 속에서 그들의 상황을 개념화하는가 하는 방법을 이해하기 위한 것이다. 이때 젠더 공간은 남성과 여성의 생물학적 성의 특질을 규정할 뿐 아니라 사회적·문화적 성에 의해 구분되는 공간을 지향하기에 구체적인 장소나 추상적인 공간을 모두 포함한다. 그러므로 육체적 층위는 여성의 말하기나 글쓰기가 이러한 육체적 특성과 연결됨으로써 생물학적인 성의 차이는 말하기, 글쓰기의 원천이 되고, 글쓰기 속에 억압된 여성 의식이 표출되어 여성적 글쓰기의 양상을 규명하기 위한 가장 기초적인 단계에 해당된다. 따라서 여성의 육체는 억압받는 현실의 가장 가시적인 형태로서 세경본풀이의 여주인공인 자청비가 여성 화자로서 말하기(글쓰기)가 육체성을 통해 주변 인물들에 의해 어떠한 양상으로 드러나고 있는가를 규명하게 될 것이다.

여성의 언어, 육체, 정신, 현실을 모두 포괄하는 것으로 여성이 처해 있는 현실을 내적 외적으로 조명하면서 여성이 어떻게 지배 집단 혹은 남성 중심 인물 등에 어떠한 양상으로 인식되고 또 어떻게 여성이 그 자신과 상대방을 인식하는가 하는 두 가지 점을 이해하는 데 중요하다. 이는 여성은 그 자신의 경우에 독특한 하나의 집단 속에 성차별로부터 영향을 받을 것이므로 여성 작가는 주제상, 문체상, 미학상, 그리고 개념상 그들이 공유해 온 것들이 사회적·문화적 경험의 직접적인 결과로서 문학 창조 활동에 공통되는 접근 방식을 나타내므로 문화적 측면에서는 자아 또는 정체성의 위치를 파악할 수 있기 때문이다. 여기서 무녀에 의해 무가로 구송된 세경본풀이라는 서사시가 형성된 시기를 정확하게 밝혀 낼 수는 없지만 세경본풀이에 나타나는 여성의 양상들은 당대 여성들의 존재에 대한 내부적인 심리와 그를 둘러싼 외부적인 현실이 서로 이분법적으로 맞물리면서 형성되었음을 추산케 할 수는 있기 때문에 이러한 요인들을 모두 포함하는 여주인공의 의식을 텍스트 전체를 통해 파악하려는 것이다. 그렇기에 다시 읽기 과정, 즉 가장 직접적이고 일차적인 육체적이고 감각적인 것에서 보다 추상적이고 이차적인 언어적 발화를 통해 궁극적이고 의미론적인 의식 행위를 규명하는 것은 단계적 발전이라고도 할 수 있다. 이러한 것들을 토대로 하여 분석하였을 때 세경본풀이가 장편의 여성서사시로서 어떻게 특징 지워지는가를 네 번째 장에서 구체적으로 정리할 것이다.

2. 질곡을 벗어나는 도전적 행위

전통적으로 여성은 수동성, 소극성, 우유부단성, 순응성 등이 특질로 규정되어 왔기에 그에 합당한 여성상이 높이 평가되어 왔다고 해도 과언은 아닐 것이다. 더 나아가서 가부장적인 이데올로기는 남성의 권위에 도전하는 여성을 부도덕하다거나 여성답지 못하다고 비난한다. 여기서 문제가 되는 것은 이와 같은 왜곡된 여성성과 남성성을 여성들 자신 혹은 남성들이 스스로 체화하기에 그 억압성은 더욱 확고해진다는 데 있다.

물론 자청비는 태어나면서부터 성차별의 모순을 겪게 되지만, 그러나 성차별 속에서도 자청비는 남성과 동등한 사회적 삶을 추구하고자 자신의 여성성을 숨긴 채 남장을 함으로써 당당하게 타인과 주변 세계와의 상호관계의 장을 연다. 그렇다면 여주인공인 자청비가 겪는 갈등 구조, 즉 당대의 사회적으로 구성된 젠더 공간에서 여성성이 어떠한 양상으로 표출되고 있는가를 세밀하게 읽어 보자.

- 늙도록 자식이 없던 김진국 대감과 자치국 부인은 자식을 얻기 위해 절에 공양하다.
- 김진국은 시주한 물건이 모자라 백 근이 못 찬 딸 자청비를 낳고, 그의 종인 정수덕은 남자 아이 정수남을 낳다.
- 연못에서 빨래를 하던 자청비는 티를 물에 띄워 마실 물을 청한 문도령에게 주자 아름다운 용모를 지닌 자청비에게 그는 반하다.
- 자청비는 남장을 한 채 문도령과 글공부를 하고, 오줌갈기 시합에서도 이기다.

- 냇가에서 목욕을 하며 자신이 여자임을 스스로 드러낸 자청비는 부모 몰래 문도령과 혼인을 하나 문도령은 아버지의 명에 복종하고 자청비 곁을 떠나다.
- 종인 정수남이 자청비를 속여 산속으로 유인하여 자청비를 겁탈하려고 하자 자청비는 정수남을 죽였다가 다시 살려주다.
- 정수남을 죽였다가 다시 살렸다고 자청비는 집에서 쫓겨나다.
- 쫓겨난 자청비는 주모할망의 수양딸이 되기도 하며 문도령을 만나기 위해 모진 역경들을 다 헤쳐나가다.
- 문선왕이 제안한 각종 시험을 통과하고 어렵게 문도령과 혼인을 하나 문도령의 무심함으로 천상에서 지상으로 내려와 자청비는 오곡 종자를 세인들에게 나누어 주는 삶을 영위하게 되다.

장편서사시(제주도에서 무녀는 3일 동안 계속해서 '세경본풀이'를 노래하였으므로)라고 할 수 있는 <세경본풀이>를 매우 간략한 화소로 정리해 보았다.

자청비는 생물학적으로 여성으로 태어났지만, 이러한 성(性)은 사회적·문화적으로 구성된 젠더를 형성하면서 결손 요소로 작용을 하게 된다. 이는 '백 근이 모자라 태어난 것이 딸'이라는 대목에서 부각되고 있다. 다시 말해 화주승의 권고로 시주할 때에 시주가 모자라- 백 근이 못 되었기 때문에- 딸이라는 성(性)을 부여받으면서 드러난다. 이는 남성과 정신을 동일시하는 기존의 가치 질서에서의 편견으로 결국 딸이라는 여성성은 완전하지 못한 존재로, 열등한 존재로 인식되어 '타자성'을 지니게 한다.

이러한 결핍된 요소들을 지닌 채 자청비는 한 여성으로 성장하여 문도령이라는 남성을 만나 그와 동등한 사회적 삶-학업-을 누리기 위해 '남장'을 해야만 하는 현실에 놓인다. 여기서 자청비가 남장을 하게 되는 동인은 여성 자신의 내면에 있는 갈등-여성성을 드러내지 못하는 점-을 극복하고자 하는 적절한 방법으로서 여성 특유의 리비도적 충동이 근본적으로 억압되고 남근 중심적인 것으로 기인한다. 그래서 여성성을 그대로 노출시키지 못하는 자청비의 위장된 행위이다-여성성의 감춤. 자청비의 이러한 남장 행위 속에는 당대 여성이 남성과 동등한 사회적 삶을 누릴 수 없음, 남성 지배담론, 혹은 남성 중심의 이데올로기가 단단하게 구축되어 있다는 측면이 담겨진다.

한편 자청비의 감추어졌던 여성성이 확연하게 드러나는 것은 자청비의 아름다움에 관심을 두는 화소인데, 예나 지금이나 아름답고 순수함에 여성성이 부여되는 것은 남성 중심적 사고일 뿐만 아니라 여성의 신체적 매력인 아름다움 또한 여성 전유의 영역으로서 여성에게는 사회적·문화적 환경 속에서 삶의 요인으로 작용하여 여성성을 드러내게 되는 것이다.

> 주천강(酒泉江) 연내못(蓮花池)을 근당(近當)ᄒ니 어여쁘고 고온 아기씨가 연방축(防築) 연서담을 허염시난 문도령(文道令)이 보건디,
> 주천강 연못디 문도령이 들어가,
> "아기씨 상전님아, 질카는 사름 목이 몰라 지나갈 수 엇이니 물이나 ᄒ 박 뜨어 주기 어쩝네까?"
> 자청비가 말을 ᄒ뒈,
> 태주박에 물을 ᄒ 박 떠아전 수양버들 섶을 삼ᄉ번 훑어놓고 문도령안티 들고 가니,
> "도련님아, ᄒ 일은 알곡 두 일은 모른 도련이로고나, 급ᄒ 질을 행ᄒ는 것 ᄀ타 목이 몰르고 애가 쓴듯 ᄒᄀ테, 물이라 ᄒ 건 목을 노아 먹다는 물에 체ᄒ민 약도 엇는 법입네다. 물에 티를 노앙 드리</blockquote>

민 팃궁기로 물을 뽈아먹을 거난 물에 티를 노아 드렸수다."

마실 물에 수양버들을 띄워 삼세번이나 훑어놓은 후에야 비로소 문도령에게 물을 갖다 주는 자청비의 조심스러운 태도에는 상대방에 대한 여성스러움 혹은 상대에 대한 배려심과 총명함이 깃들어 있다. 이는 여성성이 지니는 특징으로 포용성과 풍부한 이해력을 말해 주는 측면이다.

자청비가 적극적인 여성으로서 당당히 자신의 의사를 드러내는 단락은 글공부하겠다고 부모를 조르는 장면인데, 이러한 양상에는 여성은 이성적으로 사고할 수 있는 능력이 결여되어 있으므로 남성에게 부여되는 사회적 평등을 누릴 가치가 없음이 배어난다.

> "아바님아, 아바님아, 저도 삼천선비영 글공부 가기 어쩝네까?"
> 아바님이 말을 ᄒ뒈,
> 지집년이라 혼 게 글공뷔라 혼게 뭣일러냐?
> 조청비가 말을 ᄒ뒈,
> "아바님아, 망년(忘年)가사 여조식(女子息) ᄒ나 솟아나 닐(來日)만
> 이라도 아바님이 이 시상(世上)을 떠난댕 ᄒ민 기일제스(忌日祭祀)
> 때 축지방(祝紙榜)이라도 절로 써 올릴 거 아닙네까?"

자청비가 글공부하고 싶은 의사를 전달하고자 할 때에 '어머니'가 아닌 '아버지'께 청하고 있다는 언술에 주목하여 보자.

그녀가 여성으로서 남성과 당당히 글공부하겠다는 의사를 전달하고자 할 때에 여성(어머니)이 아닌 남성(아버지)에게 청하고 있다는 것은 가부장의 위력을 말해 주며, 그 힘에 의해 여성의 글공부라는 영역은 거세된다. 그래서 '지집년에겐 감히 글공부란 있을 수 없다는'

언술에는 사회적으로 구성된 성차의 모순이 확연하게 담겨진다. 이때 글공부를 허락하지 않는 아버지의 완강한 태도에도 불구하고 자청비는 스스로 남장을 하는 적극성과 대담함을 보이는데 이러한 행동, 즉 과감하고 당당한 행위는 자신이 성취하고자 하는 것들이 타자나 대상 앞에 나타나야 하고, 그 곁에 존재하고자 할 때에 내면 의식의 출발점을 이루게 된다. 그래서 자신을 둘러싸고 있던 적대적이고도 부정적인 허물을 벗어 던짐으로 해서 자아가 세계, 즉 남성과 동등한 사회 속으로 편입되는 과정에 놓이게 되고, 이와 같은 태도는 남성 중심 사고에 예속된 여성성이 틀 속에 가두어짐에 대한 하나의 도전인 것이다. 더 나아가 남장을 한 자청비는 문도령과 글공부에 열중하며, 한편 '오줌갈기' 시합을 당당히 치러 내기도 한다. 이는 육체적인 측면을 부각시키는 요소가 되고 있는데, 오줌갈기란 남성만이 시합에 이기는 것이 가능한 것, 즉 '갈기'라는 어휘에서 드러나듯 여성은 불가능한데 자청비는 이러한 불가능성을 극복하고 있다. 이 부분을 읽는 독자는 매우 과장적이기는 하나 너무도 통쾌함을 넘어서 상상력을 통해 카타르시스도 맛보게 된다. 하지만 간과할 수 없는 것은 이러한 측면, 다시 말해 시학적인 측면에서 볼 때에 이러한 요소들은 곧 여성에게 함께 내재되어 있는 아니마(여성성)로서가 아닌 아니무스(남성성)가 발현된 것이라 할 수가 있다. 그렇기에 자청비의 도전적이고 당당한 행위 속에는 여성으로서 남성과 동등한 사회적 존재이고자 하는 의지로 기존의 가치에 도전하여 결핍된 여성임에도 불구하고 남성과 맞서 당당히 행동함으로 해서 결핍된 여성성을 극복하고, 기존의 성/비속, 규범/본능 등 지배적 담론과 맞서 성의 가치를 해체하고자 하는 자의식이 담겨진다.

이처럼 자청비가 남성성(남장)을 한 채로 문도령과 동행하여 글공부하는 행위에서 출발하는 내부에 감추어진 여성성은 냇가에서 목욕을 하며 자신의 육체를 거침없이 스스로 드러냄으로써 아니무스에 가려진 여성성을 회복하게 되어 타자가 아닌 주체(여성)가 되고 있다. 그래서 사회적 억압을 스스로 벗어던지게 되며, 물속에 티를 넣어 문도령에게 쥐어 주는 조심스러운 행위 속에 담겨진 여성의 정서적 상태가 분석적이고 비판적이기보다는 자족성과 풍부한 이해력을 특징으로 하고 있음이 드러난다. 그러므로 자청비의 이러한 행위-남장을 벗고 감추었던 여성성을 드러냄-는 여성 자신의 내면에 있던 소망을 성취하기 위한 적절한 방법이 바로 경험을 사회화할 수 있는 육체를 통해 자아의 모습을 그리기 하는 것이며, 세계를 분석하고 재구성하는 과정으로서 사회적으로 구성된 젠더의 극복을 이루는 중요한 요인으로 작용한다.

3. 길 없는 길에서의 여정

세경본풀이는 범인애정서사시로 분류되기도 하고, 자청비의 애정 성취가 갖는 의미를 농경신의 성격과 연결 지어서 오곡의 풍농을 기원하는 주술적인 심성으로 해석하기도 하는 것은 일견 타당하지만, 이는 자청비의 모습에서 읽을 수 있는 것으로 여겨지며, 여성 일반의 일상적인 삶의 의미를 결코 간과할 수는 없다. 이는 현재 자료로 삼고 있는 본풀이가 고대와 중세를 거쳐 근대 이후에 채록된 것으로, 단지 신에 대한 노래로서 제의라는 본래적인 기능을 벗어나 문학적으로 서사가 확대되어 있기 때문이다.

자청비가 성차를 극복하고 남성들과 동등한 사회적 삶을 추구하고 자 할 때에 남성에 대한 기대감이 허물어진다. 이는 남성들의 배반으로 비롯되는데, 즉 그녀와 가장 가까운 세 남성인 문도령과 그녀의 아버지 그리고 주변 인물인 정수남과의 관계 속에서 시작된다. 믿었던 사랑은 깨어지고, 부모의 사랑은 무심함으로 점철되고, 자신의 종에게 폭력까지 당해야 하는 수많은 난관들이 꼬리를 물고 이어지기 때문이다.

즈청비가 말을 ᄒ뒈,
"문도령아, 오라. 우리 연삼년(連三年) 글공븰 ᄒ디 몸에 글텐덜싸 아니 오르리야, 몸오욕이나 허영 가게."
츠청비는 웃통(上衣)만 벗어아전 싯이는 첵 마는 첵 물소리만 내단 버드낭 숩(柳葉) 끈어내여 쓰뒈,
"눈치 모른 문도령아, 멍청ᄒᆫ 문도령아, 연삼년 ᄒᆫ 이불 속 줌을 자도 눈치 모른 문도령아."

즈청빈 그 말 끗에 남즈입성(男服) 벗어두고 예즈입성(女服) 입어간다. 열두복에 대홍대단(大紅大緞) 홋단치메 둘러 입고 먼 올레예 나아가 문도령을 청(請)ᄒ는디, 부모님 방을 지나가저 홀 때 두 몸이 ᄒᆫ 몸 뒈고 두 발자국이 ᄒᆫ 발자국 뒈여 즈청비 방으로 들아 들어 가는구나.

"상전님아, 물 먹젱 말앙 그 물 알레 바레여 봅서, 물굴메가 아리롱다리롱 보기 좋지 아녑네까? 그게 하늘옥황 문도령님이 궁녜 시녀(宮女侍女) 거느린 노념ᄒ는 굴멥네다"
"아이고 저 놈아픠 속았구나."
"상전님아, 상전님아, 영ᄒᆸ서, 은찔ᄀ튼 손이나 ᄆᆞᆫ직아 보게."
"영ᄒᆸ서, 입이나 맞추와 보게."
"이 놈 살렸다는 나가 ᄆᆞᆫ저 죽을테니 이 놈부떠 ᄆᆞᆫ저 죽이자."
옆의 보난 멩게낭자왈 시난 멩게낭 코지 ᄇᆞ수완 웬귀(左耳) ᄂᆞ단귀(右耳) 나오게 잡아 질렀더니 정수남인 얼음산(氷山)에 구름 녹듯 죽어간다.

"이년아, 저년아, 남도 났저. 지집년이 사름을 죽이다니 너년은 놈
의 집에 씨덱가민 그만이여."

주청비 아바님, 어머니안티 들어가,
"자식(子息)보다 아까운 종 살려왔습네다."
"지집년이 남도 났저. 사름을 죽이곡 살리곡 ᄒᆞ는 년, 이런 년 놓았
당 집안 망칠 년이로다. 어서 바삐 나고 가라."

냇가에서 여성성-육체-을 드러낸 자청비는 문도령의 마음을 사로
잡게 되고, 그녀는 자신의 집으로 문도령을 데리고 와 잠자리를 하면
서 부모 몰래 혼인을 한다.

목욕하면서 스스럼없이 자신의 육체를 드러내면서 한 남성을 자신
의 집까지 데려와 동거를 하는 대담하고 당돌한 그녀의 내부 심리에
는 문도령, 즉 사랑하는 남성에 대한 믿음과 기대감이 내재된다. 하지
만 문도령은 다른 여성과 결혼을 하라는 아버지의 분부를 받고 서슴
없이 자청비를 떠난다. 연인보다 아버지를 택하는 문도령의 태도에는
무책임과 비겁함이 깃들어 있다. 이때 자청비는 기대가 허물어지고
배반을 경험하는 것이다.

자청비는 자신의 집 종인 정수남에게 다시 기대-문도령을 다시 만
날 수 있다는-마저 허물어져 또 한 번의 배신-자청비를 속이고도 겁
탈까지 하려는 정수남-을 당하게 된다. 이처럼 정수남의 욕정에 의한,
즉 한 남성의 비인간화로 치닫는 행위에는 여성에 대한 폄하적인 남
성 중심의 성 의식이 짙게 배어난다. 때문에 접간하려는, 즉 반도덕적
이며 파렴치한 정수남의 행위로 인해 자청비의 성이 유린당할 때에
분노는 '죽임'으로까지 몰고 간다. 자청비가 비열한 정수남을 죽였다
가 다시 살려주는 화소 단락과 연결시켜 볼 때에 이 언술은 실제 살해

가 아닌 정신적인 살해 행위, 그래서 정당방위로 간주할 수가 있다.

여성이 남성의 일방적인 성폭력에 휘둘릴 때에 육체와 정신은 모멸감에 말할 수 없이 분열되고 파괴되는 것은 예나 지금이나 자명한 일이다. 이때 그녀에게 가해졌던 폭력적인 상황을 고발하고 파멸시키고자 하는 무의식적 욕구가 죽임으로써 일탈을 꿈꾸게 된다. 때문에 이러한 행위는 악에 대한 징벌의 대가로 제의적인 의미의 죽음이 될 수 있다. 결국 자청비의 광기(죽임)와 용서(살려냄)라는 두 모순된 행위에 배어 있는 내부 심리는 양가적인 가치를 팽팽히 드러내 폭력에 대한 저항과 검열을 피하고자 하는 의식으로 마치 양피지적 수법과도 같다. 이러한 자청비의 행위는 법이나 윤리를 저버린 쪽으로 결코 유기할 수 없으며, 남성 중심의 성 의식을 여성이 당당히 전복시킴으로 해서 남성에게 육체적으로 종속되어지는 당대 지배 담론에 대한 도전의 한 단면을 드러낸 것으로 보아야 한다.

하지만 자청비의 행위는 물리적이든 정신적이든 당대 사회로부터 결코 받아들여질 수 없는 것이었고, 자신의 집(부모)으로부터도 외면당해 울타리 밖으로 추방당하는 결과를 낳고 만다. 다시 말해 남성의 부당한 폭력에 저항한 자청비는 자신의 의지나 감정과는 상관없이 죄인으로 전락하고 마는 의외성의 논리 구조를 확연하게 보여 주고 있는 것이다. 그렇기에 자청비의 정당함을 인정하지 않는, 너무도 철저한 남성 중심 사고를 지닌 아버지로부터 거부당한 채 또 한 번의 배신을 겪으면서 내쫓기는 서사에서는 이중적인 족쇄를 차고 침묵과 순응을 강요당해야 하는 여성의 위치가 잘 드러난다. 이러한 양상들은 남성에 의해 여성의 성은 나약하고 수동적이고 지배당함의 당위성으로 귀결시켜 주는 한편, 반면에 이러한 부당성을 통하여 여성의 자의식을 드러내는, 그래서 홀로서기 하는 주체적인 여성 의식을 드러내는 두 측면을 동시에 담아내는 것이라 할 수 있다.

4. 세상을 그러안는 자청비

시몬 드 보부아르가 여성은 타자이며 제2의 성으로서, '여자는 여자로 태어나는 것이 아니라 여자로 길러진다'고 말한 것처럼 여성은 전통적인 남성 사회에서 남성 문화의 강제에 의해서 존재되어 왔음을 부인하기란 쉬운 일이 아닐 것이다. 여성만이 갖는 고유한 특징으로 고려될 수 있는 것들이 문화에 따라 서로 다름에도 불구하고 본질적으로 결정론적인 논의는 여성의 종속을 정당화하기 위해 역사를 통해 끊임없이 또 여러 사회에서 사용되어 온 것이다. 문화적인 측면에서 볼 때, 이러한 인식들은 자주 부정적인 판단을 일으키는데, 곧 사회가 성적 경계와 그와 연결된 여러 가치들을 방어하기 위해 얼마나 주의를 기울이고 있는가를 보여 주는 단적인 예가 된다.

이러한 맥락으로 볼 때 문화적 측면은 여성의 신체, 언어, 정신 등에 대한 견해들을 통합시키지만 그것들이 발생하는 사회적 배경과의 관계 속에서 해석된다. 이것은 여성 자신의 신체와 자신의 성적(sexual) 및 생식적 기능을 개념화하는 방법으로 그들의 문화적 환경과 교묘하게 연결되어 있으며 여성의 정신은 문화적 힘의 산물 혹은 구성체로서 연구될 수 있어 여성에게 적합한 것으로 규정되고 간주된 역할, 활동, 행동들과 실제로 여성의 삶 속에서 생성된 역할, 행동, 임무 등을 구분할 수 있게 한다.

자청비가 처하게 되는 현실은 내적, 외적 현실을 아우르면서 정신적이고 심리적인 상태를 문제시하게 된다. 다시 말해 타의에 의해 쫓겨나는 자청비가 외부적인 환경에 직면하게 될 때 심리적인 압박감은 내재되게 된다. 때문에 그녀의 생존, 즉 보호받고 거주해야 하는 중심의 공간인 집안에서조차 배제된 존재였기에 쫓겨난 자청비에게 집 밖이라는 공간은 여러 가지 상황들이 얽혀져 현장성, 변혁성 등을 띠는 공간으로서의 통과의례의 장이 된다.

어떤 사회이든 문화 범주의 하나로 속하는 참다운 집은 보호와 자유의 확보라는 의미를 갖는다. 때문에 우리는 세계에 던져지기에 앞서 집의 품속에 숨겨지고 또 보호되어 삶을 시작한다. 이러한 집이 흔들리고 넘어지기도 하며 거부당하기도 하는 것처럼 인식되어지는 것은 인간의 내면 의식이 외부로의 압력이나 충격으로 인해 생기는 것들이다. 이러한 집을 바슐라르는 은신처, 피난처, 보호처로서의 세계 속의 둥지라고도 본다. 그래서 벽에 의해 둘러싸인 집은 외부로의 충격이나 침입으로부터 분리되면서 더욱 그 내밀성이 확보된다. 그러나 이러한 집이 지나치게 높거나 두껍거나 단단하면 집이 완전히 닫힌 공간이 된다.

전통적인 의미에서의 집은 모태적인 둥지의 의미를 지니면서 한편으론 집안에 거주하는 모든 것을 함축하며 가족, 사회, 세대의 세계를 상징한다. 때문에 보호성을 지닌 집에서 거주하고 소유하지 못한 채 거부당하고 내쫓김을 당한다는 것은 꽤 불쾌하고 불편할 것이며, 가족이나 사회로부터 격리된 한 개인은 또 다른 현실 속에서 생존해야 할 것이다.

"어찌 어여쁘고 고온 아기씨가 이런 밤질을 헹흐느냐? 어서 들어왕

앚아시민 둧은 밥이나 허여 주마.”
“이런 제주(才操) 아진 아기씨를 어찌 기냥 내보내리, 나도 ᄌ식이
엇어지니 쉬양(收養)으로나 들기 어찌ᄒ냐?”

ᄌ청빈 비옥(翡玉)ᄀ뜬 얼굴에 주충ᄀ뜬 눈물을 연새지둧 허여가멍
발에 신었단 벡녹(白綾)보선 벗어두고 콕씨ᄀ뜬 발로 우의올라 산다.
문도령 부모가 둘려들어,
“이러한 아기씨가 어디 이시리야. “나 메누리 ᄀ심이 넉넉ᄒ다.”

　사랑하는 문도령은 떠나고, 종에게까지 겁탈당하기 직전, 폭력에
대항한-정수남을 살해- 대가로 집 안의 주체적인 존재 아버지로부터
내쫓김을 당한 자청비는 타자가 되어 주변성으로 몰아진다. 이렇듯
지배집단인 남성들이 거주하는 중심인 ‘집 안’으로부터 황무지와도
같은 공간인 ‘집 밖’으로 정당방위임에도 불구하고 쫓겨져야 하는 존
재가 바로 주변인인 여성이다. 이는 곧 자청비의 위기이며 생존과 직
결되고 있다.

　여기서 자청비가 황무지와도 같은 집 밖으로, 내몰리게 되는 원인
은 정수남을 죽였다가 다시 살렸다는 두 가지의 이유 때문이다. 그녀
는 죽었던 정수남을 신이한 능력을 발휘해 다시 살려놓았는데도 불
구하고, 이러한 살려주는 자청비의 행위마저 아버지로부터 거부당한
다. 이렇듯이 여성의 뛰어난(신이한) 능력조차 남성이 용납하지 않는
양상들에는 부모라는 친족, 서열 관계를 떠나서 남성성(강자, 주체)에
대한 여성성(약자, 타자)의 예속됨이 담겨진다. 다시 말해 자청비의
허여적인(정수남 살려주기) 행위조차 강압적인 남성에게는 도전 의식
으로 받아들여져 여성에게는 억압성이 더욱 견고해지는 것이다. 그렇
기에 보호성을 지녀 행복한 공간이 되어야 할 집에서의 생존은 거부

당한 채, 즉 안정된 세계로서 자신의 상황을 수용할 수 없게 된 집 '안'의 기표들은 남성들에 의해 절대적이기만 하다. 해명이나 변명마저 묵살당한 채 '집 밖'으로 내쫓김을 당해야 하는 자청비에게는 아버지의 절대적인 명령 앞에서는 저항이나 용서조차 결코 받아들여지지 않기 때문이다. 다시 말해 가부장적 권력 앞에서는 그저 순종만이 있어야 한다. 때문에 아버지의 법, 즉 가부장적 이데올로기를 거역할 수 없어 집을 나설 수밖에 없는 자청비는 자신의 삶을 찾아가야 하는 여정에 놓임으로 해서 집 밖의 기표들을 새롭게 형성하게 된다.

집에서 쫓겨난 자청비, 그녀는 타인(주모할망)의 수양딸이 되기도 하고, 또 자신의 도움을 필요로 하는 사람(선녀) 등을 도와주는 이타심을 발휘하면서 현실을 긍정적으로 극복해 나간다. 문도령에 대한 기대가 무너지고, 배반당하고, 아버지에게도 버림받고, 종인 정수남에게조차 성폭력으로 휘둘려지는 처참한 삶을 산다. 그러나 세 남성에 의해 내던져지는, 끔찍이도 비참하고 서글픈 현실 속에서도 자청비는 결코 자신의 삶을 포기하지 않는 적극적인 태도로 또 다른 성숙한 과정을 이루고 있다는 점이 세경본풀이의 또 하나의 매혹을 독자에게 전해 주는 측면이기도 하다.

우여곡절 끝에 옥황상제(문도령이 있는 곳) 앞에 가기 위해 자청비의 '버선 만들기, 마괘자 만들기, 칼선다리 타기, 백탄 숯에 오르기' 등의 행위들은 문도령과의 혼인을 위한 매개물로서의 역할을 하게 되고, 하늘에 올라 마침내 천자왕이 부과한 시험을 모두 통과한 자청비는 문도령과의 혼인을 허락받는다. 이러한 자청비의 굴하지 않는 기표들에는 집 안에서 밖으로 밀려나온 자청비의 생존이 외부로부터 받는 편견이나 절대적 고독에 매몰되지 않은 채 오히려 파괴적인 힘

을 발휘하면서 자신의 삶을 새롭게 구축해 가는 기의들을 만들어 내
며 기표들은 계속해서 미끄러진다. 그녀는 자신에게 부여된 힘든 상
황에서도 능동적으로 대처함으로 해서 그가 추구하고자 했던 지점까
지 갈 수 있었고, 상대방에 전하고 싶은 간절한 소망, 즉 문도령과의
관계 욕망을 성취하게 되는 해결점을 낳고 있기 때문이다. 결국 그녀
를 둘러싸고 있던 집 안의 기표들-문도령에 대한 사랑과 배반, 이별,
정수남을 죽이고 살려도 아버지로부터 거부됨-은 닫힌 공간으로서
상처와 억압 등을 겪게 하지만, 집 밖이라는 공간으로 던져짐으로 해
서 오히려 소외와 결핍을 극복-수양딸 됨, 선녀를 도움, 시험 통과, 문
도령을 다시 만나 결혼 허락-하게 됨으로써 집 밖의 기표들은 긍정적
이고 부정항이라는 이중적 양상을 띠게 되는 것이다.

이처럼 자청비 앞에 놓인 가혹함을 극복해 가는 현실, 즉 자신의
심적 상태를 개선해 주거나 억눌린 의식이 전달될 수 있는 물리적인
어떠한 힘도 주어져 있지 않은 상태였던 집 안에서의 기표들은 여성
주체로서 존재의 미래를 향한 낙관적인 사고와 도전적인 행위가 내
면화된 기의들을 새롭게 구축하여 새로운 세계로 향하게 된다.

여성정체성이라는 개념은 페미니스트 관점의 통찰을 통합하면서
때로는 여성 경험에 대한 남성적 모범형에 반발하기도 하고, 여성 경
험이 어떻게 여성 의식으로 변형되는가를 설명하는 데 도움을 준다.
그래서 여성정체성은 하나의 과정으로서 예술 창조의 경험 안에서
여성들이 자기 자신의 존재를 정의하려고 노력하며, 유동적이고 탄력
적이기에 여성에게 있어 기본 정체성은 남성들보다 더 융통성 있고
더 상관적이기에 여성의 성 정체성은 내향성을 지녀 남성들보다 더
안정되어 있다고도 볼 수 있다.

앞에서 살펴보았듯이 자청비는 집 밖으로 내쫓겨 주변인으로 삶을 살아갈 때도 지배 문화의 가치나 실행들로부터 억압된 요소들을 그녀만의 강직함, 그래서 그녀의 관대함이나 다원성, 다양성으로 수용하면서 너무도 잘 생존하고 있음을 알 수 있었다.

자청비의 자아가 다시 새롭게 구축되어지는 것은 문도령과의 만남, 죽은 문도령 다시 살리기, 결혼, 이별-천상에서 밀려남-을 겪으면서라고 볼 수가 있다. 그렇다면 자청비의 기나긴 여정을 통해 자아가 구축되는 과정을 더 깊이 읽어 보도록 한다.

문도령을 시기한 주변 인물(선비들)에 의해 문도령이 살해되자 자청비는 모진 역경을 다 헤집고 서천 생명꽃을 구해 무심하고 책임감 없는 문도령을 다시 살려내며, 자신의 육체를 더럽히려 했던 정수남마저 살려주는 희생정신과 용서할 줄 아는 행위 속에는 육체가 해체되고 파괴될지라도 주체적으로 온 정성을 기울여 부정되고 소외되고 침체되었던 자아를 스스로 정화시킨다는 여성의 주체적인 의식이 짙게 깔려 있다.

그러나 자청비는 헌신, 용기와 지혜를 발휘하여 힘겹게 문도령과 재결합을 이루었으나 남성(문도령) 중심의 사고로 인해, 즉 여성 편력으로, 소위 말하는 '남성의 바람기'로 다시 큰 고통을 당하게 된다.

"문국성 문도령아
& 도 무심홀 수가 시랴
선보름 살건 후보름 살곡
후보름 살건 선보름 살랜
그만이 당부하고 보냈건만
소식 혼 번이 엇이니
나의 팔제런가 나의 수주런가? "

"즈청비는 알(下)엣 녁 서천꼿밧(西天花田)디 들어가 따시(又) 서천
꼿밧 도환셍꼿(還生花)을 타단 죽은 낭군 살려두고 나오더니"

　남성의 무심함으로 인해 억압되어 있던 여성의 심리가 그대로 노출
되어 있는 언술이다. 무녀가 이 언술을 읊조릴 때 너무도 탄식적이며,
구슬프게 들렸을 것임을 상상력으로 이십일 세기를 살아가는 현대인
들은 한 번쯤 새겨들어 봄직도 한 대목이 아닌가 싶다.

　문도령에게 서천꽃밭의 셋째 딸을 찾아가도록 시키는 행위에는 자
청비의 지혜로움이 깃들어 있다. 그러나 문도령이 서천꽃밭에 살면서
세월 가는 줄을 모르고 자청비의 존재는 잊고 돌아오지 않았기 때문
에 내부 갈등을 애간장 타듯 드러낸다. 이러한 언술에는 가부장제 사
회에서 남편이 첩을 거느린 현실적 상황-꽃밭은 그 이미지로 인해 여
성을 상징-이 펼쳐지기도 한다. 때문에 문도령에 대한 탄식은 어떠한
낭만이나 반추에 의해서 이루어지는 것이 아니라 관심을 통해 극복
되지 않는 남편의 모순된 행동을 현실 속에서 끝없이 환기시키려는
의도를 담고 있다고 할 수 있다. 다시 말해 뭇 여인들과 놀기 바빠 소
식 한 번 없는 무심함으로 인해 생기는 소외감, 분노 등의 내적 감정
은 일방적인 남성 중심 사고의 영향 입음이며, '나의 팔자련가 나의
사주련가'라는 자조적인 언술에 담겨진 불쾌감은 가중되어 억눌린
자아를 담아내게 된다.

　뒤늦게나마 자청비의 탄식하듯 쓰인 편지를 읽고 문도령은 깜짝
놀라 너무 급한 나머지 말을 거꾸로 타고 돌아오는데, 자청비는 문도
령이 자기가 보기 싫어서 말을 거꾸로 타고 왔다고 오해하고 문도 열
어 주지 않는다. 마침내 자청비는 옥황전에 올라 문선왕에게 자신의

처지를 알리는데, 문선왕은 이를 묵인할 뿐더러 오히려 아들인 문도령의 역성을 든다. 결국 시아버지에게조차 자청비의 의사는 무시되고, 그 무시된 대가로 오곡 종자를 가지고 지상으로 내려와 농사를 관장하게 된다.

그렇다면 주변 남성인물과의 긴 갈등 관계 속에서 드러나는 자청비의 여성정체성 형성 과정은 과연 어떠한가.

자청비의 사랑하는 남성을 위한 적극적인 태도-냇가에서 문도령에게 여성성을 스스로 드러낸 점, 남장을 해서라도 동락하며 남성들과 당당히 겨누어 글공부하고자 하는 내부 심리, 부모 몰래 혼인, 문도령을 살리기 위해 죽음도 마다 않고 환생꽃을 구하기 위한 끔찍이 험난한 서천서역행도 주저하지 않은 점, 여성편력에 여념이 없는 남편에게 서신 띄우기 등는 자청비에게 '남성 영웅신'처럼 '여성 영웅신'으로서의 비범한 능력을 부각시키기보다는 한 여성으로서 자신이 사랑해서 선택한 사람을 위해서라면 고난이 닥칠지라도 포기하지 않고 무엇이든지 할 수 있다는 대단히 강한 여성의 주체적인 의식의 발로라고 할 수 있다. 이러한 의지는 기다림, 보고픔, 불안, 함께 하고픔 등으로 연결되어 내적 갈등을 극복하려는 모종의 가려진 전략으로 작용함으로 해서 버려짐이나 소멸되고 싶지 않은 자아의 표출로서 자아 정체성 찾기의 지난한 행로와 맞물리는 것이라 할 수 있다.

그렇기에 자청비가 문도령과 결합하기 위해 수많은 역경을 스스로 극복해 나가는 과정, 즉 억압된 환경 속에서도 자의식이 흔들리지 않는 것은 역설적이게도 자신의 의지가 받아들여지지 않는 세계를 완벽하게 용해, 해체하는 것과도 같다. 때문에 자청비가 자신 앞에 놓인 비인격적인 요소들을 거세시키는-문도령의 여성편력으로 무심함, 인간으로서 해내기 힘든 시험 극복하는 것은 여성 의식의 정체성을 찾는 지난한 행로로서 자아의 나아갈 길을 남성 지배담론조차 이제는 가로막지 못한다. 그렇기에 그녀가 희망을 가졌던 시아버지에게조차 거부당함으로써 기대의 축은 다시 허물어지고, 지상이라는 기표로 미끄러지는 상황에 놓이게 하는 두 남성들- 문도령과 그의 아버지는 신적인 요소로 설명되기보다는 당대 사회 구조 속에서의 남성을 대표하는 인물 유형이며, 자청비는 억압된 여성의 대표적 인물로 볼 수 있게 되는 것이다. 이는 당대 남성 지배 가치 질서, 즉 아버지의 법, 남근 중심, 권력, 펜을 휘두르는 담론 등의 권력 앞에서 순응하고 종속되어질 수밖에 없었던 한 여성이 그것들을 모두 거두어내는 지난한 삶이 짙게 배어나기 때문이다.

그렇다면 왜 정체성 찾기는 길이 그토록 지난한 것인가.

문도령에게는 여성 편력에 대한 죄의식이나 잘잘못을 묻거나 따지는 자가 없다. 다시 말해 남성의 권력은 너무도 견고하다는 의미다. 모든 것은 남성 위주인 것이다. 그렇기에 남성의 여성 편력에 대한 죄의 값은 남성에 의해 무산되고, 남성의 경제력(문도령의 아버지가 내어 준 오곡종자)으로 자선을 베푸는 것처럼 표출되고 있는 서사는 여성을 유린하는 모순 그 자체이다. 자청비의 소외와, 격리됨, 마비됨으로 연결되는 억눌린 자아는 남성 중심 세계인 천상에서는 결코 전복이나 해소가 불가능하다. 천상이란 가부장적 억압의 틀이었기에 그녀에게는 결코 그곳은 편승될 수 없는 비주체적인 공간이며, 선택의 여지가 없이 벗어나야 하는 세계이다. 이 세계를 극복한다는 것이 얼마나 지난한 것인가.

그러나 자청비는 거부의 몸짓을 드러내지 않고도, 수용하는 자세인 것 같으나 결코 순종적이지만도 않다. 오히려 주체적으로 자신의 길을 당당히 걸어간다는 데 세경본풀이의 서사시가 갖는 극적인 효과가 있는 것이다.

지상으로 내려온 자청비는 자신이 지닌 것을 세인들에게 골고루 나누어 주는 주체적인 행위를 취한다. '밥을 준 이에게는 풍년을, 안 준 이에게는 흉작'을 내리는 자청비의 융통성 있고 탄력적인 의식들은 안정적이며 내향성을 지니면서 자신만의 정체성을 드러내면서 자신의 길을 단단하게 당당히 구축한다. 이는 타인들에게 오곡종자를 나누어 주는 행위의 의미가 타 물질들의 생명의 원천이 될 뿐 아니라 나누어 줌을 통해서 결국에는 영혼의 정신적 부활을 가져다주는 의미로 작용을 하기 때문이다.

전통적으로 여성에게는 딸, 아내, 어머니라는 역할을 함으로써 여성정체성이라는 의미를 지니게 된다. 하지만 자청비에게는 딸, 아내의 자리는 남성들에 의해 박탈당한다. 태어나면서부터 '여성'이라는 결핍된 성을 부여받을 수밖에 없었던 자청비는 한 여성으로 접간하려는 자를 죽이고 살리는 파괴적인 행위이자 허여적인 행위로 인해 집 밖으로 내쫓겨 딸의 자리를 잃었으며, 사랑에 대한 약속을 허물고 배반하는 남성들에게 의타심 하나 보이지 않고, 대립과 긴장, 차별, 갈등, 모순, 고뇌, 악 등의 온갖 양상들을 모두 헤쳐나감으로써 겨우 되찾은 아내 자리마저 남성 중심 사고-여성편력에 대해 잘잘못을 인정하지 않는 문도령과 그 아버지-로 인해 벗어버린 후에야 비로소 자신의 존재-지상에서 홀로서기-를 확보한다. 이것이 자청비가 걸어가는 자신만의 길인 것이다. 결과적으로 그녀가 여성의 원초적 감정으로 중요한 역할을 해내는 것으로 현실 도피가 아니라 여성적 경험의 연속성을 지니는 창조적 의식 행위로 인해 얻은 것들이었다. 다시 말해 오곡종자를 나누어 주는 행위를 허여적인 여성의 역할로 간주할 수 있는 것은 인간과 대지의 모든 생물들이 서로 조화를 이루는 가운데 탄생하고 번성하는 것이기에 이러한 임무를 수행하고 관장하고자 할 때 공동체를 위한 여성적 창조의 힘으로 상정할 수 있기 때문이다.

때문에 자청비의 길고 긴 여정 속에서 드러나고 있는 행위들은 결국 그가 소유하고자 하는 것들에 대한 온전한 비워냄이자, 온전한 내어줌이며, 곧 현실에 대한 감싸 안음으로 여성 정체성을 드러내는 참 모습이다. 그래서 대지의 젖줄로 새 생물들을 소산시키며 번성케 하는 역할을 함으로 해서 그녀는 남성 중심 사고에 편입되지 않고 남성 지배담론(천상)의 영역에서 벗어나 신이 아닌 한 여성으로서 현존(지상)함으로 인해 부재했던 자신의 정체성을 찾아 길을 당당히 걸어가는 그녀, 자청비는 가이아를 뛰어 넘는, 그래서 모든 것을 아무런 대가 없이 그저 내어 주기만 하는 허여성 그 자체인 우리들의 진정한 어머니인지도 모른다.

그렇기에 자청비의 정체성을 찾는 지난한 길에서 길 가기는 자신의 삶 속에서 뒤흔들렸던 내부와 외부 사이의 체험된 분열을 스스로 화해시키고, 침체된 삶을 해방시키며 또 그것을 온전하고 분명한 것으로 보이게 해줌으로 해서 갈등이나 혼돈 속에 빠져 있던 자아를 적극적이고 주체적인 상태로 회복시켜 준다. 이는 남성 중심 문화 속에서도 굴하지 않고 당당하게 자신의 삶을 새롭게 구축하게 되는 길이 비록 길고도 험난하였으나 자청비는 여성으로서 진정한 자신의 모습을 찾아 존재 전환을 이루기 때문이다. 이것이 오늘날 우리가(여성/남성 이분법을 지워내는) 바라는 진정한 어머니인 것이다.

5. '세경본풀이'가 지니는 가치

　세경본풀이에 드러나는 여러 양상들을 육체, 현실 등의 층위를 중심으로 지금까지 살펴 본 결과 여성서사시로서 지니게 되는 시학적인 의미가 무엇인가를 규명해 볼 단계에 놓인다. 이는 세경본풀이가 여성 화자와 여성 텍스트로서 지니고 있는 창조력과 시적 상상력 등이 여성적 삶을 어떻게 형상화한 것인가를 탐색하려는 노력과 연결되기도 한다.

　육체는 대우주인 세계의 모든 것을 담고 있는 하나의 소우주이므로 그것을 통해 세계와 교통할 수 있다. 이러한 육체의 구체성, 적정성, 즉각성 등은 세계와 교통하기에 적절한 기제가 된다. 사회 속에서 여성의 육체는 논리적 틀을 거부당하면서 유동적이고 활동적인 영역이 거세되었을 때 여성성에 기반을 둔 상상력을 통해 이상적으로 추구하거나 성취되어야 할 의식과 실제로 겪고 있거나 표현되는 경험 사이에 화해할 수 없는 간극이 존재하게 된다.

　세경본풀이는 한 여성이 태어나면서부터 결핍된 존재로, 즉 사회적으로 구성된 성차의 모순 속에서 겪는 수많은 역경의 상황들을 드러낸다. 남성과 동등한 사회적 삶을 누리지 못하는 상황에서 출발한 모든 것들이 남성들에 의해 형성되어지는데, 이는 남성과 동등한 학업 성취의 불가능성, 사랑하는 남성으로부터의 배신, 부당한 성폭력, 그로 인해 쫓겨남 등은 남성 중심의 사고로서 한 여성에게는 피할 수 없는 압력으로 받아들일 수밖에 없고 직면해야 하는 현실에 놓이게 한다.

　그러나 자청비는 억압된 상황에도 불구하고 거부한다거나 결코 도

피하지도 않고 도전하는 자세를 보임으로 해서 결코 '자기를 버리지 않고', '자신을 찾아' 생존해 간다. 이는 사랑하는 남성을 만나면서부터 세계 속으로 던져지게 되어 결국 주변부로 몰려갈 때 자신을 둘러싼 억압적 요인들을 당당하고 자주적으로 헤쳐 나가고자 하는 강한 내적 의식이 있었기 때문이다. 이러한 내적 의식들이 행동으로 드러나는, 그래서 스스로 여성성을 드러내는 진보적인 사고인 것이다. 또한 부모 몰래 혼인하는 대담성, 떠난 문도령을 끝까지 찾아나서는 적극성, 접간하려는 자에 대항하여 여성이 인간으로서의 가치를 상실하지 않은 점 등은 여성의 주체적인 의식의 드러냄인 것이다. 이는 자청비의 의식이 의식에만 머무는 것이 아니라 실천하였다는 점에서 능동성을 지닌 '주체'로서의 가치를 지니게 한다.

두 번째의 현실 층위에서 드러나는 의식 구조는 자청비의 의지적인 각성이 더욱 요구되면서 여성으로서의 현실에 대한 객관적 성찰로 자아정체성을 확인하는 성공적인 서사가 중심을 이룬다.

보호받고 안정되어야 할 집 안의 삶이 가부장의 권력에 의해 거부당하고, 쫓겨나는 절망적이고 악조건인 현실-남의 집 수양딸로 들어가 생존하는 비애, 남성의 일방적 조건으로 부과된 인간으로서 이겨내기 힘든 시험들, 험난한 서천서역행, 남성의 여성편력으로 인한 배신 등은 모두가 사회적으로 구성된 젠더 공간에서 자청비라는 한 여성의 위기이며, 각고한 노력 끝에 모순된 현실을 변화시켜 자아 찾기까지의 험난한 과정에 놓여 있는 요소들이다.

남성에 대한 기대가 허물어지고 배반당하는 가운데 '주변인'으로 점철되어지는 집 '안'의 기표들은 남성 중심적인 사고를 전면으로 드러내 주는 측면이었으며, 그럼에도 불구하고 자청비가 굴하지 않고 당당한 태도를 취함으로써 새롭게 성장하는 집 '밖'의 기표들은 기존의 가치 규범에 대한 전복이라는 또 다른 측면을 부각시킨다. 환언하면 이러한 서사구조를 보이고 있다는 것이 당대 가부장적 사회 질서의 억압이나 부조리한 현실에 대해 여성은 순응하면서도 한편 내부적인 심리는 벗어나고자 하는 움직임으로 이상적인 자아를 찾게 되는 것이라고 할 수 있다.

'천상'에서의 남성 중심의 권위에 의한 절대적 결정권은 여성에게는 예외가 되며, 천상은 여성의 사회적 역할이나 기회 균등이 배제된 당대 남성 중심 사회를 상징한다. 이러한 영역은 여성에게는 갈등 속에 내적 저항을 지니게 할 수밖에 없는 부정적 세계가 된다. 그래서 천상에서 '지상'으로 이동하는 자청비의 행위에는 외적으로는 남성 지배 가치를 지워내고 동시에 내적으로는 자유와 세계에 대한 변이를 가져오게 한다. 다시 말해 천상에서 벗어나 지상으로 회귀하는 것은 또 다른 삶의 시발적 행동으로서 자청비에게는 정체성을 확립하여 여성으로서 자신만의 길을 걸어가는 성장의 계기로 작용을 한다. 이는 자신이 지닌 모든 것(오곡종자)을 주체적으로 세상에 나누어 주는 행위를 취함으로써 잠재성과 다원성을 지향하는 여성적 가치를 지니게 하여 한 인간으로서 발견과 성숙된 삶을 이루고 있기 때문이다.

흔히 하늘은 남성, 대지는 여성을 상징하는 이미지로 지금까지 부여되고 있듯이 대지는 생명을 잉태하는 어머니이며, 모든 생물들을 양육시키고 감쌀 줄 아는 모성성을 지니는 것으로, 결국 자청비라는 여인은 신적인 존재로서 위대함이기 전에 일반 여성으로서 끝없이 베풀어 주고 포용하는 젖줄과도 같은 어머니, 여성 그 자체이다.

자신의 의지와는 상관없이 타인에 의해 배반되고 버려지는 모순된 상황들을 거부하지 않고 모두 받아들이는 자세로 억압된 고리들을 풀어나감으로 남성 중심의 가치 질서에 편입하지 않고 벗어나 자신이 지닌 것마저 타인에게 베푸는 행위에 담겨 위기를 통해 생존의 발전적 전환을 이루어낸다. 이는 창조적인 여성적 삶으로 양가적 가치를 팽팽히 지니게 한다. 때문에 한 여성의 삶 속에 엮어졌던 수많은 역경들은 결코 고통으로, 허무로 소멸되는 것이 아니라 지혜와 희생을 통해 생명의 부활-대지의 타 생물을 번성시키는 역할-까지 가져다준다. 이러한 실천하는 행위를 취함으로써 사회적으로 구성된 젠더 공간 구조에서 부여된 '타자성'과 '주변성'은 모두 거세되고 그는 마침내 한 여성으로서 제 삶의 '주체'가 된다.

세경본풀이는 가부장 사회에서 여성의 억압된 양상이 순환적인 반복성을 띠는 가운데 자신을 발견해 내고 성장하여 창조적인 여성적 삶의 가치를 이루는 장편의 여성서사시로서 기존의 가치 지배 질서나 억압에 순응하는 표면상의 측면과 그러한 의미를 뒤집으려 하는 내면 의식의 양 측면을 모두 담고 있는, 그래서 너무도 소중한 한국인의 양식으로서 문학이며, 한국인의 위대한 유산인 것이다.

지금까지 세경본풀이를 장편의 여성서사시로 간주하고, 페미니즘적 시각에서 작품에 드러나는 양상들은 무엇인가에 대해 문제의식을 가지고 새롭게 읽기를 한 결과, 여성은 남성이 아니라는 이유만으로 황무지, 변경, 접경지대에 불가시적인 존재로 규정되어지는 남성 중심의 사회에서의 여성 문학 작품 속에는 인간으로서의 욕구와 여성으로서의 역할 사이의 괴리에 대한 인식이 작품의 형상화에 영향을 줄 수 있다는 전제하에 세경본풀이를 시학적 측면에서 새롭게 읽어내었다. 이러한 의도는 세경본풀이에 대해서 '여성신격'이라는 측면으로 치우쳐진 그간의 논의에서 탈피하여 간과되었던 부분을 찾아내거나 재평가하기 위해 여성 독자로서 다시 읽기를 하고, 궁극적으로는 다시 쓰기를 한 것이다.

다시 세밀하게 읽은 것을 이제 다시 정리하여 쓰자면, 자청비는 태어나면서부터 여성이라는 결핍된 성-사회적으로 구성된 젠더에 의한 여성성-을 지닌 채 남성 중심 사고로 인한 배반과 기대의 고리가 계속 이어지는 고통을 감수해야 했으며, 생존이 보호되고 안식처가 되어야 할 집 '안'으로부터 집 '밖'이라는 세계에 던져지는 현실에 놓임으로 해서 험난한 삶을 이루어간다.

그러나 자청비는 당면하는 억압과 모순된 상황들을 어떠한 주저함도 없이 능동적인 사고로 당당하게 헤쳐 간다. 자신에게 주어진 고통(남성 권력, 남성 세계)을 고통으로 받아들이지 않고 오히려 내적 외적으로 자신이 처한 현실을 적극적으로 수용함으로써 상실된 자아를 변화시켜 '타자성'을 '주체'로 회복한다.

자청비는 남장을 하면서까지 여성이라는 결핍된 요소를 극복하여 남성과 동등한 사회적 삶을 추구하였다. 또한 그녀는 육체가 유린당할 때에도 도전적인 행위로 남성 중심의 성의식을 전복시켰으며, 보호받아야 할 집에서조차 '주변부'로 내쫓김을 당해도 어떠한 망설임이나 비겁함도 보이지 않고 오히려 부당한 상황마저 받아들인다. 또한 그녀는 사랑하는 이를 위해서라면 결코 주저함이나 물러섬 없이 도전을 한다. 그 결과 여성 편력으로 무관심한 남성에게는 더 이상 가치를 부여하지 않고 새롭게 자아를 구축하여 존재의 전환을 이룬다. 이러한 존재의 전환은 '소유되는 자'가 아니라 '소유한 자'로서, 즉 대지의 타 생물들을 포용하면서 자신이 지닌 것 모두를 베푸는 행위를 통해 주체적으로 삶을 이루어 여성적 가치를 지닌다.

그가 그 많은 억압과 역경의 견고한 매듭을 풀어내면서 여성으로서의 삶을 이룬 것은 그의 강인한 의지력과 그 의지에 내재된 포용력이 있었기에 가능하였으며, 이러한 태도는 한 인간으로서 성숙된 삶, 상상력과 함께 모성이 내포된 풍부한 창조성과 기쁨의 잠재력을 조화시킨 '여성성'으로 기인한 것이라 하겠다.

자청비는 영웅적인 여성보다는 전통 문화 속에서 살아온 일반 여성의 모습이었으며, 우리 어머니들의 바로 그 모습인지도 모른다. 이는 시간과 공간을 초월하여 현재 속에서 과거의 모습을 조명해 본다거나 다른 '여성들'-영웅적-의 삶 속에서도 '여성'-일반적-의 삶을 발견한다는 의미를 내포할 수 있기 때문이다.

가부장적 사회의 억압적인 현실 상황을 거부하지 않고 자신이 지닌 모든 것을 나누어 주는 삶을 살았던 전통 여인의 강인함 속에는 아픔이 가려져 있고, 순응함 뒤에는 반항 의식이 내재된 채 살아갔음을 부인하기란 쉽지가 않다. 이는 여성으로서 억압된 굴레를 벗어나고자 하는 의식, 즉 당대의 가치 질서를 겉으로는 수용하는 듯하면서도 내부 심리는 결코 그들-남성-에게 의존하거나 예속되지 않고 자신에 대한 응집감을 보이고 있기 때문이다. 그렇기에 고난 속에서도 포기하지 않고 도전하여 자신의 존재 가치의 전환을 이루어 자신이 지닌 것 모두를 세상에 베풀어 주는 자청비의 행위와 의식 구조에서 진정한 사랑을 지닌 여성의 정체성이 찾아진다.

한편 이처럼 무가를 통해 여성의 내부 심리를 마치 신에 대한 노래로서, 즉 간접적으로 무녀라는 대리인에 의해 배설할 수밖에 없었던 것은 당대의 남성 지배 담론에 가려져 직접적으로 여성적 말하기(글쓰기, 역할, 행동, 임무수행 등)의 이루어짐이 그만큼 어려웠다는 것을 노출시켜 주는 측면이었으며, 당대를 살아온 한 여성으로서만이 아닌 일반 '여성'들의 의식적 무의식적으로 배어 있던 욕망의 돌파구로서 가부장적 검열을 피하기 위한 또 다른 장치였다고 볼 수 있다. 그렇기에 당대의 여성들은 무가라는 양식을 통해 억압적 현실의 징후를 담아 서로 부대끼고 어긋나면서도 자신들의 담론을 창출해 냈음을 가늠하게 된다.

서사무가가 비록 무녀라는 특정인물에 의해 구송되었다 하더라도 무가가 지니는 여성문학적인 요소를 간과할 수 없으므로 우리의 소중한 고전 여성문학으로 자리매김 되기 위해서는 시대적인 배경과 차이를 부각시킴과 동시에 시대가 바뀌어도 변하지 않는 여성문제의 본질적인 측면을 함께 문제 삼는 종합적인 많은 고찰이 다른 여성서사시와 함께 이루어져야 할 것이다. 아울러 우리의 옛 여성들에 의해 구송된 작품 속에 내재된 전통적 여인의 모습을 여성 시각으로 되짚어 본 것은 이 시대를 살아가는 우리들에게 여성/남성의 이분법적인 시시한 차원이 아니라 진정한 양성공존, 즉 휴머니즘적 차원으로 나아가는 길의 또 다른 모색의 길도 계속되어야 할 것이다.

조선조의 남성 페미니스트, 연암 박지원 더 짚어 보기

1. '열녀함양박씨전'은 현재진행형이다

　문학, 대서사는 누가, 언제, 어떻게 읽어내는가에 따라 그 스토리텔링이 읽어내는 이에게 내어 주는 것이란 너무도 매혹적이기도 하고 혹은 끔찍이도 미혹적이기도 하다.

　문학을 역사주의 비평 관점으로 볼 때에는 당대 사회의 여러 모순을 드러냄으로써 그 사회를 수정하고 보완하는 기능을 담당하게 된다. 그래서 작가들은 현실에서 이룰 수 없는 이상에 대한 꿈이나, 현실의 비어 있는 것들을 문학이라는 장을 빌려 펼쳐 놓기도 한다. 때문에 소설이라는 장르가 고전문학, 즉 전傳(우리나라)과 로망스(서구)로부터 현대문학으로 오기까지 추구해 온 것들이란 대부분 인물과 사건의 뒤얽힘으로 인간의 끝없는 바람을 드러내는 것이라 해도 과언은 아닐 것이다. 그렇기에 현실과 유리된 서사의 내용, 그것이 이루어질 수 없고, 또 있을 수도 없는 환상의 이야기라 할지라도 독자들에겐 허여되는 한편, 당대의 사회적 모순됨을 마치 그림 그리듯이 현실을 그대로 반영하고 비판하는 것이 또한 문학이 지닌 기능이기도 하다.

이러한 맥락에서 고전문학 연구를 다양한 시각에서 바라보고-다시 읽기 분석 고찰- 다시 쓰기 하고자 할 때 고전문학과 현대문학을 이원 분류하는 시각에서 벗어나 고전문학에 대하여 현대, 지금의 비평 이론으로 적용, 분석함으로써 작품에 대한 의미를 다양하게 부각시키게 되고 새로운 가치나 자리매김을 할 수가 있다. 이는 문학 작품은 동서고금을 막론하고 인간의 삶이 당대 사회적 환경과의 관계 속에서 분리될 수 없기 때문이다. 그래서 기존의 시각에서 간과되었거나 미처 보지 못한 것 또는 문학 작품의 이면이나 틈, 횡간 등을 통하여 다양한 시각에서 다시 읽고, 즉 다시 해석하여 쓰고자 하는 작업은 매우 중요한 의미가 있는 것이다.

연암의 한문단편소설에 대한 연구는 지금은 고인이 되신 필자의 스승이기도 한 김일근 선생님의 위대한 업적이라고 감히 말할 수 있다. 그래서 한국문학사의 큰 획을 그어 놓은 연구 「연암 소설의 근대적 성격」은 후학들의 연구 활동에 큰 도움이 되어 왔다고 감히 단언할 수 있다. 연암의 생애, 사회적 배경, 실사구제학파의 계몽사상 등을 문학적 배경으로 다루어 연암의 소설에서 반봉건성과 풍자성을 추출하여 연암의 근대적 성격이 다음 평민문학에 의해 계승 발전되었으며 신소설에 전달되었음을 밝혀내었을 뿐만 아니라, 한국 현대 (근대)문학의 출발점을 17세기까지 이끌어 내었던 것이다. 그래서 연암 박지원의 작품에 대해서는 그간 많은 논의를 통해 작품의 구조나 문체 등을 그의 실학사상과 연관시켜 당대 사회의 모순을 비판한 것으로 자리매김 되고 있다.

지금은 너무도 진부한 기표로 자리매김할 수도 있는 페미니즘의 의미는 기존의 남성 중심적인 전통에서 사회의 모순 속에 특수한 형태로 내재해 있는 여성문제를 포착해 내고 올바른 전망을 제시하려는 일련의 움직임을 지칭하면서, 곧 페미니즘은 남성 특유의 사회적 경험과 지각 방식을 보편적인 것으로 표준화하려는 태도에 문제를 제기하고 여성적인 것의 특수성이나 정당한 차이를 정립하고자 하는 것, 여성억압에 대한 관심에서 출발하여 그 타파를 지향하는 것, 여성을 억압하는 객관적 현실을 올바르게 파악하여 그 해결을 모색하는 것 등의 움직임을 그 내부에 포함하게 된다. 이런 의미에서 페미니즘은 특정한 방법론이라기보다는 하나의 전망에 해당한다고 할 수 있다. 이때 중요한 것은 여성과 남성이 어떻게 다른가라는 문제가 아니라 여성이 어떠한 역사를 통해 오늘날의 여성에 이르렀는가 하는 점이다. 그렇기에 언젠가는 지워져야 할 것이고, 그래서 페미니즘이라는 기표 대신 그 자리에 휴머니즘이란 기표가 채워져야 할 것이다. 그렇기에 페미니즘은 남녀가 동등하게 사회적 삶을 이루어 나갈 수 있도록 해 준 한 시대의 여성주의였음을 결코 간과해서는 아니 될 것이다.

연암은 실학사상을 바탕으로 풍자와 해학의 문체로, 이상적인 사회를 추구하는 작품 세계를 구축하고 있는 작가라고 볼 수 있다.

연암의 작품 가운데 특히 『열녀함양박씨전』은 시대를 초월하여, 즉 새로운 시각에서도 깊이 있게 읽혀질 수 있는 작품이다. 작품의 틈이나 이면, 행간 등 심층구조를 읽어낼 때 작가 의식에서 더 나아가 당대 사회의 남성 지배 체제가 얼마나 여성을 억압적이게 했는가를 비판할 수 있는 작품이기 때문이다. 왜냐하면 연암이 살았던 조선조의 사회는 유교적 전통에 바탕을 두고 여성에게는 삼종지도, 남존여비 등의 사상이 뿌리 깊은 사회였기 때문이다. 이와 같은 상황들은 가부장제를 더욱 견고히 하여 남성 중심적 사고 속에서 형성된 사회적 제도들이 여성의 억압을 가중시키는 요인으로 작용을 한다.

따라서 새로 읽고 다시 쓰는 작업은 기존의 전통 독서라 할 수 있는 남성 중심적 사고에서 벗어나 『열녀함양박씨전』을 페미니즘적 시각에서 다시 읽기(보기)를 함으로써 그간 간과되거나 가려져 보이지 않았던 부분을 재발견하여 연암 문학이 지니고 있는 가치 체계를 한층 더 부각시킬 수 있다.

2. 연암이 바라보는 열녀들

『열녀함양박씨전』은 두 개의 삽화가 연결되어 있는 작품이라고 볼 수 있다. 동전을 굴리며 인욕(성욕)을 이겨낸 여인과, 남편의 제삿날 자결한 함양박씨 삽화가 병치되어 있기 때문이다. 전자의 삽화를 주목하게 되면 인간성의 긍정과 여성 성욕의 인정 등이 글의 주제로 파악되며, 후자에 주목하면 전에 흔히 보이는 진부한 이야기로 간주되기도 하기에 과연 이 작품을 어떻게 어디를 어떤 방식으로 읽어내야 할 것인가 하는 문제에 봉착하게 된다. 때문에 다시 읽어 다시 쓰기의 작업은 결코 녹녹치가 않은 작업이다. 하지만 시각을 확대하면 이 문제는 연암 글의 문체적 성격을 어떻게 볼 것인가 하는 큰 문제와도 관계가 된다. 다시 말해 뒤의 삽화를 중심으로 보면 전의 보편적인 형식과 내용을 유지하고 있는 순정한 문체로 생각할 수 있으며, 반대의 경우 문체반정의 대상으로서의 연암체를 상정할 수가 있다. 『열녀함양박씨전』은 사평이 앞에 있으므로 열전체의 변체라는 것은 이미 지적된 바 있고, 또한 이 사평 밑에 두 개의 삽화가 연결된 것으로 보고 작품을 분석한 논자도 있다.

필자가 하는 다시 읽기의 의미화 과정이 고전문학의 세밀한 구조나, 양식, 문체 등을 연구하는 것이 아니고 다만 작품 속에서 표출되는 여성 인물을 통하여 여성 의식을 살펴보는 것이기에 여기서 '박씨'라는 여성 주체를 중심으로 해서 두 삽화를 함께하여 새롭게 쓰기를 해 나갈 것이다.

서사구조를 아주 짧게 정리하면, 첫 번째 삽화는 동전을 굴리며 성욕을 참아낸 수절과부 이야기이고, 두 번째 삽화는 자살한 함양 박씨 이야기이다. 그런데 두 삽화의 뒤에 붙어 있는 연암의 평을 이해하는 방법에 따라 구조를 달리 볼 수도 있다는 점에 이 작품이 지닌 가치는 새롭게 독자들에게 다양하게 도그마를 허락해 준다. 다시 말해 각 삽화의 평을 어디까지 끊어서 어떤 내용으로 받아들일 것인가에 따라 전체 작품의 골격을 달리 생각할 수도 있다는 것이다. 이러한 맥락에서 앞의 사평과 두 삽화에 대한 평의 관계를 주목하여 단락을 파악해 보면,

- '개가자손 물서정직'에 따라 평민 여인들까지 과부로 지내니 옛 열녀의 뜻은 오늘날에 와서는 과부가 된 셈이다.
- 명신인 아들이, 과부 자손의 벼슬을 막으려 하는 것을 알고 과부

인 그 모친이 동전을 굴리며 인욕을 감내하여 살아온 내력을 이
야기했다.

군자들이 듣고 열녀라고 했다.

- 고절, 청수이지만 자살하지 않은 이유로 이름이 드러나지 않았을
  뿐이다.
- 내가 안의현에 있을 때 임술회 아내가 남편이 죽은 지 3년 만에
  자살했다.
- 함양 군수 윤광석이 <열부전>을 짓다.
- 친척들이 망령된 생각을 할 것을 피해 2년상에 죽으니 어찌 열부
  가 아니겠는가

논의의 편의를 위해 앞의 단락을 좀 더 간략히 요약해 보면, 평민의
여인도 절개를 위해 남편을 따라 자살하니 지나치지 않은가란 말이다.
다시 말해 동전을 굴려 인욕을 이겨내며 죽지 않고 아들을 길러낸 부
인. 그녀는 고절, 청수이지만 자살하지 않아 이름이 드러나지 않았을
뿐이다. 내가 안의현에 있을 때-남편 따라 자살한 함양박씨- 지아비가
죽은 것과 같은 날 그 처음 뜻을 이룩했으니 어찌 열부가 아니겠는가.
이처럼 소문이 있는 과부 자식의 청로를 막으려 했던 두 아들의 논
리에 따른다면 함양 박씨는 죽는 것이 마땅했으며, 그로 인해 열부가
된다. 과부로 살아남는 일로서는 '개가자손 물서정직'을 만족시키는
일도, 그리고 절개를 지키는 행위도 아니었기 때문이다. 따라서 이때
의 두 아들이라는 인물은 당대 박씨의 전을 쓴 여러 아전들과 같은
가치관을 지닌 남성들로서 상징적 의미를 지니고 있다고 볼 수 있다.
이 두 아들의 논리는 당대 남성 중심적 사고로서 어머니의 현실 앞에

서는 무너지고 만다. 어머니는 동전을 '인사부'라 하면서 그것을 가지고 음양의 원리에서 비롯되는 정욕을 견뎌냈던 과거를 아들들에게 스토리텔링 하고 있기 때문이다. 정욕을 이겨내지 못했으면 죽을 수밖에 없었다는 것, 정욕을 이겨냈기에 오늘날까지 자식 잘 키워내며 살 수 있었다는 말이다. 여인(어머니)은 밤마다 정욕이 일어날 때, 즉 그것을 이기지 못해 자살 충동을 느꼈을 때마다 위기의 순간을 넘겨준 인사부의 공을 못 잊는다고 텔링 하고 있다. 이러한 논리대로라면 자살이란 정욕을 이기지 못한 사람의 행동의 결과로 친척들이 애달파할 것이고, 또 주변 사람들이 잘못 생각할 것이니 죽는 것이 낫다는 박씨의 자살논리는 표면적인 것이 되고, 그 심층구조에는 정욕을 이기지 못한 때문이라는 것이 바로 연암의 작가 의식이며, 연암은 그것을 슬쩍 돌려 다시 스토리텔링을 독자들에게 하고 있는 것이다.

따라서 연암의 이러한 작가 의식 속에는 과부 아들의 출세를 막은 당대 유교적 체제하의 보편적인 인간들, 특히 사대부계층의 남성 중심적 사고를 비판한 것이고, 자살한 과부를 열녀라고 칭송하는 당대 사회제도를 비판한 것이 된다. 환언하면 과부들이 자살하고 자살하지 않은 실제의 이유가 무엇이며, 진정한 '열부'가 어떤 여성인지를 논하고자 했던 것이다. 이를 거칠게 쓰자면 젠더 공간에서 얼마나 여성들이 남성 지배담론에서 순응할 수밖에 없었는가를 연암은 까발리고(?) 있는 것이다. 그 옛날에 너무도 멋진 한 남성이 살고 있었던 것이다. 옛날도 아니 불과 삼백여 년 전에 말이다. 그렇기에 '열녀'라는 의미가 여성에게만 주어지는 남성의 또 다른 권력하의 억압된 칭호이며, 남성들이 만들어낸 장치였음을 결코 숨기지 않고, 강력하게 폭로해주는 측면이 된다.

　만약 정욕이 일 때마다 자살 충동을 동전이란 사물을 이용해 극복하고 두 아들을 잘 키워낸 부인이야말로 문자 그대로 곧고 바른 의지를 지닌 '열녀'가 아닌가 하는 측면에서 연암의 사고를 읽어낸다면 이는 크게 남성 중심적 시각에서 벗어나지 못한다. 하지만 연암은 타자, 곧 독자들에게 문제의식을 갖게 했던 것이다. 그는 열녀란 그저 묵묵히 참아내며 자식이나 잘 키워야 되는가, 그도 아니면 지아비를 따라 자살까지 해야 후대에 열녀라는 칭송을 듣는 것인가에 대한 가치판단을 이미 한 후에 독자(당대 남성 중심 지배담론)들에게 던져 줌으로 해서 쓴소리를 한바탕 하고 문제의식을 청자들이 갖게 할 뿐 아니라, 이미 페미니스트로 활동했음을 드러내고 있는 것이다. 이미 연암의 의식은 당대 조선조 유교사회에서 형성된 모순된 제도에 의해 규방의 아녀자들에게 짐 지워졌던 남성 중심의 사유에서 벗어나, 한 국문학을 통해 휴머니즘을 서구보다도 몇 단계 더 앞서서 강조했던 측면이라고 볼 수 있다.

　이처럼 조선조 유교체제하에서 가부장적인 견고한 사고는 여성의 육체와 여성의 말하기, 여성의식 등에까지 침투되어 얼마나 여성들을 억압했으며, 얼마나 남성 중심적 사고로 여성을 옴짝달싹 못하게 하여 남성에게 여성의 삶 전체를 순종케 하고 있었는가를 『열녀함양박씨전』에 적나라하게 담아낸 것이다. 연암이야 말로 실학을 논할 필요조차 없이 한 사상가로서, 이상 사회를 추구한 문장가로서, 신분제도 폐지와 양반의 위선적 삶을 폭로하고 사회적으로는 인간의 평등함을 주장함으로 해서 이십일 세기인 지금도 성폭력에 시달리고 있는 현내인들에게 남녀의 동등하고 멋지고 아름다운 삶을 추구하는 선구자였음을 독자인 나를 비롯해 우리들은 인정하지 않을 수 없는 것이다.

3. 남성 지배담론이 만든 열녀들

케이트 밀레트는 남성과 여성의 관계 안에는 힘과 지배의 개념이 작용하고 있으며, 이를 정치에 비교할 수 있다고 주장한 바 있다. 짧게 요약하자면 한 집단의 인간이 다른 집단의 인간을 지배하는 권력구조를 정치라고 할 때, 남녀 양성의 관계는 철저하게 이러한 정치논리를 따르고 있다는 것이 따르고 있다는 것이다. 이와 같이 지배와 복종의 관계로 고착화된 남녀의 관계는 가부장제를 통해 교묘히 이루어지고 있으며, 가부장제는 어떠한 체제도 피지배자에 대하여 이와 같이 완전한 지배력을 행사해 온 일이 없는, 유례없는 지배이데올로기가 된다. 그리고 이때 이러한 권력이 행사되는 첫 번째 대상은 인간의 육체이며, 권력은 인간의 몸을 억압하고 고문함으로써 육신의 형태를 조작하고 재조절하며 이 치밀한 전략으로 온순한 육체로 다시 탄생(?)시키게 된다.

연암의 작품에서 자살하지 않은 '여인'과 자살한 여인인 '함양박씨'의 관계 속에서 바로 이러한 측면들이 담겨 권력의 전략들이 교묘히 가려져 있으며, 이것이 심적 갈등 요소로 작용을 하고 있음이 짙게 배어져 있으니 참으로 흥미 있는 일이다. 왜냐하면 케이트 밀레트보다 수백 년 앞서 살았던 동양의 한 남성에게 이미 진정한 페미니스트가 살고 있었으니 얼마나 재미있는 일인가 여기서 재미있다고 필자가 표현한 것은 조선조 유교하 삼종지도의 모순을 드러내는 동시에 서구 페미니즘보다 한국이 실상 더 앞서 있기 때문이며, 여성이 강력하게 주장해야 할 것을 남성이 주장했다는 점이 바로 재미있는 일이라고-결코 가볍지만은 않은 필자의 읽기이다- 써 본 것이다.

동서고금을 막론하고 결혼한 여성이 처한 상황의 핵심적 구조물로
서는 크게 생산, 출산, 성, 자녀 양육 등의 네 가지를 들 수 있다. 이
네 가지는 서로 결합하면서 여성의 위치를 복합적인 것으로 만든다.
그런데 그중에서 여성의 도덕적 인식을 구성하는 것이 바로 모성이
다. 이때 여성의 신체성을 통해 여성의 생물학적 모성을 지지하려는
입장은 개연성을 지닌다. 이는 여성을 인간 활동의 다양한 장으로부
터 배제하고 오직 여성의 영역이라는 긍정된 범위로 국한시키고 성
적·정치적·사회문화적 주변인으로 만들어서 종국적으로 가부장제
적 이데올로기를 합리화하는 중요한 기제가 되기 때문이다.

조선조 사회는 여성에게 삼중고에 시달리게 했다고 해도 과언은
아니다. 여기서 삼중고란 가부장제, 삼종지도, 유교적 규범인 칠거지
악이 여성들의 질곡으로 작용하면서 여성 억압의 장치로 악용되고
있다. 왜냐하면 여성들을 규제하는 모든 제도와 규범이 엄격하여 여
성들에게 그러한 것들을 지키도록 강요해 왔으며, 사회의 규범은 항
상 남성들에게는 열려 있고, 여성들에게는 지켜야 할 필수적인 것들
이었기 때문이다. 이러한 제도들은 분명히 사회적으로 구성된 젠더공
간에서의 모순된 구조들이다. 이러한 절박했던 여성의 문제를 형상화
하고 포착해낸 것이 바로 『열녀함양박씨전』에서의 작가의 멋진 의식
이라고 할 수 있다.

'과부가 된 여인'은 자신의 육체적 고통을 스스로 억압시킨다. 그
래서 세계로 나아가는 통로가 차단된 상태에서 그저 자식을 잘 키워
낸 것으로만 비로소 열녀라는 칭송을 남성들에게 듣게 된다. 이는 여
성이 육체적·정신적 존재로서 지니는 가치가 가리어진 채 바로 '모
성성'으로 대체되었기 때문이다. 그래서 여성에게는 무조건적이고 희

생적인 모성성을 요구하는 어머니라는 위치가 가장 확실하게 존재 의미를 부여하게 한다. 과부가 된 여인은 동전을 사용하면서까지 정욕을 참아가는 고통 속에서도 모성성을 잃지 않고 있다. 이는 긍정적인 측면이다. 그러나 여기서 간과할 수 없는 것은 이런 모성성이 여성의 정신적 우월성마저 도구화하는 측면에서는 부정적이 된다. 모성 이데올로기가 여성의 육체적이고 본능적인 삶을 방해할 수 있을 때 문제가 되기 때문이다. 왜냐하면 모성성이 선천적 자질이라고 생각할 경우 가족을 위한 여성의 희생과 인내는 당연한 것이 되어 가부장제 이데올로기를 합리화화기 때문이다. 이것은 당대 조선의 사회제도의 모순 속에서 남성에게만 주어진 특권 아닌 특권으로 자리하고 있다. 다시 말해 과부가 된 여인은 육체적·정신적 존재로서의 여성성이 억압된 채 다만 자식을 키워내는 모성을 지닌 여성으로만 인정받게 되며, 급기야 이러한 여성만이 열녀로서 남성들에게 칭송이 되고 있기 때문이다. 이는 가부장제하의 전통 사회에서 남성 중심의 사고, 즉 사회적으로 구성된 젠더 공간에서의 여성의 위치가 된다. 여성의 위치는 가정이며, 여성의 임무는 가족 구성원을 돌보고 그들에게 정서적 안정을 제공하는 것이라는 사회적 통념을 의미하는데, 이러한 통념은 과부라는 여인이 동전을 굴리며 인고하는-재가를 허여치 않는 사회적 제도로 인해- 행위 속에 여성으로서 겪어야만 하는 갖은 고통이 묻어 있는 것을 간과하고 있다. 이러한 상황은 여성의 욕망에 대한 희구가 자칫 모성과 여성성의 이분화, 혹은 여성의 창조성에 대한 경시로 이어진다. 동전을 굴려가며 수절한 과부의 행위가 당대의 성/비속, 규범/본능 등의 지배적 담론과 남성 중심적 사고 속에서 황폐한 시대와 역사의 통증을 앓는 여성의 몸짓이기 때문이다. 그렇기에 육체적 욕망을 인고하며 살아낸 과부의 모성성은 긍정적일 수도 있으며, 한편 과부라는 한 여성은 모성을 지닌 어머니로서뿐 아니라 본능을 느끼는 한 여성으로서의 처절한 삶-동전을 굴리면서까지 육체적 고통을 감춰야 하는-을 침묵으로 대신 할 수밖에 없는 사회적 모순을 드러낸 측면에서는 부정적인 요소가 된다. 이는 여성에게 의무, 희생, 수절, 책임을 강요하여 모성이라는 허울 속에 집어넣으려는 남성 지배체제의 사유를 적나라하게 파헤친 측면이라고 할 수 있다.

조선조 여성들의 삶-개가자손 물서정직-이 자유의지에 의한 자의적 선택을 통해 그러한 행복을 느낀다면 그것은 억압이 아니지만, 타의에 의해-유교적 전통사회의 사고- 개가금지나 자살로 그러한 선택을 강요받는다면 그것은 여성에게는 억압일 수밖에 없다. 이는 남성 중심의 사유 틀과 모순된 사회제도들이 여성의 육체적이고 심리적인 모든 욕망을 침묵 속에 가두고 있기 때문이다.

4. 자살이 아닌 자살 당함

죽음은 무엇인가. 죽음은 인간에게 어떤 의미를 지니는가. 일반적으로 우리는 흔히 죽음을 말하기 위해서 삶을 이야기하고 삶을 말하기 위해서 죽음을 말하기도 한다. 객관적으로 드러나는 죽음의 현상은 자살과 타살, 또는 자연사와 병사의 형태이다. 이러한 죽음은 어느 시대에도 변하지 않는 인간 삶의 보편적인 주제인 만큼 문학 역시 끊임없이 죽음에 반응하는 모습을 보이기도 한다. 죽음과 탄생은 자연질서의 한 부분이지만, 문학에서 드러나는 죽음 가운데 특히 자살에 따른 인식의 문제는 그 의미를 달리하면서 특수한 형태로 문학에 반영되었을 때 또 다른 의식을 갖게 하는 문제 틀을 이루고 있다.

그렇다면 함양박씨의 죽음, 즉 '자살'의 의미는 어떠한 양태를 지니고 있을까. 이는 연암의 작가 의식을 포착해내는 문제이기도 하지만, 함양박씨라는 여인을 당대의 여성 인물의 대표성을 지닌 여성으로 간주할 때에 폭넓은 맥락에서 풀어놓아야 할 문제가 된다.

남편의 2년상에 그만 자살을 하고 만 여인을 열녀라고 칭송하는 부분에서는 당대 사회의 남성 중심 사고가 첨예하게 드러난다. 이는 여성상에 대한 왜곡-남편 따라 죽어야 열녀라고 칭송하는-이 숨겨진 남성들의 특권 의식과 이기적인 양상들이다. 다시 말해 권력을 가진 입장에서 자신에게 유리한 쪽으로 상황을 몰고 가는 남성 중심의 지배담론은 사회의식에 있어서는 진보적일 수도 있겠으나, 가족제도나 여성관에 있어서는 너무도 보수적인 것, 그래서 아무런 근거도 없이 여성을 남성들에게 종속시킴으로 해서 남성은 어떠한 행동을 해도 상관없지만 과부는 스스로 목숨을 끊어서라도 정절 이데올로기를 감수해야 한다는 것 등으로 함축된다. 곧 이러한 남성 중심의 권력 이데올로기, 즉 남성들의 일방적인 권력으로 인해 자살 속에 숨겨진 여인의 고통은 배가된다는 것을 간과한 채로 열녀라는 허울로 여성의 정절 이데올로기를 견고하게 하는 것이다. 연암은 바로 이러한 측면을 작품을 통하여 가감 없이 드러냄으로써 이 두텁기만 한 껍질-유교적 전통사상으로 가부장 특권과 삼종지도로 무장된 사대부가의 지배체제- 등을 벗겨 내어 속살의 아름다운 양태를 독자들에게 보여 주고 있는 것이다.

그렇다면 과연 함양박씨의 자살의 진정한 의미는 무엇인지 읽어보도록 하자. 다시 말해 자살이라는 기표 아래로 수없이 미끄러지는 기의를 읽어보자는 뜻이다.

'남편'이 아내보다 먼저 죽었기에 '아내'는 남편을 따라 죽어야 마땅하다는 논리. 이 끔찍하다 못해 비인간적이기까지 한 당대 사회적 관습이나 제도에 거부하지 않기 위해 조선조 여성들은 순응의 자세를 취할 수밖에 없었기에, 이를 거부하기 위해 자살이라는 다른 행위를 택했던 것이다. 그렇다면 이러한 여인의 내부 심리 혹은 의식, 무의식에 숨겨진 의미는 무엇인가. 자살은 삶에 대한 거부 방식의 가장 최정점에 놓여 있는 행위나 다름없다. 이러한 자살 행위가 자의에 의하든 타의에 의하든 조선조에 살았던 과부가 된 여인은 스스로 목숨을 끊음으로써 여성적 삶과 인간적으로 동등한 사회적 대우를 받지 못한 여성의 진정한 삶은 무엇인가에 대한 수많은 질문, 문제의식을 수 세기가 지난 지금까지도 독자들에게 던져 주고 있다. 이는 당대의 작가가 당대 사회의 모순을 그대로 드러낸 측면으로 역사주의 비평 관점에서도 매우 가치 있는 작가 의식이 되고 있다.

죽음은 생의 종말이기 때문에 산 자들에게 경고를 줄 수 있는 또 다른 무기가 되기도 한다. 특히 자연사가 아닌 자살이라면 더욱 그 의미는 심각하게 된다. 문학의 효용성에는 교육적·계몽적 요소도 있다. 작가들은 그 방법을 나름대로 다양한 장치로서 제시한다. 죽음의 한 측면인 자살도 하나의 장치라고 할 수 있다. 흔히 죽음을 통해 주위 사람들에게(세계, 타자, 독자층 등) 무엇인가를 일깨워 경종을 울리는 것을 목적으로 하거나, 그것을 통하여 다른 세계로 나아가는 것을 목적으로 한다면, 전자의 경우는 현실에 더 비중을 둔 것이며 후자는 막다른 골목에서 도피처로 나아가는 것이거나, 또는 재생을 통한 더 나은 세계로의 전환을 꿈꾸는 것이다.

『열녀함양박씨전』에서 여인의 자살의 의미는 또 다른 세계로 나아
가는 죽음으로 자유로의 탈출, 도약, 비상을 의미하는 죽음인 동시에,
'대상화된 죽음'으로 주체가 막다른 골목에 처했을 때 택할 수밖에
없는 마지막 출구로서의 죽음이 '자살'이기도 하다. 후자로서의 자살
은 자살이 아니라 '자살 당함'이나 다름없게 된다. 때문에 자살 당한
여인은 자살 행위를 통해 자유로의 탈출, 재생, 승화의 의미를 지니기
이전에 당대 지배담론에 대한 말없는 저항의 의미를 강하게 드러낸
측면이라고 할 수 있다. 우리의 '단군 탄생' 설화에서 단군의 어머니
웅녀가 한 여인으로 변화되기 전, 곰으로 동굴에 들어가 끔찍한 고통
을 인내로 견뎠을 때 비로소 곰으로서의 육체가 소멸되고 한 여인으
로 재생하는 이야기나, 심청이 선원들을 따라가 인당수에 빠지는 심
청전의 이야기 등에서 나타나는 죽음은 타자에 의한 죽음이 아닌가.
다시 말해 아버지의 눈을 뜨고자 하는 행위에서, 선원에게 팔려가 공
양미 삼백 석과 자신, 즉 죽음과 맞바꾼 행위는 자신 때문이 아니라
아버지인 타자 때문에 빚어진 행위인지도 모른다. 이렇듯 문학은 어
떻게 읽어내는가에 따라서 다시 쓸 수 있는 것이다. 이 얼마나 멋지
고 통쾌한 일인가. 적어도 지배자 앞에서 당당히 대항할 수 있는, 그
래서 펜의 힘이 아닌가.

그렇기에 함양에 살았던 박씨라는 여인, 이름도 없이 '박씨'인 여
인의 끔찍한 죽음은 몸의 해체를 통한 새로운 존재로의 재탄생을 함
축하는 동시에 이것은 결코 죽어 없어지는 육체의 소멸이 아닌 것이
다. 권력을 휘두르는 자들에게 대한 도전의 행위이며 깨우쳐 주는 저
항의 몸짓이기 때문이다. 따라서 대상화된 죽음, 박씨의 자살 행위는
의지적인 희망의 결과이어야 하기 때문에 자살일 경우 죽음의 세계

는 모든 것이 절망으로 끝나버리는 종말이 아니라 현실에서 이룰 수 없었던 것을 풀어 놓을 수 있는 가능성으로 오늘날 우리들 가슴팍에 팍 꽂힐 수 있는 것이다.

이쯤해서 다시 한 번 박씨라는 여인의 심적 고통을 상상 아닌 실제로 인식해 보자. '함양박씨'는 남편이 죽은 지 2년을 살다가 끝내 '자살'하고 말았다. 여기서 박씨의 고충은 이중적이다. 정신적이고 육체적인 고통이 그 맥을 같이 하기 때문이다. 살아남는 일이라 해도 당대의 관습이나 제도로 인해 평생을 수절해야 하므로 개가는 더욱 더 있을 수 없는 일이며(19세 나이의 젊은 과부였음에도 불구하고), 젊은 나이에 겪어야 할 육체적 고통은 얼마나 큰 것인지 감히 짐작한다면 이것도 모순이 될까 두렵다. 결국 박씨라는 젊은 과부에겐 이미 대상화된 죽음(남성 지배담론이 만든 것)이 검은 그림자처럼 따라다녔던 것이기에 자살로 끝이 나게 했던 것이다. 결과적으로 박씨라는 여인 하나뿐이 아닌 것이다. 박씨는 당시 자살한 과부들의 대변인지도 모른다. 이 수많았던 과부라는 여인들의 이중, 삼중으로 말할 수 없이 컸던 고충을 연암은 어떻게 읽어낼 수 있었을까. 그것이 필자에게는 마냥 의문이다. 아니 연암이었기에 가능했다고 감히 쓸 수밖에 없는 필자의 도그마다.

그런데 여기서 간과할 수 없어, 그래서 더욱 씁쓸하게 읽혀지는 것은 한 과부의 자살이 당대 조선조 사회의 남성들에게는 '열녀'로 비춰지는 기가 막힌 모순에 도달하게 된다는 점이다. 한 여인의 자살을 열녀라고 보아야 하는 모순. 여기서 연암 박지원은 두 개의 삽화를 병치함으로써, 즉 두 여인의 모순된 삶을 그려냄으로써 당대의 사회적 제도에 대하여 날카로운 비판을 은근히, 아니 너무도 적나라하게 드러내는 것이다. 이 얼마나 통쾌한 일인가. 한 남성에 의해 그 견고하기만 한 조선조 남성들을 단 한방으로 무너뜨려 버렸으니 말이다.

때문에 함양박씨의 죽음의 형태, 곧 자살은 자살이 아니라 자살 당함, 즉 과부의 대상화된 죽음은 개인적으로는 남성 중심 지배담론의 횡포에 대한 고발이고, 사회적으로는 당대의 악법-개가금지, 평생 수절-에 대한 일종의 경종을 울리는 장치로 작용함으로써 여성 자신에게는 육체적·정신적 고통에서 벗어나는 길이 되는 것이다. 그렇기에 이와 같은 자살의 상반된 의미는 다른 여인(과부, 사회, 세계, 타자)들, 즉 살아남은 자들을 위한 몫이 되는지도 모른다. 더 나아가 여성적 삶으로부터 인간의 존재론적 자각에 다다르게 한다. 그래서 함양박씨의 자살 속에 담겨지는 여성 의식은 수절의 억압적 삶과 자신을 가두는 공간들에 대한 저항인 동시에 자기가 놓인 시공으로부터의 탈출이며, 자기 공간의 부재에서 비롯된 배회이다. 이것은 여성정체성의 확립과 존재 전환의 문제이며, 자살의 배경에 고여 있는 시대의 썩은 제도와 유교 전통 사회에 대한 강력한 도전이다. 때문에 박씨에게 붙여진 열녀라는 칭호 또한 남성 지배체제하에서 버려져야 할 이데올로기는 전면으로 드러나 무너지고 마는 것이다. 이 낡아빠진 이데올로기에 연암은 너무도 큰 바위를 통째로 자신 있게 던진 것이라 할 수 있다. 박씨의 자살은 정절이데올로기에 대한 처절한 절규이며, 그 것은 남성 중심적 사회에 의해 밀려나고 버려진 수절하는 여성들이 서 있는 젠더 공간에다 마치 파시스트 속도의 힘처럼 연암은 던진 것이다. 결국 함양박씨의 자살은 더럽혀진 가치들, 즉 사회제도의 모순들, 개가 금지 등의 비인간화에 대한 도피로서의 죽음이 아니라 자살을 통해서 비인간적인 것들에 대한 역설적인 해체와 소멸의 과정을 통해 새로운 형태의 인간적 삶(남녀평등)을 제시하려는 의미론적 도구로서 기능하고 있는 것이다.

이것이 연암 박지원의 이상사회의 추구이며, 어쩌면 남녀 평등함을 인정하는 현실세계의 유토피아를 향한 진정한 작가 의식인지도 모른다. 연암의 의식은 휴머니즘이라는 과정 속에 놓인 페미니즘과도 일맥상통하는 여성 의식의 한 측면을 극명하게 드러낸 것이다. 부언하면 페미니즘의 한 요소라고 할 수 있는 모순된 성문화 자체에 대한 깊은 성찰이나 가벼운 문제 제기라기보다는 혹 남성에겐 자유로운 성 의식(수절, 개가)이 여성에겐 불결하고 비도덕적인 것으로 간주되는 이중적 인식(정절 이데올로기)에 의해 여성에게는 남녀 불평등과 함께 소외와 억압을 가중시킨다는 점에 대해 더욱 비중을 두고 비판한 것으로 받아들일 수도 있다. 어쩌면 연암은 오늘날 오염되고 엉망진창인 성문화에 대하여 이미 각성을 불러일으키고 있었던 것이 아닌가 싶다.

5. 연암의 열녀들은 아직도 존재할까

지금까지 연암 박지원의 작품 가운데 『열녀함양박씨전』에 대해서 그간 간과되었거나 가려져 보이지 않은 부분을 여성 시각, 즉 페미니즘적 관점과 역사주의, 탈식민주의 등 다양한 시각에서 작품을 다시 읽고, 다시 쓰기 해 보았다.

조선조 가부장제는 유교적이고, 계급사회이면서 가부장제로 인해 여성들, 특히 과부들에게는 너무 많은 측면에서 억압적인 사회였다고 할 수 있다.

　연암의 실학사상에 부가된 풍자, 해학을 띤 현실 반영의 작품 가운데 하나가 『열녀함양박씨전』이라고 한다면, 작품 속에 등장하는 여성 인물들은 풍자적인 작품에서 드러나는 인물처럼 환상적이라거나 그렇다고 현실 초월적인 인물이 결코 아니다. 이 여성들은 당대 사회나, 아니면 현대 사회에서도 살고 있을 법한, 아니 당연히 존재했던 너무도 현실적 여성 인물들로 읽혀진다.

　동전을 굴려가면서 자신의 살을 후벼 파는 고통을 감수하면서까지 인고를 견뎌내고 자식을 키워 낸 과부의 수절과, 모성성에 대하여 열부로서 칭송되는 것은 오히려 여성의 육체와 정신이 모두 억압되고 종속되어진, 그래서 망가질 대로 망가져 다 훼손된 여성은 남성 이데올로기가 만들어 낸 허상이다. 연암의 작가 의식, 즉 문제적 개인이었던 연암은 어머니로서 비유되는 여성적 삶의 부재의 현실을 확인해 주었을 뿐만 아니라, 수절을 자살로 대체한 함양박씨의 삶을 통해 당대 사회의 부패한 사회적 제도의 징후를 강력하게 드러내었던 것이다. 덧붙인다면 인고를 견디며 자식을 키워낸 여인의 수절은 남성 중심 사고에서 만들어진 허구적인 여성상이며, 박씨의 자살에 덧붙여진 열녀의 의미는 가부장제의 견고한 권력에 정면 대응하기 위한 자기 소생의 몸부림으로 부각시킬 수 있다. 이는 과부인 여성으로서의 삶, 즉 수절하는 삶이 생명 부재의 현실을 확인하게 하는 절규이자, 동시에 이를 넘어서고자 하는 몸짓으로 독자들에게 그 의미를 다시 읽게 하고 있기 때문이다. 곧 모순된 사회제도에 정면 대응하는, 그래서 여성도 주체라는, 진정한 여성적 삶에 대한 경종인 것이다. 때문에 적극적인 자기 해체, 자살이라는 죽음 행위를 통해 자기 죽이기, 자살 당함의 끝에서 되살아나는 의식, 여성적 삶, 남녀 평등한 사회, 남녀 동등한 삶이 용납되는 이상적 사회로의 추구라 할 수 있다. 이러한 점이 연암의 진정한 휴머니즘적 의식으로 작용하여 당대 사회를 비판하고 이상 사회의 추구, 즉 남녀의 평등한 삶을 추구함으로써 사회개혁을 요구하려는 측면을 드러내 주는 요소가 되는 것이다.

지금까지 과부, 혹은 여성들에게 있어 유교적 전통에 덧입혀져 남성 지배담론 체제하에 만들어진, 즉 개가자손 물서정직 등의 법적 장치들은 수절이라는 허울 속에 여성의 육체와 정신까지도 남성들의 사유로 억압하고 은폐하려는 모종의 권력이었다고 다시 읽어내는 독자가 되어 감히 다시 써 보았다. 죽음은 권력의 한계이자 권력을 벗어나는 지점이며, 삶에 행사되는 권력의 경계와 틈새에 개인적이고 사적인 죽을 권리를 출현시켰다는 푸코의 지적을 상기한다면, 어떤 종류의 억압이나 구속으로부터도 자유로워지고자 하는 여성의 욕구가 자살로 끝나는 것은 권력에 대한 가장 강력하고도 완전한 저항이기에 객관성을 확보한, 그래서 독자로서 또 하나의 도그마를 형성하여 다시 쓰고 있는 것이 아닌가.

이와 같은 모순되는 사회적 제반 요소들을 연암은 문학이라는 장치를 통해 신랄하게 풍자하고 비판한 글쓰기를 한 작가라 할 수 있다. 그는 삼백여 년 전의 한 남성으로서, 남성과 여성이라는 이분법적인 대립이 아닌, 그래서 어떠한 차별도 있을 수 없는 동등한 인간이라는 측면을 드러낸 페미니스트였지 않았겠느냐고 다시 읽기를 한 것이 오류라면 이는 또 하나의 도그마를 제시한 결과가 된다.

앞으로 연암의 원전을 토대로 하여 좀 더 현대 이론을 적용시켜 세밀히 작품 분석을 함으로써 『열녀함양박씨전』뿐만 아니라 수많은 작품도 기존의 편향된 시각을 벗어나 다양한 시각에서 심도 있게 다시

읽고 다시 쓰는 행위가 독자들에게 활발하게 이루어질 때 우리 고전
문학 작품에 대한 의미와 그 가치는 더욱 커질 것이다.

제2부

현대문학,
무엇을 다시-보기해야 할 것인가

박제된 천재 시인 이상, 왜 '박제된 천재'인가

1. 자신을 품고 있는 타자성

인간은 근본적으로 몸(육체)을 지닌 생물학적 존재이면서 언어와 사고능력을 통하여 사회적·문화적 존재로 살아간다. 몸은 환경을 가지는 주체이며, 대우주인 세계의 모든 것을 담고 있는 하나의 소우주로서 그것을 통해 세계와 교통할 수 있다.

이상의 시에서 육체에 관한 문제는 시의 중심 제재가 되는 주요 인식 대상이 된다. 그의 시 곳곳에서 형상화되고 있는 육체에 대한 이미저리들은 그 육체가 실재하는 시·공간과 결합하면서, 때론 여성의 '몸'(정조, 매춘, 창녀, 광녀 등)이 그 기저를 이루고 있다.

중편소설 <12월 12일>(1930)과 시 <이상한 가역반응(異常한 可逆反應)>을 시작으로 1937년 4월 죽기까지 시와 소설 기타 수필, 평론,

잡문 등을 남겼던 이상에 대한 연구는 다른 작가들에 비해 양적으로
나 질적으로나 우리 문학사의 한 궤적을 보여 주고 있다고 할 수 있
다. 이상의 문학에 대해 본격적으로 언급한 1936년 최재서의 "리얼리
즘의 확대와 심화"에서부터 오늘날까지 셀 수 없이 많은 논문과 평전
등에 이르기까지 이상에 대한 관심은 계속되어 왔으며, 최근에는 모
연예인이 이상에 대한 책을 출간했을 정도로 이상에 대하여는 학자
및 일반 대중들에게까지 연구의 대상이 되고 있다. 이 과정에서 드러나
는 이상 연구의 특징은 원전 확정과 그에 따른 주석 및 해석에 대한
교정과 재정리, 인접학문과의 연계, 연구 방법론의 다양화, 텍스트 분
석의 정밀화 등을 중심으로 논의가 전개되어 왔다는 점이다. 다시 말
해 전기적 접근, 심리적(정신분석학적) 접근, 형식적 접근, 미학적 접
근, 철학적 접근 등으로 분류할 수가 있다. 또한 이상에 대한 연구는
문학뿐만 아니라 수학, 미술 등의 분야에서도 다양하게 연구된 것으
로 보인다.

이상 시 연구에 대하여 좀 더 자세히 살펴보면, 1970년대와 1980년
대를 거치면서 이상 문학에 대한 '근대성' 연구가 점점 다양화되고
심화 내지 분석적인 양태를 띠면서 본격적인 탐구가 이루어지게 된
다. 연구 동향에 힘입어 1990년대에는 더욱 그 정도가 확장되고 또
심화되기에 이른다. 이러한 논의는 오늘날까지 우리 학계의 관심인
'근대' 혹은 '근대성'에 대한 통찰로 보인다. 이는 그동안 리얼리즘의
시각으로 평가되고 해석되어 온 우리 근대(현대) 문학을 모더니즘의
시각으로 재평가하려는 인식이 확산됨으로써 텍스트의 내재성과 외
재성의 통합에 대한 깊이 있는 탐구와 함께 근대성에 대한 성찰을 심
도 있게 보여 주는 것이라 할 수 있다. 이상 문학에 대한 그간의 주된

연구는 장르적 측면에서 볼 때에 시보다는 소설 쪽이 많다. 이는 그의 시 자체가 난해한 것은 물론이고, 일문과 한자, 그리고 띄어쓰기 파괴, 난해한 기호(숫자) 등으로 쓰여 있기 때문이 아닐까 하는 소박한 생각과 함께 그의 시의 특성을 대변해 주는 측면이라고 여겨본다.

'어렵다'는 단어가 늘 그림자처럼 따라다니는 이상, 그의 시를 찬찬히 읽어낼 때 너무도 자주 드러나 결코 간과될 수 없는 요소 중의 하나가 '여자'와 '매춘'이라는 기표이다. 이는 여성 또는 여성의 '몸'에 대한 인식 문제로, 이와 같은 요소들은 다시 읽기, 새롭게 읽기, 열린 읽기를 하는 요인을 충분히 지니고 있다. 부언하자면 이상 시에서 나타나는 '정조', '매춘', '광녀' 등의 이미지들은 이상의 육체 의식이 '여성의 몸'과도 상관을 갖게 되므로 페미니즘적 시각, 혹은 더 나아가 포스트페미니즘 시각으로 재고해 볼 수 있는 요소가 된다. 이러한 비평 관점은 남성 중심의 전통적 사회에서 문화적으로 구성된 상투적 여성상을 무정형성, 수동성, 반항성(말괄량이, 창녀, 마녀 등), 불안정성, 폐쇄성, 순결성, 물질성, 육체성, 비합리성, 순종성 등으로 제시될 뿐만 아니라 남성적 양식이 주로 권위, 무게, 합리성, 지식, 이성, 통제 등을 중시함에 비해서 여성적 양식은 직관, 무정형태, 민감, 열정 등의 감성적인 특성을 중시한다고 할 때에 이상 시인의 의식 속에, 즉 그의 시에 자주 나타나고 있는 '여성' 혹은 그 '몸'은 어떠한 양상들로 형상화되고 있는가 문제의식을 가질 수 있기 때문이다.

따라서 이상 시에서 자주 드러나는 여성적 요소들은 이상의 의식, 즉 욕망하는 주체로서 타자와의 욕망 관계가 여성 몸의 억압의 근원과 과연 어떠한 상관관계를 이루고 있을까에 대한 의구를 갖고 정신분석학페미니즘적 시각으로 분석함으로써 이상 시의 새로운 읽기의

한 측면을 드러내 주게 된다.

2. 무의식과 의식을 넘나드는 리비도

푸코의 논의 가운데 주요 기표라 볼 수 있는 육체와 권력 관계를 굳이 빌리지 않더라도 서구나 한국이나 남성 중심 사회(가부장제, 이성 중심 사회, 남성 중심 지배담론 등)에서의 지식과 권력은 본질적으로 남성의 영역이었고, 대부분의 경우 그 구체적인 대상이 여성의 육체였음을 부인하기란 쉽지가 않다. 또한 바흐친에 의하면 육체 하부로 대표되는 여성은 타락시키는 동시에 재생시키는 화신이다. 그런데 이러한 이중적인 여성의 이미지 중에서 부정적인 이미지만을 강조하여 여성을 단지 물질성과 비천함만을 지닌 변덕스럽고 관능적이며 욕심 많은 인물로 바꾼 것은 의도적인 변형으로 설명된다. 또한 육체와 욕망, 그리고 육체와 권력 관계를 볼 때, 흔히 여성의 육체와 연관되어 페미니즘의 주요 공격 대상이 되는 프로이트의 도그마가 바로 여아의 남근선망(penis-envy)의 개념이다. 이와는 달리 라캉은 남근을 생물학적 기관이 아닌 하나의 욕망 기표, 즉 팰루스(phallus)로 설정함으로써 남성과 여성의 권력 관계를 단순히 남성 성기의 소유/비소유의 대립구조로 보지 않기에 페미니스트들은 라캉의 논의를 토대로 이론을 새롭게 형성하기도 한다. 하지만 라캉이 욕망의 기표로 설정한 것은, 즉 페니스가 아니고 팰루스를 설정하였지만 생물학적인 페니스와 비생물학적인 팰루스가 서로 구별되지 않는 한 비판은 면할 수 없게 된다. 여성의 육체에 관한 이러한 논의들을 토대로 할 때 여성의 육체는 생물학적 차원뿐만 아니라 문화적이고 사회적인 구성물이 된다. 이는 '젠더' 공간에서의 시인의 의식을 들여다볼 수 있는 요소로서 작용을 한다. 이러한 맥락에서 볼 때 이상 시에 드러나고 있는 여성의 이미저리들은 여성의 몸, 즉 성과 욕망의 관계로 접근할 수 있다. 다시 말해 이상 시에서 자주 형상화되고 있는 '정조', '매춘', '광녀' 등은 이상의 내면에 자리한 여성의 몸과 주체의 욕망 양상들이 젠더 공간에서의 권력(남성 중심의 지배담론 등)과 연결되는 한 측면이 된다.

2.1. 정조와 매춘의 불화 혹은 화해

흔히 여성의 생식기는 '하나가 아닌 성'을 나타낸다. 즉 두 겹이면서 항상 붙어 있어 복수적인 특성을 보이기 때문이다. 여기서 더 발전하여 여성의 생식기는 그 구조와 의미에 있어서 어떤 논리나 일관성을 지니지 않는 모순과 합일 그 자체를 의미하게 할 수 있기 때문이다. 하나가 아닌 둘, 하나 속의 둘, 하나이면서 둘인 상태는 여성에 대한 남성들의 이분법적 논리가 지니는 억압성을 시각적으로 제시하는 데에 효과적이다. 또한 남성 중심적 시각으로 정립된 이분법에 따르면, 여성성의 하나는 '어머니(성녀)'에 해당하는 정숙한 여성, 가정주부, 자식을 많이 낳아 양육을 잘하는 여성, 즉 좋은 살림꾼으로서의 역할이다. 다른 하나는 '매춘부(창녀)', 즉 모성으로서의 찬미의 대상이 되는 여성은 때로 남성을 사냥하고 파멸시키거나 거세시키는 유혹의 마력을 지닌 요부가 되는 경우가 있다. 요부 또는 요녀란 뿌리치기 힘든 성적 매력으로 유혹하고 묶어버림으로써 남자로 하여금 자신의 과제 수행을 빗나가게 하고, 끝내는 파멸하는 유형의 여인이다.

이들은 관능의 매력으로 남자들을 끌어당겨서 사랑의 충족감을 주는 대신에 그 반대급부로 남자들을 약화시키고 거세시킨다. 눈멀기, 단발, 상징적인 거세이다. 이 유형인물로는 클레오파트라, 서시(西施), 여후(呂后), 달기 등이 대표적인 예가 된다. 이때 여성은 소비의 대상으로서의 역할을 할 뿐이며, 반면에 성녀 마리아와 같은 어머니는 감싸주고 이해해 주며 순종적인 여성을 대변하기에 더없이 아름답지만 굴종과 무기력의 상징인 개념이기도 하다. 이때 어머니의 경우는 예수의 어머니인 동정녀 마리아이고, 창녀의 경우는 모든 죄악의 근원인 이브로 대표된다.

> 내두루매기깃에달린貞操빼지를내어보엿드니니들어가도조타고그린다.들어가도조타든女人이바로제게좀鮮明한貞操가있으니어떠난다. 나더러世上에서얼마짜리貨幣노릇을하는세음이냐는뜻이다.나는일부러다홍헌겁을흔들엇드니窈窕하다든貞操가성을낸다.그리고는七而鳥처럼쩔쩔맨다.

– <白晝>[1] 전문

‘貞操’는 인간의 ‘육체’(정신)와 깊은 관련이 있다. ‘賣春’은 ‘性(sexuality)’을 사고파는, 혹은 약탈과 욕망 채우기의 대상쯤으로 여겨지는 단어다. ‘매춘’과 ‘성’ 사이에 ‘정조’라는 기표는 끼어들 수가 없다. 그러나 이를 뒤집는, 그래서 성과 매춘 사이에도 ‘정조’가 있음을 드러내는 시가 바로 <白晝>이다. 바로 다시 보기 하여 새롭게 이상 시를 읽게 되는 것이다. 그 과정을 찬찬히 분석해 보도록 한다.

---

1) 이승훈 엮음, 『이상문학전집』 1. 시, 문학사상사, 2001.

<白畫>에서의 '정조'는 여성에게만 있는 것이 아니다. 다시 말해 남성에게도 정조가 있다는 말이다. 시적 화자는 남성으로, 즉 '내두루 매기깃에달린貞操'도 있기 때문이다. 이때 남녀의 정조라는 기표는 아주 다른 의미를 띤다. 먼저 남성의 정조는 어떠한 양상을 띠게 되는가 살펴보자. 시적 화자인 남성의 정조는 옷에 늘 달고 다니는 빼지이며, 이 '정조빼지'는 언제 어디서도 모양새나 상태가 시시각각으로 변하고, 변할 수 있어 어떤 옷에든 바꾸어 달고 다닐 수 있는 것으로 시적 주체에게는 인식되고 있다. 그래서 이러한 '정조빼지'에는 남성 중심적 시각 아래 여성의 몸을 도구화(상품화, 매춘)할 수 있는 권력이 내재된다. 이 권력은 남성이 '다홍헌겁'을 어떻게 흔드는가에 따라 정조의 양상이 달라지기 때문이다.

이처럼 남성의 정조는 주체적이고 여성을 도구화하는 대단한 권력을 지닌 기표로 작용하는 반면, '女人'의 정조는 '鮮明한 貞操'요, '窈窕한 貞操'이다. 그런데 요조한 정조에 이물질(화폐)이 침투할 때 '性'은 상품화(매춘)된다. 이는 사랑이 배제된 상태이다. 이물질이 담긴 정조, 즉 시적 화자가 '얼마짜리貨幣노릇을하는' 것처럼 여성의 정조는 곧 남성이 지불하는 화폐의 형편에 따라 요조가 전락되고, 이 화폐는 성적 교환가치로서만 작용을 하기 때문이다. 이때 화폐는 남성의 권력이라는 또 다른 기의들을 형성하게 된다. 이 기표는 남성 중심 지배 이데올로기의 견고하고 모순된 틀로서 작용할 때 시적 자아인 이상의 의식 저변에서 화폐와 여인의 정조는 등가를 이룬다. '요조'한 여인의 몸은 권력에 의해 '마리아적'인 측면을 지우고 '이브적'인 상태로 부각시킨다. 주체(남성)가 '다홍헌겁'(당대 화폐의 붉은 색깔, 또는 여인의 붉은 옷)을 '흔'드는 행위를 취함으로써 가부장적 권력을 드

러내게 되고, 타자(여인)인 여성은 그 권력의 여러 장치에 둘러싸인 도구화된 몸이 된다. 이때 여성의 몸은 남성에 의해 지배당하는 객체로서만 존재하게 된다. 결국 시적 주체의 화폐는 여인의 정조를, 즉 여성 육체의 상품화를 초래하는데, 이는 여성 몸에 대한 억압이며, 사회적으로 구성된 젠더 공간에서 여성을 '타자(the other)'로, 요조한 여인을 타락한 위치로 자리매김하게 하는 것이다.

그런데 이 타자성을 띤 여인의 요조한 정조는 순응보다는 저항의 자세를 취하고 있다는데 이상의 타자 의식을 다시 읽어낼 수가 있다. 바로 시인의 의식 속에서 여인은 성('화')을 내고 있기 때문이다. 이때 여인의 화냄이라는 의미는, 여성의 몸은 그 상처를 통해 자신에게 가해지는 억압과 폭력, 남성 권력, 화폐에 대한 주체로서의 자의식의 드러냄인데, 이상은 타자화된 여인의 자의식을 놓치지 않고 있다. 그런데 이상은 이러한 여인의 화냄을 '七面鳥처럼쩔쩔매는' 불완전한 모습으로 형상화시킴으로 해서 여성의 몸을 '정조'와 '매춘' 사이에 물질이 내재된 모순의 틀로 고정시키지 않고, 끊임없이 칠면조처럼 변화시키는 가운데 그 거리 두기를 한다. 그 거리 두기는 바로 하얗게 색칠하기다. 결국 이상은 정조와 매춘이라는 성적 기표들을 '白晝'로 그려 놓음으로써 정조와 매춘 사이에서 여성인 타자를 지워버린다. 다시 말해 이상의 무의식 속에서 여성의 몸, 타자인 여성의 그것은 정조와 매춘으로 이 둘은 하나인 동시에 하나가 아닌 것이다. 바로 라캉의 말대로 '바로 그것(the thing)'을 벗겨보니 텅 빈 베일 속의 구멍인 것처럼, 그래서 결코 그 어떤 것으로도 색칠할 수 없는 존재가 되는 것이다. 이처럼 시인의 무의식과 의식의 넘나듦 속에서 타자인 여성, 그 몸은 어떠한 언어로도 결코 표현해 낼 수 없을뿐더러 색칠을 할 수 없는 하얀 그림, 그래서 바로 백화가 되고 있는 것이다.

2.2. 부메랑처럼 되돌아오는 창녀와 어머니

줄리아 크리스테바에 의하면 '대상천시(Abjection, 비천화)'는 적절하고 고유한 주체성과 사회성이 적절하지 못하고 불순한 것을 배제하거나 제외시킴으로써 가능해진다. 그녀는 고귀한 것보다는 혐오스럽고 천한 것이 우리를 더 유혹한다고 말하면서 이때 혐오스럽고 천한 대상이 어머니이며, 어머니의 몸을 그리스어로 '품다'라는 뜻을 가진 '코라(Chora)'로 표현한다. 프로이트는 모든 사랑이 금기에 의해 더 강해지는 것은, 어머니에 대한 사랑을 금했지만 그것이 더 강력한 욕망이 되어 죽는 날까지 되돌아오기 때문이라고 설명했다면, 라캉은 이것을 바로 그것(the Thing)이라는 단어로 표시한다. 이는 상실의 기표요. 베일을 쓴 텅 빈 기표이다. 이는 원초적 어머니(the Mother)요, 영원히 되찾을 수 없는 대타자(the (M)other)로서 얻으면 환상이 바로 나르시시즘 혹은 거울단계라는 무의식이다. 라캉은 매혹의 대상인 바로 그것을 궁정풍 사랑을 예로 들어 설명한다. 그 자체로는 아무것도 아닌데 닿을 수 없는 곳에 있음으로써 매혹으로 빛나는 바로 그것이다. 라캉은 우리를 매혹하는 것은 그 자체의 본질 때문이 아니라 닿을 수 없는 그것의 위치에 의해서라고 암시한다. 오이디푸스 콤플렉스, 즉 어머니에 대한 사랑을 아버지의 존재로 인해(거세콤플렉스) 어머니를 단념(금기)한 이후, 인간은 그 잃어버린 어머니를 영원히 되찾을 수 없는데도 불구하고 무의식 속에 남아 대상과 자신을 일치시키며 나르키소스의 꿈을 버리지 못한다. 좀 더 쉽게 풀이해 보면, 프로이트의 무의식은 라캉의 상상계이고, 또 그것이 크리스테바에게 있어서는 기호계로서 이들 세 사람은 같은 기표를 달리 읽어내지만 결국 타자를 품는 어머니의 몸이 된다. 타자를 품는 것은 몸 안에 이물질을 담는 것이나 마찬가지다. 그러므로 어머니의 몸은 라캉의 분열된 주체처럼 무의식이라는 타자를 품는다. 이때 그 타자는 끝없이 허상을 좇는 실재계의 구멍이 아니다. 타자를 품어서 탄생시키는 사랑과 고통이라는 무의식이다.

이처럼 어머니의 몸은 코라인데, 사회와 현실(상징계, 남성 지배담론 등)은 그것을 비천한 것으로 천시하며, 곧 이것을 억압한다. 여성이나 어머니를 천시하는 것은 현실원칙이 내린 금지 때문이었다. 그러나 역설적이게도 그렇게 천하게 금지해 버린 것들이 상징계를 뚫고 돌아오는 무의식의 힘이기도 하다. 천시된 모든 것들은 어머니, 여성, 주변인, 하층민, 이방인, 흔적, 리듬, 옹아리 등 말에 의해 지워진 기호계다. 크리스테바에게 있어서 이 상징계는 단음조이고, 상상계는 논리적인 단음조를 거스르는 흔적이요, 타자이다. 그녀는 프로이트의 무의식을 여성의 입장에서 재해석하고 있다. 필자도 같은 생각이다. 물론 여성이기에. 아니 인간이기에.

이처럼 배제되었지만 사라지지 않고 되돌아와 경계를 문제 삼는 또 다른 것, 곧 '비체'는 적절하고 깨끗한 주체가 내던지거나 거부하는 부적절하고 불결한 찌꺼기이다. 여기서 크리스테바가 말한 대상천시는, 적절하고 고유한 주체성과 사회성이 적절하지 못하고 불순한 것을 배제하거나 제외시킴으로써 가능해진다는 점에 주목하게 된다. 주체 밖으로 떠밀려난 비체는 반드시 주체에게로, 그것도 주체의 통합성이나 안정성을 와해시키는 위협적인 모습으로 되돌아오기 때문이다. 주체는 이미 처음부터 동물성·물질성과 불가분의 관계를 맺고 있으며, 이는 비천화란 과정을 통해 분명하게 드러난다. 비천화는 주체가 자신의 내부에 육체성이 존재하고 있음을 깨달은 뒤 그것을 거부하고 배제하려는 움직임이기 때문이다. 결국 비천화된 대상, 즉 비체는 역설적으로 깨끗한 것과 불결한 것, 적절한 것과 적절치 못한 것, 질서와 무질서 사이를 분명하게 구분 짓는 것이 불가능하다.

이상의 <狂女의 告白>이란 시에서 '어머니'와 '창녀'라는 시어는 단 한 곳에도 드러나지 않는다. 그러나 '狂女'는 창녀/성녀의 대립적 축을 이루는 기표가 된다. 다시 말해 '미친여자의 고백'은 시적 화자에게 있어서는 여성의 육체(몸)를 통해 이루어지는 상상 체계로서 창녀/어머니로, 즉 더럽고 불결한 것, 훼손된 몸, 그러나 다시 돌아온 비체화되는 양상을 띤다. 시적 자아(주체)가 상상계를 떠나 상징계로 진입됨으로 해서 버리고자 하는 더러운 찌꺼기임과 동시에 결코 배제할 수 없는, 그래서 주체에게 다시 돌아올 수밖에 없는 것, 그것이 원초적 어머니의 몸인 코라, 즉 '창녀의 몸'이며 '유일한 아내'인 것이다. 이 같은 과정이 이상 시에 어떻게 드러나고 있는가 분석해 본다.

여자인S님한테는참으로未安하오. 그리고B君자네한테感謝하지아니하면아니될것이오. 우리들은S자님의앞길에다시光明이있기를빌어야하오.
蒼白한여자
얼굴은여자의履歷書이다. …(중략)… 온갖밝음의太陽들아래여자는참으로맑은물과같이떠돌고있었는데참으로고요하고매끄러운表面은조약돌을삼켰는아니삼켰는지항상소용돌이를갖는退色한純白色이다.

등쳐먹으려고하길래내가먼첨한대먹여놓았죠.

원숭이와같이웃는여자의얼굴에는하룻밤사이참아름답고빤드르르한
赤褐色쵸콜레이트가無數히열매맺혀버렸기때문에여자는마구대고쵸
콜레이트를放射하였다. …(중략)… 웃는다. 어느것이나모두웃는다.
웃음이마침내엿과같이끈적끈적하게찐덕거려서쵸콜레이트를다삼켜
버리고彈 탄力剛 강氣에온오갖標的은모두무용지물이되고웃음이散
散이부서지고도웃는다. 파랗게웃는다. …(중략)… 여자는羅漢을임신
한것인줄다들알고여자도안다.羅漢은肥大하고여자의자궁은雲母와
같이부풀고여자는돌과같이딱딱한쵸콜레이트가먹고싶었던것이다.
…(중략)…
여자는勿論모든것을버렸다. 여자의이름도. 여자의피부에있는오랜
세월중에간신히생기때[坵]의甚至於는여자의腹腺까지도,여자의머리
는소금으로닦은것이나다름없는것이다. 그리하여溫度를갖지아니한
은은한바람이참康강 衛위 煙연月 과같이불고 있다. 여자는혼자望
遠鏡으로SOS를듣는다. 여자는푸른불꽃彈이벌거숭이인채달리고있
는것을본다. …(중략)… 여자의皮膚는벗기이고벗겨진皮膚는날개옷
과같이바람에나부끼고있는참서늘한風景이라는點을깨닫고다들은고
무와같은두손을들어입을拍手하게하는것이다.

이내몸은돌아온길손. 잘래야잘곳이없어요.

여자는마침내落胎한것이다.트렁크속에는千갈래萬갈래로찢어
POUDRVER TUEUSE가複製된것과함께가득채워져있다. 死胎도있다.
여자는古風스러운地圖위를毒毛를흩뿌리면서나방과같이날은다. 여
자는이제는이미五百羅漢의불쌍한홀아비들에게없을래야없을수없는
唯一한아내인 것이다.

- <狂女의 告白> 부분

시적 화자의 의식에 자리하고 있는 여자는 'S'라는 이니셜을 가진
여성이다.
'蒼白한여자'의 '얼굴은여자의履歷書'와 같다. 이력서를 지닌 창백
한 여자는 '온갖밝음'으로 '맑은물과' 같고, '참으로고요하고', '純白

色’을 지닌 여자다. 순백색을 지닌 여자는 ‘성녀’이며, 성녀는 ‘마리아’이고, 마리아는 ‘어머니’이다.

그런데 누군가(타자) 이 여자를 ‘등쳐먹으려고하길래’ 시적 화자는 ‘내가먼저한대먹여놓았’다고 한다. 이러한 행위는 여성의 육체를 지배받는 결핍된 몸, 성적 폭력 아래 놓인 몸, 혹은 갇힌 몸으로 만든다. 순백한 ‘성녀’는 ‘하룻밤사이’에 ‘창녀’로 일탈되고 만다. 일탈된 순백의 여자는 곧 어머니에서 타락한, 생명(낙태)을 지우는 잔인한 마녀가 된다. ‘한대 먹여 놓은’ 몸은 시적 자아가 상징질서 속으로 들어갈 때 버려야만 하는 불결하고 더러운 것, 그래서 비체나 다름없다. 그런데 이러한 비체는 순백을 지닌 아주 깨끗한 비체로서 다시 되돌아오기를 한다. 이러한 과정들이 시적 화자의 무의식과 의식을 통해 적나라하게 표출되고 있다.

타자에 의해 ‘한대먹’은 순백의 여자는 ‘원숭이와웃고’, ‘쵸콜레이트를放射’하고, ‘어느것이나웃는다’ ‘웃음이마침내’ ‘엿과같이끈적끈적하게찐덕거’리는 비극적인 몸이 된다. 쵸콜레이트를 방사하는 것은 육체의 성적 행위의 상징이다. 이렇게 방사하면서 ‘파랗게웃는’ 여자는 웃음을 파는 여자가 되어, 파랗게 웃는 여자의 ‘子宮은雲毛와같이부풀’어 순백색을 잃어버리고 타자의 유혹으로 둘러싼 육체로 변한다. 이는 마치 선악과를 따먹은 벌로 부끄러움과 사이비 욕망에 고통을 당하는 이브의 자궁과도 같다. 이 상태에서 ‘羅漢을임신한것인줄’ 아는 여자는 ‘모든것을버’린다. 모든 것을 버리고자 하는 행위는 모든 것을 잃는 행위와도 같다. 이 행위로 여자의 몸은 성녀(聖女)로서의 순백색을 지워버리게 되고 동시에 더러운, 그래서 버려져야 할 찌꺼기인 비체가 되는 것이다. 마치 원죄를 온 몸으로 체득한, 수탈당하는 여자, 팜므파탈로 시적 자아의 무의식에 각인된다.

'여자의이름'을 버리고, '여자의皮膚'와 '여자의머리'는 '소금으로 닦은것이나다름없'는 것은 아름다움을 잃은 여성의 육체를 의미한다. 촉각은 육체 공간 중에서 피부를 통한 감각이다. 피부는 외부와 내부를 나누는 얇은 베일과도 같은 것이기에 타인으로부터의 분리성, 개방성, 보온성 등의 기반인 동시에 외부에 있는 모든 것, 곧 세계와 교류하는 접속지대라고 할 수 있다. 그런데 여자의 피부는 소금에 절여진 상태다. 이러한 여성의 몸(여성성)은 이미 존재 가치가 철저히 거세된 무용한 사물에 지나지 않다. 누군가에(타자, 羅漢) 의해 소금에 절여진 여인의 몸은 외부의 위압적 힘, 상징질서에 의해 훼손되고, 상처 입은 몸으로서 비정한 현실 논리를 생생하게 드러내고 있는 대상이 된다. 훼손된 여성의 몸은, 통증을 육화한 여성으로서 '이브'(창녀)의 몸이나 다름없다.

이처럼 순백색이 지워진 여자, 이름이 지워진 여자, 피부와 머리는 소금기에 절여진 여자의 몸은 이미 생산 불가능한, 그래서 이미 죽은 몸이 된다. 그래서 어머니로서의 창조성과 생명력을 모두 잃은 몸이다. 생명력을 읽은 여자는 '혼자望遠鏡으로SOS를듣는다' 혼자 듣는 구조요청은 구조자가 없는 상태나 다름없다. 구조되지 못하는 여자는 '벌거숭이인채' '거대한물개잔등'을 달려야만 하고, '여자의皮膚는벗기이고벗겨진皮膚는날개옷과같이바람에나부끼'는 '참 서늘한 風景'이다. 참 서늘한 풍경 속에는 몸을 둘러싼 일체의 타락성이 내재된다. 순백색이 벗겨진 '성'이 바람에 나부끼고, 나한(남성세계)의 바람이 파고드는 여자의 피폐한 육체가 담겨진다. 이 육체는 황량한 현실 속에서 어둠의 심연으로 떨어져 생명을 잃은 채 죽음의 이미지, 즉 성적인 몸, 도구화된 몸, 사물화된 몸으로 고착된다.

결국 '잘래야잘곳이없는' 여자는 '마침내落胎한것이다.' 순백색의 여자는 풍부한 생산성과 생물학적 모성의 현현체로서의 몸일 때 무엇보다도 아름답다. 이와 같은 것들이 모두 지워짐으로 해서 결핍과 불모성의 세계로 빠져드는 것이다. 이는 '성녀'(어머니)로서의 일상의 시공-생명력 지음-을 탈각한 때문이며, 여자의 삶은 타자의 권력에 의해 '트렁크속에는천갈래만갈래로찢어져POUDRVER TUEUSE가복제된 것으로가득채워'지고, '死胎'만 남겨질 뿐이다. 이때 여자의 트렁크는 태초의 모성이며, 자궁과도 같다. 그런데 지금 트렁크 속은 창조성과 기쁨의 잠재태인 모성성을 잃은 창녀 냄새('화장품')만 배어 있고, 여성이 지닌 재생산 능력마저도 불모지화되어 버린, 사산된 자궁일 뿐이다. 이물질들로 뒤틀리고 오염된 이미지들로 가득 차 있는 것이다. 마침내 여자는 여성의 창조적 삶인 '고풍스러운地圖'는, 모성 능력과 그로부터 만족을 얻을 수 있는 모든 상황들이 '낙태'라는 행위를 통해 모두 상실되고, '毒毛를흘뿌리면서나방과같이날은' 여자로 탈바꿈되어 창조적 모성/훼손된 몸으로 이분화되는 것이다.

바로 이러한 '어머니'와 '창녀' 사이에 있는 여자가 시적 화자의 의식에 각인된 '唯一한아내'인 것이다. 이때 시적 자아의 내부에서 '유일한 아내'는 생명을 잉태하는 가장 순백한 '어머니'와 그리고 뒤틀리고 일그러진 반윤리성, 반도덕성을 지닌, 그래서 천하고 버려져야 할 비체화된 '狂女'는 '창녀'와 '성녀' 사이에서 거리 두기를 한다. 창녀는 시적 자아(주체)가 천시하고 버렸던 여성, 즉 타자로서 '비체'였는데, 이는 시적 자아가 이미 망각해 버린 과거 어느 시기에 친밀했던 것, 하지만 현재는 혐오스럽고 이질적인 것으로서 자신을 괴롭히고 있는 것, 그것이라고도 말할 수도 없고 아무것도 아닌 것이라고는 더더욱 말할 수 없는 것, 그것이 시적 자아에게 다시 돌아와 기호계에서 대상천시시켰던 어머니이다. 이 기호계적 어머니가 바로 시적 화자의 무의식에 각인된 '唯一한 아내'인 것이다. 이러한 양상들에는 상징질서로부터 거세된 채 다시 모성적 코라 속으로 흡수되어 버릴지도 모른다는 시적 자아의 두려움이 내재되어 있다. 시인의 무의식에 내재된 그 두려움에는 혐오스럽고 천함에 오히려 매혹이 되는, 그래서 대상천시된 창녀에게 향하는 시적 자아의 나르시스적 리비도의 욕동이 숨어 있기 때문이다.

이처럼 이상 시인에게 있어 여성인 타자는 비천하고 버려져야 할 것들이지만, 그 타자인 창녀는 다시 되돌아와 이상에게 고통을 주고 또다시 품어 안는, 즉 이상 시인을 품는 코라인 원초적 어머니로서 비체화된 유일한 아내인 것이다. 이 유일한 아내는 욕구와 요구의 틈새에서 결핍을 채우고자 하는 바로 그것(the Thing)과도 같아 주체에게는 만질 수 없는, 그래서 바라만 보는 대상인 것이다.

3. 욕망하는 몸의 삐걱거림

라캉이 '무의식은 언어처럼 구조되어 있다'라고 말할 때 그 언어는 은유와 환유로 이루어진 야콥슨의 구조주의 언어요, 기표와 기의로 이루어진 소쉬르의 언어이다. 이 기표와 기의의 틈새는 라캉에 의하면 무한히 열려 있으며, 상상계와 상징계가 뫼비우스의 띠처럼 연결된 주체는 분열되고 환유적인 것이다. 은유라고 착각하는 거울 단계가 상징계에 들어설 때 우수리인 실재계를 남기고 주체는 다시 상상계로 빠진다. 이 과정이 반복되기에 주체는 언어적 속성을 따라 결핍된 주체로서 계속 미끄러져 옆의 것을 집는 환유가 된다. 이 거울 단계는 다음의 세 단계로 이루어진다. 첫 번째 단계에서 아이는 거울 속의 영상과 자신을 구분하지 못하고 혼동한다. 그리고 거울 속에 비친 자신의 모습과 같이 비친 어른의 모습을 혼동한다. 두 번째 단계에서 아이는 이미지라는 개념으로 거울 속의 영상이 실제 존재가 아니라는 사실을 깨닫게 된다. 세 번째 단계에서 아이는 거울 속의 모습이 이미지일뿐만 아니라 그 이미지는 자신의 것이며, 이는 다른 사람의 것과 다르다는 사실을 깨닫게 되는 것이다. 아이는 거울 속의 신체가 움직이는 모습을 비추고 놀면서 강한 기쁨을 나타내게 된다. 이때 주체가 거울 단계에서 자신에 대해 갖는 이미지는 총체성의 이미지인데 자신의 신체를 아직 완전히 통제하지 못하는 주체는 자신을 완전한 형체로 생각한다.

그렇다면 이 총체적 이미지가 깨어지는 것은 무엇 때문이며, 왜 주체는 더 이상 상상계에서 느끼듯이 완전한 존재일 수가 없으며, 이 완전성은 다시 회복되지도 못하는가. 라캉의 말을 또 한 번 빌리자면 이 완성성이 깨어지는 것은 거세에 의해서이다. 인간은 상상계-어머니에 대한 요구과 욕구가 완전히 융합되어 욕망의 결핍이 없는를 벗어나 상징계로 진입하는데, 곧 언어 습득의 대가로 인해 아버지의 법을 받아들이고 상징적 거세를 당하게 되는데 이것을 프로이트식으로 말하면 이 시기는 오이디푸스 콤플렉스 단계에 해당하는 것이다. 인간은 바로 이 상징계로 진입함으로써 욕망이 발생되는 것이다. 끝 산데없이 이 욕망을 추구하면서-결국 이 욕망은 계속해서 자신의 기표 아래로 미끄러져 잡혀지지 않는 기표지만- 인간이 상징계에 진입한다는 것은 어머니와의 완전한 통합이라는 욕망이 처음으로 억압된다는 것을 의미한다. 그래서 아버지의 법으로 상징적 거세를 당함으로써 생기는 특권화된 기표인 팰루스는 의미 작용을 가능하게 하는 횡선(bar) 속에서 차이를 만들어내는 기호와 욕망이 결합하게 되는 것이다.

한편 상상계에서 아이는 어머니의 욕망을 가지는데, 이는 두 가지로 해석된다. 그중 하나는 '어머니를 향한 욕망'이고, 다른 하나는 '어머니의 욕망'이라 할 수 있다. 어머니의 욕망은 아이가 자신을 어머니가 욕망하는 모든 것, 즉 팰루스라고 생각하는 것을 의미하며 어머니를 향한 욕망은 아이 자신의 모든 욕구를 충족시켜 주는 어머니를 향해 가지는 욕망을 말한다. 그런데 아이는 상징계에 진입하면서 아버지의 법을 따라야 하고 상징적 거세를 당하면서 이를 포기해야만 한다. 때문에 모든 요구는 언어를 통해서 행해져야 하고, 무의식의 억압이 발생하며, 욕구와 요구 사이의 틈새는 욕망으로 남게 되는 것이다. 따라서 상징계에 진입할 때 생기는 분열의 기표, 즉 팰루스는 욕망이 언어에 의해 소외된 상실의 기표가 되어 모든 욕망은 이 팰루스를 회복하려는 시도가 된다. 그래서 팰루스는 상상계에서 상징계로 진입하면서 욕망의 대상이 된다.

여기서 라캉의 팰루스는 생물학적으로 페니스와는 달리, 즉 프로이트의 페니스와는 달리 남녀 모두에게 결여되어 있는 것이 된다. 직접적이고 완전한 희열을 상징하는 팰루스는 상징질서로 들어가기 위해서는 누구나 포기해야 하는 것이다. 따라서 인간의 욕망은 항상 의미화하는 과정에 의해 중개되어져야 하며, 이것은 거세 때문에 겪는 인간의 짐이 된다.

이상 시에서 주체가 자신의 결핍을 채우고자 요구하는 욕구 틈새에서 욕망의 양상들이 어떻게 드러나고 있는가를 구체적인 분석을 통해 살펴보도록 한다.

3.1. 잃어버린 팰루스를 되찾는 미로에서

시 <賣春>의 틈새에서 새롭게 읽혀지는 것은 매춘의 행위나 과정이 아니라 상징질서에서의 '매춘(性)'이라는 기표가 계속 미끄러지면서 형성하는 기의들인데, 이는 시적 자아가 '팰루스'를 되찾고자 하는 욕구를 기반으로 하고 있다는 점이다.

記憶을마타보는器官이火天아래생선처럼傷해들어가기始作이다.朝
三暮四의사이폰작용,感情의亡殺.
나를너머트릴疲勞는오는족족避해야겟지만이런때는大膽하게나서서
혼자서도넉넉히雌雄보다別것이어야겟다.
脫身.신발을벗어버린발이虛天에서失足한다.

- <賣春> 전문

시원(始原)의 세계는 어머니와 완전 융합되는 동일성의 세계다. 이러한 세계가 시적 자아의 '記憶'일 뿐 실재계에서는 결핍되어 있다. 실재계는 허상이니까. 그렇기에 상상계에만 있을 뿐 시적 자아의 현실, 즉 상징질서에서는 거세(억압)된 상태가 된다. 이 상태에서 시적 자아는 결핍을 채우려는 욕구를 요구한다. 이때 욕구와 요구의 틈새를 뚫고 나온 욕망은 '火天' 상태가 된다. 그러나 불길이 솟는, 그래서 열정을 불태운, 그 불에 소진되고 남은 행위의 결과가 '傷한 생선'으로, 즉 허상으로 형상화된다. 기억을 '마타'볼 수 있었던 유일한 '器官'

(성적 기관), 그것은 활활 타오르며 마치 '火天' 아래, 즉 뜨거운 불길 같았던 축제처럼 최상의 희열(jouissance)을 느낄 수 있었던 바로 그 기관이었다. 그런데 그것이 지금은 상한 생선되어, 즉 '나(주체 또는 타자)'의 허구화된 욕망은 썩음과 소멸, 녹아내린 육체로 탈바꿈된다. 이러한 것들은 '朝三暮四의사이폰작용感情'으로 인해 욕망은 끝 간데 없이 의미망('매춘')을 형성하게 된다. 그 의미망 속에서 욕망은 자신(주체)의 감각, 자신의 욕구로서 타자를 속이고 채울 수 있는 육체적 희열, 자신의 역사, 그리고 자신(또는 타자)의 몸에 도달하고 싶은 의지, 폭발하는 것들로서 끓어 넘치는 허구화된 욕망으로 계속 미끄러지기도 하고 때론 소란스러운 충동들을 뚫고 분출되는 욕망이기도 하다. 이러한 욕망은 상징계에서는 모두 허구화된다. 바로 시적 주체의 '감정의 亡殺'이 선행했기 때문이다. 감정의 망살은 바로 끝 간데 없이 욕망하는 주체의 결핍 때문에 생기는 것들이다. 마치 에로스는 또 다른 얼굴의 타나토스가 되는 순간처럼.

이때 시적 자아는 자신의 몸을 가사(假死) 또는 자해한다. 가사는 '脫身'이다. 탈신은 고요와 평온 속에서 수동적으로 몸을 내어 맡긴 채 진행되는 소멸과 죽음의 과정이 아니라 오히려 자기 내부의 죽음(상징계 진입 거부)에 정면 대응하는 자기 소생에의 몸부림(상상계로의 되돌아감)으로 작용을 한다. 곧 정신적 죽음으로 정신의 절단과 분해, 해체와 소멸이다. 이는 또한 육체적 상흔으로서 정신이 깨어 있기 위해 가하는 체형의 한 방법이다. 이러한 상징적 죽음의 행위는 금기와 위반의 사유를 모두 포함하는 것이며, 금기시 되어 온, 즉 주체가 상징계의 질서-기존의 가치 질서, 윤리, 도덕, 또는 아버지의 법 등를 위반하는 행위로, 때론 기괴하고 탈윤리적인 양상을 띠는데, 곧 뒤틀린

성적 관계를 부수고 해체된 '雌雄보다도別것'이 된다. 이 위반을 통해
야만 주체는 상징계를 거부하고 상상계로 되돌아갈 수 있기 때문이
다. 그래서 탈신은 억압된 욕망에 충실했던 사이비 몸, 상징질서에서
길들여졌던 육체에 대한 또 다른 욕망의 표출인 것이다. 이는 상상계
로 다시 환원하기 위한 고통이며, 또 다른 금기 위반의 행위와도 같
다. 여기서 탈신과 함께 벗어버린 '신발'은 곧 자기존재를 담는 그릇,
자기 몸을 받치는 근거로서 '신발'은 기존의 가치 질서, 억압된 욕망,
상징질서에서 길들여진 온갖 이물질들로 덧칠해진 육체의 겉껍질이
다. 이 겉껍질, 곧 '신발을 벗어버림'으로 해서 억압되고 오염되었던
육체는 비로소 방면된다. 이때 기존의 질서, 곧 껍데기를 벗어버린 주
체는 '虛天'에서 육체와 정신이 살아있음과 충만함을 의미하는 또 다
른 생명체로 변환된다. 허천은 태초에 욕망이 합일되고, 융합되던 어
머니의 자궁 속이다. 바로 내가 잃어버린 시원의 세계이며 되찾아야
할 팰루스이다. 바로 어머니의 욕망과 어머니를 향한 욕망이 하나로
융합되었던 공간이다. 그래서 상상계로의 진입은 반드시 탈신을 해야
만 하고, 신발을 벗어야만 들어갈 수 있는 것이다.

　이처럼 시적 자아는 영원한 '雌雄'의 합일을 위해, 잃어버린 동일성
의 세계 시원의 세계로 나가기 위해 상징계 질서에서 길들여졌던 자
기 몸에 체형을 가함으로써 주체로서 억압된 욕망을 다시 회복하고
자 한다. 다시 말해 탈신을 적극적으로 끌어안음으로써 상한 생선처
럼 뒤틀리고, 허허로운 욕구와 요구의 틈새에서 분출되어진 잃어버린
상상계로 귀환할 수 있는 것이다. 그래서 주체는 '나를너머트릴疲勞'
들인, 즉 무형의 억압들을 전복시키고, 상상계에서 완전히 합일되었
던 것들을 다시 찾고자 안간힘을 쓴다. 이는 시적 자아가 상징질서에

서 거부할 수 없는 삶을 이탈하고자 하는, 그래서 어머니와 합일되었던 원초적 세계로의 추구이며, 포기해야만 했던 팰루스를 되찾고자 하는 욕구로 인한 것들이다. 그러나 인간의 욕망은 결코 채워질 수가 없는 것. 그렇기에 '허천'에서 '신발을 벗어버린 발'이 '失足'을 할 수밖에 없다. 결국 시적 자아의 실족으로 인해 팰루스의 되찾기에 대한 욕망은 매춘이라는 기표 위를 다시 미끄러져, 영원히 채워지지 않을 '불모성'이 되고 마는 것이다.

어쩌면 이상처럼 우리 인간들도 이 결핍 때문에, 그 결핍을 채우려고 '바로 이 순간'을 욕구하고, 요구하면서 욕망 속에 타나토스를 늘 유보시키면서 각양각색의 모양새를 지닌 채 살아가고 있는 것이 아닌가.

3.2. 타자를 품은 주체의 욕망의 미끄러짐

다음과 같은 시 <홍행물천사>는 표층구조만 보면 주체의 시선에 들어오는 타자(여자)의 일상(性)으로 읽혀질 수도 있다. 그러나 심층구조를 들어가 보면 타자는 주체의 욕망과 관련되어 상상계와 상상계를 넘나드는, 그래서 인간의 존재론적 물음과 불모적 현실을 드러내는 장치로 작용을 한다. 다시 말해 시적 자아인 주체의 눈은 곧 '여자'의 눈으로, 그래서 '타자'를 품은 주체는 중층적 구조를 띤다. 이러한 구조를 파헤치는 분석 과정이 그리 녹녹치만은 않다.

整形外科는여자의눈을찢어버리고형편없이늙어빠진山藝象의눈으로
만들고만것이다. 여자는실컷웃어도또한웃지아니하여도웃는것이다.

여자의눈은북극에서邂逅하였다. 북극은초겨울이다. 여자의눈에는
白夜가나타났다. 여자의눈은물개잔등과같이얼음판우에미끄러져떨
어지고만것이다.

세계의寒流를낳는바람이여자의눈에불었다.여자의눈은거칠어졌지만
여자의눈은무서운氷山에사여있어서波濤를일으키는것은不可能하다.

여자는大膽하게NU가되었다. 汗孔은汗孔만큼의荊棘(형극)이되었다.
여자는노래부른다는것이찢어지는소리로울었다. 北極은鐘소리에戰
慄하였던 것이다.

◇

거리의音樂師는따스한봄을마구뿌린乞人과같은天使. 天使는참새와
같이야윈天使를데리고걷는다.

天使의배암과같은회초리로천사를내리친다.
天使는웃는다. 天使는고무風船과같이부풀어진다.

天使의興行은사람들의눈을끈다
사람들은天使의貞操의모습은지닌다고하는데原色寫眞版그림엽서를
산다.

天使는신발을떨어뜨리고逃亡한다.
天使는한꺼번에열個以上의뎐을집어던진다.

◇

日曆은쵸콜레이트를늘린다.
여자는쵸콜레이트로化粧하는 것이다.
여자는트렁크속에흙투성이가된즈로오스와함께엎드려운다. 여자는
트렁크를들어옮긴다.

여자의트렁크는蓄音機다.
蓄音機는喇叭과같이붉은도깨비푸른도깨비를불러들였다.

붉은도깨비푸른도깨비는팽귄이다. 속옷밖에입지않은팽귄은水腫이다.
여자는코끼리의눈과頭蓋骨크기만큼한水晶體눈을縱橫으로굴리어秋波
를濫發하였다.

여자는滿月을잘게잘게썰어서饗宴을베푼다. 사람들은그것을먹고돼
지같이살찐쵸콜레이트냄새를放散하는것이다.

- <興行物天使> 전문

이 시 전체를 관류하고 있는 주요 공간적 기표는 '整形外科'와 '北
極'이다. 여기에는 타자를 욕망하는 '주체'와 '타자'를 품은 주체의 시
선이 중층적으로 드러나고 있다.

'정형외과'라는 공간은 보호와 피호의 역할을 하기도 하지만 갇힘,
즉 억압 또한 겪게 하기에 긍정항인 동시에 부정항일 수밖에 없다.
거대하고 위압적이며 권력과 지위를 행사하는 무형의 억압적 힘이
작용하는 곳이다. 다시 말해 타자를 욕망하는 주체의 뒤틀린 형상이
내재된다. '여자의눈을찢어버리고형편없이늙어바빠진曲藝象의눈'으로,
즉 훼손된 육체로 만들어 놓았기 때문이다.

이러한 공간에서 훼손된 여자, 그 '여자의눈'은 '北極'이라는 아주
낯선 공간에서 '邂逅'한다. 그 공간은 외부의 시간 질서와는 상관없는
곳이며 그곳은 언제나 '白夜'이고, '북극'이다. 이때 북극은 존재를 담
고 있는 집이며, 상상계의 집이기도 하다. 상상계적 삶은 어둠의 질곡
이나 억압의 굴레가 없는 '白夜'와도 같다. 백야는 어둠과 밝음이라는
경계가 없으며, 경계가 없는 공간, 즉 상상계와 상징계가 없는 그러한
곳, 바로 여자의 눈으로 욕구하고 요구하는 틈새에서 결핍을 채우려
는 욕망은 발생하지 않는다. 외부세계와 단절된 백야에서의 삶은 나체

상태가 되기 때문이다. 나체 상태에서는 자기 본래의 내면의 진실한 목소리 외 타자의 욕망이 끼어 들 틈은 없다. 때문에 '무서운氷山'이 '波濤를일으키는것은不可能'할 수밖에 없다. 여기까지가 파라다이스였던 상상계적인 삶이라 할 수 있다. 시인의 무의식에서 욕망이 억압되지 않았던, 그래서 결핍이 온전히 채워질 수 있었던 시원의 공간이다.

그러나 시적 주체의 상징질서에서의 삶은 타자를 다시 욕망하고 있다. '결핍'된 존재이기 때문에. 시인의 시선 속에 들어오는 여자는 걸인이다. 걸인은 천사이다. '따스한 봄은 마구 뿌린 乞人과 같은 天使'이기 때문이다. '천사는 거리의 音樂師'로 변모된다. 변모된 '天使의 興行은 사람들의 눈을 끈다.' 사람들의 눈은 상상계가 아닌 '정형외과', 즉 상징질서에서의 눈이다. 사람들의 눈은 곧 타자를 욕망한다. 이 욕망하는 주체는 곧 타자를 품은 주체이다. 이 주체의 욕동은 파행적이며 반도덕적인 양태를 띤다. 일탈한 사람들은 '여자의 정조를 '原色寫眞版 그립엽서'로 만들기 때문이다. 이때 천사는 자신의 몸에 체형을 가한다. '天使의 배암과 같은 회초리로 天使를 내려치'고 있는 것이다. 그리고 '天使는웃는다.' 천사의 '웃음'이라는 기표에는 수많은 기의들이 미끄러지고 있다. 천사의 웃음은 비웃음과도 같아 때론 사람들의 원색적인 시선들을 폭로, 즉 위선이나 자신감에 찬 우행, 합리화, 허영 등을 폭로하는 웃음이다. 사람들의 원색적 유희들은 천사에게 비웃음거리가 될 때 마침내 천사를 '逃亡'치게 한다. 도망은 어머니의 자궁(상상계, 북극)으로 되돌아가려는 행위이다. '신발을 떨어뜨리고' 천사는 '열個以上의 덫을 집어던진다.' 상징질서가 천사에게 가했던 열 개 이상의 덫들은 천사를 '묶어'두었던 '化粧'들이었다. 화

장한 여자의 '트렁크' 속에는 '흙두성이가 된 즈로오스'뿐이며, 여자
는 '엎드려운다.' 엎드려 우는 여자의 트렁크 속으로 '붉은 도깨비 푸
른 도깨비'인 '팽귄들'(타자)이 모여든다 '속옷 밖에 입지 않은 팽귄'
은 '水腫'이다. 펭귄은 수종처럼 추하고, 불결하고 일그러진 몰골들이
다. 이들은 '滿月을잘게' 썬 '饗宴' 속에서 타락한 축제의 공간 속에서
'돼지같이 살찐' 추한 행위-쵸콜리이트 放散-를 드러낸다. 돼지, 쵸콜
레이트, 팽귄, 도깨비 등의 이미지들은 즉물적이며, 성적 양상들의 현
태로서 유무형의 상징질서에서의 억압, 남성 지배담론에서 다중의 폭
력, 억압기제로서 작용을 한다.

이처럼 '사람들의눈'에 있는 세계는 도깨비들이 춤추는 속물화된
향연이 진행되는 곳(정형외과)인 반면, '여자의눈'에 있는 세계는 타
락한 성과 어두운 현실이 배제된 곳(북극)으로 중층구조를 띠게 된다.
서로 상반된 두 세계에서 시적 주체는 타자를 욕망하는데, 욕구로 인
해 요구되는 것들이 서로 비틀린 상태로 표출되는 것이다. 이때 두
축의 시선(주체와 타자)은 여자의 눈이며 동시에 시적 자아의 눈이기
도 하다. 이 두 시선은 바로 타자를 품은 주체가 자유로움을 체득하
고자 하는 것이며, 고착된 성의 이미지를 벗어나 '인간'이고자 하는,
그래서 포기할 수밖에 없었던 팰루스를 되찾고자 하는 시적 자아의
욕망이다.

이러한 시인의 의식에는 당대(기존의)의 성/비속, 규범/본능 등 지
배적 담론과 남성 중심적 시각의 성 의식을 뒤집는, 그래서 상상계적
담화의 세계를 통해 상징계의 중심 가치를 전복시키고 다른 가치체
계-주체와 타자의 눈을 통한 욕망의 동일시-를 추구하고자 하는 것들
이 담겨진다. 거기에는 주체가 타자를 욕망하는 것들은 마치 결핍된

주체가 끝 간데없이 욕망하는 것들은 바로 욕망이 억압되지 않았던 어머니의 자궁(원초적 세계, 상상계)으로 돌아가고자 하는 것이 곧 인간의 영원한 허상(뒤틀림)만이 담겨지는 것이다. 상징질서에서의 천사는 허상이기에.

4. 현실과 이상 사이에 박제된 천재의 결핍

라캉대로라면 '여성'은 정의될 수 없으며, 인간이 상징질서로 들어오면서 포기해야만 했던 팰루스 또한 영원히 되찾아지지 않는다. 그래서 인간은 결핍을 채우기 위해 늘 타자를 욕망하며 살아내기 하는지도 모른다. 그것이 허상인 줄 알면서도 모른 채.

이와 같은 모든 양상들을 이상은 벌써, 혹은 먼저, 그리고 이들 후기구조주의자들을 앞서서 읽어 낸 천재 시인이 아닐까. 한편 이상은 크리스테바의 코라에서 살고자 했던 인물이 아닌가 싶다. 이들의 이론이 모두 이상 시인의 삶, 바로 현실이었고 또 다른 삶인 그의 이상이 아니었을까. 그 사이에서 결핍을 채우려고 죽는 마지막 순간에 '레몬'을 찾았던 것은 혹 아닐까. 그저 필자는 그의 시에서 이면과 횡간, 보이는 것을 통해 보이지 않은 것을 자꾸만 읽기하기를 거듭할 뿐이다.

이제 레몬을 찾다가 죽은 박제된 천재, 유클리드 기하학을 파괴한 시인, 시대의 반항아, 주피터 예수 등 많은 닉네임을 지니는 이상에 대한 탐구가 어디까지 계속될 것인가.

이상의 시 세계를 파악하기 위한 작업은 미로에서의 길 찾기와 같다고 여겨진다. 이같은 양상들은 기존의 많은 연구에서 보이고 있기도 하지만, 이상의 시를 어느 한 측면으로 고찰할 때 부딪치는 요소들, 즉 이상 시의 난해성으로 인해 그의 시 세계가 명쾌하게 해명 혹은 읽혀지지 않기 때문이다.

필자는 다음 두 가지 문제의식을 가지고 새롭게 접근하고자 했다.

이상의 시에서 드러나는 타자 의식, 즉 여성(정조, 매춘, 창녀, 광녀)의 이미지들이 사회적으로 구성된 젠더 공간에서 주체의 권력(상징질서, 현실, 남성 지배담론 등)과 어떠한 의미망을 형성하는가. 그리고 주체가 타자를 욕망할 때, 그 욕망이 어떠한 양상으로 드러나는가에 대한 의문을 갖고 페미니즘적 시각으로 새롭게, 다시 읽기를 한 것이다.

흔히 인간에게는 자신만의 공간을 확보하려고 하는 영토 감각이 있다. 그래서 어떻게 자신의 영토를 방어하고 남의 영토를 침범하는가를 통해 다른 사람과 맺는 관계의 양상을 알 수 있다. 이 말은 인간의 육체 혹은 정신이 하나의 영토처럼 세계 속에 존재하기에 세계와 관계를 맺거나 세계를 닮게 된다는 의미를 내포한다. 육체를 통해 인간은 욕망을 방출하기도 하는데, 이상 시에 드러나는 정조, 광녀, 매춘 등의 기표들은 젠더 공간에서의 여성의 몸과 권력, 그리고 그 욕망의 양상들이 뒤엉켜져 드러나고 있다.

열린 보기를 한 결과 이상 시에서 드러나는 여성의 이미지들, 그 몸은 긍정과 부정의 두 극단을 모두 끌어안고 있다. 그것이 결핍과 충족, 생명력과 비생명력, 생산성과 사산성, 순수와 관능 등의 측면과 상징질서에서의 감금과 도망, 불안정성과 무한가능성, 편입과 거부, 충족과 피폐함 등이 욕구와 요구 사이의 틈 사이에서 발현되는 주체의 욕망의 허구성이라는 측면으로 드러난다.

다시 정리하면, 젠더 공간에서의 여성의 몸은 이분화되어 드러난다.

바라봄과 보여짐이 엇갈리는 가운데 이상의 의식 속에 여성은 창녀이기도 하고, 성녀이기도 하다. 이 두 측면이 공존하면서 한편 거리를 두고 있는데, 이러한 양상들은 인간의 욕망과도 연결된다. 이는 가부장제의 견고한 틀(성의식)을 부정한 것 같지만 시인 이상은 가부장제의 담론을 표층으로 은근히 드러낸 것이 아닐까 싶다.

그렇다면 흔히 이브적이고 마리아적인 여성성이 한 여성이라면 이상은 감히 페미니스트로 불릴 수도 있다. 하지만 이상은 주체로서 타자를 욕망할 때 타자로서의 여성의 육체, 즉 그 여성 몸의 불모성, 결핍, 억압성 등을 깨지 못하고 있는데, 그것을 깨지 못하는 것 자체는 주체(우리)가 보는 상이 늘 왜곡된 상이기 때문이다. 이브와 마리아(창녀와 어머니)의 거리 두기는 바로 주체와 타자들의 시선과 응시에서 비롯되므로. 또한 상상계에서 해결되고 온전히 해소되었던 시적 자아로서 원초적 욕망이 상징계에서는 억압된 채 결핍된 존재로 살아갈 수밖에 없는 인간(이상)은 타자(여성)를 통해 펠루스를 되찾으려 끝없이 욕망하나 결국 그 결핍을 채우지 못한다. 창녀(매춘녀)/어머니(유일한 아내)의 몸을 하나로 인식하고 타자로서의 여자를 욕망할 뿐이다. 여자의 '몸'은 버려져야 할 더럽고 추한 찌꺼기 같은 것, 그래서 이상에게는 악취 나고 버려져야 할 더러운 오물 같은 것들인 비체화된 그것이 다시 그에게로 되돌아오고 있는 것이다.

정조와 매춘 속에서 광녀는 이상 시인의 타자 의식 속에서 유일한 아내이며, 창녀이고 어머니이다. 이때 기의는 자꾸만 미끄러져 기표는 반복하면서 주체(이상)를 훑고 지나간다. 그래서 이상 시에서 드러나는 매춘녀와 아내라는 기표는 기의가 없고 텅 빈 기표만이 자리를 대신하고 있다. 사실 기표에 딱 들어맞는 기의는 애초에 없는 것이기에.

한 번 잃어버린 어머니를 영원히 되찾을 수 없는 것은 인간이 낙원에
서나 누릴 수 있던 아이의 착각이었기 때문에. 그래서 그토록 더러워
천시했던, 그래서 버려져야 할 것들이. 그러나 두렵게도 그에게 다시
돌아오는 비체화된 원초적 어머니의 몸, 코라는 이상 시인에게 착각
이었을 뿐이다. 결국 이상은 상상계적 나르시즘을 벗어나지 못한 채
욕망하는 대상(매춘녀와 아내/창녀와 성녀)을 비스듬히 볼 뿐 정면으
로는 볼 수가 없었던 것이다. 그렇기에 이상의 의식 속에서 여성의
'몸'(창녀, 유일한 아내)은 욕구와 요구의 틈새에서 결핍을 채우고자
하는 바로 그것(the Thing)이었으며, 늘 주체(이상)에게는 채워지지 않
는 상태로 자꾸만 미끄러져 허상으로 남는 것을 너무도 선명하게 독
자들에게 읽기를 통해 가르쳐 주고 있는 것이다.

이 모든 쓰기 행위와 읽기 행위는 이상 시인의 무의식이자 독자인
필자의 무의식이 아닌가.

김수영의 '참여'와 '저항', 그 기표 비껴서 새롭게 보기

1. 여성, 그 기호적 의미망에 대하여

문학사적인 측면에서 볼 때에 김수영 시인에 대하여 가장 먼저 혹은 깊게 각인되어 떠오르는 몇 개의 기표를 말하라면 누가 뭐라 해도 '참여'와 '저항'이 아닐까 싶다. 김수영 시인에 대해서는 이러한 기표들이 기의 아래로 미끄러지는 과정 속에 시인 이상 다음으로 지금까지 지속적으로 조명을 받으며 연구되고, 또 교육되어 왔다 해도 크게 과장이 된 말은 아닐 것이다.

하지만 김수영 시에 대한 연구사가 40여 년이 넘는 지금 그의 시는 단일하거나 고정된 시각에서 벗어나 다시 읽기를 해야 하고, 또 새롭게 보아야 할 필요성이 있다는 점을 결코 간과할 수가 없다. 그 이유는 언어예술의 특성인 문학이 가지는 당위성이기 때문이다. 또한 시라는 장르가 서사를 특성으로 하는 소설과는 또 달리 단일한 기표 하나가 수많은 기의들을 독자들이 마음대로 혹은 나름대로 의미 있게 만들어 낼 수 있기 때문이다. 다시 말해 하나의 기표 아래로 기의는 무수히 많이 혹은 끝없이 미끄러져 또 다른 차이와 새롭게 의미를 생성해 내기 때문이다. 이는 자크 데리다의 차연, 산종의 논리로 굳이 설명을 하지 않더라도 기표는 고정되어 있지 않다는 것을 이젠 전문가뿐만 아니라 독자들도 알아차리고 있기 때문이다.

구조주의적 분석에서 말하는 주체는 에코이고, 시적 자아나 화자, 시인 자신으로, 즉 초월적 자아로서 일컬어져 왔다. 또한 정신분석학과 언어학을 조합한 라캉의 주체이론에서부터 기호분석을 정립한 줄리아 크리스테바의 말을 빌린다면 현상 텍스트가 아니라 발생 텍스트에 관심을 갖고 읽기를 할 수 있다. 구조가 아니라 구조화로서 간주된 텍스트, 완성되고 닫힌 텍스트로서가 아니라 충동에 무한히 구축되고 허물어지고 또다시 구축되는 기호들의 총체로서의 텍스트를 대립시킬 수가 있는 것이다.

김수영 시 가운데 특이하게도 '여성'의 이미지는 꽤 많이 드러나고 있다. 때문에 김수영 시에서 드러나고 있는 여성이라는 기호적 의미망은 열려진 텍스트로서 또 하나의 기표를 다시 만들어 가는, 그래서 과정 속의 읽기가 될 수 있다. 다시 말해 완성되고 닫힌 것이 아니라 무한히 구축하고 또다시 허물어지는 과정, 그것 자체를 열어 놓고 있다는 의미이다. 이러한 읽기가 가능한 것은 말하는 주체에 의해서 시텍스트를 구축하는 것들이 언어를 향하여 언어 안에서, 그리고 언어를 가로지르는 욕동, 즉 교환가치와 그 주역들, 주체와 그 제도들을 향하여 그 안에서 그리고 그것들을 관통하는 욕동의 끊임없는 기능

작용이기 때문이다. 때문에 시 텍스트의 의미 작용은 무질서하게 분할된 토대도 아니고 구조화와 탈구조화의 실천, 즉 주체와 사회의 한계를 향한 극한에로의 이행이다.

이러한 맥락에서 볼 때에 김수영 시인을 말하는 주체로 보고, 시를 말하는 주체의 텍스트적 실천의 의미 작용이라 할 때, 시 텍스트에서 발화되고 있는 여성이라는 기표는 주체 혹은 타자로서 의미 생성을 하는 과정 속에 '여자', '여편네', '아내'라는 기호적 의미망이 어떻게 현현되고 있는가를 밝힘으로써 김수영 시에 대하여 또 하나의 열린 읽기를 제공하게 되는 것이다.

김수영 시에 대해 떠오르는 단어 하나를 말하라면 '풀'이라는 씨니피앙이 아닐까 싶다. 하지만 김수영의 다른 시들을 읽어낼 때에 '여성'이라는 기표가 참으로 많이 드러나게 된다. 이는 김수영의 무의식에 고착된 그 어떤 것이 의미를 갖고 있기 때문이라고 볼 수 있을 뿐만 아니라 여성이라는 기표에 주목하여 시를 읽어낼 때에 저항 혹은 참여 시인이라는 각인 혹은 오해에서 비켜나 시인을 다른 시각으로 볼 수 있게 한다. 그렇기에 독자들은 한쪽으로만 지나치게 치우쳐 읽혀지는 '저항'과 '참여' 시인에서 벗어나 또 다른 새로운 읽기의 묘미를 갖게 되는 것이다. 이는 그의 시 텍스트에서 드러나는 여성이라는 기호의 의미 생성 과정, 즉 흔적, 목소리들이 자신을 증언하듯 때론 타자들의 사고를 대변하듯 무의식적 혹은 의식적 울림이 다양하게 기호망을 구축하고 있기 때문이다. 다시 말해 김수영의 시 텍스트에서 드러나고 있는 여성, 즉 시 텍스트에 드러나는 여성의 기호적 의미를 다시 읽기를 함으로써 김수영의 시 세계에 대하여 '저항', '참여'라는 기표에서 벗어나거나 혹은 여성 폄하 등의 시각에서 비켜나서 또 하나의 의미를 제공할 수 있게 된다.

먼저 김수영 시인을 말하는 주체로 놓고 그의 시 텍스트에서 발화된 양상들을 분석해 보았을 때 여성이라는 기호들은 아브젝트한 상태에서 다양하게 분화되고 있다. 김수영이 말하는 주체로서 여성을 '여자', '여편네', '아내' 등의 기호로 자신의 욕동(무의식)을 드러내고자 할 때, 그 의미 생성 과정은 무한히 열려져 있기 때문이다. 다시 말해 김수영 자신이 아브젝션시켰던 타자성을 띤 여자는 존재의 사유 가능한 세계, 견뎌낼 수 없는 세계 저편으로 몰려난 존재로, 그래서 너무도 아브젝트한 '전쟁'과 같은 등가를 지닌 대상으로 자리매김이 되는 동시에 아주 가까이 있지만 매혹될 수 없는 존재가 바로 여편네로 시 텍스트에서 기호적 의미 작용을 한다. 이때 여편네인 그 여성은 또 때로는 말하는 주체로서 시인 자신을 통제할 수 없는 대상, 즉 대상천시당했던 아내인 것이다. 이러한 여성은 어느 순간 김수영 시인 자신에게 되돌아와 말하는 주체인 김수영이 여성에게 아브젝션당하는 무의식을 드러낸다. 곧 주객이 전도되는 상황이 재현되는 것이다. 이와 같은 기호적 의미 작용은 마치 자신이 죄짓고 단죄받고자 하는 욕망에 사로잡힌 듯, 그래서 마치 말하는 주체의 판단과 정서, 심정의 토로, 기호들과 충동들의 혼합물로서 그 의미망을 구축하게 된다.

때문에 김수영은 말하는 주체로서 여성이라는 대상에 대하여 주체와 타자의 관계성이 아닌, 그리고 서로 대립시키거나 부조화의 관계성으로 인식하는 것이 아니라 아브젝션의 심연을 향해 기호들의 동질성, 혹은 이질성 속에서 무한한 차이들을 그러모은다. 다시 말해 김수영의 시 텍스트에서 여성은 아브젝트한데, 이 아브젝션시켰던 존재인 여성이 때론 김수영 자신 혹은 말하는 주체인 시적 화자로서 자신을 곤경에 빠지게 하기도 하고, 또 때로는 어떤 절대성에 매달리는 욕망으로 하여금 치욕에 빠지지 않도록 보호해 주는 존재로, 그래서 대상천시했던 여성이 다시 김수영에게 되돌아와 자신의 무의식의 바깥에서 안으로 혹은 안에서 바깥으로 끊임없이 양가적인 의미 생성을 하게 된다.

이처럼 김수영 시 텍스트에서 발화되고 있는 '여성', 그 기호적 의미는 주체와 타자의 경계선을 지우는 그곳에서 비천화되어, 즉 타자성을 띤 존재로 규정되어지는가 하면 어느 순간에 주체를 가로질러 거스르며 되돌아와 주체적인 존재로 위치되어진다. 다시 말해 시 텍스트에서 말하는 주체의 욕동 속에서 여성은 언어의 안쪽도 바깥쪽도 아닌 경계선상에서 여자, 여편네, 아내라는 기호를 지닌 타자가 되어 횡단하는 동시에 거기에서 말 없는 말로 위협하고 가로지르기 하는 주체적 존재로서 기호적 의미망을 형성하고 있는 것이다.

이렇게 양가성을 지닌 이질성이 곧 여성이라는 기호가 지니는 대상인데, 말하는 주체에게 있어서 끔찍할 정도로 비천한 존재가 바로 말하는 주체인 김수영 시인 자신을 존재 지워주는 대상이 곧 여성이다. 이러한 여성은 여성 스스로가 자리매김한 것이 아니라 말하는 주체가 명명한 것으로, 의미 생성 과정 속에서 끊임없이 미끄러지고 있다. 여성은 말하는 주체의 욕동 그 자체를 가로지르기 하는 여성이다. 그 기호들은 말하는 주체를 위협하여 주체로 하여금 그곳에서 격렬한 유희를 통해 그 여성이 비천한 <여자>로, 또 때로는 수제에게서 미혹적 거리 두기를 하고 있는 <性>적 존재로, 또 주체를 죽이고 결정하는 <거미잡이>로, 대상천시를 극복하는 존재로서 기호적 의미가 고정되거나 한계지어지지 않기 때문이다.

내 안과 바깥, 그곳에서 나를 교란시키고 가로지르기 하는 그러한 존재들인 여자, 여편네, 아내는 나와 타자, 의식, 무의식의 대립을 무화시킨다. 그렇기에 말하는 주체는 여성을 끔찍할 정도로 아브젝션시켜 단숨에 밀어내는 것이 아니라 오히려 주체적인 존재, 즉 자신이 대상천시한 존재에게 스스로 아브젝션당하여 혐오스러운 아브젝트야말로 자신의 삶을 부풀리고 넘쳐나게 하는 대상으로 되돌아오게 한다. 때문에 아브젝트한 대상이야말로 김수영 시인 자신을 떠받치고 있는 현실에서 사회적 문화적 삶을 유지하는 동인으로 그가 표출한 기호적 의미 생성 과정 속에서 무한히 열려진 상태에서 말하는 주체의 욕동이며, 무의식에 고착되어 자신의 정서를 조건 지워주는 존재가 된다. 어쩌면 크리스테바가 언급한 것처럼 아브젝션시켰던 대상이 부메랑처럼 자신에게 되돌아오는 순간을 김수영 자신은 이미 알아차린 것이 아닌가 할 정도로 전혀 여과되지 않은 언술(무의식)로 담아내고 있기 때문이다. 분명 그것은 아닐 터이겠지만.

결국 김수영 시 텍스트에서의 여성, 그들은 시인의 의식 밖으로 이미 삐죽이 고개를 내민 무의식으로 담아낸 대상들로서 여자, 여편네, 아내 등의 타자성을 띤 기호적 의미 생성 과정이 열린 과정으로 말하는 주체가 대상을 아브젝트로 인식하려 하면 할수록 주체인 김수영 시인은 즉시 소멸되고, 주체 스스로가 비천화될 때 말하는 주체로서 세워지는 그 존재의 축, 문화의 도화선, 바로 거기에서 기호적 의미망을 구축하고 있는 것이다.

이제 다음의 시들을 통해 세밀한 분석, 해석, 정리 과정을 통해 김수영 시에 대한 열린 읽기를 해 보도록 한다.

2. 여자, 아브젝션된 그 후

'여자'는 사전적 의미로는 '여성(女性)인 사람'이다.

크리스테바에 의하면 모든 사물들을 인식하고 다루는 여성은 그것을 전복시키려는 쾌락의 소음들이나 웃음, 그리고 시들의 소음에 의해서 위협을 받는데, 사회적 속박들, 아버지라는 이름의 부권 상징 등 사회와 현실은 그것을 쫓아내고 비천한 것으로 천시한다. 이때의 대상은 여성이자 어머니의 몸으로 곧 아브젝션된다. 그래서 아브젝션이 나를 점령할 때, 이 정서로 이루어진 덩어리는 사실 어떤 정의된 대상(object) 자체가 아니다. 아브젝트는 나와의 관계항이 아니다. 그것이 대상이라면 나에 대항하는 가치만을 갖는다. 그것은 내가 명명하고 상상할 수 있는, 내 앞에 있는 대상이 아니다. 내가 타자나, 혹은 다른 사물들에 기댐으로써 적어도 초연하고 자발적인 존재가 되도록 도와서 하나의 대상에 하나의 자아가 있듯이, 하나의 초자아에는 하나의 아브젝트가 있는 것이다. 그것은 바로 내가 길들여진 야수적인 고통인데, 주체가 그 고통을 아버지로 바꾸기 때문에 숭고한 동시에 광적이다. 타자의 욕망을 상상하기 때문에 주체는 그 야수적인 고통을 지탱한다. 전에는 잊혔던 삶 속에 친근하게 존재했던 그 이질성이 이제는 나와 분리되어서 혐오스러워져 나를 집요하게 공격한다. 그런데 상징질서가 밀어내는 이 혐오스러운 것이 여성에게는 다시 상징계를 뚫는 힘으로 작용하여 부적절하거나 건강하지 않은 것이라기보다 동일성이나 체계와 질서를 교란시키는 것에 가깝다. 그래서 그것이 대상이라면 나에 대항하는 가치만을 갖는다. 그러나 만약 그렇지 않고, 대상이 바로 나로 하여금 의미가 욕망하는 아슬아슬한 틀 속에서 균형 잡도록 도와주고 모호한 상태인 내가 동일화되는 것을 도와준다면, 선택된 대상인 아브젝트는 갑자기 배타적이 되어 나를 의미가 붕괴되는 장소로 가게 한다.

김수영 시인은 말하는 주체로서 시 텍스트에 '여자'를 발화할 때에 시적 자아를 불안에 빠뜨리거나 고통스럽게 하는 타자로, 비천한 존재로 부각시키고 있다. 그래서 그의 무의식 속에서 의미 생성이 매우 불안정해 보이거나 혹은 초월적이고 힘을 지닌 것으로 기호들이 너무나 아브젝트하다.

시 <여자>에서 여자라는 기호들은 '집중된 동물'이고, '에고이스트'이며, '전쟁', '죄', '포로', '뱀' 등의 기표들과 등가를 이루고 있다. 이는 말하는 주체의 의식 혹은 무의식 속에서 모두가 아브젝트하게 의미 작용을 하고 있기 때문이다. 다시 말해 이러한 아브젝트한 기표들은 말하는 주체의 욕동 안에서 역동적으로 작동하여 욕망이 흘러넘치는 그곳에서 다양하게 분화되고 있다. 이는 언어의 일차적 의미만을 보더라도 매우 불안정하고, 또한 아브젝트한 것들로서 말하는 주체인 나(김수영)와 별개항이 아니라 안과 밖, 의식과 무의식의 경계선 그곳에 존재하고 있기 때문이다.

> 여자란 집중된 동물이다
> 그 이마의 힘줄같이 나에게 설움을 가르쳐준다
> (중략)
> 이런 집중이 여자의 선천적인 집중도와
> 기적적으로 마주치게 한 것이 전쟁이라고 생각했다
> 그런 의미에서 나는 전쟁에 축복을 드렸다
>
> 내가 지금 6학년 아이들의 과외공부집에서 만난

학부형회의 어떤 어머니에게 느낀 여자의 감각
그 이마의 힘줄
그 이마의 집중도(集中度)
이것은 죄에서 우러나오는 것이다
여자의 본성은 에고이스트
뱀과 같은 에고이스트
그러니까 뱀은 선천적인 포로인지도 모른다
그런 의미에서 나는 속죄에 축복을 드렸다

- <여자>[2] 부분

　말하는 주체인 김수영은 '여자란 집중된 동물이'라고 단언을 하고 있다. 여자의 존재를 묻는 것이 아니라 여자란 존재에 대하여 마치 정체성을 파헤쳐 정의하거나 혹은 주절주절 늘어놓듯 여자를 여러 기표들로 규정지어 지칭하고 있다. '선천적'으로 '집중도'를 지닌 동물인 여자, 그 여자는 '내' 의식을 뚫고 무의식 속에 고착된 '전쟁'과 '마주치게'하는 존재로 명명하고 있다. 이때 내 무의식 속에 고착된 전쟁과 의식 속의 여자는 등가를 이룬다. 전쟁, 그것은 아브젝트의 최정점과도 같은 끔찍한 기표로서 작용을 하게 된다. 이는 역사 속에 전쟁이라는 기표가 어떠한 상황에서 벌어졌든 전쟁 그 자체는 매우 아브젝트하기 때문이다. 때문에 시인에게 있어 한국동란(실제 김수영은 한국동란 때 전쟁 포로수용소에서 갇혀 있었으며, 이때 개인, 가족, 민족 등 모든 상황들이 시인의 무의식에 고착되었다고 볼 수 있다)이라는 기표는 무의식 속에 고착('포로')되어 결코 지워낼 수 없는 수많은 기의들을 형성하게 된다. 그것은 곧 수면(의식) 위로 뚫고 들

---

2) 『김수영 전집』, 시, 민음사, 2010.

어와 내가 현재 놓여 있는 거대한 현실 속에서('과외공부') 나를 짓누
르는('학부형') 두터운 각질층을 형성하는 또 다른 기표를 만들어내며
작동을 하기에 말하는 주체에게 있어 여자와 전쟁은 아브젝션시킬
수밖에 없는 당위성이 견고하기만 하다. 이때 시인 자신인 내게 있어
여자는 내 존재의 축, 문화의 도화선, 바로 그곳에서 너무나 혐오스러
워 아브젝트한 동물(뱀)로 위치시켜진다.

　이 <여자>란 제목의 시는 얼핏 표층만 읽어내면 일반 독자(필자
를 포함)들에게는 소위 저항시인이라 읽혀 왔던, 그래서 '풀'의 시인
이라는 고정관념을 한순간 지워낼 수도 있다. 하지만 어떠한 기표든
확정된 의미가 아닌, 그래서 하나의 기호가 단일한 의미로 고정된 것
이 아닌, 자크 데리다의 '산종'처럼 불확정적임에 주목해야만 한다.

　지금 말하는 주체에게 있어 여자는 너무나 아브젝트하다('여자는
마물(魔物)야'-<복중(伏中)>/'무식한 여자가 여기 있구나'-<만주(滿洲)
의 여자>, '나의 여자들의 더러운 발은 생활의 숙제'-<반주곡>). 여
자는 마물이기에 비천한 존재로 전락되고, 무식하기에 외면해야 할
대상이며, 더러운 발을 가졌기에 천하게 여겨지고, '간음한 얼굴'(<네
얼굴은>)을 지닌 여자이기에 더더욱 아브젝션시켜야만 하는 동물이
다. 이러한 여자들은 '6학년 아이들의 과외공부집에서 만난/학부형회
의 어떤 어머니'로 혼효되어진다. 아브젝트한 존재, 곧 과외공부집에
서 만난 어떤 여자의 '이마의 힘줄'조차 '죄'에서 우러나오는 것, 그
래서 원죄성을 지니게 한다. 무엇인가에 잔뜩 힘을 주었을 때 튀어
나오는 힘줄, 이마에 툭 불거져 나온 여자의 본성은 원죄성을 띤 '뱀'
이다. 뱀은 타자(시적 자아 혹은 아담으로 대표되는 남성)를 괴롭힌,
즉 타자를 유혹하여 죄를 짓게 한 장본인으로서 상징질서(시적 자아,

기독교적인 가치관 혹은 남성 지배담론)를 교란시키고, 거스르고, 문
란하게 한 존재이다. 때문에 상징질서는 이러한 존재를 아브젝션시키
는 당위성을 또 한 번 지니게 된다. 뱀은 상징질서를 타락시켰기에 상
징질서가 요구하는 어떠한 인격적인 가치나 목소리를 지닐 수 없는,
그래서 거세시켜야만 할 대상이다. 이 뱀이 여자이고, 그 여자는 코기
토(cogito, 이성, 남성 지배담론 등)에서도 밀려난 비천한 대상이다. 이
처럼 비천한 존재들인 여자는 이성적 사고나 논리적 사고와는 거리가
먼 무식한 여자들이다. 그래서 말하는 주체인 시인에게는 비천한 전
조건을 지닌 존재로서 아브젝트의 최정점에 놓이게 되는 것이다.

그런데 시인이 그토록 비천하게 여겼던 여자, 그 존재가 '내 몸'을
'아프'게 하고 '설움'을 주는 존재로 분화되고 있다는 점에 주목할 때
김수영 시인의 또 다른 시들을 읽어냄으로써 그의 또 한켠을 들여다
보게 된다. 이는 안정된 주체의 위치에서 말해지지 않은 것이며, 말하
는 주체가 정의한, 즉 토해 놓은-에고이스트, 뱀, 집중된 동물, 마물,
간음한 얼굴 등- 경계선 바로 거기에 세워진 심연이기 때문이다.

먼 곳에서부터
먼 곳으로
다시 몸이 아프다

조용한 봄에서부터
조용한 봄으로
다시 내 몸이 아프다

여자에게서부터
여자에게로
능금꽃으로부터

능금꽃으로 ……
나도 모르는 사이에
내 몸이 아프다

- <먼곳에서부터> 전문

김수영은 시 처음과 마지막 구절에서 '몸이 아프다'고 언술하고 있다. 말하는 주체는 자신의 아픔의 원인은 무엇 때문인지, 누구 때문인지를 너무도 확고하게 밝히고 있다. 그 아픔은 '먼 곳에서부터', '조용한 봄에서부터', 그리고 '여자에게서부터' 온 아픔이라는 것이다.

그렇다면 내 아픔의 시작인 그 먼 곳은 도대체 어디인가. 그 먼 곳을 읽어내 보자.

먼 곳은 기호계로서 아직 상징질서로 진입하지 않는 개체, 즉 그 개체가 원초적 어머니의 몸(Chora)과 하나가 되던 그런 곳이다. 그곳은 아직 상징질서로 편입하지 않은, 성별조차 구별이 없는 개체 상태이다. 이 개체에게 있어 그곳인 기호계, 어머니의 몸은 일찍이 너무도 친근하고 아늑한 공간으로 선과 악의 구별도 없고, 그래서 주체와 타자의 경계가 없다. 끝없는 욕구 속에 요구하고 욕망하는 결핍된 주체가 있는 공간이 아닌, 모든 욕구가 채워진, 그래서 바로 시원의 세계(아담과 이브가 하나인 원초적 세계)인 것이다. 그 먼 곳은 이자 관계, 즉 어머니와의 구별이 없는 나와 타자가 하나가 되는 그런 공간이다. 그 먼 곳은 '여자에게로부터'(어머니의 자궁, 코라) 시작되었다. 그 먼 곳은 자연('봄', '능금꽃')과 인간('나', '여자')이 동일성을 이루던 곳이다. 그 먼 곳에서 나는 어머니의 몸과 하나가 되었기에 어떠한 욕망도 생기지 않는, 모든 요구와 욕구가 모두 해소되었다. 하지만 그곳에서 '나'는 영원히 살아갈 수가 없다. 나는 상징질서로 들어와야 하는 주체이기 때문이다. 다시 말해 말하는 주체인 나는 언어를 습득(아버지의 법)했기 때문이다. 때문에 낙원이었던 그곳을(기호계, 상상계) 벗어나 상징질서로 진입하기 위해서 나는 어머니의 몸을 아브젝션시켜야만 한다. 이것은 상징질서(남성 지배담론)의 명령이기 때문이다. 어머니를 비천화시켜야만 아버지의 법, 즉 상징질서가 나를 용납하기 때문이다. 이제 상징질서로 진입한 내 몸은 명징한 세계, 즉 먼 곳으로부터 벗어나 있다. 먼 곳에서 멀어진 이곳이 바로 내가 살아갈 수 있는 현실태인 것이다. 그런데 이곳에서 나는 원인 모를 통증이 있다. '나도 모르게 몸이 아프'기 때문이다. 이 아픔은 먼 곳에서 이미 시작된 아픔이다. 먼 곳에서 어머니의 몸을 아브젝션시켰던 나는 너무도 큰 고통을 겪어야만 했는데, 그것이 사라지지 않고 내 무의식 속에 각인되어 부메랑이 되어 되돌아 온 것이다. 이를 내 의식으로는 도무지 알아차릴 수가 없다. 무의식에 각인되었을 뿐이기 때문이다. 때문에 말하는 주체 자신도 모르게 몸이 아픈, 그 통증의 순간은 무와 환각 같은, 그래서 그 먼 곳에서 여자를 최초로 비천화했던 그 사실을 깨닫게 되는 순간('속죄')이며, 그것은 아픔과 동궤에 놓이게 된다.

이처럼 말하는 주체에게 있어 분화되는 여자는 원초적 어머니로서 마물이었고, 무식했고, 더러웠고, 간음한 얼굴을 지닌 뱀이었으며, 에고이스트로서 집중된 동물이었다. 바로 내가 비천화시켰던 여자였다. 이러한 여자의 기호적 의미 생성의 절정, 즉 아브젝트로서 여성이라는 기호가 말하는 주체의 욕동 속에서 타자성을 벗고 주체로 분화되고 있는 것이다. 이는 시 텍스트에서 여자라는 기호가 전쟁과 기호적 등가를 이룸으로써 무의식과 의식의 대립처럼 의식 속에서 뱉어내는

언술과 무의식 상태에서 발화되는 언술이 나와 타자, 안과 밖의 대립
이 존재하는 것이 아니라 말하는 주체의 욕동 속에서 분화되었기 때
문이다. 이것이 바로 김수영 시인의 무의식('나도 모르는 사이에')에
지워지지 않는 끔찍한 고통, 그것이 현실태에서 여자라는 기호적 의
미는 분화를 쉬지 않고 함으로써 고착('설움')을 풀어 놓아주는('축복
을 드리'는), 그래서 말하는 주체에게 있어서는 극한에로의 이행이 되
는 것이다.

3. 여편네, 매혹과 미혹적 존재

　　김수영의 시 텍스트를 형성하고 있는 많은 주변적 상황, 즉 당대의
사회적·문화적·개인적인 요소들은 시인으로 남편으로, 아버지로서
언술 행위의 주체는 끊임없는 욕망-그것이 육체적이든 정신적이든
을 언표화시키게 되고 그 언술 행위를 하는 과정 속에서 욕망의 대상
에 대하여 무의식은 여러 양상으로 시 텍스트에 드러날 수밖에 없다.
이러한 상태에서 여성이라는 기호가 '여편네'라는 기호로 아브젝트
해질 때, 그 기호적 의미 생성과정 속에서 시선과 응시로 들어오는
성(性, sexuality)적 대상으로서의 여편네는 진정한 매혹과는 상관없이,
즉 미혹적인 거리 두기를 하고 있다.
　　여편네는 사전적 의미로 '미혼이 아닌 여자', '아내를 속되게 이르
는 말'이다.
　　성, 즉 섹슈얼리티는 복잡한 개념이며, 다양한 영역에 걸쳐 적용된
다. 단순한 성적인 욕망이나 이성에의 욕구, 즉 본능적 충동에서 더
나아가 사회적 권력 구조에 의해 영향을 받는다. 또한 가부장적인 권

력구조를 형성하는 가장 기본적인 요소이기도 하다. 이러한 섹슈얼리티가 가부장적인 사회에서는 사회적으로 규정된 성적 전형성이 남성의 여성지배와 폭력을 당연시하는 데 일조하기 때문에 여성의 섹슈얼리티는 수동적이고 복종적으로 규정되기도 한다. 그러나 섹슈얼리티는 인간 의지의 산물로 상징되어야 한다. 이때 섹슈얼리티는 정치적·제도적 틀에서 더 나아가 심리적·철학적·존재론적 틀에서 분리될 수 없는 근원적인 요소이기 때문에 여성의 섹슈얼리티는 안정되고 고정적인 경향이 아니라 문화적 영향을 받는 동시에 개인적인 차이를 보이기도 한다. 대상에 대한 섹슈얼리적 욕망을 느낄 때 주체는 그 대상이 매혹 혹은 미혹적이기 때문이다. 인간이 인간에게 사랑(욕망, 섹슈얼리티)을 느낄 때, 매혹되는 것은 자연에 매혹되는 것과는 달리 주관적인 경향이 매우 강하다고 할 수 있다. 반면 미혹은 인간의 상상력이 만들어내는 대상에 관한 사유, 즉 인간의 상상력이 만들어내는 대상에 관한 사유이다. 그래서 자연이 아닌 문명이 창조한 미는 매혹보다 미혹에 속하기 때문에 미혹은 표현의 영역 너머에 있다. 그러면서도 그것이 상징질서 안에 있지 않으면 아무런 의미가 없다.

사랑은 어떠한 형태로든 동서고금을 막론하고 문학에서 되묻고 되묻는 중심테마라 해도 그다지 과언은 아닐 것이다.

시 <性>은 얼핏 표층구조만 읽어내면 꽤 이드적이고 원색적으로, 혹은 어떠한 시적 메타포가 없이 그야말로 노골적으로 언술 행위를 드러낸 것으로 읽혀진다. 가장 본능적이고 감각적이고 육체적인 성은 그야말로 아름답고 순수하고 성스러워야 하는데 <性>에서는 그러한 순간의 주이상스(흘러넘침)가 전혀 배어나지 않는다. 말하는 주체가 성적 대상인 두 기표('여편네', 혹은 '그년')에 대하여 착각을 하고 있기 때문이다. 다시 말해 정신, 육체가 순수한 상태로부터 스스로 전락('그년하고 하듯이')하고 있음으로써 말하는 주체의 <性>은 결핍되고, 언어마저 잃어버리게('지독하게 속이면 내가 곧 속고') 된다. 라캉의 말을 빌리자면 주체는 바로 대상을 바로 보지 못하고 있는 것이다. 주체의 시선과 응시 속에 들어오는 대상에 대한 사랑 혹은 성적 욕망은 벗겨 보면 텅 빈 베일 속의 구멍인 바로 그것이란 사실을 놓치고 있기 때문이다. 이는 거울 속에 비친 타자를(이미지) 보고 자신인 줄 착각하는 라캉의 거울단계와도 같다. 분명 그년과 여편네는 매혹 혹은 미혹적 대상이 되어야 하는데, 대상에 대한 그 자체가 착각으로 미혹적 거리만을 두게 된다. 결국 시적 주체는 자신의 아내, 여편네에 대한 미혹적 사유를 함으로써 '내가 저의 섹스를 개관하고 있는 것' 자체가 환상일 뿐이다. 그래서 성적 주체는 결코 대상을 바로 볼 수가 없는 것이다. 그 누가 허상을 보고 섹스를 즐길 수 있는가. 이 허무함을 그 어떤 단어로 표현할 수 있다면…… 김수영이 나열한 기표들 사이, 그 틈과 이면과 횡간을 읽어내 보자. 아니 그럴 필요 없이 기표 자체에 하나의 의미만 부여해 보자.

그것하고 하고 와서 첫 번째로 여편네와
하던 날은 바로 그 이튿날 밤은
아니 바로 그 첫날 밤은 반시간도 넘어 했는데도
여편네가 만족하지 않는다
그년하고 하듯이 혓바닥이 떨어져나가게
물어제끼지는 않았지만 그래도
어지간히 다부지게 해 줬는데도
여편네가 만족하지 않는다

이게 아무래도 내가 저의 섹스를 개관하고
있는 것을 아는 모양이다

똑똑히는 몰라도 어렴풋이 느껴지는
모양이다

나는 섬찍해서 그전의 둔감한 내 자신으로
다시 돌아간다
연민의 순간이다 황홀의 순간이 아니라
속아 사는 연민의 순간이다

나는 이것이 쏟고 난 뒤에도 보통때보다
완연히 한참 더 오래 끌다가 쏟았다
한번 더 고비를 넘을 수도 있었는데 그만큼
지독하게 속이면 내가 곧 속고 만다

– <성(性)> 전문

여편네의 방에 와서 기거를 같이해도
나는 이렇듯 소년처럼 되었다
흥분해도 소년
계산해도 소년
애무해도 소년
어린 놈 너야
… 중략…

여편네의 방에 와서 기거를 같이 해도
나는 점점 어린애
나는 점점 어린애
태양 하래의 단 하나의 어린애
죽음 아래의 단 하나의 어린애
언덕 아래의 단 하나의 어린애
애정 아래의 단 하나의 어린애
사유 아래의 단 하나의 어린애
간단(間斷) 아래의 단 하나의 어린애
점(點)의 어린애
고민의 어린애

– <여편네의 방에 와서> 일부

시 <性> 전문이다. 이 시는 필자가 몇 해 전에 읽었던-물론 감동적이었다- 파울로 코엘류의 『11분』이란 소설과 어느 부분이라고 단언할 수는 없으나 꽤 비교가 되는 측면이 있다고 여겨진다.

‘나는’ ‘그것하고 하고 와서’ ‘여편네와 반시간도 넘게’, ‘첫 번째’로 ‘첫날 밤’도, ‘이튿날 밤’도 그것을 하고 있다. 이때 내 성적 대상은 여편네가 우선이 아니라 ‘그년’이 먼저였다. 그렇다면 나에게 매혹적인 존재는 누구이며, 또 미혹적인 존재는 과연 누구인가. 나는 여편네에겐 ‘그년하고 하듯이 혓바닥이 떨어져나가게/물어제끼지는 않았’기에 정신과 육체가 하나가 되지 않은 상태이다. 이때 여편네는 결코 매혹적일 수가 없다. 내 사유와 상상력으로 만들어지는 매혹, 즉 무의식에는 그년이 이미 먼저 자리하고 있기 때문에 결코 매혹적 대상이될 수가 없게 된다. 그래서 ‘여편네는 만족하지 않’음을 내가 인지했고, 그래서 나는 ‘황홀의 순간’으로 결코 들어갈 수가 없다. 이는 이드혹은 초자아가 지배를 받지 않는 세계, 즉 상상계로 진입하는 순간, 혹은 찰라지만 상상계로 들어가는 주이상스가 없다는 의미가 된다. 때문에 이 순간은 ‘황홀의 순간이 아니라’ ‘속아 사는 연민의 순간’이되어 내 비스듬한 응시로 각인되는 성적 대상인 여편네는 미혹적 거리를 지닌 존재가 될 수밖에 없는 것이다. 그래서 내가 ‘지독하게 속이면 내가 곧 속고 마는’ 것처럼, 마치 말하는 주체 스스로가 도덕을 알면서도 그 가치를 부정하는 것이기에 매혹과 미혹과의 거리는 더욱 멀게만 된다. 이 거리는 ‘여편네’인 아내가 이미 자신의 성적 대상인 남편이 매혹적인 대상(그년)을 취한 것을 이미 알고 있기에 더욱 멀어지게 된다. 나도 ‘내가 저의 섹스를 다 개관하고 있는 것을 알’고 있기에 서로 거리 두기는 너무도 멀기만 하다. 이 순간 나는 그런 여

편네가 '섬찍해서' '둔감했던' 옛 상태로 돌아간다. 둔감했던 옛 상태
는 바로 여편네를 '지독하게 속'였던 그때인 것이다. 속였던 그때는
오히려 나만의 주이상스는 있을 수 있다. 그러나 지독하게 속였기에
여편네는 배타적이 된 미혹적 대상으로서 내 상상력의 사유, 즉 미혹
에서 멀어지는 순간 나는 섬뜩해지면서 '오래끌다가 쏟았'건만 여편
네는 더 거리 두기를 한다. 결국 텅 빈 베일만 나는 응시하게 되는 것
이다.

　'여편네의 방에 와서' '나는' '홍분해도 계산해도 애무해도' '소년'
이 되고, 아내와 같이 '기거를 같이 해도' '나는 점점 어린애', '사유'
조차 그 사유 아래에 있는 '단하나의 어린애'로 주체는 퇴행을 한다.
때문에 이제 소년, 즉 말하는 주체의 <性>은 에로스와 타나토스가
일치하는, 즉 황홀의 순간이 아니라 속아 사는 '연민의 순간'으로 내
게서 여편네는 미혹적 대상으로서 나와는 너무도 먼 거리를 두고, 나
를 갈팡질팡 헤매게 하는 미혹적인 대상으로 먼 관계항이 되어 나는
'낙오자가 되어 걸어가'(<생활>)는 존재로 전락된다. 결국 '여편네의
방에 와서 기거를 같이 해'도 나는 '태양 아래의 단 하나의 어린애',
'죽음'의, '언덕'의, '사유의', '애정'의, '점(點)의', '베개'의, '고민의 어
린애'로 퇴행된 존재일 뿐이다. 여편네와 같이 기거를 하면 할수록
나는 점점 더 어린애가 될 뿐이기에. 이때 태양, 죽음, 언덕, 사유, 애
정, 점/어린애는 기호계/상징질서로 이분화되어 이 둘은 하나가 되지
못한 채 거리 두기를 하는 기표로서 작용을 하게 된다. 다시 말해 말
하는 주체가 지향하는 자신의 위치는 아내의 방인 상징질서에서 밀
려나 어린애가 되어 상상계에 자리하게 된다. 기호계에서 어린애, 즉
나는 '너를 더 사랑하'는데 여편네는 아브젝션된 존재로 상징질서에

이미 편입된 존재이다.

때문에 네가 내 사유 속의 미혹적인 존재가 아니라 어머니의 몸으로 아브젝션당했던 네가 나를 먼저 알아채고 나를 밀어내기에('너는 내 눈을 안다') 내 사유에서 더욱 더 다가갈 수 없는 내 기억의 밑바닥에서만 존재하게 된다. 마침내 시인, 즉 말하는 주체인 김수영의 언어적 욕동 속에서 여편네의 기호적 의미는 아브젝트된 존재로서 내가 말하는 것과 생각하는 것, 그러리라고 믿고 있는 것과 뜻하고자 하는 것들에 관하여, 그래서 말하는 주체의 매혹적이어야 할 <性>, 그것마저 내 안에서 유희하고 내 사유 밖에 있게 되는 것이다.

4. 아내, 공포의 권력자

주체도 대상도 아닌 아브젝션에는 자신을 위협하는 것에 대항하는 존재의 격렬하고도 어렴풋한 반항이 있다. 게다가 사유 가능한 세계, 견뎌낼 수 있는 세계 저편으로 몰려나 있던 엄청난 안과 밖에 마치 육박해 올 때와 같은 주체의 반항이 있다. 그것은 아주 가까이 있지만 동화될 수 없는 곳에서 욕망을 불러일으키고, 우리를 욕망과 불안과 유혹에 빠지게 한다. 이때 욕망은 결코 유혹당하지 않는다. 또한 어떤 절대성이 욕망으로 하여금 치욕에 빠지지 않도록 보호해 주며, 욕망 또한 그 사실에 긍지를 느끼고 절대성에 매달린다. 그러나 동시에 경련하는 이 도약은 또 다른 세계, 즉 죄짓고 단죄받고자 하는 욕망에 사로잡힌다. 마치 통제할 수 없이 자신으로 돌아올 수밖에 없는 부메랑처럼 지치지 않고, 문자 그대로 충동과 혐오의 양극에 놓인 자들을 자신의 바깥으로 몰아낸다. 이러한 아브젝션은 모호한 것이다.

왜냐하면 모든 방해를 제거하면서 주체를 위협하는 것으로부터 주체를 분리시키는 대신, 반대로 주체에게 끊임없는 위험을 고백하기 때문이다. 그것은 아브젝션 자체가 판단과 정서, 심정의 토로, 기호들과 충동들의 혼합물이기 때문이다. 그래서 아브젝트에 의해 점령당한 사람은 스스로를 인식하거나 욕망하거나 어딘가에 속한다기보다는 밀려나고 분리되고 방황하는 존재이다. 반면 영토나 언어, 작품의 구축자로서 던져진 자는 유동성의 경계를 지닌 자신의 세계를 한계 지으려 하지 않는다. 비대상으로 이루어진 아브젝트는 끊임없이 견고성을 찾아내고 새로이 시작하기 때문이다.

앞의 여러 시들 속에서 말하는 주체에게 있어 여자와 여편네는 대상천시된 존재였다. 비오는 거리에서 원죄를 지닌 뱀으로, 에고이스트로, 또한 마물이며, 집중된 동물로 비천화되었던 존재였다.

이들 비천한 존재들인 여성은 '거리'에서 '우산대'로 '때려' 눕혀졌던 여편네(<죄와 벌>)는 모두 상징질서가 밀어낸, 그래서 아브젝션된 존재였다. 매를 맞는 그것 자체는 너무나 아브젝트하다. 우산대는 상징질서이다. 그런데 바로 상징질서인 내가 그토록 대상천시했던 그 여편네, 즉 우산대로 맞고 마물인 그런 여자가 이제 말하는 주체에게는 도통 알 수 없는 존재로 되돌아와 있다. 내가 그토록 비천화하고 밀어냈던 여성, 대상천시된 존재가 지금 내가 끌어안는 아내인데 내가 끌어안는 순간('나는 발가벗은 아내의 목을 끌어안았다', <아침의 유혹>), 아내가 지금 바로 '나'를 죽이는 존재(<거미잡이>)이고, 내 앞에서 나를 위협하는 존재이다.

아내는 <거미잡이>이다. 아내는 대단한 힘('태풍')을 발휘하면서 거미를 잡아 죽이는 존재이다. 그 힘은 한여름밤에 이는 '태풍'이다.

태풍처럼 강력한 힘을 지닌 아내는 내가 그토록 대상천시하였던 여자였으며, 내가 그토록 비천하게 여겼고 미혹적 거리 두기를 하고 있었던 내 여편네였다.

- <거미잡이> 전문

시 <거미잡이>는 김수영 시 텍스트에서 말하는 주체가 여성에 대하여 의미를 생성할 때, '남편'이 아내에 대한 존재 인식을 하는 정점에 놓여 있는 시라고도 볼 수 있다. 이는 '거미'와 '나'('남편', 시인, 시적 자아)는 말하는 주체의 의식/무의식의 대응이 스며들어 주체와 타자의 관계성을 구축하면서 그 기호적 의미망을 형성하고 있기 때문이다. 다시 말해 '아내', '태풍'/'거미', '남편'은 대응 구조를 띠고 있는 것이 시인의('나는 오늘 아침에 어제의 남편이 아니라니까') 언술 속에서 여성, 그 기호적 의미가 생성되기 때문이다.

태풍('폴리호')은 인간적이거나 가공적인 어떠한 힘으로도 쉽게 물리친다거나 완벽하게 막아낼 수 없는, 그래서 인간은 어떠한 힘으로든 최대한으로 태풍의 피해를 덜 입기 위해서 수단 방법을 가리지 않을 수밖에 없다. 태풍은 자연 그대로 자연적인 것으로 강력한 힘을 지닌 기표이다. 때문에 태풍이 몰아닥칠 때 그저 인간은 그것의 피해를 덜 입기 위해 온갖 힘을 다하게 되는 것이다. 지금 '나'와 '아내'는 '태풍이 일기 시작하는 여름밤'에 함께 있다. 이때 아내의 행동이 참으로 '우습다.' 태풍이 일고 있는데 아내는 하잘것없는 곤충을 잡고 있는 것이다. 내 눈에 비추인 아내의 그 '꼴'은 몹시도 아브젝트하다. 말하는 주체가 이미('어제의') 여편네로 폄하시킨 존재였기 때문에 모습이 아니라 꼴이란 폄하된 언표 행위는 자연스럽기까지 하다. 그런데 이때의 아내가 거미를 죽이는 행위는 절대성에 매달리는 무의식이 의식 밖으로 고개를 내민 행위라는 것을 나는 점차 알게 된다. 이러한 대상천시된 존재의 욕망은 바로 아브젝션당한 주체가 치욕에 빠지지 않도록 스스로 보호하기 위한 행위이며, 자신의 충동적 행위의 사실에 긍지를 느끼고 있기 때문이다. 그 기호적 의미과정을 세세히 분석해 보자.

나는 아내의 꼴을 처음에는 우습게 지켜보면서 아내가 거미를 얼마나 죽이는가 찬찬히 세어 본다. '하나, 둘' 숫자를 센다. 그런데 더 이상 셀 수가 없다. 아내의 거미 죽이는 행위가 멈추지를 않기 때문이다. 내가 숫자를 셀 수 있는 시간조차 없이 아내는 계속해서 너무나 빠른 속도로 수많은 거미를 잡아 죽이고 있다. 그래서 나는 '셋'이란 숫자를 미처 셀 시간이 없다('하나 죽이고/둘 죽이고/넷 죽이고/……'). 내가 미처 셋을 세기도 전에 아내는 벌써 셋 이상의 거미를 죽이고 있기 때문이다. 나는 그만 셋을 건너 띄어서 '넷'으로 넘어가 세어 본다. 그러나 이제는 그것조차 더 이상 셀 수가 없다. 너무 빠른 행동으로 너무나 많이 죽이고 있기 때문이다. 마치 태풍처럼 무서운 속도로 죽이고 있는 것이다. 아내의 힘은 바로 태풍과 같은 속도이다. 이 순간 나는 더 이상 셀 수가 없을 뿐더러 언어조차 나오지 않는다. 내 모든 것은 정지할 수밖에 없다. 내 언어는 말없음표인 것이다.

말없음표는 말하는 주체의 또 하나의 언술 행위이다. 이 기호에 담겨지는 것은 바로 아내의 거미 죽이는 행위가 끝 간데없음이다. 이러한 언술 행위는 마치 말더듬이와도 같다. 말하는 주체가 말을 더듬는다는 것은 대상이 주체적인 위치에 있다는 암시이며, 무의식적 언술 행위가 된다. 이때 시적 자아의 의식과 무의식처럼 거미와 나는 등가를 이루게 된다. 아내의 거미 죽이기는 곧 나를 죽이는 행위가 되는 것이다('야 고만 죽여라/고만 죽여'). 내게 있어 <거미잡이>인 아내는 나를 죽이는 자로 한순간 둔갑된 것이다. 거미잡이인 아내의 행위를 응시하면서 어느 순간 '나는' 나의 의식적 언술행위에 내 무의식이 삐죽이 고개를 내밀게 된다('나는 오늘 아침에 서약한 게 있다니까'/'나는 오늘 아침에 어제의 남편이 아니라니까'/'남편은 어제의 남편이 아니라니까').

말하는 주체의 이 같은 언술에는 권력의 휘두름을 정지하려는 의미가 내포된다. 어제까지의 남편인 나는 아내를 대상천시시켰던 주체였다. 이때 타자는 아내로서 아브젝션당했던 여자였고, 우산대로 두들겨 맞은 비천한 여편네였다. 그러나 아내를 여편네로 폄하시켰던 나는 어제까지만 유효하다. 이런 나의 변화 과정을 나는 아내에게 분명히 보여 주어야만 한다. 이때 확인시킬 수 있는 기표가 '아니라니까'에 모두 담겨진다. '라니까'는 대상이 아직도 말하는 주체의 말을 듣지 않고 여전히 예전대로 행동할 때, 즉 말하는 주체의 언술을 무시할 때 말하는 주체는 급해지고 답답해하면서 덧붙이는 언술이 된다. 그러나 아내는 '무언의 말'을 하고 있다. 바로 이 무언의 언술에는 대상천시된 주체에게는 그 아브젝션된 확실한 희열을 보장하는 그 모든 것이 담겨지게 된다. 이 언술에는 아브젝션당했던 대상, 그 대상을 천시했던 자신에게 대상천시당했던 존재가 부메랑처럼 되돌아오는 순간이 내재된다. 이 순간 내 무의식 속에서 대상천시했던 타자성을 지닌 존재로서 여자, 여편네가 지금 내게 되돌아와 나를 죽이는 주체적인 위치에 놓이게 된다. 이제 나와 아내는 뒤바뀐 존재가 된다. 나는 아내처럼 아브젝션당하고, 나는 말하는 주체로서 통제력마저 잃고, 그 자체가 내 심정의 토로, 나의 기호(말)들과 혼합물이 되고 마는 것이다.

　　　　익살스러울 만치 모든 거리가 단축되고
　　　　익살스러울 만치 모든 질문이 없어지고
　　　　모든 사람에게 고해야 할 너무나 많은 말을 갖고 있지만
　　　　세상은 나의 말에 귀를 기울이지 않는다

　　　　이 무언의 말
　　　　이 때문에 아내를 다루기 어려워지고
　　　　자식을 다루기 어려워지고
　　　　친구를 다루기 어려워지고
　　　　이 너무나 큰 어려움에 나는 입을 봉하고 있는 셈이고
　　　　무서운 무성의를 자행하고 있다.
　　　　(중략)
　　　　이제 내 말은 말이 아니다

　　　　　　　　　　　　　　　　　　　　　　　- <말> 부분

선이 아닌 모든 것은 악이다 신의 지대(地帶)에는
중립이 없다
아내여 화해하자 그대가 흘리는 피에 나도
참가하게 해다오 그러기 위해서만
이혼을 취소하자

– <이혼취소> 부분

'세상은 나의 말에 귀를 기울이지 않'기에 '나는 입을 봉하고' 있으니 '이제 내 말은 말이 아니'다. 그런데 아내는 '무언의 말'을 하고 있다. 이러한 언술은 대상천시를 극복하는, 그래서 아브젝션된 존재들이 갖는 힘이요, 아브젝션시킨 주체들에게는 공포가 된다. 비오는 거리에서 여편네를 마구 때렸던 어제의 주체였던 나는 지금 아내의 '무언의 말' 앞에서 '아내를 다루기 어려워' '입을 봉하고 있는'자로 전락되어 있기 때문이다. 아내는 거미 죽이기를 하면서 나의 진실 혹은 거짓에 대답하지 않고 그저 무언일 뿐이었다. 아내의 무언은 권력의 휘두름(우산대)을 방해하고, 거스르며 교란시켜 대상천시를 극복하는 원천적인 힘으로 작용했던 것이다.

무언은 말. 말 없는 말이다. 곧 언어의 또 다른 형태가 침묵이다. 침묵은 때로 의사소통이라는 타협된 세계를 거절하는 수단으로 작용하여 타자를 곤란에 빠뜨리게도 한다. 다시 말해 무언의 말은 말하는 주체, 즉 대상(남편)에 대하여 언어를 가로지르기 하는 또 하나의 욕동이며, 저항적 체계이다. 그래서 말하는 주체인 나는 아내의 침묵으로 인해 상징질서('친구')에서 옴짝달싹 못하게 된다. 말없는 말을 하는 대상이 내 입을 봉하게 하기 때문이다. 입을 봉한다는 것은 무언의 말과는 다른 의미 생성을 한다. 상징질서에서 소통할 수 없는 존

재로 만드는 것이다. 소통할 수 없는 존재는 존재 자체로서의 가치를
잃게 된다. 상징질서는 언어를 습득한 주체만이 들어온 세계이기 때
문에 주체로서 입을 봉하면 상징질서에서 밀려나게 되는 것은 자명
한 일인 것이다. 그래서 지금 남편인 나는 대상천시했던 그 여성, 내
아내로 인해 내 존재성을 잃게 된다. 바로 내가 아브젝션시켰던 아내
에게 아브젝션당하는 것이다. 이제 아내는 아브젝션된 주변부로서 타
자성을 지닌 여성이 아니라 즉물적인 파기 행위(거미 죽이기)를 통해
자신을 대상천시했던 주체를 밀어내고, 그 자리에 여성 주체로서 위
치('신의 지대')를 점유하게 된다. 이러한 존재인 여성에게 남편은 '아
내여 화해하자'라고 청유를 하고 있다. 이제 아내는 '신의 지대'에 있
는 존재로서 타자의 청유를 거부할 것인지 들어 줄 것인지를 '결단'
하는 주체로 자리매김한다.

　신의 지대는 '중립이 없는' 지대이다. 중립이 없다는 것은 '선이 아
닌 모든 것은 악'일 뿐이다. 이때 선/악은 대립한다. 신의 지대에서 악
은 떼어내거나 소멸시켜야만 할 기표이다. 상징질서에서는 선과 악
가운데 그 어느 하나를 선택해야만 한다. 그 선택은 바로 나의 것이
아니라 아내의 몫인 것이다. 시 텍스트에서 말하는 주체가 추구하는
선은 과연 무엇이고 악은 무엇인가. 말하는 주체의 욕동 속에서 그것
은 곧 '화해'와 '이혼'이라는 기표를 통해 의미 생성이 된다. 안정된
주체가 상징질서에서 살아갈 때 필요한 전 조건이 '화해'로서 선이고,
상징계에서 밀려난 이물질인 '이혼'은 악으로 명명되어진다. 그런데
아내가 거주하는 신의 지대에는 중립이 없기 때문에 선과 악 가운데
하나의 기표만 존재하게 된다. 이를 남편인 내가 먼저 인지하고 있다.
말하는 주체인 남편은 선을 택하고자 '이혼을 취소하자'고 아내에게

요구를 하고 있기 때문이다. 주체가 타자에게 요구한다는 것은 무의식에 이미 욕구가 전제되어 있다는 의미이다. 지금 내가 그 욕구를 해소하기 위해 아내에게 요구하고 있는 상태는 마치 어린애와 같은 상태로서, 즉 어머니의 몸과 분리되기 이전의 상상계처럼, 나는 누군가가 되기 전의 나로 이차적인 어떠한 과정을 통해 획득된 내가 아닌 붕괴되고 버려지고 아브젝트한 것이나 다름없게 된다. 그래야만 나는 신의 지대인 아내(어머니의 몸)에게로 진입할 수가 있기 때문이다. 다시 말해 이혼을 취소하고 화해를 했을 때, 나는 비로소 타자를 아브젝션시키는 악한 존재가 아니라 선한 존재가 되는 것과 동궤에 놓이게 되기 때문이다. 그 욕구를 채워주고 요구를 들어 주는 존재가 신의 존재인 것이다. 그 신의 존재가 말하는 주체에게 있어서 바로 아내이다.

그렇다면 신은 선한가 악한가. 시적 화자가 이혼을 취소하자는 언술 속에 이미 무의식은 들어가 있다. 무의식은 언어처럼 구조화되어 있다는 라캉의 말이 이때 너무도 유효하다. 벌써 나의 의식 속에 고개를 삐죽이 내민 내 무의식에서는 욕구가 선재되었기에 아내에게 화해하자고 요구를 한 것이다. 그런데 화해를 하기까지에는 통과의례가 있어야만 한다. 그것은 곧 아내가 아브젝션당했을 때 언어로 명명되어질 수 없는 고통스러웠던 정신과 육체를 내가 대신, 혹은 똑같이 체험해야 하는 과정이다. 이를 내가 모를 리가 없다. 그래서 나는 '그대가 흘린 피에 나도 참가하게 해' 달라고 아내에게 간절하게 요구를 할 수밖에 없다. 아내가 흘린 피는 비오는 거리에서 우산대로 참혹하게 매 맞았을 때 너무도 고통스럽게 흘렸던 피와도 같다. 그 피를 이제는 내가 흘리고자 한다. 그 피 흘리기에 동참하고자 하는 행위는 대상천시당하겠다는 의미와 상통한다. 이는 아브젝션시킨 행위에 대한 보상, 그것은 곧 아브젝트의 양 끝으로 내몰고자 하는 의지이다. 그런데 이런 나의 의지마저 결정하는 것은 오직 아내의 몫인 것이다. 말하는 주체에게 있어서 '결단은 이제 여자의 것'으로 현현되고 있기 때문이다.

> 금성라디오 A504를 맑게 개인 가을날
> 일수로 사들여 온 것처럼
> 500원인가를 깎아서 일수로 사들여 온 것처럼
> 그만큼 손쉽게
> 내 몸과 내 노래는 타락했다
> 헌 기계는 가게로 가게에 있던 기계는
> 새로 난 쌀가게로 타락해 가고
> 이제는 캐시밀론이 들은 새 이불이
> 어젯밤에는 새 책이
> 오늘 오후에는 새 라디오가 승격해 들어왔다
>
> 아내는 이런 어려운 일들을 어렵지 않게 해치운다
> 결단은 이제 여자의 것이다
> 나를 죽이는 여자의 유희다

– <금성라디오> 부분

시 제목인 <금성라디오>는 요즘 세대들에게는 퍽 낯선 기표일 것이다. 1960년대를 살았던 기성세대들에겐 전자제품 가운데 하나였던 이 금성라디오를 갖는 것이 요즘 스마트폰 이상으로 어쩜 더 갖고 싶은 품목 중의 하나였을지도 모른다.

김수영의 시 <금성라디오>는 김수영이 모더니즘 시인이라는 것에 수긍이 가는 시 가운데 하나이다. 여기서 '금성라디오 A504'의 이

미지는 옛것/새것, 전통/근대화, 자본 등으로 이분화되는 동시에 '나'
와 '아내'의 관계성이 내재되고 있다는 점에 주목하여 새롭게 혹은
열린 시각으로 다시 읽기를 해 보도록 한다.

　'헌 것', '쌀가게', '내 몸', '내 노래' 등의 기표와 '새 라디오', '새
책', '새 이불' '캐시밀론'은 대립 관계를 이루면서 '새'에는 자본과 상
품이라는 논리가 배어난다. '일수'는 자본이고, 그 자본은 헌 것을 밀
어내고 새것을 취하는 수단이다. 아내는 헌 것을 버리고 새것을 취할
수 있는 자본의 주체로서 모든 결단을 서슴없이 '어렵지 않게 해치
우'는 존재이다. 새것들을 사들인다는 것은 과거를 버리는 행위가 전
제된다. 아내의 과거는 우산대로 맞았던 여편네, 마물 취급당했던 여
자, 뱀으로 더럽고 무식한 여자, 즉 주변부 여성인 타자로서의 비천한
존재였다. 그런 비천한 존재가 이제는 자본을 스스로 움직이며 모든
결단을 하는 주체적인 존재로 '승격'된 것이다. 이런 아내 곁에서 나
는 '가을날'처럼('내 몸과 내 노래는 타락했다') 현실태의 가장자리로
처해진다. 바로 헌 기계가 버려지듯 나는 물화된 존재로, 상징질서에
서는 헌 기계처럼 쓸데없는 존재, 불필요한 요소로 전락되고 있는 것
이다. 반면 아내의 현실은 여름날 강력한 힘으로 몰려온 태풍과도 같
은 위력을 지닌 존재로 결단하는 주체로 부각된다. 그러한 존재 앞에
서 나의 육체와 정신(노래)은 쇠락('타락')해질 수밖에 없다. 쇠락한
내 몸과 노래는 마치 헌 기계가 버려지는 것처럼 '쌀가게'로 파기되
어진다. 다시 말해 헌 기계로 버려져 피폐한 나와 새것을 사들이는
모든 자본에 대한 결단을 내리는 주체로 대립된다. 아내, 내가 그토록
대상천시했던 아내의 정신과 육체는 다시 되돌아와 안정된 위치에
있는 반면 내 존재와 내 언어 그리고 내 욕망은 상실된 채(가을날) 타

자의 자리에 위치하게 된 것이다.

　이처럼 김수영 시 텍스트에서 여성은 내가 그토록 비천하게 여겼던 여자도 아니며, 내가 미혹적 거리 두기를 했던 여편네도 아니며, '나를 죽이'고 살릴 수 있는 '결단'하는 주체적 존재로서 아내인 것이다. 대상천시당했던 아내가 대상천시를 스스로 극복하고 자신감을 갖게 될 때, 대상천시했던 나에게는 공포의 힘으로 작용하는 순간이 된다. 이때 나는 타자를 품는 아내를 욕구하여 요구를 하게 된다('이혼을 취소하자'). 이 순간 아내는 말하는 주체의 욕동 속에서 타자화되어 배척하고 분리하고 아브젝트된 고정된 타자성을 띤 존재가 아니라 말하는 주체에게 되돌아와 대상천시된 타자성을 벗고, 타자를 결단하는 존재로 위치하게 되는 것이다. 모든 결단은 '여자의 것이'기 때문이다.

제3부

여성문학, 왜 '여성'문학이어야 하는가

여성은 '여성'적 글쓰기를 한다

1. 페미니즘은 아직도 유효할까

기존의 남성 중심적인 전통 사회에서 여성은 시몬 드 보부아르가 말한 것처럼 '제2의 성'으로, 혹은 타자-남성만 주체-로 여겨져 왔다고 해도 과언은 아니다. 그런데 이십일 세기인 지금, 여성들이 아직도 이러한 기표들을 지우지 않고 인정하면서 페미니즘(feminism)이란 단어를 끌어안고 있는 이유는 무엇일까.

페미니즘을 아주 간략하게 말한다면, 18세기 후반 자유주의 이데올로기의 일부로 생겨난 것으로 성적 불평등이나 여성 해방 운동과 같은 접근을 통하여 사회의 모순 속에 특수한 형태로 내재해 있는 여성문제를 포착해 내고 올바른 전망을 제시하려는 일련의 움직임이라고 할 수 있다. 이런 맥락에서 페미니즘은 여성 억압에 대한 관심에서 출발하여 그 타파를 지향하는 것, 여성을 억압하는 객관적 현실을 올바르게 파악하고 그 해결책을 모색하는 것 등을 그 내부에 포함하게 된다. 때문에 페미니즘은 특정한 방법론이라기보다는 하나의 전망에 해당한다고 할 수 있다. 이때 중요한 것은 여성과 남성이 어떻게 다른가라는 문제가 아니라 여성이 어떠한 역사를 통해 오늘날의 여성에 이르렀는가 하는 점에 더 관심을 두어야 한다는 점이다.

문학은 딱히 한마디로 정의할 수가 없다. 그래도 정의한다면 정의를 할수록 문학에 대한 정의는 더욱 더 오류만 범하게 된다는 T. S. 엘리엇의 말이 맞는지도 모른다. 하지만 보편성의 측면에서 볼 때, 문학은 인간의 삶 그 자체일 수가 있다. 그래서 다양한 삶 속에 나타나는, 그것들에 대한 모순을 문제 삼으면서 사회의 결손이나 빈약함에 대해 보완적이고 수정적인 기능을 지니는 동시에 상상력과 환상을 더해 주어 인간의 결핍을 어느 순간만큼은 채워줄 수 있는 기능을 지녔기에 매혹적인 예술이라고 해도 과언은 아닐 것이다.

이때 문학과 페미니즘은 이러한 기능을 공유하기에 페미니즘과 문학이 결합된 용어인 페미니즘 문학 비평은 다분히 문화사적 비평의 입장을 띠고 있다. 때문에 기존의 남권주의, 부권주의적 사회체제와 이성중심주의, 남근중심주의적 이데올로기 등의 지배하에서 소외되고 왜곡되었던 여성의 경험과, 여성성, 여성 의식 등을 중시하고, 기존의 문학전통과 남성 중심 비평의 한계점을 극복하기 위해 여성 중심의 관점에서 문학 작품을 다시 검토하는 작업은 매우 의미 있는 작업이라고 볼 수 있다. 이는 남성 비평 중심에서 이루어진 기존의 문학을 다시 읽고, 다시 쓰기, 또 되받아 쓰기 등으로써 다양한 비평 활동을 필요로 한다. 때문에 이러한 행위는 기존의 남성 중심 시각에

동의하는 독자가 아닌, 혹은 거기에서 벗어나 저항하는 독자가 되어 문학 텍스트를 새롭게 자리매김하는 행위와 상통하게 된다. 이를 통해 그동안 남성 중심적 비평 기준이 문학의 보편적 기준으로 등치되어 왔던 비평 현실에서 벗어나 여성 독자의 경험과 여성의 눈을 통한 여성 비평적 관점에서 텍스트를 검토하는 행위는 능동적이고, 적극적이며, 다시점적, 다원주의적 해석의 과정으로 또 하나의 새롭게 읽기 방법인 것이다.

문학사는 지속과 발전, 변형을 거치는 연속적인 진행 과정인데, 1930년대의 여성 시와 1980~1990년대 페미니즘이라는 사조 속에서의 여성 시는 당대성이나 시의성으로 인해 작품 속에서 드러나는 여성성, 여성의식, 여성원리 등의 편차는 크다고 할 수 있다. 이러한 부분에 문제의식을 두고 본 장에서는 한국 현대 여성 시의 출발점을 이루는 1930년대의 여성 시와 페미니즘이라는 사조 속에 작품 활동을 했던 1980~90년대의 여성 시인들의 작품을 비교 분석함으로 해서 세대에 따른 여성의식의 변화나 사회에서의 변형된 여성성이 문학 속에 어떠한 양상으로 표출되는지, 그래서 작품 속에 나타나는 여성 시의 중심 모티프와 여성적 글쓰기 등을 살펴봄으로써 궁극적으로는 현대 여성 시의 텍스트성을 통해 여성 시인의 글쓰기 양상을 규명하는 것이다. 이러한 작업은 페미니즘 문학에서의 논의를 수렴하는 것일 뿐만 아니라 지금까지 이론적으로만 언급되었던 분야를 실제 작품 속에서 검증해 보는 데 유효하기 때문이다. 환언하면 이와 같은 새롭게 읽기 과정은 기존의 페미니즘 문학에서의 이론을 수렴하는 것일 뿐만 아니라 지금까지 이론적으로만 언급되었던 분야를 실제 작품에 적용시켰을 때에 여성 텍스트가 어떻게 특징 지워 지는가에 대한 답변,

즉 여성 의식과 여성적 글쓰기 양상을 통하여 궁극적으로 여성 시의 페미니스트 시학을 규명하는 것이다.

2. 여성성과 모성성의 거리

　페미니스트 비평의 관점은 문학 담론이 남성 지배문화의 구조 속에서 남성 중심적으로 왜곡되어 있으며, 그것이 모든 사회 구조와 마찬가지로 잘못 읽혀 있음을 염두에 두고 성차에 대하여 지적하면서 시작된다. 때문에 여성 시각에서의 읽기를 지향하고 가부장적인 성차별에 의해 여성의 억압 문제를 의식화하고 문학 담론의 전면으로 내세우게 된다. 이때 인간의 육체를 권력 행사의 주요 거점으로 삼으면서 권력이 행사되는 기본적인 영역으로서의 육체, 성애화와 경제적 착취의 대상으로서의 육체, 성적 욕망을 창출해 내는 지식과 권력의 특수한 장치들을 발전시키기 위한 전략으로서의 육체에 관한 푸코의 논의처럼 드러나는 권력 개념은 사회적 관계와 실질적 결과를 지칭하는 것이거나 사회 전체에 미치는 광범위한 균열을 낳고, 경제 과정이나 남녀관계, 지식 등의 모든 사회적 관계 속에 내재하는 것으로서 페미니스트들에게는 유용한 분석의 틀과 방법을 제시하기도 한다.
　기존의 상상력에서 여성의 육체는 풍요로움의 상징일 수 있었다. 이러한 여성의 육체가 어떻게 부정적으로 변화되었는지를 통해 당대의 상황을 효과적으로 제시할 수 있기 때문이다. 이와 동시에 여성의 육체는 권력의 지배에 저항하면서 현실을 비판하는 역할을 담당할 수가 있다. 인간의 성별은 애매모호하고 복합적이어서 이항 대립적인 범주들로 단순히 분류될 수는 없다. 성 정체성을 대립이나 차이로 정

의하려는 시도가 의미나 가치 체계의 중심을 이루고 있어 바로 이것
이 동일시나 공유보다는 차이와 분리에 기초한 현실 인식을 유지시
키고 있기 때문이다. 이때 성차는 남성과 여성 사이의 구조적 불평등
의 토대이며, 이로 인해 여성들은 사회 속에서 체계적으로 이루어지
는 불공평을 경험하게 된다. 이러한 성에 따른 불공평이 생물학적 필
요의 결과가 아니라 성차라는 문화적 구성물에 의해 생산된다는 사
실을 전제하게 되는 것이다. 때문에 젠더 공간은 남성과 여성의 생물
학적 성을 규정하는 공간일 뿐만 아니라 인성이나 권력에 관한 상상
적이고 사회적인 임무를 수행하는 공간을 의미하게 되어 구체적인
장소나 추상적인 공간 모두를 포함하게 된다.

이와 함께 여성의 정신은 그것을 체험하게 해 주는 육체와 직접적
인 관계를 맺음으로 존재하며, 육체는 여성 경험의 가장 문학적인 토
대이자 그에 대한 은유이기도 하다. 육체를 통해 세계와 접촉한다면
육체는 거짓일 수 없는 진실이 되며, 이해해야 할 비밀스러운 지식의
저장소이자 세계와 만나는 정점이 된다. 육체 자체가 탐구의 능력을
갖고 있기에 여성이 세계를 향해서 타인과 주변인과의 상호 관계를
열고자 할 때에 여성의식은 젠더 공간에서 여러 형태로 드러날 수 있
기 때문이다. 이는 당대 여성 시인들의 시적 상상력을 통해 페미니스
트 시학의 가능성을 시험해 볼 수 있게 한다.

여성은 열등한 남성으로서, 그리고 남성의 반사된 '타자'로서 수용
시키고 있었다는 사실은 보부아르의 <제2의 성>을 통해서도 확인하
게 된다. 여성은 '왜 제2의 성인가?'와 '왜 여성은 타자인가?'라는 말
은 동의어를 갖게 하는데, 이는 프로이트의 해석과는 달리 여성이 남
근을 선망하는 이유는 여성이 남근 자체를 원해서가 아니라 사회가

남성에게 부여한 물질적·심리적 특권을 갈망하기 때문이다. 그렇기에 여성은 남근이 없어서가 아니라 권력이 없기 때문에 '타자' 혹은 주변부로 밀려나게 되는 것이다.

근대 서구 철학, 즉 데카르트의 코기토에 의한 이성중심주의는 언제나 빛/어둠, 로고스/감성, 이성/감정, 문화/자연 등의 이항대립을 남/여라는 대립항으로 수렴시켜 왔다고 해도 결코 과언은 아니다. 이 대립 구조에서 이성, 남성, 문화 등은 자신이 진리임을 내세워 이항 대립의 다른 항목에 속하는 감성, 여성, 자연 등을 항상 열등하다고 평가한다는 사실에서도 남성의 주변부이거나 타자로 존재하는 여성의 위치가 잘 드러난다. 좀 더 구체적으로 살펴보면, 즉 주변성의 측면에서 볼 때에 여성은 남성들이 거주하는 중심의 공간에서 배제된 존재였다. 서구 역사에서는 남성은 이성적 존재, 진리를 추구하는 존재인 반면 여성은 재현될 수 없는 존재거나 말해지지 않는 존재로 이해되었다. 그래서 지배집단인 남성들이 거주하는 중심의 밖인 황폐한 황무지에 거주하는 주변인이 바로 여성인 것이다(동서양 문학 속에서 드러나는).

한국 현대 문학에 있어서 여성이 등단한 것은 1920년대이다. 김명순, 나해석, 김일엽 등으로 대표되는 이 시기의 여성 문인들은 해방과 자유주의 정신, 남녀평등 의식 등을 독자적인 깨달음에 의해 시로 형상화하고 있다. 작품 수가 많지는 않아도 그들의 작품은 오늘날 여성 시를 형성하는 중요한 토대가 되고 있으며, 이들의 시적 노력이 1930년대 노천명에 이르게 되면 어느 정도 성과를 거두게 되면서 우리 여성 시가 성숙되어 가는 면모를 갖추게 된다. 그 가운데 여성 시인들의 텍스트성을 규명해보고자 할 때에 먼저 간과할 수 없는 것은 일제

식민지 시대에서의 여성들이 삼중고에 시달리며 존재 자체에 위협을 느끼는 삶을 영위했다는 측면이다. 여기서 삼중고란 가부장주의, 계급주의, 제국주의 등을 축으로 하는 억압의 복합성을 의미한다. 이때 여성 문인으로서 사회생활을 하던, 그래서 소위 지식인이라 할 수 있던 몇 안 되는 여성 시인들은 이러한 삼중고의 억압으로 인해 남성과 동등한 사회적 삶 속에서 작품 활동을 하고자 할 때에 많은 어려움을 겪었으리란 점을 놓칠 수가 없게 된다. 그 가운데 여성 최초의 기자로, 지식인으로, 여성 시인으로 활약한 가운데 가장 두드러지는 시인이 노천명이라고 할 수 있다. 남성 중심의 문단에서 활약을 했던 노천명 시인이 처한 시대적 상황은 바로 여성의 '주변부'를 상징하며, 여성으로서 시 세계를 형성하는데, 즉 사회적으로 구성된 성차 공간에서 체험하게 되는 여성 의식을 문제 삼지 않을 수 없다. 부언하면 노천명의 시 텍스트를 페미니즘적 시각으로 다시 읽기 함으로써 페미니스트 시학, 그 글쓰기의 특성을 새롭게 규명할 수가 있다.

그의 시 <자화상>은 남성 시인들의 자화상과 함께 꽤 읽혀지는 시라고 할 수 있는데, 그의 자화상이 너무도 남성 중심 시각에서 읽혀 아직도 그 시각에서 벗어나지 않은 채 그의 시 텍스트성을 왜곡하고 있다고 할 수 있다. 이제 다시 읽기를 함으로써 노천명의 <자화상>이 얼마나 다르게 분석되고 있는가를 알게 된다.

> 전시대 같았으면 환영을 받았을 삼단 같은 머리는 '클럽지' 한 손에 예술품답지 않게 얹혀져 가냘픈 몸에 무게를 준다. 조그마한 거리낌에도 밤 잠을 못 자고 괴로워하는
> (중략)
> 무디지 못한 성격과는 타협하기가 어렵다.

처신을 하는 데는 산도야지처럼 대담하지 못하고 조그만 유언비어
에도 비겁하게 삼간다. 대(竹) 처럼 꺾어는 질망정 구리(銅) 처럼 휘
어지며 구부러지기가 어려운 성격은 가끔 자신을 괴롭힌다.

- 노천명, <자화상>3) 부분

　먼저 기존의 시각을 살펴보면(아이러니하게 이 시각은 여성의 시
각이다. 이는 남성 중심 지배담론, 남성 중심 비평의 시각에서 벗어나
지 못한 상태라는 측면을 여실히 보여 주게 된다), 노천명은 "자신의
모습을 시로 형상화하면서 동시에 자아에 대한 자신의 이상을 더불
어 이야기하고 있으며, '전 시대 같으면 환영을 받았을/삼단같은 머
리'가 무겁게 느껴진다는 것은 '삼단 같은 머리'가 상징하는 전통적
여인상이 이미 미덕이 아님을 말해 주는 것이며, 이러한 자각은 남성
적 성격에 대한 선망으로 심화된다. 또한 '산도야지처럼' 강인한 힘과
대담성을 지니지 못한 자신에 대한 자괴감과 '대나무'처럼 타협을 모
르는 자신의 성격에 대한 오만성을 동시에 드러내고 있다. 즉 그녀가
원하는 자화상은 부드러움이나 따뜻함을 근원으로 하는 여성적 성격
이 아니라 대담함과 곧음을 함께 지닌 남성적 성격이라 할 수 있다"
고 평한 것을 보면 노천명 시에 대해 여전히 남성과 여성에 대해 강
하고 약함이라는 이분법적인 논리를 지향하고 있으므로 독자로 하여
금 좀처럼 남성 중심적 시각에서 벗어나지 못하게 한다. 하지만 이와
같은 시각은 당대 사회적인 측면을 간과함으로써 성차 공간에서의
여성의 감추어진 내적 심리를 놓치고 있다는 점에서 필자는 다시 읽
기를 함으로써 노천명 시에 대하여 새로운 시각을 드러내고자 한다.

---

3) 『노천명 전집』 1, 시, 솔, 1997.

찬찬히 분석해 보도록 한다.

노천명이 본격적인 문단 활동을 활발하게 하던 시기는 1930년대이다. 이 시기는 남성 문인이 중심을 이루어 여성이 남성 문인들과 동등한 대접을 받을 수도 없었던 당시의 폐쇄적인 사회적 상황 등이 내재될 수밖에 없다.

이화여전 영문과를 졸업하고 조선·중앙일보 기자 생활을 했던 노천명은 당시 시대의 첨단을 걸어가는 여성 지식인이라고 말할 수 있다. 따라서 적극적으로 사회 활동을 해야 했던 시인은 자신과 또 여성에 대한 편협한 시각과 남성우월주의를 바탕으로 한 사회구조에 대해 많은 심리적 갈등을 겪었음을 가늠할 수가 있다. 이런 맥락에서 볼 때 노천명의 시 세계가 한국 현대 여성 시의 출발에서부터 여성성에 대한 문제를 제기해 볼 수 있는 실마리가 된다는 점에서는 시사적 가치가 있으며, 그녀의 시가 '남성 지배 담론에 적극적으로 페미니즘적 시각을 제시해 주지 못하고 남성 편향적 관점에 기울어진 것이 그녀의 한계점으로 지적되고 있는 점'은 시대적·문화적 상황을 간과함에 기인한 것이므로 다시 고려해 보아야 할 문제이다.

노천명이 시인으로서 활약하던 시대의 현실은 여성으로서 처한 내적 현실과 외적 현실을 모두 아우른다. 이는 사회, 계급, 성차, 역사 등의 총체적인 현실을 여성의 육체와 동일선상에 놓이게 한다. 자아 정체성과 육체를 중심으로 하는 내부 심리와 대면할 때 대두되는 현실이 내적 현실이고, 대타의식을 중심으로 하는 외부 환경과 대면할 때 문제되는 것들이 외적 현실일 때 남성 중심의 문단에서의 여성성은 주변부로, 그래서 '타자'로 놓이게 된다. 이러한 요인들을 모두 아우르고 간과하지 않았을 때에만 시인의 시 세계를 재해석할 수 있고 시적 가치를 새롭게 부여할 수 있게 된다.

먼저 여성답지 않다고 지적된 부분인, '산도야지처럼' 대담함이 남성의 전유물인지, '대나무처럼 꺾어지는' 곧은 성품이 남성적 성격으로만 보아야 할 것인지에 대한 의문을 제기하고 다시 읽기를 해야 한다.

한국의 전통 사회에서 여인들은 잘려 나가지 않은 긴 머리를 틀어올려, 곧 삼단 머리의 모습을 취했다. 시인이 등단하여 작품 활동을 하는 시기는 서구 문명을 받아들이는 시기였으므로 여인들의 외적 치장 또한 전 시대와는 달리 많은 변모를 보였을 것이다. 그런데 시인은 서구적인 머리를 마다하고 전통적 여인의 '삼단 같은 머리'를 그대로 고수하면서 오히려 '무게'를 주고 있다. 이때 '무게'라는 기표는 '버거움'을 뜻하기보다는 오히려 '가냘픈 여성의 몸'이지만 삼단 같은 전통적 여인의 머리 모습 그대로를 간직함으로 해서 품위를 지니게 된다. 그렇기에 남성 중심 문단 속에서 세련되고 변화되지 않은 여성의 이미지(육체)가 자칫 개화된 남성들에게는 '환영'받지 못할지언정 오히려 여성적 가치(정신)를 지니게 하는 것이다. 때문에 이러한 시인의 어조는 남성 중심의 편향적 사고를 받아들이기가 싫다는 내부 심리, 즉 '예술품답지 않을지언정 클럽지'에 끼워 전통 사회의 미덕을 그대로 고수하겠다는 자긍심을 함축하게 되는 것이지 '전통적 여인상이 이미 미덕이 아님'을 가리키는 것은 결코 아니다.

사회적인 측면을 살펴보자. 성차 공간에서의 모순이 담긴 어조, 즉 '처신을 하는데도 산도야지처럼'에는 보편적인 측면에서 볼 때 난폭한 짐승의 야수성이 담겨진다. 시인이 '산도야지'를 자신이 아닌 타인의 처세술에 비유하고 있다는 것에 주목할 때 매우 의미가 있다. 일반적으로 산도야지는 그다지 영리하다거나 포용력이 있다거나 그렇다고 용감하다고 여겨지는 짐승 또한 아니다. 오히려 남성적인 동물을 상징할 수 있는 여타, 즉 호랑이, 사자 등과 같은 거대한 짐승이 있는데도 불구하고 산도야지에 비유해 놓고 있다는 점에 주목해야 한다. 산도야지는 돼지와 같은 종류의 짐승이다. '돼지'라는 이미지는 이례적으로 좋은 의미로 쓰이지 않고 있음을 부인하기란 쉽지가 않다. 결국 산도야지는 힘만으로 난폭하게 처세를 하는 타인들, 즉 남성 지배 권력에 대한 조소성을 띤 기의를 만들어 내어, 곧 은유가 되는 것이다.

이렇게 시인은 산도야지라는 단어 하나를 설정함으로써 시 전체에 흐르는 메시지를 역동적이게 한다. 이는 의식적이든 비의식적이든 시인의 암시적인 태도로서 '처신하는 사람'과 '산도야지'가 남성적 은유의 등가물이 되기 때문이다. 이 은유적 등가로 '산도야지처럼 처신하는 이들을 폄하시켜 당대 사회 권력에 대한 비판의식을 드러낸다. 그래서 시인의 의식은 타인들의 시답잖은 '유언비어'에도 결코 휩쓸리지 않으면서 여타 행위나 말들을 억제하고, 그저 '삼가는' 태도를 취함으로써 산도야지(남성 권력)들에게 조소를 보내게 된다. 이는 이어지는 언술과 연결해 볼 때 더욱 확연히 드러난다. '대나무'처럼 강인하고 '곧은' 성품을 지닌 시인이 '구리처럼 휘어지지 못해 오만함과 남성적 성격을 지닌 것'이 아니다. 왜냐하면 정의로운 인간이라면 어떠한 불의를 보거나 진실하지 못한 것과 맞부딪칠 때에 대나무처럼 꺾일망정 타협하지 않고, 동조하지도 않으며 비겁하게 휘어지지 않는 것이 원칙이다. 시인의 곧고 바름은 여성으로서 얼마든시 시닐 수 있는 성품이며, 이는 결코 남성적인 성품만도 아니고 오히려 인간이라면 마땅히 지녀야 할 덕목 중의 하나이기 때문이다. 때문에 기존의 논의는 사회적으로 구성된 성차 공간의 모순을 끌어내지 못한 채 남성 중심의 사고 속에 여성을 편입시키고 마는 오류를 범하게 하는 해석인 것이다.

더 분석해 보면, 부드러움도 여자의 전유 또한 아니다. 여자도 남자 못지않게 처한 상황에 따라 때론 강하고 당당할 수 있다. 세계(당대의 남성 중심 사회) 속에 편입하고자 할 때, 즉 성차 공간에서 여성으로서 당당한 의식을 지닐 때 남성과 동등한 사회적 삶을 성취하게 된다. 시인은 사회 속에 편입해서 대나무처럼 곧은 심성으로 어떠한 유언비어에도 휩쓸리지 않고, 말과 행동을 그저 '삼가함'으로 오히려 당당하다. 삼가는 것이 비겁하다거나 오만한 것은 아니다. 오히려 참음과 조심스러움이 내포된다. 중용의 도리는 삼가는 데 있는 것이다. 때문에 시인을 '괴롭히는 것'은 산도야지처럼 대담하지 못해서가 아니요, '구리처럼 휘어지지' 못해서도 아닌 것이다. 다만 당대의 남성 중심의 문단, 즉 권력이나 남성 지배 체제들에 의해 받아들여지지 않는 여성의 위치, 직면하는 억압 때문에 괴로운 것이다.

이와 같은 시인의 자의식은 남성 중심 세계(지배 권력)에서 소외되는 것이 아니라 오히려 당당하게 들어가고 있다. 이 당당한 의식은 남성들과 동등하게 사회적 삶을 추구하고자 할 때에 여성으로서 처한 내적 외적 현실, 즉 '주변성'과 '타자성'으로 묶여짐에 대한 도전이다. 다시 말해 시인은 당당한 정신과 육체-변함없이 삼단 같은 전통 여인상의 모습-를 고수하여 무게를 더함으로써 황폐한 황무지 안으로 자발적으로 들어가 주변성, 타자성 자체가 양성성, 현장성, 변혁성을 지니는 공간으로, 통과의례의 장으로 만든다. 이때 남성 지배문화가 그 주변에 살고 있는 여성들에게 부과하고자 했던 규범이나 가치,

실행들로부터 한 발자국 다가가 이를 비판할 수 있다. 이는 타자성이나 주변성 자체가 억압이나 열등감과 관련된다 할지라도 그러한 점이 오히려 관대함, 다원성, 다양성 그리고 차이를 허여하는 방식으로 변화되어 타자성을 지워낼 수 있기 때문이다.

바로 이러한 자의식으로 시인의 '자화상' 그리기는 완성된다. 자화상에는 여성을 주변적 존재로 규정해 버린 남성 중심적 사회질서를 전복시키기 위해서 주변성과 관련된 인정과 거부라는 이중성이 담겨진다. 여성 해방의 힘은 억압의 위치, 곧 주변 그 자체가 공간적 속성에서 나올 수도 있으므로 이 이중성으로 인해 황무지 안으로 자발적으로 들어감으로 해서 오히려 남성 중심의 지배 담론적인 공간의 한계에서 벗어날 수 있게 한다. 그렇기에 시인이 '자화상'을 통해 말하고자 하는 것은 남성 중심 문학의 주변부인 황폐한 황무지에 거주해야만 했던 육체와 정신-삼단머리가 환영받지 못하고, 산도야지처럼 처신하지 않는, 주변인이 바로 여성이라는 점을 드러냄으로써 당대 남성 지배 권력 속에서 여성들의 위치, 즉 주변부로서의 여성의 위치인 타자성을 부각시킨 대표적인 징후가 된다. 이러한 상황, 즉 여성성을 억압하는 사회적 요소들을 노천명은 <자화상>을 통해 육체에 담아 자의식으로 담아냄으로써 황무지에 있는 주변부로서의 타자성의 한계를 지워내고, 사회적으로 구성된 젠더 공간의 한계를 간접적으로 극복하게 되는 것이다.

해방 이후로 접어들면서 많은 여성 시인들이 대거 등단하여 활약하게 된다. 1960~1970년대를 건너뛴 채 1980~1990년대 여성 시 몇 편을 선정하여 먼저 분석하는 것은 한국 여성 시의 출발점을 이루는 1930년대와 페미니즘이라는 사조 속에서 활동을 한 여성 시인들의 시적 상상력을 통해 글쓰기 양상이 어떻게 달라지고 있는가에 초점을 두고 있기 때문이다.

여성은 남성과는 다른 고유하고 특수한 경험의 영역을 지닌다. 기존의 전통 사회에서 여성은 딸, 아내, 어머니라는 여성 고유의 정체성을 지니게 되는데, 이는 성 역할에 있어 여성을 남성과 구별 지으면서 양면성을 지니게 한다. 여성의 모성성은 전적으로 여성에게 어머니 역할을 책임 지우며, 불완전한 태아를 하나의 인격체로 성장시키는 과정 속에 여성으로 하여금 창조적인 기쁨을 갖게 한다. 다른 한편 생물학적 모성을 지칭하는 입장에서만, 즉 여성의 신체성에만 주목할 때 여성을 인간 활동의 다양한 장으로부터 배제하고 오직 여성의 영역이라는 제한된 범위로 국한시켜 성적·정치적·사회적·문화적 주변인으로 만들어서 종국적으로 가부장제의 이데올로기를 합리화하는 중요한 기제가 되기도 하는 것이다. 그래서 생물학적 모성성에 내재한 억압성은 생물학적 성이 사회의 기본적 범주로서 여성억압의 원인이 되며, 가부장제하의 모성은 대부분의 여성들에게 고통과 박탈감을 주고 다양한 사회, 정치 체계 속에서 남성 지배를 정당화하는 열쇠이지만, 이러한 상황하에서도 모성적 경험은 하나의 대안을 제시할 수 있다는 점에 주목할 필요가 있다. 모성 안에는 풍부한 창조성과 기쁨의 잠재력이 포함되어 있기 때문이다. 그러나 모성성이 선천적 자질이라고 생각할 경우 가족을 위한 여성의 희생과 인내는 당연한 것이 되어 가부장제 이데올로기를 합리화하게도 되는 것이다.

다음의 여성 시들은 여성정체성, 즉 모성성과 자아에 대한 자각을 보여 주는 작품으로 가부장적인 신화를 거부하고 있음을 보여 주고 있다. 모성성이 어떠한 강요라든가 당연성으로 치부될 때에 억압적이고

희생적인 것으로, 현실에서 여성 경험을 통해 존재의 자유를 희구할
때, 즉 자율성이나 창조성, 독립성 등에 있어서 내적 자아는 모성성과
대립을 드러내고 있다.

> 딸아, 보아라,
> 엄마의 발은 크지,
> 대지의 입구처럼
> 지붕 아래 대들보처럼
> 엄마의 발은 크지,
> (중략)
> 딸아, 보아라,
> 가고 싶었던 길들과
> 가보지 못했던 길들과
> 잊을 수 없는 길들이
> 오늘 밤 꿈에도 분명 살아 있어
> 인두로 다리미로 오늘밤에도 정녕
> 떠도는 길들을 꿈속에서 꾹꾹 다림질해 주어야 하느니
>
> 네 키가 점점 커지면서
> 그림자도 점점 커지는 것처럼
> 그것은 점점 커지는 슬픔의 입구,
>
> 세상의 딸들은
> 하늘을 박차는
> 날개를 가졌으나
> 세상의 여자들은 아무도 날지 못하는구나,
> 세상의 어머니는 모두 착하신데
> 세상의 여자들은 아무도
> 행복하지 않구나……

– 김승희, <엄마의 발>[4] 부분

---

4) 김승희 시집, 『달걀 속의 생』, 문학사상사, 1996.

엄마, 엄마,
그대는 성모가 되어 주세요,
한국 전래 동화 속의 착한 엄마들처럼
참, 아니, 사임당 신씨
신사임당 엄마처럼 완벽한 여인이 되어
나에게 한평생 변함없는 모성의 모유를
주셔야 해요,
이 험한 세상
엄마마저, 엄마마저…… 난 어떻게……

여보, 여보,
당신은 성녀가 되어 주오,
간호부처럼 약을 주고 매춘부처럼
꽃을 주고 튼튼실실한 가정부도 되어
나에게 변함없이 행복한 안방을
보여 주어야 하오,
이 험한 세상
당신마저, 당신마저…… 난 어떻게……

여자는 액자가 되어간다,
(중략)
여자는 조용히 넋을 팔아 넘기고
남자들의 꿈으로 미화되어
도배되어
'가화만사성(家和萬事成)' 액자 하나로
조용히 표구되어
안방의 벽에 희미하게 매달려 있다

(중략)

그녀는 애매하다
성녀와 마녀사이
엄마만으로도
아내만으로도
표구될 수없는, 정복될 수없는,

- 김승희, <성녀와 마녀 사이> 부분

김승희의 <엄마의 발>은 본능적인 모성성과 자아 정체성 사이의 대립과 갈등을 첨예하게 드러내고 있는데, 이는 곧 자기 공간 찾기로서의 자아 추구 과정이다. 다시 말해 시 전체에 흐르는 이미지로 볼 때에 본능적 모성이 긍정적 요소라고 할 수 있지만, 자식을 소중하게 보살피고 양육하는 어머니의 사랑 다른 한편으로는 여성으로서 자신의 삶을 추구하지 못한 채, 온전히 희생하고 양보함으로써 행복할 수 없는 여성의 비극이 자리 잡고 있다.

시적 자아로서 '여자'인 '엄마'는 살아가는 현실 속에서 억압적인 요소들이 때로는 자신이 추구하는 것들은 억압된다. 그래서 엄마는 '간호부'가 되어 타자를 돌보아 주는 삶, '튼튼신실한 가정부'가 되어야 하고, 가족들에게 '변함없이 행복한 안방을 보여'주는 존재가 되어 줘야 한다. 누구를 위한 삶인가? 자아를 위한 것이 아닌, 바로 타자들을 위한 삶인 것이다. 이러한 삶 속에서 나의 이상적 자아가 추구하는 것과 현실은 서로 엇갈려 갈등할 수밖에 없다. 여성 내가 추구하는 욕망은 현실에서는 '꿈에서나 살아 움직일 뿐'이기에 '다리미로 꾹꾹 눌러 두어야' 한다. 그래서 '가고 싶었던 길도' '가 보지 못했던 길도' '잊을 수 없는 길'도 모두가 매일 밤 '꿈에나 살아 있을 뿐' 허공에서 '떠도는 길'들을 날마다 뜨거운 '인두와 다리미로 꾹꾹 다림질해 주어야 한다.' 이때 자아는 여성적 삶과(모성성)/가고 싶은 길(자아)은 자기 공간 찾기에서 서로 대립 구조로 모순의 상태를 지니게 된다. 이러한 여성의 욕망이나 자아를 '가화만사성'을 액자에 견고하게 표구시킨, 젠더 공간에서의 부조리함 때문이다.

이 액자틀을 깨고 벗어날 수 있는, 그래서 가고 싶은 길을 마음대로 갈 수 있는 '어머니의 큰 발이 있고', '날개'도 있다는 시적 자아가 표출한 기표에는 자아 찾기 과정이 모두 내포되게 된다. 그런데 현실은 액자 속에 갇혔기에 이 '착하기만 한 딸들'인 이 땅의 여성들, 아내들, 어머니들은 꼼짝달싹할 수가 없다. 그래서 '슬픔의 입구'에 놓인 나는 '착하기만 한 어머니'의 뒤를 따라야 하고, 내 뒤를 잇는 내 '딸들'조차 모두가 슬픔의 입구에서 놓일 것을 먼저 인지함으로써 '행복한 여성은 세상에 없음'을 토로하고 있다. 이는 사회적으로 구성된 젠더 공간에서의 여성을 타자로 가두어 버린 남성 지배담론에 묶여 있는 여성의 자기 자리 찾기의 어려움을 그대로 드러내 주는 측면이다. 그 세상의 여자들이, 딸들이 자기공간을 찾는 행로는 모성성과 자아의 갈등 사이에서 서성일 뿐, 김승희 시인은 더 이상 대처 방안을 모색, 확장시키지 못하고 주저앉고 만다.

페미니스트들이 주장하는 것 가운데 하나를 보면, 가부장제, 남성 지배담론으로 정립된 이분법으로 여성은 다음의 두 가지 역할 중 하나만을 할 수 있을 뿐이다. 하나는 어머니에 해당하는 정숙한 여성으로서 자식을 많이 낳는 여성, 즉 좋은 살림꾼으로서의 역할이다. 다른 하나는 창녀, 즉 소비의 대상으로서의 역할이 그것이다. 이때 어머니는 감싸주고, 이해해 주며 순종적인 여성을 대변하기에 더없이 아름답지만 굴종과 무기력의 상징인 개념이기도 하다. 반면 창녀나 마녀는 매력적이고 자유로우며 유혹하는 여성을 대변하는 개념이 되기도 한다. 한편 어머니의 경우는 마치 예수의 어머니인 동정녀 마리아처럼, 창녀의 경우는 모든 죄악의 근원인 이브로 대표되기도 한다. 하지만 본래 여성들은 마리아적인 특성과 이브적인 특성을 모두 가지고 있는 존재인지도 모른다. 그런데도 불구하고 남성 중심적인 가치 평가에 의해 마리아와 이브는 하나 속의 둘이

되지 못하고 서로 분리되어 대립적으로 존재하게 됨으로써 여성은 자아 찾기의 다양한 길에서 서성이고 있는지도 모른다.

김승희 시인의 <성녀와 마녀 사이>는 마리아 같은 어머니의 역할과 이브적인 자아가 갈등하는 내부 심리가 첨예하게 드러나 여성의 이분화된 이미지를 독자로 하여금 분노를 자아내면서 읽게 하는 시라고 할 수 있다. 페미니스트가 아니더라도 일반 독자 누구든 그의 시를 읽어보면, 여성적 경험을 시 창조의 동인으로 하여 가부장제에서 살아가는 삶의 모습을 부각시킴으로써 실제 모성성과 자아의 대립을 불가결하게 드러내고 있음을 너무도 쉽게 알아차리게 되기 때문이다. 찬찬히 분석하면서 읽어내 보자.

'엄마, 엄마는 성모가 되어야' 한다. 엄마는 성녀처럼 성스럽고 거룩하게, '동화 속의 착한 엄마들처럼' 타인들을 위해 희생하고 보살펴야만 하고, '신사임당처럼' 완벽하게 교육시키고, 헌신하는 존재가 되도록 요구받는 존재일 뿐이다. 이러한 상황에서 여성이라는 존재는 타인의 욕구 속에 정복되어지는 육체적 존재일 뿐이다. '나'는 없고, '엄마'와 '아내'만으로의 이름만 있을 뿐이기에 내 본래의 이름은 없다. 엄마는 '성녀'로서 한평생 남편의 완벽한 여인이 되어 변함없이 가족들에게 '모유만을 공급하는', 그래서 타인들의 욕구만을 충족시키면서 살아내기 해야 하는 존재인 것이다. 이는 어머니의 육체는 모성성이라는 신화 속에서 남성 중심 사고로 깊이 각인되어 있기 때문이다. 이때의 모성성은 육체의 껍질에 해당할 뿐 근원적이고 원초적인 주체적 모성-자아로서-을 가리게 된다. 가족들은 자신들이 바라는 유형으로 이상화시킴으로써 마리아적인 측면에서만 여성을 존재시키기 때문이다.

이러한 존재임을 드러내고 있는 시인은 이 '험한 세상', '당신마저, 넌 어떻게…'라고 말을 흐리고 있다. 타인들의 욕구를 충족시켜줘야만 하는 삶을 결코 벗어나지도 못해 타인들의 요구대로만 살아줘야 하는 부조리, 강박관념은 더욱 커져 말줄임표로 대신할 뿐이다. 이때 '넌 어떻게…'라는 말 줄임은 절망적이고 강렬한 비명이 숨겨진 침묵과도 같다. 다시 말해 모성성과 자아 사이의 갈등을 말을 줄임으로써 무언으로 대신할 뿐이다. 때문에 시인의 자아 찾기 의식은 실천할 수조차 없어, 즉 이렇다 할 대처 방안을 모색하지도 못한 채 거리 두기만을 하게 된다. 이러한 거리 두기에는 상징계에 의해 잘려나간 것으로서 어머니의 목소리 위를 지나가고 가장 고통스러운 것 위를 통과하는, 즉 모성과 자아가 갈등하는 통곡이 숨어 있다. 여성인 엄마들도 어머니이기 전에 여성-진정한 자아, 잃어버린 자아-이기 때문이다. 그래서 가족에게 희생만 해야 하는 예속된 삶 속에서 때로는 마녀가 되고 싶은 충동도 일게 되는 것이다. 다시 말해 가족의 울타리가 견고하게 둘러쳐진 수동적인 일상생활에서 일방적으로 부여되는 희생과 강요는 회의를 품게 하는 것이다.

특히 모성성이 사랑의 성취나 자아의 발전처럼 중요한 정체성의 문제와 갈등을 일으킬 때, 그 회의감은 더욱 심각해질 수 있다. 긍정적인 모성성은 현실 원리의 지배 즉 '성모처럼 동화 속 엄마처럼 신사임당처럼 요구되어지는' 원초적 사랑을 통해 풍성함이 깃들기도 하지만, 강요받거나 억압적인 모성성은 어둠, 심연으로 떨어져 여성의 자아를 함몰시키기도 하기 때문이다. 이러한 이중적 요인들이 여성의 내부 심리에 각인될 때 성모와 마녀 사이에서 여성은 갈등을 할 수밖에 없는 존재이다. 이는 사회적으로 구성된 젠더 공간에서 엄마만으로, 아내만

으로 살아가야 하는 여성적 삶이 견고한 가부장적인 윤리 의식으로 인
한 것이다.

이처럼 모성성과 자아가 대립하는 가운데 여성이라는 존재, 즉 마
리아적인 여성은 천사, 성녀, 아내의 축으로 연결되어 순종, 의무, 희
생, 순수성 등의 의미를 생성하는 반면 이브적인 여성은 마녀, 악녀,
창녀 등으로 연결되면서 반항, 권리, 독립, 관능성 등으로 생성되는
이분법적인 존재관을 만들어 낸다. 때문에 가족을 돌보는 '착한 엄마'
로, 한평생 가사노동 속에 모유만을 공급하는 존재로서-마녀는 내부
심리에만 각인시킨 채- 성녀만으로 살아가야 하는 여성적 삶이 현실
(강요된 모성성)과 이상 사이에서 갈등은 점점 더 골이 질 수밖에 없
다. 이렇게 사회적으로 구성된 성차 공간에서의 부조리함, 즉 남성 지
배 담론이 빚어낸 여성적 삶의 부조리함을 김승희 시인은 기표 몇 개
를 통해 독자들에게 충분히, 여실히 보여 주고 있는 것이다.

3. 여성이 자기 자신을 쓸 때

삼십삼 년 동안 두 번째로 나는
나로부터 도망갈 결심을 한다.
우선 머리통을 떼내어
선반 위에 올려 놓는다.
두 팔과 두 발을 벗어
책상 위에 올려 놓고
몸통을 떼내 의자에 앉힌다.
오직 삐걱거리는 무릎만으로 살며시 빠져 나와
필사적으로 달리기 시작한다

오래 달리고 달려
더 이상 달릴 수 없을 때,

가만히 쉬고 싶을 때
저 앞에서 누군가가 걸어간다.

- 최승자 <삼십삼 년 동안 두 번째로>[5] 부분

무릎 꿇고 여기 앉아!
싫어요!
무릎 꿇어!
못 꿇어요!
무릎 꿇으라니까!
난 보란 듯이 외과수술용 톱을 가지고 나와
종이인형의 사지를 가위로 오리듯이
내 무릎을 싹뚝싹뚝 오려 버린다
무릎이 없으니, 둥둥, 오오, 나는 불현듯
날 수가 있다.

- 김승희, <모순의 무릎> 부분

　최승자와 김승희 두 시인의 시어들을 보면 거의 대부분 매우 촉각적이고 너무나도 감각적이다. 이 두 여성 시인들의 촉각적이고 감각적인 언어는 육체의 해체를 감행한다. 적극적으로 자신의 육체를 자해하거나 해체하려는 제의적 죽음을 시도하고 있기 때문이다. 이와 같은 행위는 남성 중심적 시각의 육체를 거부하는 몸짓인 동시에 여성 자신의 내면에 있는 갈등을 극복하기 위해 적절한 방법으로 바로 육체의 해체를 통해 자아를 다시 회복, 즉 다시 그리게 되고 세계를 분석하고 재구성하므로 동궤에 놓이게 된다. 이와 같은 언술 양상을 통해 두 시인의 글쓰기 양상을 찬찬히 읽어내 보도록 한다.

　시인은 자신의 이성적인 '머리통을 선반 위에 올려 놓고 두 팔과

---

5) 최승자, 『즐거운 日記』, 문학과지성사, 1984.

두 다리마저 책상 위에 올려놓은 채 남은 몸통만을 떼내 의자에 앉힌다.' 이렇게 해체된 머리와 몸통은 여기저기에 흩어져 이미 '내' 것이 아닌 상태가 된다. 아무런 형체도 갖추지 못해 분열되어 산산조각이 나고 남은 것은 겨우 '무릎' 뿐이다. 남은 무릎마저 온전하지가 않다. 이때 시인은 '삐걱거리는 무릎만으로 달랑 도망치기를 필사적으로 시도'한다. 이러한 행위, 즉 육체를 분해시킨 채로 도피하고자 하는 시적 자아의 내부 심리는 자신의 몸이 타인에 의해 갇혀진 채 '삼십 삼 년을 살아온 것'에 대한 거부와 저항의 몸짓이며, 불투명했던 존재 거짓된 나로부터 실존적인 존재로서 참 자아 찾기로서 몸으로의 글쓰기가 되는 것이다.

타자가 주체, 즉 약자가 강한자인 그 누군가에게 복종할 때 무릎은 꿇려져야 한다. '무릎 꿇어!', '무릎 꿇고 여기 앉아!'라는 타자, 즉 강자(남성 지배담론)의 일방적인 명령에는 약자(여성)에 대한 소유욕이 내재하고 있다. 타자의 소유욕은 시적 자아(여성)를 옴짝달싹 못하게 할 정도로 너무 강한 자이다. 그렇기에 '나'는 명령하는 자에 의해서 계속 '바로 여기 앉아야'만 한다. 그러나 이러한 명령을 시적 자아인 시인은 더 이상 수용하지 않는다. '싫어요', '못 꿇어요!'라고 외치면서 순종과 강요를 받아들일 수 없음을 토로하고 있다. 거부의 언술이다. 이러한 시인의 언술에도 또 '꿇으라니까'라는 타자의 명령은 수그러지지 않고 계속된다.

이때 시적 자아는 보란 듯이 복종했던 육체의 굴레들을 스스로 해체하기 시작한다. '외과수술용 톱'으로 '가위로 종이 인형을 오리듯이 사지를 도려내고', 꿇어야만 했던 '무릎마저 싹뚝싹뚝 오려'버린다. 그런데 참으로 이상한 일이 벌어진다. 육체가 해체된 후 정신은 살아

'저 앞에서 걸어가'고 있기 때문이다. 이는 타자의 욕망에 길들여진 육체, 즉 복종하는데 사용된 무릎이 해체되어 사라지고 몸통만 '둥둥' 떠 공중에서 분해되고 사라질 때 주체로서의 자아는 비로소 획득되기 때문이다. 복종된 육체 대신에 여성의 말하기는 되살아나는 아이러니다.

이와 같은 해체 행위의 끝, 즉 여성의 지배받는 몸가족제도 안에서는 아내와 어머니라는 이름으로, 사회에서는 여성의 성적 매력이 강조되는 통념에 의해 지배받아 온 이른바 도구 혹은 사물로서 취급받는 몸이었기에-을 벗음은 온전한 자유의 획득인 것이다. 온전한 자유는 지닌 것을 스스로 비워내어야만 새로운 그 어떤 것들로 채워지기 때문이다. 다시 말하면 성, 즉 여성의 육체가 남성 지배 담론 앞에 꿇어져야만 했던 육체를 여성 스스로 해체, 분해함으로써 여성은 주체적인 몸에 대한 새로운 눈뜸, 그리고 자아는 성장하고, '나'는 온전한 '내'가 되어 '나'를 '내'가 마침내 소유하게 되는 것이다. 나는 타자, 강자의 소유물이 아니라 내가 나를 스스로 소유했을 때 '나'는 둥둥 마음대로 어디든지 제한받지 않고 자유롭게 '날 수가 있게' 되는 것이다. 이는 '내가' '내' 삶의 주인공으로서 주체적으로 살 자세를 확립했다는 증거가 된다. 당당히 시적 자아는 '저 앞에서' '나'는 죽지 않고 '걸어가고 있'기 때문이다.

이처럼 여성인 시적 자아는 날개가 있어도 날 수가 없었고, 큰 발로 가고 싶었던 길을 갈 수도 없었는데, 이제 자신의 육체를 해체함으로 해서 역설적이게도 온전하게 걸어갈 수 있게 되었다. 그래서 '슬픈 입구'에서 서성거렸던 자아는 육체의 자해, 즉 몸으로의 저항하는 지독한 통증을 견뎠을 때 비로소 획득하고 있다. 그렇기에 두 시인의 섬뜩하리만치 가학적이고 극단적인 언어 양태들은 신체의 해부적인 이미지로서 향성을 지님으로써 분열되었던 자아를 찾아가는 몸으로 글쓰기를 드러내고 있는데, 이는 곧 남성 중심 사고로 지탱해 왔던 굴욕적인 육체를 벗어던지게 될 뿐만 아니라 타자의 욕망에 부추겨진 육체를 비워버리겠다는 의식의 발현으로 정신적 부활까지 가져 온다. 또한 육체를 자해하는 극단적 언술은 육체의 저술이 아니라 저술의 육체로서 가장 내밀한 지점에 이르러 권위적인 남성 언어의 형식이나 비유, 관념들을 벗어나게 한다. 때문에 여성 육체가 겪는 실제적이면서도 은유적인 경험들에서부터의 몸으로 글쓰기로서 이를 통해 시각의 우월성에 기초한 남성적 사유를 대체한 여성의 촉각과 감각은 문학 텍스트를 단선적인 것이 아니라 유동적이며 시적으로 만들어 내고 있음을 세밀히 읽어냄으로써 보이지 않는 것을 보이게 하는 힘을 지니게 된다.

다음과 같은 박서원 시인의 <간음>은 일상적인 여성적 삶의 궤도나 규범을 이탈하려는, 그래서 젠더 공간에서의 모순을 뒤엎는 여성들의 반란적 행위들을 거침없이 담아낸다. 거기에는 도대체 무엇이 어떻게 담겨 있는지 또 세밀히 읽어내 보도록 하자.

그 자식의 머리통은 냉장고처럼 잔뜩 저장해 놓은 음식물로
가득 차
젊어도 고장 난 따발총처럼 착한 생식기의 소유주
나도 석유로 가득 들어찬 주유소 같은 머리통
(중략)

여인들이여, 이젠 때가 왔노니, 간음하라
코 푼 휴지처럼 구겨진 나를 용서하고

울부짖음, 문전에 칠한 양의 피를 지워라, 엉겅퀴가 진
흙 속에서
피를 토하듯 몰려 피리니
(중략)

사내들은 용기가 필요하리라

- 박서원, <간음>[6] 부분

'그 자식 머리통'은 '음식물로 가득 찬 냉장고'이다. 식욕과 성욕이
가득 찬 그 자식은 언제 어디서 어떻게 제멋대로 발사될지 모르는
'고장 난 따발총이며 생식기의 소유주'다. 상대방이 원하지 않는, 일
방적인 성 행위는 정상적인 남녀에게 있어서는 결코 진정한 사랑의
표현이 아니라 비인간화된 동물적 행위와 다름없다고 해도 과언은
아닐 것이다. 고장 난 따발총이 정상적으로 발사되지 않는 것은 당연
한 이치이다. 시공간의 제한을 받지 않고 제멋대로 발사되거나 발사
가 안 되는 물체인 것이다. 이와 같은 비정상적인 따발총남성성 한
발에 의해 여성이 강한 모멸감이나 처참함을 느끼게 되는 것은 자명
한 이치라고 할 수 있다. 이때 시적 자아의 의식 혹은 육체 속에는
'석유로 가득 차' 있다. 고장 난 따발총 곁에 있는 석유는 언제 어디
서 어느 순간 어떻게 폭발할지 모르는 위험물이다. 이러한 상황에서
고장 난 따발총 한 발이 잘못 쏘아졌을 때의 터지는 광경이란 대 카
오스(Chaos)를 초래할 수도 있다.

남성 중심적 전통 사회에서 여성들은 침묵과 순응으로 점철된 육
체적인 삶을 강요당해야 했음을 부인하기란 쉽지가 않다. 이때 폭발

---

6) 박서원, 『난간 위의 고양이』, 세계사, 1995.

직전의 석유-자아 찾기-를 가득 채운 채로 시인은 '이제 여인들이여 때가 왔노니 간음하라'고 외침으로 해서 저항하기 시작한다. 여기서 '간음'이라는 단어는 정신적이든 육체적이든 비도덕적이고 부정적인 행위를 내포하게 된다. 그런데도 시적 자아는 스스로 간음하기를 주저하지 않고, 간음에 대한 용서마저 스스로 하고 있다. 그저 가볍게 '코 푼 휴지처럼 구겨진', '나'를 '용서하고' 있으며, '울부짖음'으로 '문전에 칠한 양의 피마저도 지우라'고 외치고 있다-이는 성경에서 나오는 구절로 인간의 죄를 대신하기 위해서 유대인이 양을 죽여 그 피를 문설주에 발라 놓는 행위를 떠올리게 한다-.

이와 같은 시인의 언술에는 자신의 '간음죄'를 스스로 용서하고 싶은 것이지 결코 타인에게 용서를 구하지 않겠다는 의지가 담겨진다. 다시 말해 문설주에 바른 양의 피 때문에 인간의 죄는 비로소 '속죄'가 되는데, 시인 스스로 양의 피마저 지우고 용서하는 것은 그녀가 간음 행위에 대한 죄를 타인에 의해 구제되길 바라지 않기 때문이다. 마치 코 풀어 버리는 휴지처럼 '가볍게', '속죄양의 피'마저 거부함으로써 '나'의 '간음'은 그자식이 아닌 '나'에 의해 용서되어지는 것이다. 다시 말해 '내' 행동에 대해서 '나'만이 책임질 수 있다는 것이다. 너무도 당당한 반란이다. 이렇게 저항하고자 취한 행위인 '간음'은 육체적이기보다는 고장난 따발총, 즉 남성 지배담론에 대한 정신적 반란에 더 가깝다. 이러한 반란은 여성의 지성에 대한 육체적인 근거에의 집착에서 규범적이 될수 있어 사회 속에 처한 여성의 억압적 상황을 극명하게 드러내 주는 측면이 된다. 더 나아가 남성 중심적인-'고통의 진흙 속'- 사고 속에서 여성의 존재를 새롭게 구축하고 싶은 욕망은 '간음'이라는 상징적 언어에 담겨 끝없이 산종하여 그 의미를 획득하게 된다. 그렇기에 가시 돋친

'엉겅퀴'-여성-가 '피를 토하는 고통'을 감수하면서도 '꽃피울 것'을 확신하며, 저항의 몸짓으로의 글쓰기는 널리 퍼지게까지 한다.

때문에 여성 시에서 육체의 자해와 가사를 통한 제의적 죽음의식, 비틀린 욕망으로의 몸의 저항을 보이는 것은 성차에 대한 가장 극단적인 진술로서, 신체적 차이에 의해서 씻을 수 없는 흔적으로 텍스트에 배어지는 것이다. 이렇듯 여성들은 남성들보다 더 솔직하고 깊이 파고드는 해부적인 이미지를 사용하고 있으며, 이러한 강렬한 신체 언어로 시인은 신체를 거부하는 대가로 오는 거짓 초월을 배격할 뿐만 아니라 여성의 신체성을 운명보다는 자원으로 보게 되고, 여성 육체가 갖는 리비도적 충동으로 여성의 자신, 즉 몸을 글쓰기하고 있음을 극명하게 보여 주고 있는 것이다.

다음과 같은 시는 여성의 억압성을 폭로하고자 할 때에 구술의 언어를 사용함으로써 막혔던 언어를 풀어내는 한편, 이는 전략적 글쓰기로, 즉 타자와 직접 연결되려는 시도임과 동시에 기존의 남성 중심적 쓰기의 언어에서 도외시되었던 말하기의 언어에 대한 강조라고 할 수가 있다. 여성도 이제는 당당히 말하기 시작하였기 때문이다.

> 암매장 소리. 잠 속으로 삽이 파고들었어 창틀이 뼈다귀
> 로 변하고 잠옷이 찢겨져 나가고 내 유방에 원반칼이 제
> 트기처럼 스쳐갔어 검붉은 선혈 찢어진 잠옷을 밟고 방
> 을 나왔어 같은 방이었어 (중략) 밤은 나를 등지지 않으
> 리라 무서운 속도로 온도가 올라갔어 (중략). 눈을 떴어.
> 눈을 뜨면 다시 눈이 감기고 필름은 돌아가 모직을 짜던
> 베틀에 여기저기 널리 살점들 (중략) 벌거벗긴 채 학살당
> 하는 유태인들처럼 나도 어디론가 끌려가는 나 또한 찜통
> 이었나 봐 빨래를 삶는 신형 세탁기 속 말야 빠른 속도로
> 회전하는 나는 오븐 속에서 알고 보니 오븐 속에서 뱅글

빵글 난 뻥튀기, 뻥,

- 박서원, <악몽>부분

박서원의 <악몽>은 독자에게 섬뜩하리만치 악몽 그대로를 느끼게 하면서도 한편으로는 여성적 경험인 가정사-'베틀 짜기, 빨래 삶기, 찜통, 오븐' 등를, 즉 의식 속에 억눌렸던 '나'의 욕망을 무의식-악몽과 연관시킴으로써 현실과 꿈을 넘나들어 유동적인 시 텍스트를 구성하고 있음이 꼼꼼하게 읽어내면 드러나게 된다.

잘 정돈된 '글'은 하나의 '중심'에 해당이 된다. 이에 비해 정돈되지 않고 횡설수설하는 것 같은 '말'은 주변에 해당한다. 시인은 글을 쓰면서도 마치 누군가에 말을 하듯 메시지를 전달하고 있다. 이는 종결형 어미인 '파고들었어', '갔어', 방이었어', '찜통이었나 봐' 등에서 찾아지고 있다. 이와 같은 언술 양상은 말을 하기 위한 글, 글보다 우선시 되는 말, 그래서 말을 그대로 옮겨 놓음으로써 말하기 자체가 역동성과 내면성을 확보하여 시적 화자의 목소리는 자연스러움과 직접적인 전달가능성을 확보하는 구술의 언어가 된다. 또한 이야기와 경험이 유리되지 않는 것을 목적으로 하는 언어로서 거침없이 흘러가 유동적이며 순환하는, 그래서 멀리 퍼지게 하여 막혔던 여성의 언어가 풀리게도 한다.

잘못 쓰였을 때에 너무도 폭력적이기도 한 '삽과 원반 칼' 등에 의해 암매장되고, '뼈다귀'로 변한 '창틀' 안에서 '잠옷이 찢겨져 훼손당한 유방'은 빠른 속도로 회전해 어느새 '학살당하는 유태인의 방'에 놓인다. 이때 '검붉은 피가 낭자한 시적 자아는 학살당한 유태인과

동일시된다. 유방이 칼에 찔린 채 잠자던 방에서 도망쳐도 결국 '벌
거벗기운 채 학살당하는 유태인처럼' 아무런 저항도 할 수 없이 빠른
속도로 돌아가는 '세탁기 속'에 모두 감금되는 것은 시적 자아의 의
식과 무의식의 넘나듦이다. 바로 현실과 꿈의 넘나듦으로써 경계가
지워지게 된다.

　남성 중심적 사회에서 여성은 흔히 자신이 바라는 이상과 실제로
처해 있는 현실 사이의 엄청난 간극 속에 존재하는지도 모른다. 그렇
기에 시인은 가시적인 폭력에 의해 '암매장' 당하는 자신을 현실 경
험과 유리되지 않은 상태에서 전달하고자 '꿈'이라는 매체를 사용한
다. 시인은 여성적 삶 속에서 현실과 욕망하는 자아를 결코 격리시키
지 않는다. 찜통, 오븐, 세탁기에 휘둘려서 살아가는 삶 속에서 '칼로
저며진 유방이 선혈'로 물들인 채 살아가는 훼손된 육체는 타인의 욕
구로 견고하게 굳어진 삶이다. 이 삶을 '뻥튀기'처럼 '뻥' 터뜨리고
싶은 시적 자아는 악몽에 놓이기도 하고, 때론 현실에 놓이게 됨으로
써 끝없이 미끄러져 의미 또한 산종된다. 이 확산-뻥 튀김으로-으로
자아가 획득되고, 암매장 당하는 육체는 환청이나 환각, 환상, 꿈은
물론 현실이라는 일상적인 여성의 삶-빨래를 삶는 세탁기처럼 빠른
속도로 회전하며 살아가는-에서 벗어나게도 하기 때문이다.

　그렇기에 마치 현실이 악몽인 것처럼 정돈되지 않고 마치 횡설수
설하는 것 같은, 즉 비논리적이고 말에서 벗어난 구술의 언어는 곧
타자와 직접 연결되려는 기도임과 동시에 기존의 남성 중심적 '쓰기'
의 언어에서 도외시되었던 여성적 '말하기'로서 언어의 전복을 꾀하
려는 의도이며, 이는 전략적 글쓰기가 된다. 다시 말해 시인이 말하듯
이 표출함으로써 한 편의 '시'가 '글자'로 정지된 채 청자에게 읽혀지

는 것이 아니라 끝없이 산종하여 의미를 해체하고 또다시 거침없이 흘러 청자에게는 언제나 진행형으로 받아들여지게 하여 막혔던 여성의 언어가 풀리게 한다. 결국 말하는 것처럼 글쓰기를 하는 것은 이야기와 경험이 유리되지 않아 의식-현실-과 무의식-악몽-을 동궤에 놓이게 함으로써 억압된 의식이 검열을 받지 않은 상태에서 자연스럽게 발산되어 전략적 글쓰기를 이루고 있는 것이다.

이처럼 시인의 구술 언어는 단순히 사고를 표현하는 기호가 아닌 행동의 양식을 의미한다. 이는 말하기 자체가 역동성과 내면성을 지니는 목소리의 문학과 연결되면서 자연스러움과 독자들에게 직접적인 전달 가능성을 확보하기 때문이다. 여성 시인들은 이제 여성으로서 말하기 시작하였다. 이러한 말하기는 몸으로 글을 쓰고, 말하듯이 토해내어 아버지의 언어로 명명되는 공식적이고 권위적인 논리 정연한 가부장제하 언어의 절대성을 거부하면서 비공식적이고, 즉 파열, 부재, 침묵, 모순을 그대로 드러냄으로써 남성 언어의 일직선적 구조를 해체하려는 욕망을 담보하고 있다는 점에서 혁명적이기까지 하다. 그래서 여성도 이제는 말하는 주체로 존재하게 되고, 어떤 것에 의해서도 파괴될 수 없는 차이성에 기초한 여성적 글쓰기를 통해 육체를 탈남근화 한다. 이는 지배적인 남근 중심적인 논리를 해체 시키려고 투쟁하기 때문에 열려진 텍스트가 되고 더 발전하여 여성의 목소리와 촉감까지 느낄 수 있는 여성적 글쓰기가 된다. 이것이 바로 여성의 저항적 언어이며, 전략적 글쓰기인 것이다.

4. 여성은 무엇으로 쓰는가

한국 현대문학사에서 여성 문학인들이 본격적으로 문단에 진출하여 활동한 시기는 1930년대이다. 이 시기에 여성 작가들은 '여류문인'으로 범주화되고 남성 중심 문단과는 차별화된 특수집단의 문학인으로 취급당했다고 해도 결코 과언은 아닐 것이다. 이와 같은 전 근대적 가치관과 근대적 가치관 사이의 모순 속에서 여성 문인들은 존재함으로써 침묵과 부재로 규정되는 남성 지배담론, 혹은 가부장적 가치로 인해 여성으로서 자신의 정체성을 획득해 가야 하는 '여성'으로서의 삶'과 '문학인'으로서의 삶 사이의 괴리와 불균형을 초래하는 것은 당연한 이치인지도 모른다. 이는 여성은 남성이 아니라는 이유만으로 소위 서구 페미니스트들이 주장했던 황무지, 변경, 접경지대 등에 거주하는 불가시적인 존재로 규정되면서 정체성 자체가 위협당하게 되는 요인이 된다. 그렇기에 당대 한국 현대 문학인의 삶과 글쓰기에 가로놓여 있는 상황적 특수성과 그에 따른 체험의 차이에 대한 인식이 작품의 형상화에 너무도 중요한 영향을 준다는 점에서 여성 시에 대해 다시 읽기 하는 행위는 다시 쓰기와의 경계를 지우는 또 하나의 작업인 것이다. 다시 말해 독자가 새롭게 읽기 하여 다시 쓰는 작업은 동궤에 놓이게 된다는 의미이다.

페미니즘 문학 비평은 한 작가의 작품이 작가의 성에 의해 결정되거나 상당한 정도로 제약되며, 남성과 여성은 인생과 세계를 달리 경험하는 가운데 여성 특유의 인생관이나 가치관이 작품에 투영된다는 믿음을 전제로 한다. 이는 여성의 문학을 감상적이고 열등하며 일상적이라는 성차별주의에 귀속하거나, 여성의 경험이 지닌 소시민적 일상성에 주목하여 여성과 남성의 이원론적인 성 대립을 문학으로 그대로 수용하는 분리주의적 오류를 지적하게 한다. 때문에 여성 문학에 대해 여성적 가치를 배제한 채 지나치게 남성 중심적으로 관철시켜 왔음에 문제를 제기할 수 있다. 이는 문학작품을 다시 보기, 다시 읽기로서 여성 시가 보여 주는 독특한 미의식과 서정성에 올바른 의미를 찾아내고 평가하고자 하는 의도와 그 맥을 같이 한다. 궁극적으로는 남성/여성이라는 성 대립에서 탈피해 양성 공존의 지평을 열어 가고자 하는 것이다.

앞으로 더 많이 지향할 점은 한국 현대 여성 문학에 대해서 논의하고자 할 때에 이는 통시적이고 공시적으로 심도 있게 접근해야만 여성 시의 텍스트성이 새롭게, 가치 있게 규명될 것이라는 점이다.

노천명의 '자화상'에는 여성을 '주변부'적 존재로 규정해 버린 남성 중심적 사회질서를 전복시키기 위한 인정과 거부의 이중성이 담겨 있다. 시인은 이 이중성으로 남성 중심 세계(지배권력이나 당대 남성 중심의 문단)에서 소외되는 것이 아니라 오히려 당당하게 들어간다. 이 당당함은 '타자성'을 띤 육체와 정신, 즉 변함없이 삼단 같은 전통 여인상의 모습을 고수하고, 대나무처럼 곧게, 유언비어에도 휩쓸리지 않음으로써 황무지 안으로 자발적으로 들어가 주변성, 타자성 자체가 양성성, 현장성, 변혁성을 지니는 공간으로 만든다. 이때 남성 지배문화가 그 주변에 살고 있는 여성들에게 부과하고자 했던 규범이나 가치, 실행들로부터 한 발자국 다가가 이를 비판할 수 있게 한다. 이는 타자성, 주변성 자체가 억압이나 열등감과 관련된다 할지라도 그러한 점이 오히려 여성성이 지닌 관대함, 다원성, 다양성, 그리고 차이를 허여하는 방식으로 변화할 수 있기 때문이다.

때문에 시인의 남성 중심문단의 주변부인 황무지에 거주해야만 했던 육체와 정신이 주변인이 바로 그녀 자신, 곧 타자화된 여성이라는 점을 드러냄으로써 남성 지배 권력 속에서의 여성적 위치를 잘 드러내는 대표적인 징후가 된다. 이처럼 여성성을 억압하는 사회적 요소들을 시인은 자화상 밑그림에 두텁게 그려 놓음으로써 황무지에 있는 주변성, 타자성의 한계를 지워내고 사회적으로 구성된 젠더 공간의 한계를 극복해 내고 있다.

1980~1990년대로 들어서면서부터 점차 여성 시인들의 의식이 확대되고, 사회로 진출하면서 여성으로 말하기 시작한다. 김승희, 최승자, 박서원 시인들의 글쓰기는 앞서 살았던 노천명과 달리 매우 극단적이다. 이들의 언어는 너무도 강밀하다. 유동적이다, 감각적이며 촉각적이고 향성을 지닌다. 섬뜩하게 느껴지리만치 육체를 자해하는 언술로서 자아정체성을 모색하기도 하고, 또 때로는 남성 중심의 강요된 여성적 삶, 즉 모성성과 자아의 대립을 적나라하게 시 텍스트에 담아내고 있다.

여성성 중의 하나라고 할 수 있는, 너무 소중하거나 혹은 상황에 따라 거부할 수도 있는 '모성성'은 남성에 대한 여성의 정신적 우월성을 정당화할 뿐만 아니라 여성들에게 특권을 부여할 수도 있다. 그러나 모성 이데올로기가 주체적이고, 창조적인 삶을 방해할 수 있을 때만 문제가 되는 것이지 모성은 생경한 구호의 차원이나 이론적인 체계화에서 이루어질 때라면 결코 문제가 되지는 않을 것이다. 그렇기에 모성 자체는 부정적이지도 억압적이지도 않다. 중요한 것은 모성성이 현실과 관계를 맺는 방식이나 현실에서 담당하는 실제적인 기능인 것이다. 때문에 여성 시인들은 '성녀'와 '마녀'라는 이중성의 틈 사이에서 줄다리기를 하는 여성의 내부 심리를 그들만의 언술로 담아내어 순응과 강요에 둘러쳐진, 그래서 사회적 문화적으로 구성된 젠더 공간에서 여성성을 드러내기에 주저하지 않는다. 자아 찾기에 자신의 육체를 자해하기도 하고, 가사 상태인 육체의 상실을 스스로 선택하기도 한다. 이와 같은 행위(정신적)들은 권력에 종속되어 허물처럼 덧씌워진 남성 중심 지배담론에 대한 도전이며 타자성을 지워내고 주체로서 자리매김하는 또 하나의 말하기의 몸짓인 것이다.

더 나아가 남성 중심 사회에서 종속되어진, 즉 사물로서 혹은 부속물로서의 몸을 조각내 해체시킴으로 해서 자아를 성취하고, 타인의 욕구충족으로만 강요된 모성성은 유방에서 흐르는 선혈이 찢겨 나간 잠옷에 배인 여성의 목소리로 거침없이 토해지고 흘러넘치기까지 한다. 성녀도 마녀도 여성이고, 간음한 뒤 간음한 죄도 스스로 지울 줄 아는 것도 여성이며, 그래서 가시 돋친 엉겅퀴에서도 꽃 피어낼 줄 아는 이들도 여성임으로 강력하게 드러내고 있다. 이러한 여성만이 진정한 여성임을 외치면서 막혔던 여성의 언어를 풀어낸다. 이 풀림의 언술들은 시공간을 초월하여 화자와 청자를 같은 시공간 속에서 만나게 한다. 촉각적이고 내밀한 여성의 언어들이 거침없이 액체로 흘러 넘쳐 분출하여 의식과 무의식(현실과 악몽) 속에 산종하고, 의미화되고, 또다시 해체를 순환하면서 묵시적인 대화적 교류를 하게 하기 때문이다.

이처럼 여성 시에서 육체의 자해와 가사를 통한 제의적 죽음의식, 비틀린 욕망으로의 몸의 저항을 보이는 것은 성차에 대한 가장 극단적인 진술로서, 씻을 수 없는 흔적으로 텍스트에 나타나 여성이 신체성을 운명보다는 자원으로 보게 되고, 여성 육체가 갖는 리비도적 충동으로 여성들은 여성 자신을 글쓰기 하는 것이다.

지금까지 1930~’(90)년대 여성 시인들의 한두 작품만을 선정해서
세밀하게 읽기 해 보았다. 소수 시인과 몇몇 시 작품만을 폭 좁게 분
석하여 여성적 글쓰기를 규명하기란 결코 쉬운 일이 아니다. 앞으로
통시적, 공시적인 접근을 통하여 사회적, 문화적 맥락 안에서 더 크게
풀어놓고 심도 있게 다시 읽기가 계속 되어질 때 한국 여성 시의 페
미니스트 시학이 규명되어질 것이기 때문이다.

'모가지가 길어' 슬픈 시인 노천명, 그 슬픔 바라보기

1. 시인을 슬프게 하는 시선

　여성 의식은 남성적 정신에서 나온 것과는 근본적으로 다른 구조를 생산해 낸다는 측면에서 볼 때, 여성 정체성의 형성 과정은 여성만이 가진 독특한 내면 공간, 남성과 다른 생물학적 차이에서 여성이 외적 성취를 위해 나아가기보다는 내면 공간을 채우고 보호하는 경향을 보인다. 이것은 텍스트에서 통합적인 테마와 같은 역할을 한다. 더 나아가 이 통합적인 테마가 개개 작품들을 종합하여 하나의 일관된 패턴으로 읽게 하는 통일성을 가지듯이 시간과 공간 속에서 자신의 존재를 연속적인 것으로 자각하게 하고, 다른 사람과 외부 사물로부터 구분되는 자기 자신의 다양한 측면들을 통합하여 일관되게 한다. 여성의 육체는 언어화된 육체, 곧 언어적 현상과 맞물릴 때 드러나는 여성성을 중시하는 것들로 언어가 지시하는 대상을 갖는 것처럼 여성의 의식 또한 언술 행위와 밀접하게 관련된다. 그렇기에 언술 행위는 자신의 존재와 경험을 표현하기 위해 사용하는 모든 언어적 진술 양상이라고 할 수 있다. 이때 여성만의 언어가 과연 있을 수 있을까라는 질문을 안게 된다. 실제 언어의 성적인 차이를 사회적 맥락이나 상황을 벗어나 규명할 수는 없기에 여성의 언어와 남성언어의 다른 점은 추상적 관점에서 연구되기는 어렵다. 다만 현재 존재하고 있는 언어의 불균형은 여성과 남성의 역할이 다르다는 점을 반영하기에, 생물학적인 성의 차이라기보다는 현실, 즉 사회적·문화적으로 구성되는 젠더 공간에서 갖는 차이를 보여 주는 것이다.

페미니스트 언어학은 여성 억압 또는 여성의 성적 특성이 언어사용을 통해서 드러나거나, 조장되지는 않는지에 대한 물음에서 출발한다. 곧 여성의 어법이 과연 존재하는가. 그래서 만약 말이 권력이라면, 언어를 지배하는 것이 권력을 쥐는 것일까. 또 여성의 어법이 남성과 달라 그 어법 때문에 여성 언어 능력이 제대로 인정받지 못하면, 남성 어법을 배워야 하는 것인가. 과연 여성적 어법과 남성적 어법의 차이가 있다면, 그것은 어디에서 연유하는 것일까 등등의 물음을 할 수가 있을 것이다. 그래서 여성의 언술은 여성의 육체성과 여성의 위치, 즉 주변성과 밀접한 관련이 있다. 루스 이리가라이 말대로라면 여성 언술의 특징은 서로를 만지고 접촉하는 데서 느끼는 희열을 통한 촉각과 액체성과의 친밀성이 중심이 된다. 다시 말해 여성의 언어는 텍스트를 단선적인 것이 아니라 유동적이며 시적으로 만들기 때문에 확고하게 굳어진 모든 기존의 형식이나 비유, 관념들을 파괴할 수 있다는 말이다. 이러한 여성의 논리는 계속 다른 대상의 부분적 속성들

속에서 그 대상에 접근하는 환유적 언어에 가깝게 된다. 이러한 시각은 여성의 언어를 생물학적인 특성과 연관시킨 시각이다.

이와 함께 줄리아 크리스테바가 말하는 여성 언어의 특성은 남성적 상징질서 안에서 침묵 당한 채 억압되어 차이로 설명되는 것들이다. 이때의 차이는 여성 주체에게 기호계의 담론을 형성하게 된다. 기호계적 담론은 상징 언어 속의 침묵, 모순, 부재, 파열 등으로 존재하는 무의식적 언술인데, 이것이 바로 코라이며, 이때 코라라는 공간은 논리정연한 통사적 구조를 갖지 않고 파열, 모순, 부재 등을 그대로 드러내면서 남성언어의 일직선의 구조를 해체하려는 욕망을 담보하고 있다는 점에서 혁명적인 언어가 된다. 여기서 코라는 새로운 언어라기보다는 리드미컬한 맥박이다. 다시 말해서 코라는 전통적 언어체계 안에서는 결코 잡히지 않는 이질적이고 파열적인 차원의 언어를 이루고 있다.

본 장에서 읽기 하고자 하는 것은 젠더 공간에서 시인이 말하는 주체로서 드러내는 여러 발화 구조이다. 시인의 의식 속에 내재되어 있는 여러 상황들을 드러내고자 할 때, 그 다양한 언술 양상들이 곧 여성으로 말하기의 한 전략으로서 여성적 글쓰기를 이루는 중앙에 놓인다. 이때 여성의 언술과 여성 의식은 여성의 상상력과는 조금 다른 개념으로 본 장에서는 사용한다. 왜냐하면 여성 시인이 본래 가지고 있는 특징을 가리키는 것이 아니라 사회·문화적, 즉 현실의 여러 억압적인 상황인 젠더 공간에서 여성 주체로서 자기 발견을 해 나가는 과정 속에 창조해내는 시적 언술 양상의 과정을 말하는 것으로 사용되기 때문이다. 그래서 시인의 언어와 여성 의식의 관계들, 다른 한편으론 언어와 여성 억압의 관계를 설명하는 기본 문제에 중점을 둔다.

이러한 맥락에서 볼 때에 노천명 시인이 자신의 존재와 경험을 표현하는 모든 언술 행위들은 여성으로서 또는 여성문인으로서 가부장적인 지배질서와 정치적·사회적·문화적 상황 등에서 적응하고 인식하는, 혹은 저항하는 전략들이라 할 수 있다. 때문에 여성의 글쓰기와 말하기를 이제 하나의 공적 담론으로 끌어내어 여성이 주체로서 만들어내는 담론 속에 드러나는 것들이 무엇인가를 밝혀내야 한다. 예컨대 말하는 주체가 말을 더 이상 하지 않고 말을 멈추거나 또는 자신이 뱉어놓은 말에 덧붙여 말을 할 때, 이는 사회적 관계 속에서 무엇 때문에 왜 무엇을 위하여 그렇게 이야기하는가, 곧 언술 행위 자체의 정체성에 대하여 중시함으로써 노천명의 시 텍스트를 새롭게 규명하는 주요 논점이 되는 것이다.

1930~'50년대, 혹은 그 이후에도 여성 시인들이 문단 활동을 하던 상황, 즉 남성 중심의 문단 상황에서 어느 정도 벗어날 수 있는 시기였다 하더라도 당대의 사회적·정치적·문화적 양상들에 의해 노천명 시인은 중심부에 위치하기보다는 주변부에 위치하게 되는 것이 부인할 수 없는 현실이다. 이와 같은 상황들은-친일시, 부역활동 등-노천명의 개인적 삶이 사회적·문화적으로 형성되는 젠더 공간에서 여성으로서 말하기의 억압성으로 모아진다. 또한 시인의 의식 속에 함께 내재되어 존재와 세계에 대하여 표출하고자 할 때, 즉 대상과의 의사소통의 불가능성, 대화의 부재, 침묵, 독백 등의 상황은 여성의 언어가 밖으로 발산되지 못한, 그래서 언어의 가로막힌 상태를 말해주는 것들이다.

노천명 시인의 언술 행위 가운데 가장 특징적인 것은, 시 텍스트에서 너무도 많이 사용되고 확고하게 드러나고 있는 기호로써 '말줄임표'와 '풀이표'이다. 시인의 언술 양상 속에서 사용되는 이들 기호적 의미 작용을 각각 '말 줄이기'와 '말 늘리기'로 필자는 새롭게 명명을 한다. 이때 이러한 기호적 의미 작용을 통해 시인의 의식을 들여다 볼 수 있으며, 이러한 의식은 시인의 말하기 구조 양상을 이루는 중요한 토대가 된다.

여성들은 말하기를 두려워한다? 그런데도 이야기를 하려 한다? 맞는 말일까. 그렇다면 이때 말하기의 두려움이란 어찌 보면 거짓말이나 막힌 말의 횡포에 대한 거부감에서 비롯되는 것이라 할 수가 있다. 이러한 양상들은 '글로 말하기'에 이미 익숙한 여성들(시인, 작가)에게 더 여실하게 드러난다.

2. 말 줄이기, 숨김의 전략

다음과 같은 시에서는 시인이 말하는 주체로서 대상과의 거리를 두고 있는데, 왜 그러한 양상을 드러내는지 살펴보도록 한다.

> 우물가에서도 그는 말이 적었다
> 아라사 어디메로 갔다는 소문을 들은 채
> 올해도 수수밭 깜부기가 패어버렸다
>
> 샛노란 강냉이를 보고 목이 메일 제
> 울안의 박꽃도 번잡한 웃음을 삼갔다
> 수국꽃이 향기롭던 저녁-
> 처녀는 별처럼 머언 얘기를 삼켰더란다
>
> — <옥촉서(玉蜀黍)> 전문

시적 화자의 언술 속에서 인간('처녀')과 자연('박꽃'), 그 모두는 '말(웃음)'을 하지 않는 주체들이다.

그렇다면 이러한 행위를 취하게 된 동인은 무엇일까. '아라사가 어디메로 갔다는 소문'을 들었기 때문이다. 왜 소문을 듣고 나서 말을 멈추거나, '웃음을 삼'가고 더 이상 발산하지 않고 있는 것일까. '아라사(러시아)'를 당대성-일제하의 부조리한 세계, 타자를 기만하고 억압하는 주체들-을 드러내는 기표로 읽어낸다면 정치적·사회적 상황 등을 드러내는 하나의 오브제가 되지 않을까. 시적 화자의 의식 속에서 아라사는 구체적으로 무엇을 상징하고 있으며, 어떠한 의미 작용을 하고 있는 것인지 도무지 알 수가 없기 때문이다. 아이로니컬하게도 말을 하는 자가 아닌 '말을 삼키는 자'들을 통해서 청자들은 읽어낼 수 있을 뿐이다.

처녀와 박꽃은 아라사가 어디메로 갔다는 소문을 들은 주체들이다. '소문'은 '우물가'에서 떠도는 풍문쯤으로 그야말로 바람처럼 이리저리 떠돌아다니는 이야기들이며, 타자들이 만들거나 이야기하는 과정 속에서 진실이 은폐되고, 혹은 진실처럼 부각될 수도 있는, 그래서 실체면서 실체가 아니기도 하다. 여기서 아라사에 대한 갖가지 소문은 처녀와 박꽃에게는 대화의 소통에 큰 장애를 초래하고 있다는 점이 중요하다. 처녀와 박꽃은 말을 적게 하고, 웃음을 삼가고, 아예 말을 삼킨 상태에 놓여 있기 때문이다. 말이 적다함은 말하는 주체가 대상과 대화를 거부하는 양상이, 그래서 누군가와의 소통 부재의 상황과 동궤에 놓인다. '번잡한' 웃음을 짓지 않는, 웃음을 삼가는 행위는 웃음 짓게 하는 대상에 대해 비웃거나 혹은 비웃을 가치조차 없음 등이 내재된다. 그래서 '별처럼' 머언 얘기를 삼켜버린 화자의 언술 행위는 침묵의 상태나 다름없다. 이때 소문과 '머언 얘기'는 동격이 된다.

그렇다면 왜 시적 화자는 소문을 삼켜버렸다고 언술하였을까. 이
것은 당대의 사회적·정치적·문화적 공간 속에서 시인의 의식 표출
이며, 그 의식은 밖으로 확산되지 못한 채 언술의 '가로막힘' 상태를
그대로 드러나게 해 주는 측면이 된다. 그 이유는 무엇인가.『산호림』
에 실린 시점으로 보아 당대성인 사회적·정치적 상황, 즉 젠더 공간
에서의 여성이 말하는 주체-지식인이라는 범주를 차치하고서라도-가
되지 못한 상태에서 말하기가 이루어지지 못한 그 상태를 드러내는
한 측면이 된다. 이는 다음의 시로 좀 더 가늠할 수가 있다.

아카시아꽃 핀 유월의 하늘은
사뭇 곱기만 한데
파라솔을 접듯이
마음을 접고 안으로 안으로만 든다

이 인파 속에서 고독이
곧 얼음 모양 꼿꼿이 얼어 들어옴은
어쩐 까닭이뇨

보리밭엔 양귀비꽃이 으스러지게 고운데
이른 아침부터 밤이 이슥토록
이야기 해 볼 사람은 없어
파라솔을 접듯이
마음을 접어가지고 안으로만 들다

장미가 말을 배우지 않은 이유를
알겠다
사슴이 말을 안 하는 연유도
알아듣겠다

－ <유월의 언덕> 부분

말하는 주체가 '마음을 접'은 상태, 그래서 '안으로 안으로만 드'는 상태는 언어의 '막힌' 상태가 된다. 더 이상 말은 분출되지 못하고 '파라솔을 접듯' 닫혀 버릴 때 주체는 '인파' 속에서, '이야기 해 볼 사람은 없'이, 그래서 소외된 상태가 되고, 소외된 상태에서 말하는 주체의 언어는 '얼음 모양 꼿꼿이 얼어' 붙은 상태가 된다. 이 상태에서 말하는 주체가 발설한 언술의 의미는 사라져버리게 하고 무의미만 남게 한다. 무의미란 곧 '장미가 말을 배우지 않은 이유'나 '사슴이 말을 안 하는 연유' 등으로 말하는 주체에게는 어떠한 의미가 부여되지 않기 때문이다. 다시 말해 장미의 말이나 사슴의 말은 더 이상 소외된 주체로서는, 즉 언어의 막힘 상태에서는 대화할 수 있는 대상이 되지 않는다. 소통이나 또는 나눔의 상태는 곧 말을 배우지 않은 자나 말을 안 하는 자와의 관계에서는 성립될 수가 없다. 소통이나 나눔의 관계를 지향한다는 것은 나와 대상, 화자와 청자, 발신자와 수신자 사이에 상호 교환적인, 대화를 나누는 관계를 유지하고 있는 상태에서만 가능하기 때문이다.

여기서 시적 화자가 '장미가 말을 배우지 않은 이유'를 알고 있으며, '사슴이 말을 안 하는 연유도 알겠다'고 하는 그 점에 주목해 볼 필요가 있다.

이 시에서 '장미'와 '사슴'은 자연물로서 어떤 형태적 미학보다는 시인이 제시하고 있는 언술 속에서 말하는 주체로, 즉 상징하는 원관념보다는 숨겨진 다의적 의미의 보조관념이 된다. 그래서 그것이 과연 무엇인가 들여다보게 된다. 그것은 시인의 언술 속에서 상징하는 '말'이기 때문이다. 그렇다면 장미도 말을 하고 사슴도 말을 하는, 그 다의적인 것은 또 무엇을 의미하는가. '장미'와 '사슴'은 시적 화자의 의식 속에서 대상화되고 대상화된 것이 곧 시적 자아와 동일시된다.

장미가 말을 배우지 않은 상태는 상징질서의 언어 습득 이전 곧 기호계적인 자아가 되며, 사슴은 상징질서로 편입한 상태이지만 말을 하지 않음으로 해서 곧 상징질서의 언어를 거부하는 상태로서 상상계적인 삶을 추구하고자 하는 시적 자아와 동궤에 놓인다. 이 두 자아의 말 습득이나 말하기의 거부 행태는 사회적이고 현실적인 세계를 차단시킨 채 내면세계로의 응축만을 가져온다. 이러한 응축으로 ('인파 속에서 고독이 얼음 모양 꼿꼿이 얼어 들어옴은') 대사회적 문맥, 젠더 공간의 극복으로 더 이상 나아가지 못한 채 자아는 그 공간 속에 유폐된다. 더욱 이 상태에서는 나 아닌 다른 누군가와 '이른 아침부터 밤이 이슥토록' 대화를 나눌 수도 없으며 이야기해 볼 사람이 없는, 그래서 '웃음'마저 '삼가'고, '삼켜야' 하는 것들은 모두가 소통 부재로서, 말하는 존재의 세계에 대한 불화가 된다. 이 불화 앞에서 마음을 접고 '파라솔을 접듯' 안으로만 드는 것은 언어의 흐름이 단절된 상태를 넘어서 이제 시적 화자의 무의식에까지도 침투한다.

> 밤은 언제부터인지 안식의 시간이 못 되어
> 눈을 뜨고-
> 올빼미처럼 눈을 뜨고 깨어 있는 밤
>
> 시계 소리를 듣기에도 성가신
> 해초와도 같이 후줄근해진 영혼이여
>
> 샹들리에 밑이 어두워서
> 나는 내 소중한 열쇠를 못 찾고
> 손수건같이 구겨진 오늘을 응시하며
> 한밤중 올빼미 모양 일어나 앉아

　　낙하산의 현기증을 느낀다
　　무도회는 언제나 지쳐서들 쓰러질 것이냐

　　꿈속에서 모양 나는 매가리가 하나도 없고
　　해감 속에서
　　한 발자국도 옮겨놔지지가 않는다
　　별도 이제 내 친구는 못 되고
　　풀 한 포기 나지 못한 허허벌판에서
　　전투기의 공중 선회적 현기증

　　장밋빛 새벽은 멀다 치고

- <독백> 전문

　　‘한밤중’ ‘올빼미 모양 일어나 앉아/낙하산의 현기증을 느끼’는 자, 그래서 밤에도 ‘눈을 뜨고 깨어 있는’ 자, ‘해초와도 같이 후줄근해진 영혼’과 ‘해감 속에서/한 발자국도 옮겨놔지지 않는’ 육체는 시적 자아의 그것이다. 이 상태에서의 자아는 살아 숨을 쉬고 있는 유기체라기보다는 박제화된, 혹은 심각한 정신분열과 육체의 죽음(‘해감 속’)과도 같은 상태가 된다. 곧 시적 자아의 언술 행위로 보아 시적 주체는 제대로 일어날 수가 없다. 때문에 시적 화자의 이 모든 언술 행위는 무의식적인 중얼거림과도 같은, 그래서 <독백>의 상태가 된다. 곧 언어가 제대로 발산되지 않는 상태에 놓여 있음을 드러내고 있는 것이다.

　　무의식적인 중얼거림은 상징질서에서 채 언어화되기 이전의 상태로서 말로서는 설명되지 않는 것, 혹은 의식의 상태로 떠오르지 못한 상태에서의 기호계적 언어이다. ‘시계 소리’도 제대로 듣지 못하는 나, 그래서 ‘꿈’ 속에서처럼 ‘매가리가 하나도 없는’ 나는 ‘낙하산의 현기증을 느끼'고 있기 때문이다. 현기증에 시달리는 상태에서의 자아의식은 현실('무도회')과의 거리조차 소멸한 상태('공중')에 있게 된다. 그래서 의식 세계로 들어오지 못한 상태에서 내 언술은 밖으로 발산하지 못한 채 내 안에서 <독백>으로만 고이게 된다. 말이 고여 있는 나는 해감 속에서 옴짝달싹 못하는 자아이다. 이 자아는 의식의 상태에서 의사소통하고 싶은 욕망이 누군가에 의해 억압된 상태에 놓이게 된다. '샹들리에 밑이 어두워서 내 소중한 열쇠를 못 찾'듯이 대화하고 싶은 대상('내 친구')은 현실 속에서 찾아지지 않기 때문이다. 곧 대화의 부재 상태이다. 이때 나는 '풀 한 포기 나지 못한 허허벌판'의 현실에서 내 언어('후줄근해진 영혼과 한 발자국도 옮겨지지 않는')와 육체는 '손수건같이 구겨진 오늘'을 응시하며, '전투기의 공중 선회'만 할 뿐이다. 이러한 내 언어와 육체는 '설운 얘기'인 '낡은 손풍금' 소리로 대치된다. 그 소리는 미분화된 언어이다. 현기증 속에서 발화되는 육체와 함께.

> 내 설운 얘기로 귀에 살이 진
> 낡은 손풍금이 하나 우리 집에 있소
> 어디서 난 것인지 아지 못하오
> 누가 두고 간 것인지도 모르오
>
> 힘없이 내 손이 어루만지면
> 슬픈 소리를 내오
> 울고 난 뒤…
> 마음이 외로운 때…
> 내가 이 손풍금을 장난하오

- <손풍금> 전문

> 수녀원도 뒤 한적한 곳
> '루르드 성굴(聖窟)'엔
> 성모 마리아상이 유난히 흰 밤
>
> 검은 묵주 손에 쥐고
> 조용히 나와 비는 한 처녀
> 말없는 무거운 마음을 누가 알리…

- <수녀> 부분

'나'와 '손풍금'과 '처녀(수녀)'의 소리는 동일선상에 있다. 내 얘기는 손풍금 소리이며, 내 육체('손')는 손풍금이다. 나는 '검은 묵주 손에 쥐고 조용히 비는 한 처녀', 수녀이다.

내 손이 힘이 없으면, 내 마음이 외로우면 손풍금은 '슬픈 소리'를 낸다. 슬픈 소리는 울음이다. 울음은 또 하나의 언술 행위이다. 이성적 행위, 곧 인간이 말을 하고 행동을 하고 판단을 하고 또 때로 불가피한 상황에 놓일 때 이성을 감성으로만 대치할 경우가 종종 있게 된다. 다시 말해 어떠한 상황, 즉 이성적 행위를 하는 주체가 극한 상황('마음이 외로운 때')에 놓여 있을 때 이성(말) 대신 '울음'이 이를 대신하기도 한다. 이때의 울음은 말이 가로막힌 상태가 된다. '내' 말이 가로막힌 상태에서 내 육체가 대신 말을 한다. 그 말은 '슬픈 소리'이다. 슬픈 소리는 손풍금이 대신한다. 더욱 슬픈 말은 '성모 마리아상' 앞에서 조용히 기도를 하는 <수녀>의 기도 소리로 구체화된다.

'수녀원' 뒤 '한적한 곳'은 현실태로서 구체적인 장소이지만, '성모 마리아'는 비현실태적 인물이다. 이미지(성경 속에서 비현실적인 인물이 현실화되는)로만 현현되기 때문이다. 성모 마리아가 현존하는 세계는 추상적인 공간이다. 반면에 수녀원은 시적 자아가 놓인 현실적인 공간이다. 나의 언술 행위는 현실적 공간에서는 슬픈 소리(울음)만이 전부가 된다. 그러나 추상적인 세계에서는 아무런 제약도 없이 확산될 수가 있다. 성모 마리아가 존재하는 그 세계는 초자연적이며, 신적인 어떤 공간이기 때문이다. 그렇기에 이성과 지성으로는 불가사의한, 그래서 너와 나의 소통부재나 통제된 대화가 모두 해소되는 곳이다. 현실에서 나의 '무거운 마음을 누가 알리'가 없는 그 마음이 이 세계에서는 모두 소통이 된다. 그것은 곧 기도이며, 기도는 나의 언술이며, 무의식적 언술이기도 하다. 그러나 이러한 언어 소통은 현실태에서는 막힌 상태가 된다. 성모 마리아는 현실에서 살아가는 나와는 동떨어진 공간에 있는 대상이기 때문이다. 그래서 현실에서 '말없는 무거운 마음'을 알 자는 없다. 저 관념적이고 불가사의한 세계에서 현실태로 현현되는 성모 마리아와 교감하고 대화하는 그것을 알 자는 없다.

때로 인간은 인간과의 관계 속에서 합일되고, 자연과의 교감 속에서도 인간은 합일될 수도 있다. 그렇기에 '수국 꽃이 향기롭'다고 인식되는 것처럼 대상과의 대화로, 즉 자연과 인간 사이의 교감을 통하여 살아 있음을 한층 더 확인하게 된다. 이때 사람과의 관계에 바탕을 둔 대화가 차단된 심리적 상태에서 그 소통 부재의 단절성은 '장미'와 '사슴'이라는 기표에 의해 의미가 더욱 부각된다. 이때 '알겠다'와 '알아듣겠다'라는 시적 화자의 단호한 어조는 말한 만큼 말할 수 없는 부뷰, 어쩌면 더 중요한, 그래서 소통 부재의 상황, 즉 대상과('친구')의 대화 단절로 인해 발생하는 억압적인 여성 경험이 담겨신 내밀한 자아의 기록과도 같다. 이렇게 언어의 막힌 상태에서 또 하나의 말하기는 기도('비는')가 되는 것이다.

이처럼 시인의 언술은 끝없이 미끄러지고 확산되어 산종된다. 그
것이 신적인 존재에게로 확산되는 것은 현실에서 여성언어의 차단된
상태를 드러내 주는 측면이며, 이것이 시인이 처한 당대의 사회적·
문화적으로 구성된 젠더 공간에서 여성의 말하기의 한 특성을 이루
는 것이다. 다시 말해 나와 너, 대화의 가로막힘은 곧 세계와 타자와
의 거리 두기를 하는데, 말하는 것과 생각하는 것, 그러리라고 믿고
있는 것과 뜻하고자 하는 것 모두를 담고 있다. 더 나아가 시인은 의
사소통의 부재, 통제된 대화를 객관적 상관물(장미, 사슴, 손풍금)로
제시함으로써 말하는 주체로서 대상과의 가로막힘, 그 상태를 더 확
연하게 부각시키고 있다

2.1. 말을 줄임으로써 더 많은 말을 담아내는 전략성

흔히 인간은 자신이 처한 상황에서 바라는 이상과 실제와의 사이에
서 때로 말하고 싶은 그대로를 드러낼 수 없는 상황에 직면할 때가
있다. 이때 언술 양상의 하나가 말 없음, 곧 침묵의 어조를 보이게 된다.
침묵은 언어의 또 다른 형태의 하나이다. 때로 침묵은 자신의 언어가
상대방에게 전달되지 못할 때 또 하나의 말이 되기 때문이다. 그래서
침묵은 진실을 표시하거나 혹은 사회적 의사소통이라는 타협된 세계를
거절하는 수단으로 작용할 수도 있다. 또한 말을 더 이상 하지 않고
머물 때, 즉 말을 줄이거나 말 없음의 상태는 침묵과 독백적인 상황을
모두 아우르면서 말하는 주체의 의식의 흐름과 자연스럽게 결합된다.
노천명의 시집 4권과 그 밖의 시 17편에서 드러나는 언어적 기호 작
용은 말줄임표(…)와 풀이표(-)이다. 특히 말줄임표는 초기 시집인『산

호림』의 거의 모든 시에서 사용하고 있다. 반면 풀이표는 시집 전반에 걸쳐 두루두루 보인다. 이 같은 기호들의 의미 작용은 시인의 말하기의 언술 전략의 하나로 큰 의미를 지닌다고 할 수 있는데, 이는 곧 말하는 주체로서 노천명 시인의 의식의 드러냄의 한 전략적인 측면으로 볼 수 있다. 이 같은 측면은 시인의 말하기의 큰 축을 밝히는 매우 중요한 요소가 된다.

먼저 말 줄이기의 기호적 의미 작용을 살펴봄으로써 말하는 주체가 의식 혹은 무의식 속에 어떠한 것을 담고 있는지, 그래서 그것이 시인의 말하기의 한 형태를 어떻게 이루고 있는가를 밝혀보는 것이 본 절의 요지가 된다. 『산호림』 첫 페이지에 실린 첫 시 <자화상>의 '그린 듯 숱한 눈썹도 큼직한 눈에는 어울리는 듯도 싶다마는…'을 비롯하여 말줄임표는 <교정>, <바다에의 향수>, <국화제>, <황마차>, <제석>, <사월의 노래>, <가을날>, <포구의 밤>, <동경>, <구름같이>, <네 잎 클로버>, <박쥐>, <반려>, <가을의 구도>, <말 않고 그저 가려오>, <수녀>, <손풍금>, <조그만 정거장>, <분이>, <여인>, <상장>, <만가>, <국경의 밤>, <출범>, <생가> 등에서 나타난다. 시 49편 가운데 거의 절반에 가깝게 드러난다. 그리고 『창변』의 <길>, 그 밖의 시로 수록된 시 <인경의 독백>, <산사의 밤>에서도 드러나고 있다.

『산호림』은 1938년에 출간되었고, 『창변』은 1945년, 『별을 쳐다보며』는 1953년, 『사슴의 노래』는 1958년에 출간되었다. 이는 일제강점기와 한국동란 전후, 그 시대의 특수성을 모두 아우르고 있다고 해도 크게 무리는 아닐 듯싶다. 이러한 시대적 상황은 정치적·사회적·문화적 맥락과 아우러져 젠더 공간에서 여성으로 말하기를 할 때, 그 주변성을 드러내는 데 주요한 작용을 하고 있다고 볼 수 있다.
먼저 말줄임표가 나타나고 있는 시들을 정리해보도록 한다.

큼직한 눈에는 어울리는 듯도 싶다마는… <자화상>
낯익은 섬들의 기억을 뒤적거리리…/장엄한 출범은 이 아침에도 있
었으리… <바다에의 향수>
내 제복과 함께 잊히지 않는 정경(情景)이여… <교정(校庭)>
맘대로 퍼지고 멋대로 자랐어야 할 것을… <국화제(國花祭)>
휘파람도 못 불고… <황마차(幌馬車)>
가고야 말 것을… <제석(除夕)>
사월이 오면 사월이 오면은… <사월의 노래>
산산한 기운을 머금고… <가을날>
엄마 찾는 듯… 내 애를 끊네/마산포(馬山浦)의 밤은 말없이 깊어만
가는데… <포구의 밤>
예서 난다지… 제서 난다지… <동경>
바닷가에서 눈물짓고… <구름같이>
왜 마음은 서운하오… <네 잎 클로버>
정(情)의 칼에 에어지는 아픈 가슴이 있으리… <박쥐>
그래도 너와 함께 가야 한다지… <반려>
잠겨보고 싶구려… <가을의 구도>
… 다만 그것뿐이었소…/못 본 체 그냥 가려오… <말 않고 그저 가
려오>
말없는 무거운 마음을 누가 알리… <수녀>
울고 난 뒤…/마음이 외로운 때… <손풍금>
조그만 정거장… <조그만 정거장>
그렇거늘 당신은 내 어린 것을… 내 어린 것을…/그렇게 갈 것을…
잘 입히도… 잘 멕이도 못하고… <분이>
어느새 녹음이 이리 짙었소… <여인>
오! 슬픈 장난이여… <상장(喪章)>
요령(搖鈴)을 흔들며 조용히 지나는 덴 낯익은 거리들… <만가>
화롯가에 높고…/잠은 머얼고… <국경의 밤>
아무렇지도 않았던 것처럼…/마지막 말을 삼키고…/물을 차는 제비
처럼 가벼웠으면… 하나 <출범>
단오의 명절이 한껏 즐겁고… <생가>

비둘기같이 순한 마음에서… <길>
나 소리 없이 흐느껴 우노라… <인경의 독백>
어늬 선방에선가 목탁 소리…/산에도 절에도 붙지 않는 마음… <산
사의 밤>

　여성이 말을 뱉어 놓고 그 말에 대해서 더 이상 말을 하지 않는다
는 것, 혹은 말을 흐리는 까닭은 무엇인가. 이는 가부장적 담론, 즉 당
대 사회적·문화적 맥락과 함께 읽혀지는 것들로 억눌려진 감정을
은폐하기 위한 전략적 언술로 작용한다. 침묵함으로 해서 그러한 침
묵이 오히려 지배담론에 저항의 표식으로서의 언술이 되기 때문이다.
이러한 측면은 모두 여성의 언어가 가로막힌 상황의 드러냄이 된다.
왜냐하면 이러한 언술 양상은 남성적 상징질서 속에서 침묵, 부재, 모
순 등을 드러내는 전형성을 제시해 주기 때문이다. 그렇기에 말 줄이
기 하는 언술 행위는 진실을 표시하거나 사회적 의사소통의 불가능,
혹은 의사소통이라는 타협된 세계를 거절하는 의미도 내포된다. 무언
지 모를 억압적인 상황을 드러내지 못하는 상황을 전제로 할 때 말은
더 이상 할 수가 없다. 침묵은 언어 자체가 상대방에게 전달되지 못
하는 억압적 상황을 환기시키기 때문이다. 그래서 말하는 주체의 내
부 심리에는 말하고자 하는 그 어떤 것들이 숨어 있지만 외부적 억압
이나 개인적 경험 등의 이유로 그것을 억눌러 말은 멈출 수밖에 없다.
때론 자신의 내면에 있는 의식들을 밖으로 발산하지 못한 말 없음은
침묵을 넘어서 망설임이 되기도 한다. 곧 자신이 처한 딜레마를 극복
하고자 할 때나, 또 자신의 고유한 목소리나 자신의 견해를 공적으로
표명함에 어려움을 느낄 때의 또 하나의 언술 행위인 것이다.
　때문에 시인의 말 줄이기 언술 속에는 개인적인 것의 의미를 넘어

서 말을 해야 하는데 더 이상 말할 수 없는 것들로 대 사회적 전언이기도 한다. 말 없는 말, 말 줄이는 말, 말 흐리는 말, 그것들의 공백 속에는 말을 한 것보다 더 많은 부분이 이미 존재하기 때문이다. 꺼내놓지 못한 말 속에 혹은 표면적인 말 없음의 행위를 통해 여성이 처한 주변성에 갇혀 있거나, 혹은 은연중에 드러내어 폭로하는 역할을 함으로써 하나의 전략적인 언술 행위인 것이다. 이것은 말하는 주체의 의식이 말 줄이기 하는 그 속에 이미 선재되기 때문이다.

첫 시집 『산호림』(1938년)이 발간된 시기는 일제강점기, 즉 사회적·정치적·문화적인 특수한 상황과 남성 중심 문단과도 함께 맞물려 여성 문인들에게는 외적·내적으로 더욱 더 어려운 상황에 놓이게 한다. 첫 시집 전반에 걸쳐 드러나는 시인의 언술 행위가 이러한 측면을 잘 대변해 준다고 볼 수 있는데, 이는 여성이 주변부에 위치하고, 그래서 여성의 말하기가 상당히 남성 중심 사회에서 가로막혀 있음을 부각시켜주는 한 측면으로 볼 수 있다.

그렇다면 다양한 시 속에서 매번 드러나는 시인의 말 줄이기는 무엇을 '말'하는 것일까.

(…), 말줄임표는 기호적인 측면에서 볼 때에 언어적 의미 작용이 침묵이면서도 침묵을 넘어선 언술이라고 할 수 있다. 이러한 언술 행위 속에는 적어도 말을 더 이상 진행시키지 않고, 즉 어떠한 언술 행위를 더 이상 하지 않고 멈춤으로써 객관적인 대상과 거리를 둔다. 이때 말하는 주체가 말을 더 이상 하지 않은 상태는 그 자체로 타자(독자, 혹은 당대 시대적 상황 속의 인물이나 대상)들에게는 스스로 말을 하도록 유도한다. 다시 말해 말하는 주체가 말을 하는 것이 아니라 말하는 주체의 언술 생략으로 인하여 타자(청자)가 그 빈 공간을

채우도록 유도한다. 이것은 시인의 감정의 절제일 수도 있고 아닐 수도 있으며, 또 당대의 상황에 대한 순응의 태도일 수도 있고 또 아닐 수도 있다. 바로 여성으로 말하기의 한 특성으로써 곧 노천명의 언술 전략인 것이다.

위의 시들에서 드러나듯 말줄임표는 문장 속에서 의미가 확정적인 것이 아니고, 더욱 수사적 기법을 떠나서도 무언가 흘려 놓은 듯한 의미를 타자로 하여금 느끼게 한다. 곧 더 이상 밖으로 확산되지 못한 채 말을 멈추고 있다는 것은 말하는 주체의 소외 현상을 일컫는 것이다. 이때 주체의 소외 현상은 말하는 주체가 더 이상 자신의 언어로는 자신의 생각을 전달 할 수 없는 상황을 노출시킨 상태이거나 혹은 상처받기 쉬우므로 자신의 입장을 표명하지 못할 때 생기는 소외가 된다. 이와 같은 양상은 말하는 주체의 의식이 밖으로 확산되는 것이 아니라 말하는 주체의 의식 속에 고이게 됨으로써 언술 양상은 주체의 말하기의 닫힌 상태가 된다. 때문에 말하는 주체의 언어가 어떠한 상황에 의해 가로막혀 있음을 드러낸 상태로 이 같은 언술이 초기 시에 많이 드러나는 것으로 보아 시대성은 정치적인(한국동란 속의 양 이데올로기 문제) 상황보다는 당대(근대의 거대 담론 등)의 사회적·문화적 젠더 공간에서 노천명 시인이 주변부에 처한 상황으로 읽혀지게 된다. 따라서 노천명의 언술 행위는 여성으로 말하기를 밝히는 주된 요소로 작용을 한다. 이는 '사회의식 결여'의 맥락에서 논의된, 그래서 시인을 왜곡시키고 폄하시키는 요소들을 벗겨주게 되고, 시인의 의식까지도 재조명하게 한다.

들녘 경사진 언덕에 네가 없었던들

가을은 얼마나 적적했으랴
아무도 너를 여왕이라 부르지 않건만
봄의 화려한 동산을 사양하고
이름 모를 풀 틈에 섞여
외로운 절기를 홀로 지키는 빈 들의 시악씨여

갈꽃보다 부드러운 네 마음 사랑스러워
거친 들녘에 함부로 두고 싶지 않았다
한아름 고이 꺾어 안고 돌아와
책상 위 화병에 너를 옮겨놓고
거기서 맘대로 화창하라 빌었더니
들에 보던 그 생기 나날이 잃어버리고

웃음 거둔 네 얼굴은 수그러져
빛나던 모양은 한 잎 두 잎 병들어가는구나
아침마다 병(甁)이 넘게 부어 주는 맑은 물도
들녘의 한 방울 이슬만 못하더냐?
너는 끝내 거친 들녘 정든 흙 냄새 속에
맘대로 퍼지고 멋대로 자랐어야 할 것을…

뉘우침에 떨리는 미련한 손이
시들고 마른 너를 다시 안고
높은 하늘 시원한 언덕 아래
묻어 주려 나왔다 들국화야!
저기 너의 푸른 천정이 있다
여기 너의 포근한 갈 방석이 있다.

– <국화제(菊花祭)> 전문

이 시는 읽는 이에 따라서 달라질 수도 있겠지만, 마치 한 편의 산
문으로 읽혀지는 시다. 여타 다른 시에 비해 시적 긴장감을 더 주는
것도 아닌데 단 한 번의 말 줄이기로 인해 시인의 자의식을 첨예하게
드러나고 있다는 점에 주목하게 된다. 이를 통해 말하는 여성, 즉 여

성으로 말하기를 새롭게 규명하게 되고, 이것은 노천명을 재조명하게
하는 축을 이룬다.

'맘대로 퍼지고 멋대로 자랐어야 할 것을…'처럼 더 이상 말을 하지
않고 시인은 '말'을 멈췄다. 이는 말하는 주체가 말을 줄임으로써 오
히려 말 이상의 말을 하고 있는 것이다. 말은 말하는 주체의 의식의
산물이다. 말은 밖으로 발산되었을 때라야만 타자들에게 그 말의 의
미가 전달된다. 그런데 시인은 전달을 삼가고 있다. 노천명은 왜 그랬
을까. 그렇다면 이러한 말 없음에 담겨지는 것들은 무엇을 뜻하는 것
일까.

말하는 주체와 '맘대로 퍼지고 멋대로 자라야 할 것'은 주체와 대
타자와의 관계성으로 묶인다. 이때 주체와 대타자는 모두 말하는 주
체가 된다. 말하고자 하는 주체는 시인이자, '들녘'의 '국화'이다. 말
하는 주체는 의식하는 주체이고, 대타자는 시인의 무의식 속에 있는
주체의 대타자가 된다. 그러므로 이 둘은 동궤의 위치에 있는 것이다.
상징질서에서 말하는 주체는 대타자(주체의 억압과 결핍을 채워주는)
를 욕구한다. 이 욕구의 채워짐은 사실 환상이나 다름없다. 왜냐하면
주체가 어떠한 것을 욕망할 때에, 이미 상징질서에 편입되어 들어온
주체는 상상계를 잃어버렸거나, 또는 억압되었기 때문에 당연히 그
무엇을 욕구하게 되는데, 주체가 요구했던 대상 또한 결핍된 대타자
였기에 주체의 욕구는 채워지지 않아 그 욕망은 환상이나 다름없기
때문이다. 주체의 욕구 '맘대로 퍼지고 멋대로 자라고 싶은'-는 주체
의 요구에 의해서 드러난다. 다시 말해 욕구는 주체가 말을 함으로써
이루어진다. 그런데 말하는 주체는 맘대로 퍼지고, 또 멋대로 살기를
욕구하지만 그것조차 더 이상 요구하지 못하고 있다. 더 이상 말을

못하고 멈추었기 때문이다. 무엇 때문일까. 그 누군가가 말하는 주체를 가로막았기 때문이다. 이때의 가로막음은 당대 지배담론이나 남성적 상징질서의 부조리들이다. 곧 시인이 주변부에 놓여 있음을 드러내 주는 측면이 된다. 찬찬히 규명해 본다.

주체에게 있어, 즉 말하는 주체인 멋대로 퍼지고 맘대로 살았어야 할 국화에게 있어 '화병'이라는 기표는 닫힌 세계를 상징한다. 반면에 '들녘', '화려한 동산'은 열린 공간이 된다. 이러한 기표들은 옆의 것을 계속해서 붙잡고 미끄러짐으로 해서 많은 의미들을 형성해 낸다. 이것을 시인은 산문화함으로써 스스로 풀어내고 있다.

'푸른 천정'을 바라보며, '이슬' 머금고 '빈들'을 화려하게 채우던, 그리고 '부드러운 마음'을 지닌 '여왕' 같은 '시악씨'는 '함부로' '꺾'여져 '책상 위' '화병' 속에 갇힌 몸이 되었다. 해맑게 웃던 얼굴은 '웃음 거둔' '얼굴'로 '수그러'지고 '빛나던 모양은 한 잎 두 잎 병들어'간다. 생기 돌던 몸과 마음은 '병' 속에 담겨짐으로 해서 병들었다. 말하는 주체(여왕, 시악씨, 국화)가 맘대로 퍼지고 멋대로 자라기를 욕구했던 그 세계는 정든 들녘의 흙냄새를 맡으며 살아갈 수 있었던 세계이다. 그러나 말하는 주체가 들어온 세계는 상징질서가 중심부를 이루는 세계이지 흙냄새 그대로를 간직한 세계가 아니다. 책상 위, 병 속의 세계는 곧 상징질서에서 중심부이기 때문이다. 국화에게는 닫힌 세계인 것이다. 이 세계는 주체에게 있어, 즉 '맑은 물'은 '들녘의 한 방울 이슬만도 못'한, 그래서 '거친 들녘만도 못'한 세계이다. 반면에 경사진 언덕과 거친 들녘은 상징질서에서 주변부적인 상황을 말해 준다. 이 주변부는 황폐한 황무지나 다름없다. 이곳은 닫힌 곳이 아니라 시적 자아에게는 열려진 공간이 된다. 주체가 맘대로 퍼지고 멋대로 살아갈 수 있는, 그래서 욕구가 충족되는 세계가 된다. 상징질서, 곧 지배담론의 틀인 '화병' 속에서는 숨 쉴 수가 없어 병들 수밖에 없기 때문이다. 비록 거칠고 경사진 주변부지만, 결코 화려하지는 않지만, 말간 이슬이 있고 흙냄새가 있으며, 푸른 하늘이 있는 그곳에서는 어떠한 억압도 일어나지 않는, 그래서 말하는 주체의 욕구가 모두 충족되어 바로 그 상상계적 삶을 이룰 수가 있다.

그런데 시적 자아가 이곳으로 자발적으로 들어왔다는 점에 다시 한 번 주목하게 된다. '한아름 고이 꺾어 안고' 들어온 것은 시적 화자이다. 이 의미 작용은 중심부로 스스로 걸어 들어온 여성 주체를 말한다. 중심부에서 '맘대로 화창하게' 살 수 있기를 '빌었'는데, 중심부로 들어옴으로 해서 결국 '들'에서 지녔던 그 생기를 나날이 '잃어버리'고 말았다. 이는 '화병 안', 곧 중심부에서 맘대로 멋대로 살 수 없었던 시적 화자가 놓인 당대의 사회적·문화적 젠더 공간에서의 억압된 상황을 드러낸 측면이 된다. 결국 시인은 맘대로 퍼지고 멋대로 자라고 싶은 욕망(요구)을 말로 더 이상 드러내지 못한 채 말 줄이기를 함으로써 청자들로 하여금 이를 말하도록 유도한다.

그러나 여기서 간과할 수 없고, 중요한 것은 중심부를 벗어나 다시 주변부로 나가고자 하는 그곳에 시인의 말하기가 있다는 점이다. '뉘우침에 떨리는 미련한 손'으로, '높은 하늘 시원한 언덕 아래'로 '들국화'를 '묻어 주려'는 시인의 의식은 자발적으로 중심부로 들어왔으나 욕구가 충족되지 못했기에 다시 황폐한 황무지나 다름없는 주변부로의 지향이다. 이는 곧 중심부(당대의 남성 중심의 문단이나 시내적인 여러 억압적 상황)에서 밀려난 여성임을 드러낸 측면이 되고, 여성의 말하기가 억압된 상황을 드러낸 것이다. 때문에 시인이 말 줄이기 하는 것은 주변부로 다시 가고자 하는 것과 동궤에 놓인다. 말하는 여성으로서, 곧 말하는 주체로서 욕구를 채우기 위해 요구가 이루어지는 바로 그 지점-맘대로 퍼지고 멋대로 자라야 할 것을 말하는 것-으로 향한, 말하는 여성으로서의 욕동은 끊임없이 일어나기 때문에 멋대로 자라고 맘대로 퍼지고자 하는 그 욕구는 잉여적 가치를 갖는 것이다. 비록 상징질서가 이러한 여성의 의식을 억압한다 할지라도 시인의 내부 심리에서 그 욕동은 끊임없이 옆의 것을 붙잡고 미끄러짐으로 해서 주변부에 처한 여성적 말하기의 한 특성을 첨예하게 드러내고 있는 것이다.

기차가 허리띠만한 강에 걸친 다리를 넘는다
여기서부터 내 땅이 아니란다
아이들의 세간 놀음보다 더 싱겁구나

황마차에 올라앉아 '아가위'나 씹자
카츄샤의 수건을 쓰고 달리고 싶구나
오늘의 공작(公爵)은 따라오질 않아 심심할 게다

나는 여기 말을 모르오
호인(胡人)의 관이 널린 벌판을 마차는 달리오
넓은 벌판에 놔주도 마음은 제생각을 못 놓아

시가도 피울 줄을 모르고
휘파람도 못 불고…

- <황마차(幌馬車)> 전문

　　이 시에서 중심성/주변성은 젠더 공간을 넘어서 시인이 처한 시대적 상황, 즉 일제하의 정치적·경제적 상황과 견고하게 맞물리게 된다.

‘다리’를 사이에 두고 ‘내 땅’과 내 땅이 ‘아닌’ 두 공간에서 중심과 주변성은 드러난다. 내 땅이 아닌 곳의 지명이 분명하게 제시되지 않지만, ‘카츄샤’, ‘호인’ 등의 단어를 통해 러시아 땅이라거나 아니면 중국의 어느 지점이라고 가늠하게 되는데, 이는 그리 중요하지 않다. 보다 중요한 것은 시인의 의식 속에서 내 땅이 아닌 그곳은 ‘아이들의 세간 놀음보다 더 싱겁’다는 언술이다. 중심부적인 그곳을 첨예하게 비하시키고 있는 시인의 의식을 들여다볼 수 있기 때문이다.

‘카츄샤의 수건’을 쓰고, ‘시가를 피울 줄을 모르고’, ‘휘파람도 못 부’는 ‘나’의 의식 속에서, 그 땅의 마차를 타고 그 땅의 넓은 벌판을 달리는 나는 말하는 주체이지만, 그 땅의 ‘말’을 모르기에 언어는 닫혀 있는 상태이지만 ‘제생각’은 놓지 않고 있다. 이때 말하는 주체는 ‘휘파람을 못 불고…’처럼 말을 흐리고 있다. 시가, 휘파람, ‘공작’ 등은 남성성을 상징하는 기표들이다. ‘카츄샤의 수건’은 여성성을 상징한다. 시가를 피울 줄은 모르지만, 휘파람도 불 줄 모르는 것은 아니다. 단지 휘파람을 ‘못’ 불 뿐이다. 시인은 ‘못 불고…’라고 하였다. 불 줄 모르는 것은 어떠한 일을 하고자 할 때 그 방법과 행위를 모른다는 의미를 지니지만, ‘못’이라는 수식어가 어떠한 행위에 앞서서 붙을 때는 주체의 행위를 막는, 즉 타자가 주체를 가로막을 때 주체는 어떠한 행동을 못하게 되는 상황이 전제하게 된다. 이처럼 시인의 언술 행위는 단 하나의 단어 쓰임에 따라, 즉 말 줄이기 하나에 따라 많은 기의들을 함축한다. 공작이 따라오지 않아 ‘심심할게다’라고 보충하여 말하기 함으로써 그 의미가 확연히 드러나는데, 말하는 주체가 주체적으로 자의식을 드러낸 상태가 된다. 이와 같은 시인의 언술 행위는 ‘여기 말을 모르’는, 그래서 언어의 가로막힌 상태에서일지라도 그 주변부를 지워내려는(세간 놀음보다 더 싱거운 그 땅) 말하는 주체의 의식인 것이다. 다시 말해 지배담론의 중심부로 들어가는 것이 아니라 오히려 그 주변적 위치에서 말을 멈춤으로써 더 이상 꺼내 놓지 않은 시인의 그 말 속에 중심부는 이미 선재하고 있다. 그곳(중심부)에서 시인은 '아가위'를 씹으며 말을 줄이지만 그 말 줄이기 속에도 여전히 시인의 말-내 나라 음식(약재)-은 계속해서 말하기를 하고 있는 셈이다.

2.2. 말없는 말, 그 절대적인 소리들

기선(汽船)이 떠나고 난 항구에는
끊어진 테이프들만 싱겁게 구을르고
아무렇지도 않았던 것처럼…
바다는 다시 침묵을 쓰고 누웠다

마녀의 불길한 예언도 없었건만
건너기 어려운 바다를 사이에 두기로 했다
마지막 말을 삼키고…
영영 떠나 보내는 마음도 실은 강하지 못했다
선조 때 이 지역은 저주를 받은 일이 있어
비극이 머리 들기 쉬운 곳이란다

검푸른 칠월의 바닷가 모래불-
늙은 소라 껍데기 속엔 이야기 하나가 더 불었다

물을 차는 제비처럼 가벼웠으면… 하나
마음의 마음은 광주리 속을 자꾸 뒤적거려
배가 나간 뒤로 부두를 떠나지 못하는 부은 맘은
바다 저편에 한여름 흰 꿈을 재우다

- <출범> 전문

각 연에 걸쳐 말줄임표가 3번이나 사용되고 있다.

'아무렇지도 않았던 것처럼…'의 언술에는 화자가 앞서 말한 것, 즉 배('汽船')가 떠나고 난 텅 빈 '항구'에서 '끊어진 테이프들만 싱겁게 구을르고' 있는 상황들과, '침묵을 쓰고 누워'있는 '바다'의 상황이 동시에 내재된다. 또한 '마지막 말을 삼키고…'에는 '건너기 어려운 바다' 건너 쪽에 있는 상황과 '더 늘어난 늙은 소라 껍데기 속 이야기'들이 내재된다. '물을 차는 제비처럼 가벼웠으면…'에는 '마음의 마음은 광주리 속을 자꾸 뒤적거'릴 수밖에 없는 그 어떠한 상황이 혼재되어진다. 이 같은 상황은 구체적으로 어떠한지 청자는 알 수가 없다. 시적 화자의 의식으로 형성되거나 혹은 결정적인 상황을 드러내지 않음으로, 즉 말을 흐리기 함으로써 그 흐림이 그저 앞뒤 말 속에 연결되게 하기 때문이다. 이와 같은 양상은 타자들에게 유동적인 변화를 갖게 한다. 이 유동적인 변화는 여성의 언술이 비록 단정적이라거나 확신에 찬 말이 아니기에 더욱 그 의미는 마치 아메바처럼 움직여 미끄러지게 한다. 때문에 시인이 확실한 의식을 드러내지 않고 말을 흐림으로써 억압적이거나 어떠한 상황에 대한 해결이 쉽지 않은 문제들-기선을 떠나보내고 텅 빈 바다에 혼자 남겨진 상황, 부두를 떠나지 못하는 마음 상태 등-의 불안정성 등을 그대로 드러내는 효과를 지닌다.

이러한 시인의 언술 전략은 다원성을 지향하는 의식이며, 이는 여성적 말하기의 한 특성인 공백이나 가능성의 영역을 그대로 드러낸 측면이라고 할 수 있다. 그래서 시인의 말없음이나 말 줄이기를 통해 확인되는 것은 마음속에서 소용돌이치는 감정의 절실함, 억압된 기제들, 자신의 삶을 스스로 확정 지을 수 없는 혼란 등이 언표화된다. 이것이 변화 가능성, 다양성, 자유로움 등과 관련되어 여성의 의식을 보다 다층적으로 드러내는 구실을 한다. 세세히 살펴보기로 한다.

'아무렇지도 않았던 것처럼…'은 침묵에 가까운 언술 양상으로, 더 나아가 말하는 주체가 자신의 감정을 일방적으로 제시하지 않고, 또 자신에 대한 이해를 절대적으로 상대방에게 요구하지 않는다는 측면에서 독백적인 상황도 함께 내재된다. 그것은 시적 화자가 하고자 하는 말이 더 이상 밖으로 확산되는 것이 아니라 안으로 고임 상태로서 말하는 주체의 의식마저 자신의 내면에 고인다. '마지막 말을 삼키'는 말하는 주체의 내부 심리에는 말하고 싶음이 뜨겁게 이글거리는 칠월의 태양 아래 '모래불-', 바로 그것처럼 그것들의 '이야기' 하나가 더 늘어난다. 그것이 다음 언술에 이어지는데, 이는 '바다는 다시 침묵을 쓰고 누운' 것처럼 의식이 내면에 갇혀 있기 때문이다. 이 침묵은 '마지막 말'까지 삼키게 하는 침묵이다. 바로 시인이 실제로 처한 현실과 시인이 바라는 이상 사이의 간극을 드러내 주는 측면이다. 그 간극에는 더 늘어난 '늙은 소라 껍데기 속의 이야기'가 자리하고 있다. '이야기'는 시인이 드러내고자 하는 말, 하고 싶은 말들의 총집적체가 된다. 그런데 그 말을 드러내지 못하고 망설일 때 드러난 말과 감추어진 말 사이의 간극에서 존재하는 말, 이것이 여성의 말하기의 한 특성을 부각시키는 그 지점이 된다. 그것이 늙은 소라 껍데기 속에 이야기 하나가 더 붙었다는 시인의 절대적인 목소리인 것이다.

더욱이 '물을 차는 제비처럼 가벼웠으면…'은 침묵보다는 망설임의 어조로 더 강하게 작용한다. 기선이 떠나고 난 텅 빈 항구, '끊어진 테이프들만 싱겁게 구을르'는 바닷가, 이 지역은 '선조 때부터 마녀의 불길한 예언'과 '비극이 머리 들기 쉬운 곳'이었다. 이런 곳에서 말을 멈추고 있는 주체는 그 누군가 대상을 '영영 떠나 보내는 마음'이 '부두를 떠나지 못하는 부은 맘'과 이분화되어 망설이면서, 첨예한 갈등을 일으킨다. '마음의 마음은 광주리 속을 자꾸 뒤척거리'기만 하는 부은 마음의 갈등은 반향 없이 끊어져 버리거나 '바다 저편 한 여름 흰 꿈'으로 묻혀버린다. 물을 차는 제비처럼 가벼워지기를 바라는 그 마음은 광주리 속을 뒤척거리는 그 마음의 갈등은 '건너기 어려운 바다' 사이에 둔 시인의 내부 심리이다. 이러한 내부 심리, 즉 한 생각이 다른 생각에 의해 번번이 차단되면서, 그래서 제비처럼 가벼워지고 싶은 마음과 부두를 떠나지 못해 부은 맘은 시인의 의식 속에 자리하지만 드러내지 못한 그 망설임의 언술을 사용함으로써 역설적이게도 화자의 목소리가 청자에게는 들리는 것이다.

이처럼 말하는 주체의 말하기 양식이 때로 침묵이나 망설이는 듯한 양상을 드러내는 말 흐리기는 여성이 주체로서 말하기가 단편적으로 혹은 말로써 더 이상 표현할 수 없는 여성 언어의 특성을 보이는 것이다. 이는 여성이 남성 중심의 지배 질서 속에서 주변적 존재로서 표면적인 말 없음 속에 내면의 말하기 욕망을 감추고 있는 존재들임을 여실히 드러내 주는 측면이라 할 수 있다. 그래서 시인의 말 줄이기의 언술 행위는 말하는 주체의 행위보다는 다른 사람과의 관계, 즉 타인을 의식할 때, 그리고 자기 주변성을 인식할 때 언어를 멈춤으로써 오히려 언어적 상징질서를 초월한 다양한 소리들의 열린 공간으로 나아가게 된다. 이러한 소리들의 공간에서 말하는 주체가 먼저 말한 부분과 말하지 않은 부분을 모두 함축하는 동시에 절대적인 목소리를 드러내지 않음으로써 비종결성, 비결정적인 부분과 연결된다. 상징적 언어 기호보다 훨씬 더 다양한 의미를 함축하게 된다.

다시 말해 말하는 주체에게 있어서 말 줄이기의 언술 행위는 비록 말이 밖으로 더 이상 분출되지는 않았지만, 말하는 주체의 심리적 사건에 대한 인식을 표현하는 데 적합한 양상인 내적독백이나 의식의 흐름과 자연스럽게 결합되어 언어화 이전 단계의 비논리적이고 자유연상적인 생각의 흐름을 그대로 나타내 줌으로써 여성적인 감수성이나 의식을 표현하는 데 아주 적절한 언술 행위가 되는 것이다.

이는 바로 노천명 시인의 여성으로 말하기의 한 특성이 된다. 때문에 언술 양상 가운에 말줄임표의 기호적 의미 작용은 바로 여성으로서 말하는 주체로서의 하나의 언술 전략이며, 이 언술 전략적 작용의 하나가 바로 말 줄이기로 이루어지는 것들이다. 이는 논리적이거나 이성적인 배열이 모두 무시된 언술 작용이다. 때문에 비록 여성의 말이 밖으로 나가지 못하고, 그래서 젠더 공간에서 여성 문인으로서 겪어야 했던 당대의 여러 제약적인 상황들에 대한 해결책을 쉽게 찾을 수 없다는 불확실함과 갈등을 드러내는데 적절한 언술 전략의 하나가 된다. 비록 말 없음, 말 줄임은 말하는 주체로서 언어가 가로막힌 상태일 수도 있지만, 오히려 말 줄이기 자체가 남성적 언어의 인식이나, 남성 지배담론의 검열이나 통제를 받지 않게 되며, 당대 여성 문인으로서 노천명이 처한 '주변성'을 드러내는 데 매우 효과적인 언술로 기능하는 것이다.

3. 말 늘리기, 울림의 미학

가부장제하에서 여성 문인들의 문화적·사회적 상황은 소수집단의 문학인으로서 지배문화, 즉 남성 중심의 문단에서 보이게 혹은 보

이지 않게 여성으로 말하기 할 때에 많은 제한을 타자에 의해 받아
왔음을 부인하기란 쉽지 않은 일이다.

노천명 시인의 언술 특성 가운데 하나가 말 줄이기였음을 앞 절에
서 살펴보았는데, 이는 여성으로 말하기가 그만큼 밖으로 확산되지
못하고 안에서 고임의 상태에 있음을 드러내 주는 요소가 된다. 때문
에 이와 같은 언술은 여성들이 가부장적 지배 질서 안에서 또 젠더
공간에서 말하는 주체가 주변부에 놓인 상태를 드러내 주는 측면이
며, 그래서 억압적인 상황을 효과적으로 드러내는 그 언술 행위가 바
로 여성의 전략적인 말하기의 한 측면으로 작용하는 것이다. 이처럼
노천명은 시인이기 이전에 한 인간으로 한 여성으로 말하기 할 때에
말하기가 때로는 그 가로막힘의 물꼬를 틈으로써 존재와 세계와의
교감으로 나아가기도 한다.

본 절에서는 시인의 언술적 기법에 해당하는 또 하나의 기호인 '풀
이표'를 중심으로 읽기를 해보고자 한다. 다시 말해 시인이 말하는
주체로서 청자에게 전달하는 언술 양상을 통하여 언술 행위의 특성
으로 자리매김되는 또 다른 부분을 찾아내고자 언술적 기법에 중점
을 두고 작품을 분석하고자 한다. 부언하면 언술적 기법의 하나인 풀
이표의 기호적 의미 작용이 무엇이며, 왜 사용하는가, 그래서 시인의
의식과는 어떠한 연관성이 있는가, 더 나아가 젠더 공간에서의 여성
으로 말하기 자체의 정치성(중심부)에 대하여 살펴봄으로써 노천명
시인의 말하기를 새롭게 규명하고자 하는 것이다.

말줄임표는 초기 시집에 집중적으로 드러나고 있는 반면, 풀이표
는 4권의 시집 전반에 걸쳐서 나타나고 있다. 이와 같은 언술 행위는
시인의 의식이 타인 지향적이거나 혹은 관계 지향적이라고 볼 수 있

는데, 이는 말하는 주체가 말을 하고서 다시 그 말에 대한 보충, 즉 한 단어(어절과 어절 사이)가 갖는 의미에 발화자 스스로 다시 의미를 생성해냄으로써 시인의 의식은 청자나 미래를 향해서 열려 있는 상태가 된다. 이 상태는 말하는 주체가 계속해서-풀이표를 연달아 사용하는 경우- 말 늘리기를 함으로써, 즉 전달하고자 하는 의미를 공백으로 남겨두지 않음으로 해서 청자(타자)와의 경계가 모호한 상태를 벗어나 밀접한 관계를 이루게 된다. 바로 이것이 노천명 시 텍스트에서 언술 특성의 또 한 부분을 차지하고 있다고 할 수가 있다. 이때 시인의 풀이표, 즉 말 늘리기는 여성으로 말하기의 유동성과 개방성을 드러내 주는 측면이며, 더 나아가 이것이 여성적 삶과 연결되면 불변적이며 확신에 찬 남성적 인식에 대응하는, 그래서 중심성에 도전하는 언술 전략의 하나로 기능을 하게 된다.

앞 절에서 살펴보았듯이 말 줄이기 하는 현상들이 말하는 주체의 주변성을 드러내는 한 측면이었다면, 이러한 주변성을 거두어내는 일환으로 볼 수 있는 것이 바로 풀이표가 지니고 있는 기호적 의미 작용이라고 할 수 있다. 이 풀이표의 다양한 의미 작용은 주변성을 극복하고 더 나아가 여성의 말하기가 젠더 공간과 연관되어 언술 행위의 중심성을 드러내는 데 포괄적으로 작용하고 있음을 시 텍스트를 분석함으로써 확인하게 된다.

먼저 풀이표가 사용된 시 구절을 정리한 후에 세밀하게 읽기를 하도록 한다. 풀이표의 사용은 크게 셋으로 구분하여 정리가 되는데, 그 하나는 한 문장이나 한 어절과 어절에서 연달아 풀이표를 사용하는 경우와, 단 한 번만 사용한 경우, 그리고 마지막 구절의 마지막 단어에 풀이표를 사용한 경우가 그것이다.

늘실거리는 파도- 바다의 호흡 흰 물새-<바다에의 향수>
길바닥엔 장미꽃이 피었다- 사라졌다- 다시 핀다-<돌아오는 길>
믿음과- 소망- 사랑과- 행복을-<네 잎 클로버>
그 깨끗함을- 그 향기를- 겨누나니-<밤의 찬미>
점퍼- 노타이- 루바슈카의 청년-<호외>
물방아 소리- 들은 지 오래-<저녁 별>
팔을 자르다니- 다리를 둘 다 자르다니-<상이군인>
삼일의 정신- 민족의 맥박-<삼월의 노래>
내 청춘의 배는- 내 청춘의 배는-<내 청춘의 배는>
바다로- 바다로- 나는 바다로 가리 <약속된 날이 있거니>
거리- 거리에-<약속된 날이 있거니>
앞으로- 앞으로-<약속된 날이 있거니>
펀- 한 길에 걸음이 안 걸려-<돌아오는 길>
저 라일락 아래로- 라일락 아래로-<사월의 노래>
녹음- 소망의 정령인 그가
던졌으니 그만일 것이- 왜 마음은 서운하오…-<네 잎 클로버>
눈물을 삼키고 떠나던 밤- 그 밤의 광경이-<박쥐>
모래알만한 불의에도 화차(火車)처럼 달린다- 부순다-<맥진>
그러나 '내일'을 위해 또 말을 몬다- 달린다-<맥진>
자 잔들을 높이 드시오-<첫눈>
초록물이 똑뚝 듣는 나무들이 그늘진 곳에 활나물 대나물 미일대
를 보며- 나는 배암이 무서워 칡순을 따 머리에 꽂던 일이며 파아
란 가랑잎에 무릇을 받아먹던 일이며-<하일산중(夏日山中)>
그까짓 것이 다- 무엇입니까-<별을 쳐다보며>
너는 내 그림자- 나를 따랐구나-<검정 나비>
오- 나의 마지막 날은 언제냐-<검정 나비>
옛것은 나가라- 종을 울려라-<송년부>
아이 어른은 대답 대신 와- 울음이 터져버렸다-<이산(離散)>
휘- 하니 묘지처럼 적적하구나-<산사의 밤>
오늘도 내 마음을 차지하다-<바다에의 향수>
진주처럼 빛나는 오후-<교정>
보랏빛 포도알처럼 떫은 풍경-<슬픈 그림>
네온 사인이 밤을 음모(陰謀)하고-<낯선 거리>
가라는 이가 없어서 섧단다-<낯선 거리>
수국꽃이 향기롭던 저녁-<옥촉서>
함부로 친할 수도 없는 것-<고독>

맑고도 고요한 아침-<가을날>
이 바다 물결에 내 노래 띄워-<포구의 밤>
무엇을 향해선가-<동경>
따서 옷가슴에 꽂았소-<네 잎 클로버>
박쥐의 날개를 얼리는 밤-<박쥐>
젊은이가 떠난 뒤 이런 밤이 세 번째-<박쥐>
몸 둔 곳 알려서는 드을 좋아-<귀뚜라미>
그 길이 험하다 사양했으리-<말 않고 그저 가려오>
내 다리 떨렸음은-<말 않고 그저 가려오>
이런 델 거닐면 떠오르는 그날들-<여인>
모퉁이 약국집 새장의 라빈도 우는데-<만가>
하늘엔 흰구름이 흘러 흘러가고-<성지(城址)>
들국(菊)이 핀 언덕-<성지>
동(東)으로 낮 차가 달리는 곳-<성지>
슬픈 얘기는 이제 그만 하자-<야제조(夜啼鳥)>
검푸른 칠월의 바닷가 모래불-<출범>
거기-<길>
목화꽃이 고운 내 고향으로-<망향>
그 자그마한 키를 하고-<작별>
활나물 홑잎나물 젓갈나물 참나물을 찾던-<푸른 오월>
맘속 붉은 장미를 우지직끈 꺾어 보내놓고-<장미>
기와들이 유난히 빛나고-<새날>
봄이 나른히 기고-<촌경(村景)>
결발(結髮)을 익히는 대신-<여인부(女人賦)>
춘향 "야야 그것이 뭔 소리라냐-<춘향>
그리하여 형제들은 다행(多幸)하고-<창변(窓邊)>
고운 정경을 한참 마시다-<창변>
지금도 생각하면 눈이 뜨거워-<동기(同氣)>
그곳은 늘상 마음에 그리운 곳-<동기(同氣)>
빨간 고추가 타는 듯 널린 지붕이-<아무도 모르게>
쨍이를 잡는 아이들의 모습이-<아무도 모르게>
'설' 상은 차리는 다경(多慶)한 집 뜰 안에도-<새해맞이>
걸인들의 남루 위에도-<새해맞이>
발라 먹던 산골 얘기를 생각해낸다-<하일산중>
'숙(淑)'은 산나물 꺾는 게 좋고 난 '송충'이가 무섭고-<하일산중>
뛰어넘어 들던 날-<무명 전사의 무덤 앞에 - 유엔 묘지에서>

아름다운 농원에서 일하던 이들-<무명 전사의 무덤 앞에>
첨탑이 높이 선 대학의 청년들이-<무명 전사의 무덤 앞에>
그대 황홀히 나를 맞아주겠거니-<희망>
귀신이 뿔을 돋혔기에-<아름다운 얘기를 하자>
내 가슴을 펼 수 있는 네 가슴이었기에-<어떤 친구에게>
겁먹은 눈을 뜬 채 또 쓰러져버렸는지-<산염불(山念佛)>
검은 망토 자락 같은 날들-<송년부(送年賦)>
오늘은 북으로 북으로-<북으로 북으로>
우리의 원수를 찾아서-<북으로 북으로>
북으로 다시 북으로-<북으로 북으로>
어늬 문서에 있는 죄목이기에-<조국은 피를 흘린다>
두 눈을 없이 한다-<상이 군인>
이렇듯 몸둘 곳이 없어졌다-<이산>
마음은 언제나 푸른 하늘을-<마음은 푸른 하늘을>
대한의 푸른 하늘을-<마음은 푸른 하늘을>
후유-<지옥>
머리에 떠오르는 친한 얼굴들-<면회>
고도에라도 좋으니 차라리 머언 곳으로-<고별>
거기 자유가 닿히지 않는 곳이라면-<고별>
사랑하던 이들-<장미는 꺾이다>
아끼던 것들-<장미는 꺾이다>
저마다 내가 죄인이노라 무릎 꿇을-<아름다운 새벽을>
저마다 참회의 눈물 뺨을 적실-<아름다운 새벽을>
곱기만 한데-<유월의 언덕>
자는 듯 조용한 밤 하늘인 것을-<낙엽>
눈을 뜨고-<독백>
1945년 8월 15일-<불덩어리 되어>
척을 진 친구와도 입을 맞추던 그날-<불덩어리 되어>
산에 메아리만 하는 이름-<오월의 노래>
첫날 색시의 가마처럼-<슬픈 축전>
괜히 가슴 철썩 내려앉는 것-<어머니>
푸른 노리개들-<권두시 2>
장미 모양-<당신을 위해>
스스로 에누리없이 뉘우쳤거니-<8.15는 또 오는데>
당신의 고초스러운 생-<성탄>
하늘은 도무지 넓기만 한데-<유월의 목가>

원수도 아니요 이방(異邦) 사람 더구나 아닌-<약속된 날이 있거니>
밤이 피는 게 서러워서-<정(靜)의 소식>
잠은 멀고 달은 밝고-<산사의 밤>
못생긴 것-<가난한 사람들>
못생긴 것-<가난한 사람들>
두 소녀가 있는 내 집 안방이 이렇게도 그리울 수야-<흰 오후>
말없이 옆에서 부축해 주는 이-<흰 오후>

이처럼 노천명은 시 곳곳에 풀이표를 사용하는데, 읽는 이에 따라서는 혹 습관처럼 보일 수도 있지만 습관이든 아니든 이러한 풀이표는 시인의 언술 행위의 한 특성이므로 시인의 의식 속에서 어떠한 의미를 지니고 있는가 세밀하게 파악할 필요가 있다.

여성이 말을 하고자 할 때 말을 하고 나서 그것이 모자라 그 말에 대하여 더 보충하는 말, 말을 계속해서 쏟아 내는 말, 마치 수다 떨기처럼 계속해서 말을 하는 것 모두 여성의 억압된 욕망 표출의 방법일 수가 있다. 그래서 말하고 싶은 욕구의 분출이라고 할 수 있다. 그러므로 풀이표의 기호적 의미 작용은 자신의 내부에 가로막혀 있던 말하는 주체의 억압적인 상황을 벗어나게 한다. 이는 침묵이나 망설임, 그리고 독백적인 언어 양식을 벗어나 타인과의 소통을 지향하게 한다. 더 나아가 언술적 기법이 지니는 의미는 말하는 주체가 하고자 하는 말, 전달하고자 하는 말을 세세하게 스스로 풀이해 줌으로써 청자로 하여금 말하는 주체의 말 속으로 끌려 들어가게 한다. 이것은 말하기 하는 그 자체가 역동성과 내면성을 확보함으로써 말하는 주체의 목소리는 타자들에게 울림을 주게 된다. 때문에 시인이 스스로 던진 말에 대하여 한 번 더 덧붙여 말함으로써 곧 타자와 직접 연결되게도 하고, 이야기하고 싶은 욕구를 스스로 풀어내게도 한다. 이때 말하는 주체가 청자에게 직접 말을 전달해 줌으로써 청자와의 관계가 더 친밀하거나 적극적인 관계를 형성해 주는, 그래서 정치성을 지니게도 되는데, 이는 말하는 주체의 자기 체험을 상대와 공유하려는 의지를 적극적으로 드러내기 위한 언술 행위의 한 전략으로 작용한다.

때문에 풀이표는 글(시)을 쓰면서 말을 하고 싶은 것들을 담아내는 기호적 작용으로써 노천명 시인의 언술 전략의 하나로 볼 수 있으며, 이러한 전략적 언술은 거침없이 흘러넘치는 여성의 말하기의 한 특성으로 자리매김된다. 곧 글을 쓰면서 말하고 싶은 욕구를 계속해서 풀이하는 언술 행위는 여성의 말이 널리 퍼짐의 상태가 된다. 그럼으로써 말하는 주체의 언어적 욕망이 타자들과 나눔의 관계를 지향하게 되고, 더 나아가 의식마저 동일시하게 한다. 이와 같은 상황은 말을 하는 주체가 주체적으로 말을 풀이함으로써 확보되는 것들이기 때문이다.

    (중략)
    거리의 플라타너스도 눈물겨운 밤
    일부러 육조(六曹) 앞 먼 길로 돌았다

    길바닥엔 장미꽃이 피었다- 사라졌다- 다시 핀다
    해저의 소리를 누가 들은 적이 있다더냐

                    - <돌아오는 길> 부분

    삶의 즐거움이여! 삶의 괴로움이여!
    (중략)
    미움과 시기의 낙시눈도 감기고
    원수와 사랑이 한 가지 코를 고나니

　밤은 거룩하여라 이 더러운 땅에서도
　이 밤만은 별 반짝이는 저 하늘과
　그 깨끗함을 - 그 향기를 - 겨누나니

(중략)
밤이여 네 거룩한 베개를 빼지 말고
고요히 고요히 잠들어버려라

- <밤의 찬미> 부분

　위의 시들에서 '장미'와 '밤'은 시인의 의식 속에서 만나는 대상이고 또 현장이다. 말하는 주체인 시적 화자가 두 기표의 의미를 능동적으로 통제하거나 혹은 드러내어 결정하기 때문이다. 이것이 시인의 말 늘리기의 한 특성이다.

　시인의 의식 속에서 '장미'는 '해저의 소리'를 관통하는 주요 기표로 작용을 한다. '기차 소리', '당나귀 울음', '길바닥', '육조 앞 먼 길' 등과 결합되면서 그 특성을 구체화하고 있기 때문이다. 장미의 언어, 밤의 언어로 제시되는 것들은 곧 화자의 언어이며 화자의 목소리이며 화자의 의식 세계인 것이다.

　'먼 길'로 돌아가는 혹은 돌아오는 그 길에는 장미가 있다. '길바닥'에 있는 장미다. 길바닥에서 '장미꽃이 피었다- 사라졌다- 다시 피'는 장미의 모양새는 어떠할까. 길바닥은 잘 닦여진 정원도 아니요, 청정한 세계는 더욱 아니다. 또한 '육조'가 있는 공간도 아니다. 여기서 육조는 남성 중심의 지배담론이 형성되는 상징적인 공간이 된다. 여성을 억압하는 젠더 공간을 형성하는 또 하나의 기표로서 권력과 지위를 행사하는 힘을 지닌, 그래서 남성 중심적 이데올로기를 재생산하는 구체적이고 현실적인 장소이다. 이는 시인이 처한 시대적 상황 속에 여성이 '육조'에서 일을 할 수 있다거나 주체적으로 어떠한 역할을 담당할 수 있는 공간이 아닌, 그래서 여성에겐 가부장적 냄새가 가득 고인 남성 중심의 상징적 질서이기도 하다. 이러한 공간은 말하는 주체에게 있어 그 주체가 공간을 차지하였을 때는 긍정적으로 작용하게 되겠지만, 주변부에 놓인 말하는 주체로서는 개인적이고 사회적인 상처와 억압을 겪기에 부정항일 수밖에 없다. 이를 벗어나고자 시인은 '일부러 육조 앞'을 '가로'지르기를 하고 있다. 피하지 않고 당당하게 가로지르기를 한다. 이러한 행위는 시인의 또 다른 언술 행위와 동궤에 놓인다. 이때 시인의 '길바닥'은 상징질서를 벗어난 여성만의 공간으로 자리하게 된다. '일부러 육조 앞 먼 길을 돌아' 나왔기 때문이다. 돌아 나온 뒤에 곧바로 만나고 보이는 것은 길바닥의 '장미꽃'이다. 꽃이 핀 장미에 의해 시적 화자의 언어는 생명력을 얻었다가 잃었다가 다시 얻기를 반복한다. 피었다- 사라졌다- 다시 피는 장미의 생명력은 시인의 언술적 기법인 말 늘리기(풀이표)가 현장성, 변혁성을 지님으로써 변경에 위치한 여성적 말하기, 타자로서의 여성의 말하기를 전복시키는 의미를 지닌다.

이러한 말 늘리기의 언술 속에서 장미는 결코 죽지 않는, 그래서 장미의 생명력의 울림은 '해저의 소리'로 퍼져 나간다. 해저는 육조라는 남성적 상징질서 또는 남성적 언어(소리)가 판을 치는 공간이 아니다. 해저는 비현실적 공간이며, 초현실적 공간이기도 하다. 하지만 살아 숨 쉬는 자연적 공간으로써 자연이며, 자연의 생명체와 인간이 교류하는 공간이기도 하다. 그 공간에서의 소리는 기호계적 소리이다. 이 해저의 소리는 장미가 폈다- 사라졌다- 다시 피는 소리를 듣는 시적 화자의 언술 속에 배어든다. 그 소리는 곧 시인의 목소리이며, 시인의 언술로 드러나는 명징한 소리로 변환된다. 그 소리에는 '삶의 즐거움'과 '삶의 괴로움'이 교차되는, 또 '미움과 시기'가, '원수와 사랑'이 함께 어우러지는 '밤'의 세계가 담겨지며, 이 밤은 '거룩한 밤'으로 '깨끗함을 - 그 향기를 - 겨누'는 시인의 말 늘리기 속에서 다시 한 번 그 의미들을 배태하기 때문이다. '밤의 향기'는 미움과 시기의 낙시눈도 감기게 하고, '원수'와도 '사랑'을 나눌 수 있게 하고 더 나아가 이 '더러운 땅'에서 유독 이 밤, 거룩한 밤만은 '깨끗한', '향기'를 지녀, 그 밤의 향기는 곧 다시 피어난 장미의 향과 동일시된다.

마침내 육조를 피해 먼 길을 돌아 온 시적 화자가 길바닥에 핀 장미에게서 해저의 소리를 듣는, 그 화자는 거룩하고 깨끗한 밤의 향기 속으로 들어가 '고요히 고요히 잠들어 버려라'고 명령을 한다. '해저의 소리를 들은 적이 있느냐'고 따지는 듯한 언술과 함께 이러한 언술 행위는 모두 자기 스스로에게 내리는 자족적인 언술이 아니라 타자에게 향한, 그래서 말하는 주체의 언어가 세계로 널리 퍼져 나가는 양상이 내재된다. 이러한 언술 행위는 타자들의 언술 행위를 꼼짝 못하게 하거나 혹은 뒤흔들어 놓는, 그래서 말하는 주체로서 주변성에 도전하게 되고, 스스로 드러내고 표현함으로써 시인은 말하는 주체로서 언술 행위에 권위를 가짐과 동시에 지배적 담론인 중심부에게는 울림의 미학을 갖게 한다.

> 은빛 장옥을 길게 끌어
> 왼 마을을 희게 덮으며
> 나의 신부가
> 이 아침에 왔습니다

(중략)

자- 잔들을 높이 드시오
빨간 포도주를
내가 철철 넘게 치겠소

이 좋은 아침
우리들은 다 같이 아름다운 생각을 합시다

- <첫눈> 부분

위 시에서 말하는 주체는 곧 행위자의 주체가 되고 더 나아가 담론의 중심부에 놓인다. 그 까닭을 분석해 본다.

'왔습니다', '자- 잔들을 높이 드시오', '철철 넘게 치겠소', '아름다운 생각을 합시다'는 모두 '내가' 주체가 되어 경험하고 느끼고 말하고 행동하는 언술들이다. 곧 시인이 '말'하는 주체로서 자율성을 드러내어 청자들에게는 말하는 주체의 그 말을 청취하게 하고, 또 그 말 속으로 들어가게 한다. 이러한 시인의 언술은 여성으로 말하기 담론을 새롭게 형성한다. 다시 말해 권위적이고 전지전능적인 듯하며, 논리적이고 일직선적인 남성의 언어적 특성을 뒤흔드는 역할을 한다. 이는 여성의 말하기가 넘쳐흐르는 상태를 띠기 때문이다. 이것이 언술 공간의 확보를 위한 일련의 정치적 과정으로 자리하게 된다.

구름장을 찢고 화살처럼 번지는
새 날빛의 눈부심이여

'설' 상을 차리는 다경(多慶)한 집 뜰 안에도-
나무판자에 불을 지르고 둘러앉은

걸인들의 남루 위에도-
자비로운 빛이여

새해 늬는
숱한 기막힌 역사를 삼켰고
위대한 역사를 복중(腹中)에 뱄다

이제
우리 늬게
푸른 희망을 건다
아름다운 꿈을 건다

- <새해맞이> 전문

‘구름장을 찢고 화살처럼 퍼지는/새 날빛의 눈부심’은 ‘설’ 상을 차리는 ‘다경한 집 뜰 안에’ 그리고 ‘걸인들의 남루 위에’ 모두 한결같은 ‘자비로운 빛’이다. 이 빛은 ‘숱한 기막힌 역사를 삼킨’, ‘위대한 역사를 복중에 밴’ ‘늬’의 빛으로 자리한다. 새해 복중에 밴, 그 배에는 숱한 기막힌 역사를 삼키고 위대한 역사가 배어 있다. 이때 ‘우리’는 ‘푸른 희망을 걸’고, ‘아름다운 꿈을 거’는 우리가 된다.

‘설 상을 차리는 다경한 집 뜰 안’으로 향하는 시적 화자의 시선, 의식은 섬세하다. 관조적인, 그래서 마치 방관자적 자세로 대상을 바라보는 것이 아니라 ‘나무판자에 불을 지르고 둘러앉은 걸인들의 남루’함까지도 읽어내는 의식은 시인의 세밀한 내면의 시선이다. 이것이 진실이든 아니든, 또 양심이든 비양심적이든 그 내면의 시선, 곧 의식은 역사를 삼켜버린, 그래서 위대한 역사를 복중에 배었다고 말하는 시적 화자의 의식인 것이다. 더 나아가 집 뜰 안에서의 말하기가 거리의 걸인에게까지 밖으로 향해 ‘자비로운 빛’이 되고, 푸른 희망을 걸고 아름다운 꿈을 거는 인지적 주체가 된다. 이러한 인지적 주체의 내부 심리는 막힘이 없으며, 말하기는 자비로운 빛처럼 널리 퍼져 <새해맞이>하는 바로 그날, 화살처럼 퍼져 나가 '새 날빛'의 공간을 형성하고 있다. 그 공간은 바로 여성의 언어와 육체가 분리되지 않는 공간인 '복중'인 것이다. 그런데 그 숱한 기막힌 역사를 삼킨 복(정신과 육체)-'자신없는 훈장이 내게 채워졌다/나는 무엇을 위해 이 고초를 받는 것이냐/누가 알아주는 투사냐/붉은 군대의 총부리를 받아 대한민국의 총부리를 받아/새빨가니 뒤집어쓰고/감옥에까지 들어왔다'(<누가 알아주는 투사냐>). '어제 나에게 찬사의 꽃다발을 던지고/우레 같은 박수를 보내 주던 인사들/오늘은 멸시의 눈초리로 혹은 무심히/내 앞을 지나쳐버린다/청춘을 바친 이 땅/오늘 내 머리에는 용수가 씌워졌다'(<고별>)-, 즉 시인의 말하기는 어떻게 진행되고 있는가를 다음의 시를 통해 좀 더 구체적으로 살펴보도록 한다.

노천명은 세 번째 시집인 『별을 쳐다보며』를 출간하면서 다음과 같은 말을 하였다.

6·25 사변은 실로 내게서 여러 가지를 앗아가 버렸다. 수십년을 닦아논 여러 가지들을- 말할 나위도 없는 것이 내 청춘까지를 앗아가 버렸음에라-
그러면서도 빼앗기지 않은 것이 있으니 바로 문학 그것이다. 내게 남아 있는 오직 하나의 행(幸)이 아니랄 수 없다.
그 담장이 높은 집 속에서 나는 몇 번인지 '여기서 나가는 날엔 문학이고 무엇이고 다 집어 던져버리겠다'고 마음을 먹었던 것이 막상 나와 놓고 보니 문학에의 정열은 불사조 모양 잿더미 속에서 피덕거리며 일어나 다시 내게 안겨졌다.
잘하나 못하나 행이든 불행이든 나는 문학과 더불어 걸어가기로 했다.[7]

이와 같은 시인의 말하기를 통해 우리는 시인이 처한 당대의 시대적 상황, 즉 정치적·사회적·문화적 상황을 어느 정도 가늠할 수가 있다. 6·25 사변은 일제하의 그 식민지 상황과는 또 다르게 시인에게 있어 통증을 겪게 한 대혼란이었음을 부인하기란 쉽지가 않다. 그것이 시인의 행동(부역활동을 했다는 이유로 감옥살이를 한)이 진실이든 아니든, 또는 타당한 이유가 있든 없든, 본고는 한 작가와 작품을 역사주의적 관점이나, 또는 문학 사회학적인 측면에서 잘 부각되지 않은 부분, 즉 시 텍스트에서 발화되고 있는 언술 양상의 특징에 비중을 두고 읽기를 한다.

나무가 항시 하늘로 향하듯이
발은 땅을 딛고도 우리
별을 쳐다보며 걸어갑시다

친구보다
좀더 높은 자리에 있어본댔자
명예가 남보다 뛰어나본댔자
또 미운 놈을 혼내 주어 본다는 일
그까짓 것이 다 무엇입니까

술 한잔만도 못한
대수롭잖은 일들입니다
발은 땅을 딛고도 우리
별을 쳐다보며 걸어갑시다

- <별을 쳐다보며> 전문

시인의 말하기는 참으로 담대하다. '별을 쳐다보며 걸어가'는 당당

---

7) 『노천명 전집 1』, 112쪽.

한 자의식을 드러냄으로써 널리 퍼진다. 이는 '그까짓 것이 다 무엇입니까'라는 언술 속에 모든 것을 담아내기 때문이다.

　노천명이 처한 시대성은 여성으로서뿐만 아니라 한국인이라면 모두가 힘든 상황이었음을 부인하기란 쉬운 일이 아니다. 6·25 사변은 여성 문인이기 이전에 한 인간으로 '감옥 생활'을 하게 하는 동인-이것이 '부역 행위'라는 죄명으로 인한 것이든 또 정치적인 어떤 또 다른 의미가 부여되든-이 되는데, 이 '감옥'이라는 공간은 자유로운 언술 행위가 억압되는 부자유한 공간인 것이다. 그런데 이러한 공간이 역설적이게도 시인의 언어와 의식이 지향하는 또 하나의 '힘'을 발휘하는 공간으로 작용을 하고 있다. 여성의 언술의 힘은 바로 언술 행위가 억압되고 있는 바로 그 지점에서 분출하고 있다는 것을 확인시키고 있는 측면이 된다. 다시 말해 언술의 힘은 말하는 주체의 억압적 위치, 곧 주변성 그 자체에서 나온다는 것을 부각시킨 셈이다.

　시적 자아는 현재 '좀더 높은 자리에 있는' 자들로부터, 또 '명예가 뛰어난' 자들, 즉 중심부를 이루는 자들로부터는 거리가 먼, 그래서 주변적 위치에 놓여 있다. 이때 시인은 '그까짓 것 다- 무엇입니까'라고 말을 늘리기 한다. 그까짓 것, 별거 아닌 것이다. 그까짓 것에서 그치지 않고 말을 더 늘린다. 말 늘리기에는 그까짓 것 '다', 바로 '전부' 다 소용이 없다. 결국 '혼내' 줄 가치조차 없는 '일'이고, 그 무엇도 아닌 존재라는 기의가 미끄러지고 있다. 시인은 말하는 주체로서 스스로 말 늘리기를 통해 보이지 않고 드러나지 않는 권위와 권력 등의 기제들, 즉 중심부를 모두 거두어낸다. 비록 명예, 권력 등 높은 자리에 놓이지 못하는 주변부적 존재이기도 하지만 말하는 주체에게 있어서는 그들은 '술 한잔만도' 못한 존재들로 폄하되고 있는 것이다.

이러한 존재들을 거두어내고, 시인은 가치가 없는 중심부적 위치-명예, 높은 자리 등-를 벗어나 '발을 땅에 딛고 별을 쳐다보며 걸어가'는 주체가 된다. 곧 시인의 의식은 여성으로서의 주체적인 말하기를 통해 자아 정체성을 형성해 나가는 과정의 일부분을 드러내 주는 한 측면이라고 할 수 있다.

4. 슬픔, 기쁨의 또 다른 기표

시선이나 시각은 이미지 수용에서 매우 중요한 부분이라고 할 수 있다. 어떠한 대상을 바라보기가 성별의 차이와 가부장적 권력 관계에 의해 어떻게 구성되는지, 혹은 남녀의 권력이 불평등한 가부장적 문화 속에서 여성이 어떻게 남성의 응시 속의 수동적 대상의 위치에 놓이는가는 상징계적 시선과 응시에 의해서 밀려나고 분리되는 여성적 존재를 자리매김하게 하는 주요한 요인으로 작용할 수 있기 때문이다.

다음과 같은 노천명의 <사슴>은 시 텍스트에서 말하는 주체가 자신의 존재를 묻는 것이 아니라 자신의 위치에 대해 밝히는 데 기호적 의미 작용을 하고 있다. 다시 말해 '나는 누구인가'라기보다는 '나는 어디에 있는 것인가'이다. 싱징질서, 곧 타자의 시선 속에 형성된 주체의 이미지들을 말하는 주체의 '응시'로 밀어냄으로써 주체가 바라는 그 곳에 위치시키기 때문이다.

그간 가장 많이 논의되었던 시라고 볼 수 있는 <사슴>은 논자들 대부분의 시각이 '나르시즘적 고독의 표출'이라는 맥락에서 더 이상 벗어나지 않고 있기에 필자는 이를 거스르며 다시 읽어내어 새로운 도그마를 형성해 보도록 한다.

> 모가지가 길어서 슬픈 짐승이여
> 언제나 점잖은 편 말이 없구나
> 관이 향기로운 너는
> 무척 높은 족속이었나 보다
>
> 물 속의 제 그림자를 들여다보고
> 잃었던 전설을 생각해내곤(들여다보며)
> 어찌할 수 없는 향수에
> 슬픈 모가지를 하고 먼데 산을 쳐다본다
>
>   - <사슴>전문

<사슴>은 <자화상>과도 같은 계열에서 읽혀지고, 그래서 기존의 논의를 거스르거나, 새롭게 분석되어지는 작품이기도 하다. '향수'나 '고독'이라는 평가는 왜 그렇게 되는가의 문제, 다시 말해 젠더 공간에서 여성의 육체성과 말하기(글쓰기)의 문제에 논의의 중점을 두었을 때에 텍스트의 의미 생성, 즉 말하는 주체가 발화한 그 기호적 의미 작용에 중점을 두고 다시 읽기 함으로써 고착된 시인의 시 세계를 벗어나 새롭게 정립할 수 있기 때문이다.

제목이자 시에서 의미 생성의 중심을 이루는 <사슴>은 바라보는 주체와 보여지는 주체와의 거리를 지닌 기표가 된다. '모가지가 긴' '짐승'은 바라보는 주체 곧 시적 자아에 의한 것이 아니라 보여지는 주체, 즉 타자들의 시선과 응시에 의해 출현되는 대상('사슴')일 뿐이다. 이때의 대상은 주체에게는 '슬픈,' 아브젝트한 상태이다. 본질적·실제적인 자아로서 주체는 타자와의 관계성, 타자의 시선과 응시를 밀어내었을 때 '관이 향기로운/ 무척 높은 족속'으로, 아브젝션된 자

아를 벗어버린 자리에 위치하기 때문이다.

'모가지가' 긴 '짐승'과 '관이 향기로운 너', 그리고 '제 그림자를 들여다보고' 있는 지금 여기에서의 나는 <자화상>에서처럼 모두 자아라는 기표로서 기호적 의미 작용을 한다. 그러나 <자화상>에서의 말하는 주체로서 '나'는 나의 응시가 타자의 시선과 응시보다 선재한 나이며, <사슴>에서의 말하는 주체로서의 자아는 타자의 시선과 응시가 먼저 선재함으로써 자아의 시선과 응시로 비주체적인 존재를 극복하고 있다는 점에서 그 차이를 갖는다. 모가지가 긴 짐승은 주체의 응시로 보는, 즉 시각의 대상이 아니라 타자의 시선 속에 묶여진, 그래서 시적 자아의 응시로 지각하는 대상이 되는 것이다. '물'이라는 기표를 통해 기호적 의미 생성을 하고 있기 때문이다.

'물'은 주체를 비추이는 거울과도 같다. 이때 물이라는 스크린(거울)에 비추인 것은 대상의 '제 그림자'일 뿐, 실재의 '제'가 아니다. 주체의 시선에 의해 비추어진 모가지가 긴 짐승은 타자의 응시가 전제된 이미지일 뿐이다. 환언하면, 지금 물속에 제 그림자를 들여다보고 있는 주체의 시선 속으로 들어오는 것은 물속에 반사되는 그림자인 모가지가 긴 짐승이다. 이는 마치 주체가 거울단계에서 거울 속에 비친 자신의 이미지와 자신을 동일시하는 것과도 같다. 이때 주체는 '오인된 주체'이다. 오인된 주체는 '관이 향기로운 족속'인 자신의 본래 모습을 볼 수가 없다. 그렇기에 물속에 비추인 제 그림자를 바라보는 시선은 곧 시적 자아의 응시가 배제된 오인된 눈이며, 그 눈은 곧 타자화된 눈일 뿐이다. 타자화된 눈은 상징질서 체계, 지배적 담론에 의해 고통으로 길들여진('슬픈') 눈이지 본래적 자아의 눈이 아니다. 상징질서는 가부장적 남성중심의 담론이며, 사회적 현실이며, 언어 질서인 아버지의 법이기 때문이다.

이렇듯 남성적 질서 속에서는, 즉 젠더 공간에서 주체는 상징적 분신으로 일차적인 의미 작용을 하지만 실은 시적 주체에게는 찌꺼기, 이물질로서 밀어내거나 버려져야만 할 것들, 그래서 극복되어야 할 대상이다. 아브젝션된 주체는 억압과 그 판단의 벽을 무너뜨리면서 타자의 시선을 밀어내어 '나'를 되찾기를 욕구한다. 다시 말해 그곳-타자의 시선과 응시, 상징질서-으로부터 튕겨져 나온 혐오스러운 아브젝션의 한계를 극복하고 자신을 응시하고 시각화함으로써 아브젝트한 것들을 밀어내는 힘을 갖게 되는 것이다. 그 힘은 바로 주체가 '먼 데'를 응시함으로써 이루어진다.

'관이 향기로운 족속'은 상상계인 거울단계 이전의 기호계적 주체(주체와 객체로의 분리 이전)이며, 물속에 비춰진 '모가지가 긴 짐승'은 언어 습득을 거쳐, 즉 상징계로 들어와 있는 분열된 주체이다. 그렇기에 모가지가 긴 짐승을 바라보는 주체의 눈은 다만 상징계적인 시선으로 주체의 응시를 억압한다. 바로 향기로운 관을 지닌 높은 족속이 억압되었던 것이다. 이러한 것들은 파편화된 육체의 이미지들로서 광범위하게 걸쳐있는 일련의 환상들과 관련을 맺는다. 그래서 모가지가 길어서 '슬퍼'해야만 하는 당위성이나 '잃었던 전설을 생각해내곤/ 향수에 젖는' 의식에는 본래적 주체였던, 즉 거울 단계 이전으로 가고자 하는 욕망과 상징질서에서 형성된, 곧 타자의 응시에서 그리고 자신의 오인된 시선에서 벗어나고자 하는 욕망, 곧 존재를 되찾고자 하는 움직임이며 존재 확인의 움직임인 것이다.

이 움직임의 시작이자 완성은 바로 '먼 데'라는 기표를 통해서 이루어진다. 먼 데를 바라보는 시적 자아의 시선은 주체적으로 자신을 응시하는, 그 눈이기 때문이다. 그렇다면 이 먼 데는 과연 어디인가.

'먼'과 '데'는 지금 여기의 시공간성을 벗어난다. 기표 아래를 무수히 미끄러져 계속 모호하다. 모호한 것은 마치 무의식의 세계로 진입하는 상태처럼 대상이 천시되어 버려졌던 기호계적('전설')인 상태나 다름없다. 상징계를 뚫고 들어오기 전, 혹은 상징계가 주체를 억압함으로써 아브젝트로 의미 작용을 하기 때문이다. 결국 내게(시적 자아, 주체, 시인) 있어 더 이상은 동화될 수 없고, 세상에서 나를 억압한 혐오적인 대상을, 그 기호들을 먼 데에 시각을 둠으로써 그곳에서 대상과 기호들이 새롭게 부각된다. 다시 말해 먼 데로 향하는 주체의 시선은 변형되는 자아로서, 내 속에 있던 아브젝트를 내가 응시하는 그 속에서 나는 다시 출현하게 되는 것이다. 다시 출현한 나는 타자의 시선 속에서 결코 동화되지도 합쳐지지도 않는, 그래서 그것들을 밀어내고 내 응시 속에서 주체는 바로 '향기로운 관을 지닌 족속'의 위치에 있게 되는 것이다.

널리 퍼져 흐르는 시인의 의식, 말하기는 <새날>의 각오에 더욱 확고하게 배어나고 있다.

고운 아침입니다

파아란 하늘 아래
기와들이 유난히 빛나고-
마음속엔 한아름 장미가 피어오릅니다

오랜만에
부드러운 정과 웃음과 흥분 속에 다시
사람들은 안에서 '희망'이
포기포기 무성하고

나 이제호수 같은 마음자리를 하고
조용히 남창(南窓)을 열어 수선(水仙)과 함께
'새날'의 다사로운 날빛을 함뿍 받으렵니다

- <새날> 전문

시적 화자가 꺾어 버렸던 자아(장미)가 다시 부활('마음속엔 한아름 장미가 피어오릅니다')하고 있다.

위 시 전체에 흐르는 시어들의 이미지들은 단 한 군데도 중첩된 것이 없이 하나로 흐른다. 그 하나의 이미지가 참으로 '맑다.' 그 맑은 이미지는 '수선(水仙)'으로 구체화된다. 그렇다면 시인의 말하기 속에 드러나는 의식은 어떠한가. 의식의 성장과 변화, 즉 존재 확인을 화자는 자신의 '마음속에 한아름 장미가 피어'나게 함으로써 시작을 하고 있다. 그 의식은 '호수'라는 자연물과 '하늘'이라는 절대물에 둠으로써 인간/자연을 대립항이 아니라 조화로운 질서 속에서 세계로 나아가게 된다. '우지직근' 꺾어 버렸던 과거의 '장미'는 시적 자아에 있어 버리기 이전, 즉 관습적이며 비주체적인 역할에 묶인 억압 기제들이며 내 맘속에서 나를 묶이게 한다. 타자들에게는 한 점 티가 되어 버릴지도 모르는 자아였기 때문이다. 그렇기에 꺾어버리는 행위는 '지금' '여기'의 내 공간을 벗어나려는 몸짓이며, 유형, 무형의 억압적인 양상들이나 부정적인 현실적 공간을 벗어나고자 하는 주체적인 의식이다. 이러한 억압적인 것들을 파괴하고 버린 후에 비로소 자기 존재를 인식하게 되는 것이다. 비본질적인 것, 부정적인 것을 버린 자아는 아이러니하게도 버림으로써 되찾을 수 있기 때문이다. 이때 부활한 자아('마음')는 '호수'가 된다. 호수 같은 마음이 자리한 나의 눈으로 '파아란 하늘'과 '유난히 빛나는 기와'들이 들어오고, 나의 오감으로는 '부드러운 정'을 느낄 수 있다. '웃음과 흥분' 속에 '희망'이 '무성'한 '사람들'을 느낄 수 있는 '나'는 '내가' 존재함으로써 인식하는 '나'로 되는 것이다. 이러한 나는 이제 '남'쪽 '창'을 열어 물속의 신선들과 함께하는 나이다. 이러한 나는 '새날의 다사로운 날빛을 함뿍 받는' 나인 것이다.

이제 나의 시선에는 '기와들이 유난히 빛나고- 한아름 장미가 피어오'른다. 파아란 하늘 아래에 있는 말하는 주체의 의식 속에 장미가 한아름 피어오르는 그 상황은 모두가 청자에게 그대로 전달된다. 이것이 시인의 말 늘리기의 효과가 주는 또 하나의 말하기이다. 그래서 여성적 글쓰기의 특성을 부각시켜주는 측면이 되는 것이다. 그렇다면 이러한 시인의 말하기 특성으로 인해 무엇이 더 드러나는 것일까. 시인의 말하기 속에 담긴 것들을 좀 더 짚어보기로 한다.

나를 담고, 그래서 외부로부터 보호되는 나를 존재하게 하는 '집'은 '기와'가 덮여 있는 집이 아니라 '남쪽'으로 '창'이 있는, 그래서 '水仙'과 함께 하는 집인 것이다. 나를 보호하고 지켜주는 집이 때론 지나친 보호가 되어, 나를 가두게 하는 공간이 될 때 그곳을 벗어나게 하는 곳 또한 집이 가진 속성인데, 시적 화자는 수선과 함께하는 마음을 드러낸다. 이때 화자의 말하기 속에 기와 '집'은 인간 존재의 육체를 담는 집과 수선과 함께하는 집이다. 남쪽 창을 가진 '집'은 인간과 자연이 동일성을 이루고 화평하게 살아갈 수 있는 자연적인 집이며, 존재의 뿌리에 해당하는 집이다. 비록 비현실태이며, 신비한 형태의 집이지만 오늘날 근대로 진입한 인간에게는 물신화된 집에서 벗어나고자 하는, 그래서 물신화된 삶에 내재되어 있는 존재를 벗어

2017나 다시 내 존재를 담고자 욕망하게 되는 집이기도 하다.

이렇게 시인의 말하기처럼 그러한 집을 욕망할 때 '부드러운 정과 웃음이 가득하고 희망만이 사람들에게 무성해'질지도 모른다. 때문에 시인이 물속의 신선과 함께하고자 하는 의식에는, 말하는 주체의 그 말하기에는 가공적인 목소리가 개입되지 않은 상태가 된다. 이 상태는 상징계적 집-'유복한 부인은 물건을 왼종일 고르고(<창변(窓邊)>)-을 거부하고 상상계적인 집-'꽃다운 꿈이 뒹굴고/하늘 가는 길처럼 밝'은 /'집'(창변<窓邊>)-에 머무르게 한다. 그래서 곧 상징화된 언어의 이 차적인 작용, 즉 <'새날'>의 그 '날빛'을 '함뿍 받으렵니다'라는 다짐 속에서 물속의 신선과 함께하고자 하는 시적 화자의 상상력은 시공 간을 벗어나 세계로 나아가는 의식의 흐름으로 확산된다. 그것은 '호 수 같은 마음자리'를 했기에 가능하며, 이러한 마음자리는 한 점 티 되어 살아가는 삶을 탈각했기에 가능하며, 번뇌로 가득 찼던 자아를 버렸기에 가능한 것이다. 어쩌면 이러한 시적 자아만이 상상계적인 삶, 즉 수선과 함께하는 삶이 가능할지도 모른다. 이때 이러한 것들을 함께 공유하고, 체험하는 시인의 의식이 확산되는 현재의 시공간이 바 로 '아침'으로 구체화된다. '아침'이 참으로 곱다. 하루의 시작인 그 고 운 아침에 '푸른 하늘'과 '태양'을 볼 수 있는 눈과 자유롭게 산보할 수 있는 두 다리가 있으며, 부드러운 정을 느낄 수 있는 오감이 있다. 이를 지닌 시인의 말하기에는 '신에게 감사할 수 있는' '마음'의 충만 함이 자리한다. 그 충만함은 존재의 확인으로 세계로 나아가는 자아를 드러낸, 즉 널리 퍼지는 말하는 주체의 그 말 속에 선재한다.

　저 푸른 하늘과

태양을 볼 수 있고

대기를 마시며
내가 자유롭게 산보를 할 수 있는 한

나는 충분히 행복하다
이것만으로 나는 신에게 감사할 수 있다

- <감사> 전문

푸른 하늘과 태양을 볼 수 있는 눈의 촉각성, 대기를 마시는 가슴의 미각성, 산보를 할 수 있는 육체의 감각성들은 모두 다 자기 존재 확인의 구심점으로 작용을 하면서 이 순간 시인의 말하기는 세계로 나아가는, 그래서 언어의 막힘 상태를 벗어나 흘러넘치고 있다.

푸른 하늘을, 태양을, 대기를 향한 화자의 의식은 결코 즉물적이 아니다. 단지 '자유롭게 산보를 할 수 있'어 '충분히 행복'할 수 있는 '나는' 확신에 찬 육체와 정신을 가진, 그래서 '신에게 감사할 수 있'는 나이다. 시인의 의식 속에 자리한 단 하나의 단어가 이 모든 것을 허락하게 한다. 그것은 바로 '자유'이다. 인간이 상징질서에서 과연 자유함을 갖는 것이 수월할 수 있을까. 그런데 시인은 행복하다고, 자유롭다고, 감사하다고 감히 말하기를 하고 있다. 이는 오감을 지닌 시인의 정신과 육체가 의식의 수면으로 분출될 때 의지하고 있는 것이 자연이기 때문에 가능한 것이다. 그 자연과 인간이 분리되는 것이 아니라 자연을 알고, 자연을 느끼고, 자연과 합일됨으로써 시인의 말하기는 분출하여 널리 퍼지는 것이다. 곧 얼음이 되고, 나무가 되고, 낙엽이 되고, 호수가 되어 수선과 함께하는, 그래서 인간의 부드러운 정과 웃음과 희망을 지니고 태양과 푸른 하늘과 대기 속에서 자유롭게 산보하는 것으로 '충분히 행복'하다고 존재 확인을 하는 시인의 말하기는 한없이 흐르고 있다.

이렇게 '신에게 감사할' 수 있는 그 자유함은 인간이 가지는 최고의 행복 조건임이 다음의 시에서 더욱 구체적으로 드러난다.

> 온 방안 사람이 거지를 부럽단다
> 나도 거지가 부러워졌다
> 빌어먹으면 어떠냐
> 자유! 자유만 있다면
>
> 저 햇볕 아래 깡통을 들고도
> 저들은 자유로울 것이 아니냐
> 네가 무엇을 원하느냐 묻는다면
> 나는
>
> 첫째로 자유
> 둘째로 자유
> 셋째도 자유라 하겠다
>
> — <거지가 부러워> 전문

시인이 단정하는 말, 그것은 종결형 어미인 '겠다'이다. 시인의 말하기는 모호하다거나 비규정적이지도 않다. 이와 같은 언술은 여성의 언어와 삶, 그 존재 양식이 맞물려 이루어지고 있음을 드러내 주는 측면이 된다.

앞의 시와 마찬가지로 위의 시가 세 번째 시집인 『별을 쳐다보며』(1953)에 실린 시로 미루어 보아 '감옥'이라는 기표가 보이지 않지만 시 텍스트 틈새에 내재되어 있음을 간과할 수 없다. 시인은 진정한 자유를 찾기 위한 그 미학적 근거를 단 세 단어로 제시한다. 그것은 곧 '깡통', '거지', '햇볕'이다. '자유'에 대한 갈망은 시적 화자의 경험적 시지각으로 포착되는데 곧 '방안'을 이미지화하는 곳에서 벗어나고자 하는 바로 그 지점에서 찾을 수가 있으며, 이 이미지의 단계는 거지의 깡통에 투시됨으로써 사물의 표상을 통하여 자아의 내면을 정화시키게 된다. 더 나아가 현실에서 불가능한, 즉 시지각의 경계를 넘어 보이지 않고 들리지도 않는 근원적인 시적 화자의 자유와 동궤에 놓인다.

'거지'를 '부러'워 하는 '사람'들이 모여 있는 곳(감옥), 그 '방'은 폐쇄적이고, 집단적인 삶을 이루는 공간으로서 의례적이고 반복되는 삶의 공허, 혹은 삶의 권태, 타인들과의 실존적 상호교통의 불가능성, 더 나아가 고립되어 무의미한 의식만을 반복하는, 그래서 버려졌거나 소외된 익명의 개인들이 살아가는 공간이다. 이때 익명의 개인('온 방안 사람들'-감옥 속의 죄수들)은 하나같이 거지를 부러워한다. '방 안'의 닫힌 공간에서 고립되었으니 유폐된 공간으로부터 벗어나고자 하는 갈망, 그것은 '자유'롭고자 하는 인간의 본래적인 욕망이며 본능적 욕구이다. '자유'가 없는 곳에서는 사회적 삶뿐만 아니라 개인적 삶 또한 무력해질 수밖에 없기 때문이다. 무력해진 방 안의 삶은 어둠과도 같다. 이 어둠은 방 '밖'의 '햇볕'과 대치된다. 이때 시인의 의식은 어둠의 공간을 벗어나 햇볕을 만나고 '깡통'으로 향한다. 이 깡통은 지금까지 시적 자아의 수많은 퍼소나의 두꺼운 껍질을 벗기고 본래적 자아로 돌아가게 하는 매체가 된다. 이때 돌아감은 곧 자아의 해체와도 같으며, 이로써 존재 확인은 가능하다. 그것은 '첫째로 자유/둘째로 자유/셋째도 자유라 하겠다'는 화자의 단호한 언술로서 강조를 넘어 억압의 무게와 단절의 경계(방 안과 밖)를 허무는 힘을 지닌다. 그

것이 방안을 벗어나 세계로 나가 흘러넘친다. 이것이 시인의 목소리로서 그 목소리의 원천은 기호계적 어머니의 젖과 함께 섞여 흐르는 그 목소리이다. 이는 상징계, 아버지의 법이 지배되지 않는 그곳에서 여성의 말하기에 배어나는 모든 것들이다.

이처럼 감금, 소외, 고통에 대한 대응 방식의 기표가 깡통이다. 이때 '깡통'이라는 기표는 객관적 상관물로서 작용할 때 깊이와 느낌을 통일시키고, 그래서 감정과 정서를 한층 더 환기시킨다. 때문에 빈민가적 삶의 편린들을, 혹은 타인의 간섭을 전혀 받지 않는, 바로 그 '자유함'을 상징한다. 이는 시적 화자의 시각에 포착되는 구체적인 이미지 또는 사물로서 청자로 하여금 주관적 정서의 개입에 의한 판단을 생략하게 하는데, 그 일련의 이미지들로 해서 특정의 사상과 정서를 환기하게 되고 또 만나게도 된다. 때문에 '햇볕 아래 거지의 깡통'은 도시 혹은 사회라는 공간(방 안, 정치적, 사회적 상황, 젠더 공간 등)에 만연된 공허감, 권태, 의식의 마비, 반복적인 삶, 심화된 개인의 고립감 등의 정서를 벗어나게 할 수 있는 객관적 상관이 되는 것이다.

어찌 보면 깡통 하나만 들고 거리를 배회하는 자는 자유로운 자인지도 모른다. 몇 겹으로 싸인 퍼소나로 살아가는 현대인에게 어쩌면 너무도 필요한 것인지도 모른다. 햇볕과 깡통, 그것으로 얻는 진정한 자유함은 바로 '디오니소스'적 삶과도 같은 것이다. 시원의 세계 속에서 살 수 있는 유일한 삶으로의 말이다. 시인은 청자들에게 묻는 동시에 자신에게 묻는다. '네가 무엇을 원하느냐 묻는다면 첫째로 자유, 둘째로 자유, 셋째도 자유라 하겠다'고 스스로 묻고 대답하는, 분명하고 단호한 목소리가 삶의 근원적인 존재 양식에 대한 인식으로까지 나아가게 한다. 그래서 이러한 시인의 의식은 세계로 나아가 타자들

을 끌어안음(<아름다운 얘기를 하자>)으로 해서 여성의 말하기가 중
심부를 이루고 그 중심부를 뒤흔들어 놓고 흘러넘치기까지 하는 울
림의 미학은 슬픔을 넘어서 기쁨으로 넘치게 된다.

5. 기호계적 소리로 슬픔을 지우다

(중략)
닷 돈짜리 왜떡을 사 먹을 제도
살구꽃이 환한 마을에서 우리는 정답게 지냈다

(중략)
늬 안에도 내 속에도 시방은
귀신이 뿔을 돋혔기에-

병든 너는 내 그림자
미운 네 꼴은 또 하나의 나

어쩌자는 얘기냐 너는 어쩌자는 얘기냐
별이 자꾸 우리를 보지 않느냐
아름다운 얘기를 좀 하자

– <아름다운 얘기를 하자> 부분

    시인의 '아름다운 얘기'들은 '나'와 '너'의 경계마저 지워버린다.
시인의 언술 속에서 '병든 너', '미운 꼴인 너'는 '나'로 체화되고 육
화되고 있기 때문이다. 너와 나의 경계가 없어질 때 '우리'는 네가 되
고 내가 되어 '정답다.' 이때의 내 말은 타인과 하나가 되어 그 삶에
참여하게 하는 열린 말이 된다. 그래서 내 얘기는 네 속으로 네 얘기
는 내 속으로 용해되어 그 순간은 '별'이 내려다보이는 그 세계 속에

위치하게 된다. 내가 별을 보는 것이 아니라 '별이 우리를 보는' 상황을 드러낸 시인의 언술, 바로 이것이 시인의 의식이며, 시인의 여성으로 말하기로 또 하나의 특성을 보이는 측면이다. '별이 우리를 보고 있지 않으냐'는 확신에 찬 언술, 이는 타자에게 말하는 주체의 확신과 확인을 동시에 부각시키고 있기 때문이다.

이처럼 시인은 말하는 주체로서 그 말하기가, 즉 그 의식이 인간에게 머문 것이 아니라 자연물, 절대물에 둠으로써 의식은 말할 수 없이 확산되어 세계로 나아감의 양상을 띤다. 이러한 별이 내려다보는 그 시점은 의미 이전의 소리의 세계, 기호계적 시점으로서 어떠한 억압('닷 돈짜리 왜떡을 사 먹는')도 이루어지지 않은 상태나 다름없다. 그런데 '귀신이 뿔을 돋쳤기에', 아버지의 법을 습득할 수밖에 없기에 '우리'는 언어적 상징질서 속에서 병들고 미운 꼴로 각인되는 너이고 나이다. 이 순간 나는 너를 통해 '또 하나의' 나를 응시한다. '어쩌자는 얘기냐 너는 어쩌자는 얘기냐/별이 자꾸 우리를 보지 않느냐/아름다운 얘기를 하자'는 응시의 힘은 병든 네가 내가 되는, 미운 꼴이 바로 내가 되는 그 융화의 힘으로 작용을 한다. 이는 시인이 여성으로 말하기의 정치성(크리스테바의 윤리성, her ethies)이며, 바로 타자를 그러안는 여성성(허여성)과 병치를 이룬다. 그래서 시인의 말하기는 결코 고이지 않고 널리 흘러 퍼지는 힘을 더욱 강하게 지닐 수가 있는 것이다(<송년부>와 '여공은 얼마나 잘하는 일이냐/오늘도 말없이 웅장한 기계 소리를 낸다'<기계소리>).

    소돔 고모라도 아니건만 재앙이 내려
    꽃봉오리 같은 젊은이들이

산 제물로 바쳐 졌나니
마지막 이 저녁
너는 무엇을 주고 떠나려느냐
아우성 치는 저 군중에게
무엇을 가지고 위로할 것이냐
어둠과 불안이 충충한 거리를
숱한 사람들의 대열이 무겁게 흐른다
가나안 복지를 향해서가 아니란다

하나같이 낮 없는 날들이었다
검은 망토 자락 같은 날들-
어느 구석에 꽃 한 송이라도 피워보았느냐

너와는 작별이 좋다

아름다운 얘기도 있을 수가 없지 않느냐
종을 울려라
제야의 종을 울려

우렁차게 울려라
성 안팎 속속들이
옛것은 나가라- 종을 울려라

　　　- <송년부(送年賦) - 신묘년(辛卯年)에 부치는> 전문

　시적 화자는 '옛것은 나가라'를 -'종을 울려라'로 풀이를 하면서 말을 맺고 있다.
　'옛것은 나가라'에서 '나가라' 어조에는 타자에게 명령을 하듯, 그래서 말하는 주체의 단호한 의식이 내재된다. 그렇다면 '옛것'은 무엇이며, 왜 나가라고 했을까. 또 종의 울림은 무엇인가. 그 해답을 찾기 위해 먼저 양 극단에 있는 '소돔 고모라'와 '가나안'의 배경-성경, 혹

은 이미지로-에 주목할 필요가 있다.

'소돔 고모라'의 세계는 흔적도 없이 사라진 땅이다. 그 땅은 어둠이 혼재했던 세계이다. 소돔과 고모라의 세계는 더럽고 너무 추한, 그래서 아주 불쾌한 배설물이 가득 고인 환멸스러운 세계이다. 아마도 문명화된 이후에 인간이 쾌락을 추구하고자 세상을 온갖 탐욕으로 물들여 도덕이 깡그리 무너져버린, 그래서 타락할 대로 타락한 상태, 성(性, sexuality)이 쓰레기로 뒤범벅이 된, 성의 문란이 최대치를 이루던 시대의 땅이었을 것이다. 그래서 세속적인 도시의 최대치가 바로 소돔 고모라이지 않은가. 그런데 그 소돔 고모라 그 땅. 그 땅은 유한한 현실을 초월한 자리에 있는 것도 아니고 더욱 무한하면서도 현재(근대)에 밀착되어 있는, 그래서 지금 바로 지금 우리가 발 딛고 있는 이곳에 다시 도래했는지도 모른다. '재앙이 내렸'기 때문이다.

이렇게 그곳이 지금 이곳에서 현현되고 있다. '어둠과 불안이 충충한 거리'에서, '검은 망토 자락 같은 날들' 속에서, '하나같이 낯 없는 날들' 속에서, '어느 구석에 꽃 한 송이라도 피워'내지 못한 채, '재앙'이 내려져도 여전히 아우성치며 살아가는, '마지막 이 저녁'에 '군중'의 '대열이 무섭게 흐르'고 있는, 그래서 '성 안팎'에서 '속속들이' 살아가는 '너'이자 '나'의 이곳이 바로 그곳인 것이다.

시적 화자는 바로 이곳에서 '저'들에게 '무엇을 가지고 위로할 것이냐'고 묻는다. 시적 화자 자신이 묻고 자신이 대답을 하고 있다는 점에 다시 한 번 주목하게 된다. 누군가를 향해 따지듯 내어 뱉는 어조는 바로 여성의 말하기가 당당하고 당당함을 넘어서 세계로 나아가고 있음을 드러내 준다. 그것은 '옛것은 나가라- 종을 울려라'는 언술로 시인 스스로 당당하게 해답을 제시하고 있기 때문이다.

　　그렇다면 '제야'와 '종'과 그 종의 '울림'은 시인의 언술 속에서 어떠한 의미를 지니고 있을까. 울림은 제야의 울림이자, 종의 울림이요, 시적 화자의 말하기요 의식으로 그것은 곧 청자들에게 '울림'으로 현현된다. '제야'는 섣달그믐날 밤이다. 화자가 종이 울리기를 원하는 그날은 한 해의 마지막 날이자 한 해가 시작되는 바로 그 순간이다. ('송년부-신묘년에 부치는') 종이 울리는 그 순간은 과거와 현재와 미래가 모두 한순간에 사라지고 한순간에 다가오는 바로 자크 데리다의 차연과도 같은 언어적 작용이 일어난다. 이 차연과도 같은 거기에 소돔과 고모라와의 '작별'이 지나가고 '아름다운 얘기가' 다시 다가온다. 어둠과 불안이 충충한 황폐한 거리에서의 숱한 사람들의 '행렬'은 이제 모두 다 '옛것'일 뿐이다. 새로움은 '울림' 속에 있는 것이다. 그 울림은 세계로의 나아감이다. 그 나아감은 '가나안 복지'를 향한 나아감이다.

　　그렇다면 가나안은 시적 화자의 의식 속에서 또 어떠한 의미 작용을 하는 것일까.

　　'가나안'은 젖과 꿀-성경 속에서-이 흐르는 땅이다. 이는 인간이 추구하는 땅 가운데 가장 온전한 땅의 원형이 된다. 그런데 검은 망토자락 같은 날들처럼 암담한 시간 속에서, 하나같이 낯 없는 날들 속에 살아가는 자들에게는 '가나안 복지'가 명징한 세계인데도 불구하고 아우성치는 군중은 이곳을 인식하지 못한다. 이를 시인은 인지하고 있다. '너와는 작별이 좋다/아름다운 얘기도 있을 수가 없지 않으냐'고 말하기를 하고 있기 때문이다. 시인은 그 황폐한 구석에서 꽃한 송이 제대로 못 피웠던 인간이 그곳을 소멸시켜야만 아름다운 세상이 도래하는 것을 암시하고 있다. 이는 '종'이 '우렁차게' 울림으로써 가능하다. 작별하는 소리와 아름다운 얘기 소리가 동시에 내재된 울림이다. 이는 당대 사회의 어둠, 모순, 부조리-'꽃봉오리 같은 젊은이들이 산 제물로 바쳐진' 역사적 사실- 등을 폭로하고 비판하는 것만이 아니라 전망 부재를-어둠과 불안 속에서 아우성치는 군중의 대열이 흐르는 그 길은 가나안 복지를 향해가는 것이 결코 아니기에- 먼저 암시하고, 그 부재가 아닌 전망을 제시하고자 하는 울림이다. 이때 전망을 제시할 수 있는 주체는 주변부가 아닌 중심부를 이루는 주체이다. 그 주체는 여성이요, 시적 화자이자 노천명 시인이다. 결국 '옛것은 나가라- 종을 울려라'는 말 늘리기 속에 담기는 것은 전망 부재인 '옛것'인 소돔 고모라를 전복시키고 가나안 복지를 향하고자 하는 시인의 진정한 목소리인 것이다. 그 진정한 목소리는 '아름다운 얘기'이며, 그 속에는 여성으로 말하기의 당당함을 넘어 위대함까지 배어난다.

그렇기에 '너와는 작별이 좋다/종을 울려라/우렁차게 울려라/성 안 팎 속속들이/옛것은 나가라- 종을 울려라'처럼 시인의 말 늘리기는 곧 여성이 말하는 주체로서 그 말하기가 대사회적 문맥으로 퍼져 나가는 언술이며, 바로 이것이 슬픔을 기쁨으로 승화시키는 미학인 것이다.

기도로 시를 쓰는 시인 김남조, 그의 시에 말 걸기

1. 시인과 시, 그리고 기도

하루가 다르게 변화되는 무시무시한 디지털상상력의 시대이다. 그 세계 속에서, 옴짝달싹 못한 채 리얼리티와 시뮬라시옹의 경계가 지워진 그곳에서 시간의 노예가 되어 탈출구를 찾지 못해 방황하며 살아갈 수밖에 없는 현대인에게 단 한 줄의 시가 비상구가 되어 준다면 얼마나 좋을까.

'사랑의 시인'이라고도 불리는 김남조 시인(1927~)은 현재까지 작품 활동을 하고 있는 현역 시인이다. 시인은 1927년 경북 대구에서 출생, 1944년 일본 후쿠오카 시에 있는 규수고녀를 졸업, 귀국한 뒤 1951년 서울대학교 사범대학 국문과를 졸업했다. 그 후 마산고교, 이화여고 교사, 서울대, 성균관대 강사를 거쳐 1955년부터 숙명여자대학교 국문과 교수로 재직하다가 1993년에 정년퇴임을 했다.

그는 1950년 시 <星宿>과 <殘像>을 ≪연합신문≫에 발표하고 이어서 1953년 시집 『목숨』을 간행함으로써 본격적인 시작 활동을 하게 된다. 그는 시집 『나아드의 향유』(1955), 『나무와 바람』(1958)에 이어 13번째 시집인 『평안을 위하여』를 1995년에 내기까지 40년 이상 시작 활동을 하고 있다. 13권의 시집을 통하여 시를 발표하였으며, 산문집으로는 『그래도 못다 한 말』, 『바람에게 주는 말』 등 10여 편이 있다. 한국시인협회 회장, 한국여성문학인회 회장, 국제펜클럽이사 등을 역임했다.

2. 극한 상황에서의 기도 같은 시

한마디로 말한다면 김남조의 시 세계는 종교적 휴머니즘의 실천 과정이라고 여겨진다. 큰 맥락에서 볼 때 김남조의 시 세계는 한국동란으로 인한 인간성의 실추로부터 삶을 회복하려는 휴머니즘이 근간을 이루고 있으며, 그의 의식은 어떤 실존주의나 혹은 앙가주망이 결합된 행동주의 같은 양상이라기보다는 기독교 정신에 그 근원적 뿌리를 두고 있다. 이는 인간의 지적인 한계성을 깨달음과 동시에 그 구원의 탐구에서 비롯되었다고 볼 수 있는데, 이러한 기독교적 휴머니즘 의식은 그의 여러 산문집에서도 깊이 있게 드러나기도 한다. 첫 시집 『목숨』은 전쟁이라는 극한 상황 속에서 인간의 생명에 대한 진솔하고 정직한, 그래서 이드적인 욕망을 드러낸다. 거칠게 말한다면 솔직히 나는 아직 살고 싶다는 말이다. 『나아드의 향유』에 들어서면서 종교적 사유가 더욱 깊이 형성되기 시작, 작품 속에서 기독교적인 구도의 자세는 깊이 뿌리 내리게 된다. 이후 중기의 시들에서는 긍정적인 삶의 예찬을 통하여 신앙심은 더욱 깊어서 지속적으로 나타난다. 그러다가 『돌Ḥ』에서부터 신앙적 목마름과 종교적 지향이 보다 크게 부각되어 후기에 들어서면서 종교적 사랑, 화해의 세계 등을 추구하면서 심화된 신앙의 경지를 보인다. 최근의 시집이랄 수도 있는 『평안을 위하여』에 이르러서는 다시 기독교적 섭리와 부활의 가치관 등이 인간주의적 삶으로 더 내면화되어 드러난다. 이는 신앙을 통해 획득한 진정한 참 자유인의 모습을 보여 주려는 의지가 아닌가 싶다. 한 단어로 요약한다면 '기도'라는 단 하나의 기표를 통해 김남조 시인은 나와 너 그리고 우리, 세계를 그러안는 기호계적인 어머니와도 동일시되는 시 세계를 보이고 있다고 할 수 있다.

그렇다면 그의 말을 통해 그의 시를 읽기 해 보도록 한다. 김남조의 시작은 1950년대 한국동란이라는 상황에서 수많은 죽음과 파괴로 인한 개인, 민족적 시련에서 출발하고 있다고 보인다.

> "그러다가 6 · 25 사변이라는 커다란 역사의 소용돌이 속에 휘말려 민족적 시련과 함께 내 개인에게도 엄청난 핍박과 고통이 따르게 되었습니다. 그때 내게 있어서 가장 중요한 문제는 인간 존재에 대한 근원적인 질문이었습니다."[8]

전쟁, 그것은 지구상에서 존재하는 동물 가운데 유일하게 인간만이 하는 끔찍한 놀이(?)로 가장 잔악한 행위가 아닌가. 소위 인간만이 지닌 코기토, 그 대단한 코기토는 타자를 짓밟고 뭉개며 자신을 합리

---

8) 김남조, 「나의 인생, 나의 문학」, 『월간문학』, 1978. 9.

화시키는 도구로 전락되었다. 참으로 무서운 존재, 인간. 그 누가 인
간은 본래 선한 존재라고 말했는지.

시 <목숨>에는 그야말로 전쟁의 끔찍한 상황이 너무도 잘 드러나
고 있다.

> 아직 목숨을 목숨이라고 할 수 있는가
> 꼭 눈을 뽑힌 것처럼 불쌍한
> 산과 가죽과 신작로와 정든 장독까지
>
> 누구 가랑잎 아닌 사람이 없고
> 누구 살고 싶지 않은 사람이 없고
> 불붙은 서울에서
> 금방 오무려 연꽃처럼 죽어갈 지구를 붙잡고
> 살면서 배운 가장 욕심 없는
> 기도를 올렸습니다
>
> 반만년 유구한 세월에
> 가슴 틀어박고 메아미처럼 목태우다
> 태우다 끝내 헛되이
> 숨겨간 이건 그 모두 하늘이 낸 선천의 罰族이더라도
>
> 돌멩이처럼 어느 산야에고 굴러 그래도 죽지만 않는
> 그러한 목숨 갖고 싶었습니다
>
> — <목숨>[9] 전문

이 시는 필자에게만큼은 한 편의 영화를 보여 주고 있다고 여겨진
다. 전쟁통에 '목숨'에 대한 본능적인 욕구를 보여줌으로 해서 인간의
이드 상태가 그대로 묻어나는 작품이라고 볼 수 있기 때문이다. 그야

---

9) 『김남조 시 전집』, 서문당, 1991.

말로 전쟁터 한복판이었을 '불붙은 서울', 그 한가운데서 목숨은 한
갓 '가랑잎'에 지나지 않을 것 같지만, 때론 '돌멩이'처럼 어느 산야
에 굴러도 결코 죽지 않는 목숨을 '기도'로 간구하고 있다. 시인의
의식은 전쟁이라는 극한 상황 속에서 살고자 하는 욕망 그대로를 진
솔하게 드러내고 있다는 점에서 참으로 인간적으로 보인다. 결코 가
식적이지가 않기 때문이다. 전쟁터에서 살아남고 싶지 않은 자가 어
디 있는가. 얼마나 간절한 기도인가. '목숨'은 신만의 것인가. 아니면
전쟁을 일삼는 인간들의 것인가. 어쩌면 시인은 독자들을 무시한 채
자신만의 '기도'로 목숨을 신께 맡기고 있었는지도 모른다. 한국동란
속에서 시인이 인류의 평화를 구하는 그것이 바로 시고 기도가 아니
겠는가.

　　　세월과 목숨의 그릇됨 앞에
　　　이제 쓰일 바 없는
　　　내 이름
　　　하나 남고

– <別離> 부분

　　　고요할 때면
　　　무섭게 이처럼 고요할 때면
　　　밤이슬처럼 솜솜이 내어돋는
　　　모진 이름을 안다

– <底心> 부분

　'세월'의 '그릇됨'은 '내 이름'을 '쓰일 바 없'게 만들어 버렸다. 하
나 남은 내 이름, 살아남은 '목숨'에 붙여진 이름이다. 그런데 시인은

왜 '모진 이름'이라 했을까. 왜 쓰일 바 없는 내 이름이라 했을까. 전쟁통에서 셀 수 없이 억울하게 사라진 이들로 인해 어쩌면 살아남은 자의 슬픔 같은 것이 아닐까. 그렇기에 전쟁이 끝난 뒤, 아니 아직도 휴전인 상태, 그 상태에서 '고요할 때면' 더욱 하나 남은 자신의 이름이 쓰일 바 없을 정도로 고통스러운지도 모른다. 기독교식으로 말하면 쓰일 바 없다는 근원은 바로 원죄의식이 된다. 그렇기에 시인의 진정한 인간에 대한 의식은 타자를 향한 사랑이다. 그 사랑은 살아남은 자의 죄의식에서 비롯된 이타심이다. 이것은 시인의 의식 한가운데 고여 있는 '기도'로 인한 것이 아니겠는가. 다음 시에서 바로 죄의식이 드러나고 있기 때문이다.

3. 속죄하는 자의 시 같은 기도

죄였음에랴
수백 수천의 뉘우침으로
눈뿌리 타는 눈물 쏟으며
여기 나 송아지처럼 바치고 섰느니

- <바다 가는 곳에> 부분

죄가 많으려고 죄가 얼마나 많으려고
끝끝내 너 하나를 잊지 못해하는 이 무참한 連責과 형벌이 굴레를
쓴 채로 그 하필 엄청난 그리스도를 안고 나는 이 밤에 샘 속으로
떨어져 버리고 싶어.

- <耶夜> 부분

성경 속에서 혹자는 자신의 아들을 신께 바치는 장면이 나온다. 아

들의 목숨을 헤하기 직전 하나님은 그의 순종함을 보고 아들 대신 양
을 속죄의 대상으로 내려 준다.

지금 시인은 '수백 수천의 뉘우침으로'도 '죄였음'을 속죄할 수 없
음을 인지하고 있다. 그렇기에 자신이 속죄양이 되고 있다. '여기 나
송아지처럼 바치고 섰느니.' 이 얼마나 섬뜩한 말인가. 자신이 속죄양
이 되는 것, 그 아무나 할 수 있는 일인가. 양이 아니라 송아지이다.
양과 송아지. 어느 것이 더 죄스러운가는 판단 불가능이다.

그토록 속죄양이 되었건만 시인은 '죄가 많으려고 죄가 얼마나 많
으려고' '형벌이 굴레를 쓴 채'로 '그리스도를 안고' '밤에 샘 속으로
떨어'지고자 한다. 도대체 시인은 무슨 죄가 그토록 많다는 말인가.
종교인이 아닐 때 이 시가 혹 가식적으로, 너무도 근질거리게 읽힐
수도 있으리라. 하지만 자신의 내면을 들여다볼 필요가 있다. 이 시를
통해 청자들은 자신의 모습을 들여다보아야만 한다. 죄 없다고 하는
자들 그 어디 있을까.

　　　당신을 피해
　　　당신 없는 땅 끝까지 갔으나
　　　어디서고 만나는,
　　　먼저 와 계시는
　　　당신

　　　　　　　　　　　　　　　　　– <오월에> 부분

　　　썸벅이는 눈자위
　　　주의 마음을 따라온
　　　한 가난한 여인이 있었습니다
　　　부활하신 날
　　　처음으로 그 앞에 주의 모습 뵈이신

이름이여
聖靈의 마리아, 막달레나

- <나아드의 향유> 부분

막달라 마리아, 그녀는 죄와 통회의 성녀이며 애환의 두 극점이 그
녀에게 함께 있었다. 그의 영혼의 내포는 거대하며, 그 거대함의
용량 전부로써 번뇌하고 사랑하고 헌신하면서 높이높이 동반하여
인류사의 최고인 분의 全靈을 남김없이 포용해 드리게 되었다고
나는 그리 믿어온다. 여기에 완미한 정점과 심연이 모드 있기에 내
허약한 문학혼이 아득한 지향을 이곳에 두고자 했다.[10]

시인에게 '먼 海峽에서처럼/당신을 피해/당신 없는 땅끝까지 갔으
나/어디서고 만나는/먼저와 계시는' '당신'은 도대체 누구일까. 신이
자 절대자인 예수인가. 인간인가.

종교가 있는 독자와 없는 독자의 읽기 방식이 서로 다를 것은 분명
하다. 어찌했든 타자인 것만은 분명하다. 시적 화자는 '당신'을 결코
벗어날 수가 없는 것은 분명한 사실이다. 당신을 피해 재빨리 제아무
리 제 먼 곳 땅끝까지 갔어도 먼저 와 있는 당신이기에 도저히 시인
은 당신을 피해 살 수는 없는 일이다. 그 당신과 함께하는 나는 '가난
한 여인'이요, '막달레나 마리아'이다. 그녀는 '죄와 통회의 성녀'로
'애환의 극점'에 있다. 그녀는 '내 허약한 문학 혼'인지도 모른다. 아
니 어쩌면 그 여인이 나인지도 모른다. 결코 '성녀'인 그녀와 동일시
될 수가 없건만. 시인은 간구하기 때문에 어쩌면 시적 상상력으로 동
일시하고 있는지도 모른다.

---

10) 김남조, 「세 갈래로 쓰는 나의 자전적 에세이」, 『시와 시학』, 1997.

4. 시인의 사랑 법, 그것은 시고 기도다

사랑, 그것은 동서고금을 막론하고 모든 문학에서 추구하는 테마라 해도 과언은 아닐 것이다. 그만큼 사랑이라는 기표는 인간에게 있어 너무 큰 기의들을 만들어내고 있기 때문이다.

너를 위하여
나 살거니
소중한 건 무엇이나 너에게 주마
이미 준 것은
잊어버리고
못다 준 사랑만을 기억하리라
나의 사람아

오직
너를 위하여

– <너를 위하여> 부분

사랑은 '너'와 내가 하는 것이다. 혼자 하는 사랑은 없다. 짝사랑, 외사랑도 모두 대상이 있으니까.

김남조 시인은 '너를 위하여/소중한 건 무엇이나' 다 주겠다고 한다. '이미 준 것'도 모자라서 다 준다고 한다. 아니 그것도 넘어서서 '오직 너를 위하여' '살'겠다고 한다.

어찌 너를 위해 사는가. 인간은 자기 자신을 위해서 살아야 이치에 맞는 것 아닌가. 그런데 시인은 내가 아닌 '너'를 위하여 '나 살' 거라고 단호히 말하고 있다. 이러한 사랑이 진정한 사랑인가. 시인의 사랑

법이다. 오직 너를 위해 사는 것. 이때 받는 사람은 마냥 행복한가. 끝없이 시인에게 청자들은 말 걸기를 할 수도 있다. 그것이 김남조 시가 지니고 있는 또 하나의 매혹이 아닐까. 매혹을 지닌 시인의 사랑법, 그것이 매혹적인 것은 바로 '엄마'의 사랑과 등치를 이루고 있기 때문이다.

> 엄마에게 남은 시간에서
> 얼마만큼 네 곁에 있어주랴
> 엄마에게 남은 눈물에서
> 널 위해 얼마나 울어주랴
>
> 숨긴 상처
> 달빛에 풀어 보듯
> 고루 퍼지는 볕살
> 내 아기야
>
> 고단한 天使를 맞아
> 공순히 잠재우듯
> 너를 안고
> 엄마는 먼 곳의 바람을 근심한다

- <요람小曲> 전문

'엄마에게 남은 시간에서/얼마만큼 네 곁에 있어 주랴/고단한 천사를 맞아/공손히 잠재우듯/너를 나고/엄마는 먼 것의 바람을 근심한다'는 시적 화자가 먼 곳에 있어, 아직 불어오지도 않는 바람까지 사랑하는 자식에게 혹여나 불어올까 미리 근심을 하고 있는 어머니인 것이다. 구태여 크리스테바가 말한 어머니의 위대성을 떠올리지 않아도 너무나 충분하다. 어머니의 위대한 사랑은 이미 동양에서 보이고 있었으므로.

이제 어머니인 '그녀'의 사랑, 그 너머에는 무엇이 자리하고 있는
가 보자.

    그녀의 사랑
    그가 용서하고
    사랑없는 그를
    그녀도 용서하며
    혹여는 이와 반대일 때도
    그들 서로 용서하며
    살아 있는 한
    이렇게도 외로와 보여라

– <고백> 부분

내 안의 가장 절실한 말은 사랑보다도 몇 갑절 용서이네.
올해 이 땅에 베푸실 은총은 용서로써 주옵소서 용서의 백설로 누
리를 덮으소서.

– <용서의 성총을> 부분

'그녀의 사랑'은 '용서'하는 것이다. 사랑을 받지 못하는 그녀는 사
랑을 주지 않는 '그를' 용서함으로 해서 진정한 사랑임을 청자들에게
보여 주고 있는데, 그것은 참으로 '외로워 보'인다. 시인이 말한 그대
로 독자들 또한 외로움에 동감하리라. 혼자 용서하고 혼자 내어 주는
사랑이기에 외로움이 뒤따른 것은 당연한 이치이므로. 그런데 시인은
자신의 사랑하는 법이 '못 견디게 아프진 않'다고 또 한 번 단언하고
있다. 그 '사랑하는 단 한 사람'과 '작별'을 해도 '가슴 안에 맵고 아
리게 붐벼'도 시인의 사랑 법은 변함이 없으리.

만감 다 넘쳐도 이제
못 견디게 아프진 않아
어른이시어
처음 한번 도포자락 잡아보는
평화, 왕림이라
이렇게 되면
고통이 새롭게 솟아야겠어
사랑하는 단 한 사람의 세월
손 흔들어 작별하고
사랑하는 천만 사랑이
가슴 안에 맵고 아리게
붐벼야겠어

- <이순의 여자> 부분

'이순의 여자'가 하는 사랑 법은 어찌 보면 지독한 사랑인지도 모른다. 지독한 사랑을 넘어서 시인의 사랑은 너무도 견고하기만 하다. '사랑하는 단 한 사람의 세월'까지도 가슴 안에 맵고 아리게 간직하고 있는 사랑이기에.

김남조 시에서 사회 참여나 역사의식이라거나 모순된 부조리에 대한 비판의식이라거나 하는 것들은 전혀 볼 수가 없다. 그녀 스스로 다음과 같이 피력하고 있으니 이를 부인할 수가 없다.

"시인은 공동체 속에서 고뇌를 집약하고 집단적 영혼은 그려내며, 시대와 민족의 단 위에서 사랑과 평등을 외치는 쉼없는 육성입니다… 사회 참여라거나 아니라거나의 논평을 훨씬 뛰어 넘는 성질에서 주야로 샘솟는 샘물같은 聲量이어야 합니다."[11]

---

11) 김남조, 『진주를 만드는 상처들』, 청아출판사, 1991, 232쪽.

　이러한 시인의 의식은 양면에서 읽힐 수가 있다. 여성 시인이기에 페이소스에 젖어만 든다는 기존의 남성 중심 평단에서의 쓴소리를 들을 수가 있겠고, 이를 벗어나 어설픈 사회참여 시를 쓴 시인들에게는 쓴소리로 들릴 수가 있는 측면이 있다. '시인은 시대와 민족의 단위에서 사랑과 평등을 외치는 쉼없는 육성'이기에.

　그렇다면 시인의 사랑과 평등을 외치는 쉼없는 육성, 그것은 과연 어떤 것인가.

　　　神이시여 神이시여
　　　서른세살 남자의 모습이시네
　　　가시관을 쓰고도 아름다운
　　　서른 셋의 젊음이시네

　　　바라보면 볼 수록
　　　땅위의 사나이들처럼
　　　어머니를 원하시고
　　　사랑을 원하시는
　　　사람의 마음이시네
　　　서른셋의 건장한
　　　외로움이시네

　　　그러하신 神이시네

– <예수의 얼굴> 부분

　시인의 육성은 <예수의 얼굴>을 그려내는 체화된 것들이다.

　분명 '神'이신데 '바라보면 볼 수록' 그 신은 '땅 위의 사나이들처럼/어머니를 원하'고 '사랑을 원하는' 서른 셋의 건장하고 '아름다운' '남자의 모습'이다. 시인은 이러한 신에게서 사람을 보고, '외로움'을 본다. 시인은 그 외로움을 그러안고 있다. 이 '그러안기'가 바로 어머니의 몸(코라)이며, 허여성(許輿性)이다. 바로 여성만이 지니고 있는 힘이요, 윤리성이요, 사랑 그 자체인 것이다.

지금까지 김남조 시에게 질문해 본 결과 시인은 시로 답을 하고 있다. 인간에게 있어 진정한 삶의 의미는 무엇인가요라고 묻기도 전에 시인은 이미 답을 내놓고 있다. '사랑'과 용서', 이것처럼 인간에게 있어 가장 소중한 가치를 지닌 기표가 그 어디 있을까.

시인은 사랑을 쓴다. 용서를 쓴다. 사랑과 용서는 기도하는 자의 몫이다.

어쩌면 지금 이 순간에도 김남조 시인은 사랑과 용서라는 두 기표를 벗어나지 않은 채 구도자의 자세로 기도를 하고 있지 않을까.

제4부

비교문학,
한국문학과 세계문학의 보편성을 찾아서

정비석의 <자유부인>과 입센의 <인형의 집> 들여다보기

1. 픽션 같은 현실 속의 두 여성

문학 텍스트에서 자주, 왜 여성들은 남성의 경우와는 달리 좋지 않은 것 또는 '결핍'된 것으로 그려지고 있을까. 물론 지금, 21세기 문학 속에서는 주체와 타자의 자리가 뒤바뀌어 여성이 남성을 폄하시키기도 하지만. 그간의 문학 속에서 여성들은 남성들의 타자로만 취급받아 온 것이 대부분이었다고 해도 결코 과언은 아닐 것이다.

어찌했든 왜 여성은 결핍된 존재로 부각될 수밖에 없었을까. 이러한 뮤제의식을 던지고 문화적·사회적으로 구성된 '젠더'라는 공간 속에서 여성/남성이 텍스트 내에 어떻게 코드화되어 나타나고 있는가에 질문을 안고 이 글은 출발을 한다.

여성운동 및 새로운 여성자아의 인식은 사회 전체의 커다란 변동과 더불어 이루어져 왔다. 세계사적으로 볼 때에는 1960년대 프랑스 시민혁명과 같은 역사적 사건이 여성의 권리에 대한 새로운 인식으로 연결되었으며, 한국 사회 안에서는 근대초기, 즉 1930년을 전후 여성들의 사회적 각성이 증대되고, 소위 신교육을 받은 신여성 세대가 배출되면서 여러 사회 활동과 문화예술 활동이 여성에게 할애되면서부터라고 볼 수 있다.

기존의 전통 사회에서, 남성적 지배이데올로기로 인해 여성은 여성 자체가 아니라 남성의 '타자'로 '결함 있는 남성'으로 간주되었다. 때문에 여성이 자신의 삶의 주체가 되지 못하고 항상 타자로 취급되어온 것에 대한 인식, 그리고 사회관계를 유지하고 변화시키는 데 언어, 비유, 의복, 몸짓, 언어 의식 같은 상징적 실천이 어떤 의미를 갖는가 하는 점에 관심을 가져온 새로운 문화사와 연결되고 있음을 먼저 인지하고 텍스트를 읽어낼 필요가 있다.

이러한 맥락에서 한국의 문학 작품『자유부인』과 서구문학 작품인 입센의『인형의 집』에 대한 비교는 문학 작품을 다시 검토하는 작업으로 기존의 작품을 다시 읽고 다시 보기, 즉 독자수용미학의 차원에서의 읽기 행위인 것이다. 이는 다시점적·다원주의적 해석의 과정이며, 곧 인간으로서의 역할과 여성으로서의 역할 사이에서 괴리감을 느꼈던 여성들의 체험을 문학화하고 사회화하는 것에 대한 관심이라고 할 수 있다. 이와 같은 읽기 작업은 남성 중심적 시각에 의해 한쪽으로만 치우쳐 그간 소외되거나 보이지 않았던 부분을 찾아내고자 하는, 그래서 여성 의식에 관해 새롭게 조명하여 그 의미, 가치 등을 부여해보자는 의도와도 맥을 같이 하게 된다.

『자유부인』은 소설이고,『인형의 집』은 희곡이다. 우선 장르가 다르다는 측면에서 두 작품을 비교한다는 것은 여러 제약이 따를 수도 있다. 하지만 여기서 읽기 행위는 장르적 측면에서 벗어나 두 작품이 여성의 문제를 다룬 문학이라는 점에 주안점을 두고, 즉 인간의 감정과 생활 양상의 복합적인 것들이 내포된다는 광의의 의미를 담고 있다는 것을 전제로 결코 가볍지만은 않게 읽기를 할 것이다.

헨리 입센(1828~1906)은 노르웨이 극작가로서 150여 편의 극작품들을 무대에 올렸다. 그의 전 작품의 성격은 대체적으로 낭만적·신비적·사회적인 특징과 변화의 양상을 보인다. 초기 작품은 주로 노르웨이의 전설에 바탕을 두고 있으며, 낭만주의 극과 연결된다. 후기로 오면서 새로운 전환을 하는데, 자유로운 산문 형식으로 현실 사회를 해부하는 일련의 사회극을 쓴다. 이 시기의 작품 가운데 대표적인 작품이 1879년에 발표된 『A Dolls House』이기도 하다.

입센의 여러 작품 가운데 『인형의 집』은 오늘날 근대 연극사에 있어서 하나의 획기적인 작품으로 평가받고 있다. 이는 희곡 자체로서의 평가보다는 이 작품이 가지는 사회적, 개인적 의미, 즉 여성해방문제를 대담하게 다룬 것으로 반향을 일으키면서 한편 여성문제에 대한 호기적인 갈채의 이면에는 여주인공 '노라'가 가정을 버리고 나가는 데 대한 비난도가 보다 강조되기 때문이다.

한편 한국문학 가운데 정비석의 『자유부인』은 발표 당시인 1950년대에는 사회의 많은 관심과 논란을 이루었으며, 상업적 성공이라는 테두리 속에서 '통속소설'로 전락되기도 한 작품이다. 그 까닭은 내용을 중심으로 볼 때에 당시의 상황 인식을 전제로 한 정신사적 필연성의 문제이고, 그다음은 지금까지 논의된 당대 문학에 대한 일반적 평가 기준과 관련되기 때문이다. 이러한 경우, 한국동란이라는 호된 시련을 경험한 세대에 의해 1950년대라는 현실을 엄숙하게 바라보려한 시각이 우세하게 작용하여 간주되고 무시되어 왔다는 점이다. 또 고급예술 수용자의 저급예술 거부현상에 따른 문화 엘리트주의를 지향하는 문학사 기술에 있어서의 보편주의도 한 원인으로 들 수 있다. 하지만 이러한 통속적인 측면에서 벗어나 다양한 시각으로 접근하여 새롭게 읽어내야만 할 당위성은 그 작품성에 내재된 다양한 양상 때문이 아닌가. 바로 '자유부인'이었던 오선영과 '인형의 집' 속의 '노라'였던 두 여성 인물이 주변 인물들과 엮어지는 삶 속에 드러나는 여러 변이 양상들을 추적, 비교 분석하여 궁극적으로는 여성의식을 규명해보는 작업이 다시 읽기의 행위인 것이다.

2. 같은 주체이면서 다른 두 여성

남성과 여성이 어떻게 성별 주체로 형성되는가라는 쟁점은 성 정체성과 젠더화된 정체성의 형성을 포함하는 것으로 확장되면서 페미니즘적 시각에서는 남성과 여성의 차별이 아닌 차이, 즉 성차의 문제들을 설정할 수 있다. 그 결과 남성 역시 하나의 성(性)일 뿐, 여성과 다르지 않다고 인식하고, 여성을 주체로서 인식해야만 한다. 그렇기에 소위 여성성, 남성성이라는 것은 태어날 때 이미 결정되어 버리는 생물학적인 것이 결코 아니며, 남성과 여성의 관계와 역할에 의해 이루어지는, 즉 사회적·문화적인 것으로 간주하여 성이란 근본적으로 자연적인 현상이 아니라 사회적·문화적·역사적 힘의 산물로서 인식해야 한다. 때문에 시몬 드 보부아르의 '여성은 태어나는 것이 아니라 만들어진다'는 아포리즘은 여자로 태어나는 것은 생물학적 성의 개념으로, 여자로 만들어지는 것은 젠더의 개념으로 이해할 수 있게 된다. 더 나아가 여성성이라는 개념도 그리 쉽게 규정될 수 없을 정도로 상당히 복합적이다. 이는 여성성과 남성성의 차이가 여성 억압의 근원을 이룬다는 관점에 기대어 있기 때문이며, 진정한 여성으로 살아가는 방식에도 여러 가지가 있고 사회적인 삶을 살아가는 방식도 다양하기 때문이다. 그러니까 여성정체성 또한 고정적인 것이 아니라 불안정하고 변화가능하며 관계적인 것이라고 할 수 있다.

전통 사회에서 문학 작품에 나타난 상투적 여성상은 무정형성, 수동성, 불안정성, 폐쇄성, 물질성, 영성, 비합리성, 순종성, 반항성(말괄량이, 마녀) 등으로 제시된다. 재미있는 양상이라고 할 수는 없겠지만 페미니즘 강의를 하면서 남성성과 여성성의 특성을 의미하는 기표들을 나열해 보라고 질문을 하면, 거의 변함없이 기표들을 늘어놓는다. 남성성은 권위, 무게, 합리성, 지식, 통제 등을 나열하고, 여성적 양식은 직관, 무형태, 민감, 열정 등의 감성적인 특성을 드러내고 있다. 이십일 세기인 지금에도 이 같은 의식들이 보이는 까닭은 무엇인가?

케이트 밀레트에 의하면 남성과 여성의 관계 안에는 힘과 지배의 개념이 작용하고 있어, 지배와 복종의 관계로 고착화된 남녀의 관계는 가부장제를 통해 교묘히 이루어지고 있으며, 가부장제는 피지배자에 대하여 유례없는 지배이데올로기라는 것이다. 참 적절한 지적을 하였다고 보인다. 이때 권력이 행사되는 첫 번째 장은 미셀 푸코의 논의에 따르면 인간의 육체이며, 권력은 인간의 몸을 억압하고 고문함으로써 육신의 형태를 조작하고 재조절하여 이 치밀한 전략으로 온순한 육체를 탄생시키게 되는 것이다. 그렇다면 육체와 성은 남녀의 권력관계를 결정짓는 중요한 요인이자 가부장제 이데올로기를 재생산하는 가장 가시적인 변수로 작용하게 된다. 여성의 성과 몸은 바로 이러한 권력의 논리에 의해 만들어졌기에 여성의 성적 욕망 또한 제도화된 성의 각본 속에서 암묵 속에 침묵을 강요당하거나, 가장 왜곡되고 일그러진 욕망의 모습이 되어왔음도 주지의 사실이다. 이에 따라 여성은 자기 육체를 자기 소유로 볼 수 없으며 육체에 대한 애정을 가질 겨를 없이 부정하게 되었고, 성욕이나 생래적 성의 욕망과 쾌감을 오히려 불결한 욕망으로 억압해 왔기 때문이다.

과연 여성은 육체적 존재로서 정신적 존재인 남성보다 열등하며, 또 여성은 육체 안에서도 남성에 비해 결핍된 육체를 가졌는가. 결코 아니다. 만약 남성 중심의 사유틀 안에서 여성은 남성에 비해 정신의 열등함은 물론 육체적인 결핍성도 부각되어 인간의 몸이 정신으로서의 몸과 사물로서의 몸 이 두 가지로 기능하게 된다면, 여성의 몸은 그간 흔히 사물로서의 몸 혹은 도구화된 몸으로 인식될 수밖에 없다. 때문에 여성의 욕망은 자유스러운 것으로 인정받지 못해 왔음은 물론 침묵 속에 감금당해 왔으며, 성욕의 많은 부분은 '모성'으로만 대체될 뿐 여성 주체로서의 존재는 타자로 전락될 것은 자명한 일이다.

2.1. 억압된 욕망과 빗나간 욕망 사이에서

기존의 남성 지배 이데올로기는 결혼한 여성(아내)을 본질적으로 남성에게 있어서는 삶의 동반자요, 협조자이며, 성과 사랑의 대상일 뿐이요, 모성의 대리자이자 대지적인 다산성의 상징인 타자로 견고하게 위치시켰다. 남성에게 있어 여성은 타자일 때만 언제나 사랑의 동반자로서 그리고 모성으로서 찬미의 대상이 된다. 그렇기에 이렇게 취급된 여성의 몸이나 성이 때로 부패하고 모순된 사회의 현실을 담아내는 기능을 할 수 있는데, 바로 한국전쟁 이후 1950년대는 '자유주의'라는 물결 속에 자리 잡기 시작하는 물질 만능, 자본주의 사회에서의 잘못된 가치관, 속화된 부유층들의 사치, 허영 등의 세태 속에서 '자유부인'인 오선영이 일탈하는 여성과 부합되는 여성의 모습이다. 이때 여성 개인의 정신적·육체적인 상처, 즉 병듦은 사회의 병듦과 병치되기도 한다. '자유부인'의 모습을 읽어내 보자.

정비석은 부유층의 삶의 양상들을 '화교회'라는 여인들의 모임을 통해 부유층의 속물화된 삶의 한 풍경을 소설 초입부터 담아냄으로 해서 '자유부인'의 굴곡된, 더욱 속화된 여정을 노출시키고 있다.

> 가을…
> 교수 부인 오선영 여사는 빈 그릇들을 한데 겹쳐 놓고 식탁에 행주질을 하면서,
> 당신, 오늘 집에 계시죠?
> 그러나 남편은 대답이 없다. 장 교수는 신문 기사를 읽기에 여념이 없었던 것이다.
>
> 당신 오늘 안 나가시죠?
> 한글 간소화라… 신문을 다 읽고 난 장 교수는 천천히 자리에서 일어서며 혼잣말 비슷이 중얼거렸다. 건넌방 서재로 가려는 모양이었다.
> 부인은 그제야 약간 당황해 하는 표정으로,
> 당신 오늘 집에 계시죠? 하고 똑같은 말을 세 번째 물었다.
>
> '아닌 게 아니라, 오늘 보니까 아주머니는 아직도 미인이신데요. 연애할 자격이 충분하신데요.'
> 중년 부인이 젊은 대학생한테서 미인이라는 말을 들었다는 것은, 잃어버렸던 청춘을 회복한 것 같아서 매우 유쾌한 기분이었다.

오선영 여사는 열심히 스텝을 따라갔다. 스텝을 밟으면서도, 마음은 형용할 수 없는 감격에 사로잡혀 있었다. 이성의 품에 안겨 보는 것도 감격적인 사실이거니와, 자기 몸에 대해 새로운 가치를 발견했다는 것도 또 하나의 감격이었다. 신춘호는 몸에 손을 대 보는 순간에, 놀랍도록 감탄하지 않았던가. 아까운 보배를 헛되이 썩히는 것 같아서, 오선영 여사는 한숨이 절로 흘러나왔다.[12]

대학교수인 장태연은 자기 일에 충실하고, 지독하게 고지식한 한글 학자로 부각되는 인물이다. 장태연의 부인인 오선영은 평범한 가정주부로 도입부에서는 설정되어 있다. 오선영이 '화교회' 모임에 나가면서부터 '자유부인'으로 일탈을 꿈꾸게 되는데, 그 근원은 억압된 욕망이다.

'세 번씩이나 반복되는 물음에도 자기 일에만 몰두하는 장태연'을 뒤로 하고 '화교회(花校會)' 모임에 참가한 날, 선영은 회원들의 사치스러운 모습 속에서 마치 거울 속에 비춰보듯 자신이 처한 환경을 비참하게 들여다본다. 부유층 여인들과 선영의 위치는 이들과 먼 거리를 두고 있기 때문이다. R대학 동창 모임인 화교회에서 동창들이 서슴없이 내는 빳빳한 지폐 '천 원'은 장 교수가 대학을 세 군데나 나가야 벌어들이는 하루 수입이며, 이들 부부와 두 아들의 '일주일 분 부식비에 해당하는 금액'이기 때문이다. 선후배 동창들이 천 원짜리 지폐들을 가볍게 회비로 내는 행위는 선영에게 상대적 빈곤감을 느끼게 하고, 돈이라는 '물질'에 대해 절박함을 한층 배가시키는 요소로 작용한다.

이와 같은 환경(물질)적 요소들이 오선영의 의식을 바꾸는 계기가 된다. 박봉의 살림살이와 무미건조한 일상적 가정생활, 남편의 무관

---

12) 정비석, 『자유부인』, 1,2권, 고려원, 1985.

심은 오선영이 '양품점'(화장품 가게)에 취직하는 동인이 된다. 선영의 사회생활은 세 남성, 즉 대학생 신춘호, 협잡배 백광진, 사업가 한태석을 만나면서 억압된 욕망은 부메랑처럼 되돌아와 빗나간 욕망으로 채워지게 된다. 빗나간 욕망은 부유층의 호화스러움, 사랑, 낭만이 동시에 존재하는 것처럼 결합되어 욕망의 덫에 깊숙이 침투한다. 대학생 '신춘호'에게 춤을 배우며, '잃어버렸던 청춘을 회복하는 느낌을 갖게 되는' 선영은 일상의 질서, 즉 여성적 삶인 진부한 가사일로부터 벗어나기를 점점 더 갈망하게 되고, '자유'라는 단어로 포장하여 자신의 일탈된 행위들을 미화시킨다. 오선영의 화장과 외적 치장은 갈수록 짙어지고, 화려해지며, 최고급 화장품으로 '입술연지를 덧칠하는 가운데 '한복에서 양장으로 옷을 바꿔 입으며' 춤추기에 열중인 선영. 이때 선영의 남편인 '장태연'이 여제자(박은미)에게 사랑을 느끼는 시기가 교차되어 이들 부부의 심리는 미묘하게 서로의 위치를 이중적으로 가린 상태로 묘사된다.

이 지점에서 오선영의 억압된 욕망은 자유라는 미명하에 억압된 욕망이 표출되고, 그것은 빗나간 욕망으로 치닫는다. 그녀는 어머니, 아내로서의 의무보다는 감각적인 탐닉에 점점 더 몰입하게 되고, 그것은 신춘호에게 춤 배우기, 이성 탐닉, 한태석과의 불륜을 꿈꾸는 것으로 이어져 그녀 스스로 부르짖던 자유를 추구한다. 하지만 그녀의 이러한 자유는 분별없는 본능이 이성에 우선하여 '이브적'인 특성은 부가되고, 어머니로서의 의무에 충실하였던 희생과 봉사를 대변하는 '마리아적'인 특성을 지우게 된다. 한 여성의 결핍된 욕구들, 즉 부유층과의 상대적 빈곤감, 남편의 무능력과 무관심, 일상의 반복적인 가사일 등은 세 남성과의 관계를 추구하는 것으로 이어져 그것이 일탈로 치닫게 되며, 결국 파멸로 이끌어 가기 때문이다. 불륜의 현장이 한태석의 부인 '이월선'에게 발각됨으로 해서.

이처럼 그녀가 소위 자유라는 미명하에 일탈하는 행위는 남성적 질서의 부정성을 그대로 답습하는 것이나 다름없다. 자유로움을 꿈꾸는 아름다운 욕망의 실현으로는 가지 못하고 비틀린 욕망은 억압된 욕망을 감각적이고 충동적으로 충족시키려는 의식적 충동으로서 이는 자신의 육체를 스스로 물화시킬 뿐만 아니라 이를 넘어서 남성과 동등한 사회적 삶(자유)으로의 진정한 여성성을 부각시키지 못하기 때문이다. 선영의 주장대로 자유부인이 되고자 했던 그 자유의 정체성을 미처 찾지도 드러내지도 못한 채 욕망의 진정한 대상이 아닌 것으로, 즉 성적 욕구로 치닫기에 의미 없는 '자유'에 그칠 뿐이지 더 이상의 가치를 부여받지 못하고 있기 때문이다. 독자인 여성에게까지도.

그렇기에 선영이, 여성의 본래적 자아를 들여다보지 못한 채 왜곡된 욕망만을 그러안고 있는 행위는 자신의 내면에서 추구한 진정한 자유를 체화하지 못한 채 일탈부터 감행했던 행위이기에 당대 남성 중심 사회에서 자유롭고 주체적으로 성숙된 삶을 추구하고자 하는 여성 의식의 실패로 씁쓸하게 읽혀진다. 왜냐하면 오선영의 여성성은, 즉 이성과의 교감 속에 감성의 즉각적인 소진만을 추구하는, 그래서 절제가 없이 대상에 대해 마치 허기증처럼 보이기 때문이다. 이러한 것들은 그녀 자신의 견고한 자아, 존재의 의미를 소유하고 있지 못한 점에서 기인한 것이며, 이는 집 밖의 여성/집 안의 여성, 유혹하는 여성/정숙한 여성, 애인/아내 등의 축을 통해 순수/관능이라는 이분법적 사이에서 갈등하는 한 여성을 여실히 드러내 주는 측면이 된다.

하지만 여기서 우리, 다시 읽기 하는 독자들은 이러한 대립 구조가 과연 누구를 위한 것인지에 대해 한 번쯤은 질문을 던질 필요가 있다. 이분법적 잣대에 의한 여성성의 분리가 남성 중심의 사고, 즉 육체와 권력을 동시에 쥐고 흔드는 남성 지배담론에 의해 형성된 여성 억압의 기제가 되기 때문이다. 다시 말해 젠더 공간에서 남성의 권력에 따른 여성의 위치를 견고하게 하기 때문이다. 그렇기에 ‘두 입술’을 지닌 여성이야말로 마리아이기도 하고 이브이기도 한 존재이지, 마리아 아니면 이브이어야 하는 절대적 존재가 아님을 소설은 간과하고 있다는 점을 다시 읽기 해야 한다. 작품 도입부터 시종일관 남성 중심의 시각을 드러냄으로써 가부장제의 이데올로기를 더욱 부각시킨다. 마지막 한태석과의 불륜 장면에서조차 작가는 여성인 오선영에게 모든 죄를 전가시킨 채 한태석을 마치 아무런 불륜 관계도 없었다는 듯 아내인 이월선과 유유히 온천행으로 귀착시킴으로 해서 선영에게 주어지는 수치, 모멸, 고통, 열등의식 등은 가중되어 묵시적으로 자기 비하시키는 여성으로만 천착시켜 그려내고 있기 때문이다. 『자유부인』의 진정한 자유는 이미 지독하게 남성 지배담론이, 즉 작품 그 자체가 콘크리트보다 더 견고하게, 옴짝달싹 못하게 묶어 놓은 것이다.

2.2. 남성에 의해 길들여지는 여성의 모습

전통적으로 서양이나 동양이나 여성은 수동성, 소극성, 우유부단성, 순응성 등으로 규정되었기에 그에 합당한 여성상이 높이 평가되었음은 누구나 다 인지하는 사실이다. 그렇기에 음지에서 남성을 자신보다 앞설 수 있도록 도와주거나 대를 이을 자식을 낳아야 제구실을 하는 것이고, 성적인 욕구나 솔직한 감정을 표현하지 말아야 여자답다는 사고 속에서 여성 정체성은 왜곡될 수밖에 없는 일이다. 이와 반대로 남성들은 자신을 여성들의 봉사나 희생을 당연하게 받아야 할 수혜자로 생각한다. 더욱이 가부장적인 이데올로기에 힘입어 자신의 권위에 도전하는 여성을 부도덕하다거나 여성답지 못하다고 비난한다. 이처럼 타자화된 여성들은 남성에 의해 길들여지고 견고하게 된다.

입센은 『인형의 집』을 연극 무대에 올리면서 노라는 실재 인물을 모델로 하여 그려낸 것이라고 말한 바 있다. 작품이 발표된 당시 한국의 『자유부인』 못지않게 당시 북구 유럽의 살롱에서는 문 앞에 『인형의 집』은 말하지도 말라는 표지가 붙어 있을 정도로 여론을 들끓게 하였다고 한다. 이는 주인공 노라의 '가출'이 여성이라는 이유로, 즉 남성 중심 사고와 여성의 자의식이 충돌하는 시시비비가 엇갈리었기 때문이라고 가늠할 수 있다.

여기서 노라(아우라 칼러)가 '인형'처럼 살아가는 모습을 통해 '여성해방문제'는 당대 다른 여러 나라로 확산되어 여성해방 문제와 관련시켰음에 직결시키기보다는 노라를 통해 여성/남성의 이분법적인 논리에서 벗어나, 이를 뛰어넘어 여성과 남성이 동등한 사회적 삶을 누릴 수 있다는 가장 원초적인, 그래서 인간으로서의 참다운 삶에 대해서 다시 읽기를 할 수 있다.

『인형의 집』의 극적인 요소는 노라의 가정생활과 그녀가 가정생활을 파괴하고 집을 나가는 양상으로 크게 이분화시켜 읽어낼 수 있다.

> 노라 (호주머니에서 마카롱 봉지를 꺼내서 몇 개를 먹는다. 그리고
> 남편이 서재로 통하는 문쪽으로 살금살금 다가서 귀를 기울인다)

옳지, 그이가 집에 계시는구나.

헬메르 (자기 방에서) 거 밖에서 재재거리는 것은 우리 종달새지?

노라 (상자들을 이것저것 열면서) 그렇답니다.

헬메르 거기서 바스락거리는 것은 새끼다람쥐지?

노라 네, 그래요.

헬메르 귀찮게두! (조금 있다가 그는 문을 열고 손엔 펜을 든 채 들여다본다) 사들였다는 말이지? 그걸 다? 우리 집 느림보 새가 또 돈을 써댄 거구? 오늘 우리 종달새가 주전부리나 안 했는지? 여보, 나는 당신이, 지금의 당신이 당신 아닌 딴사람이 되어 주기를 바라지는 않아. 귀엽고 작은 종달새로 좋단 말이야.

헬메르 아무거나 다 탕진해 버리는 새를 무어라고 부르지? 우리 느림보 새는 가장 귀여운 존재이기는 하지만, 돈이 들어서. 이런 새에게는 얼마나 돈이 들지 거의 상상도 못 하겠거든.

노라 흠, 우리들 종달새나 다람쥐들이 얼마나 돈을 많이 쓰는지 당신이 아시기나 했으면.[13]

노라와 헬메르, 이들 부부의 대화 속에서 노라의 여성성은 남편인 헬메르에 의해 '타자화'된 몸으로, 즉 사회적 기능으로서만 가치가 부여된다. 그녀는 남편에게 '종달새, 새끼다람쥐, 느림보 새' 등으로 불리우며 살아간다. '자식 셋'을 낳아 키우며 그저 '군것질하면서 집 치장하고 남편의 요구대로' 움직여 '크리스마스 파티에서 출 춤 연습'을 하는 수동적인 여성만으로 그려진다. 노라의 군것질하는 행위는 남편 몰래 먹는 행위이며, 남성의 상투적인 말에도 아랑곳하지 않고 허풍스럽게까지 노라가 묘사되는 것은 남성의 권력에 의존해서 살아가는 비주체적인 존재, 즉 타자화된 여성으로 부각시켜 주는 측면이다.

남편의 말에 대해 노라의 대답은 늘 '예, 그렇답니다'이다. 마치 꼭 두각시처럼 긍정만 있을 뿐이다. 이들 부부의 간단한 대화에는 인물

---

13) 입센, 『인형의 집』, 도서출판 육문사, 1999.

의 성격, 감정, 혹은 권력관계가 내재된다. '당신은 나의 귀여운 새끼 다람쥐, 종달새지?'라는 남성의 언술은 표층 그대로를 보면 단순하고 퍽이나 낭만적인 사랑이 깃들어 있는 것 같지만, 그 이면에는 남성의 우월성이 내재되어 조그마한 저항도 여성에게는 일어나지 않게 만든다. 다시 말해 낭만적 사랑 자체가 여성의 삶에서 가장 중요한 것으로 마치 헬메르처럼 친절, 자상함, 능동적, 자비 등을 지닌 남성과 결혼하여 그와 함께 행복하게 사는 것이라는 일종의 신화를 조성하면서 여성을 견고하게 타자화시킨다. 이는 마치 잠에서 깨어나게 해 주는 남성의 키스를 기다리는 여성의 모티프(백설공주 등)가 말해 주듯 불완전한 자신을 완전하게 만들어 줄 그 누군가에 대한 기다림은 곧 암흑과 같게 함을 놓치게 한다. 이러한 타자화된 여성들은 자신이 열등하고 부적절하기 때문에 사랑하는 남성의 응시를 통해서만 자신의 가치를 회복할 수 있다고 생각하기 때문이다. 그래서 남성은 자신의 사랑을 증명할 성찬에 참가하지만 여성은 단지 기다리기만 하는지도 모른다. 이렇듯 남성에게 타자화된 상태에서의 여성은 그저 남성의 도구이며, 사람이 아닌, 오직 '인형'일 뿐이다.

> 노라, 그렇게 하겠다고 동의했지?, 우리 작은 종달새는 가끔 그런 짓을 해서 안 되겠다는 말야, 노래 부르는 새는 틀린 음정을 들어서는 안 돼, 이제 그 이야기는 그만, 자 크리스마스 때 출 춤 연습이나 하지 노라.

이 언술은 남편의 결핵치료를 위해 돈을 빌렸던 크로그스타트에게 미처 갚지 못했을 때, 남편에게 혹 이 사실을 들킬까 염려하여 크로그스타트를 은행에 그대로 남게 해 달라는 노라의 간청을 무시한 헬메르가 던지는 말이다.

이처럼 매사 남편의 말은 전적으로 명령적이고 단언적이다. 자기 만족적이고 득의양양하며 모든 것을 다 알고 있는 듯한 전지적인 말만 아내에게 한다. 이와 같은 언술은 더 이상의 말이나 요구들을 예나 침묵으로 대신하도록 은연중에 이끌어 여성의 욕구와 욕망은 추구되는 것이 아니라 남성의 권력에 의해 구속시키는 강력한 힘으로 작용을 하게 된다. 남편이 시키는 대로 행동하는 노라는 어찌 보면 집안 살림을 잘 꾸밀 줄도 알고, 세 아이를 잘 기르며, 또한 감상적·감정적이면서도 남과 공감할 줄도 아는 따뜻한 마음의 소유자이다. 오갈 데 없는 친구 '린데'를 도와주기도 하고, '의사'(랑크)인 남편 친구를 늘 집에 초대하여 깍듯이 대접하는가 하면 한편으론 명랑하고, 수다스럽기까지 하고, 또 격정적인가 하면 태평스럽기도 한 여성의 모습을 보이고 있기 때문이다. 이러한 측면은 여성을 '귀여운 종달새'의 위치로 견고하게 만들어 놓음으로써 사회적으로 성공한 남성에 의해 종속되는 여성성이 그저 도구로서의 몸이요, '인형'으로 물화(物化)된 몸, 그래서 다른 시각으로 새롭게 읽어내게 한다. 이 점이 바로 정비석과 입센이라는 두 남성 작가의 의식의 차이인 것이다.

그러나 남편에 의해 구속되어 인형처럼 살아가던 노라의 의식에도 변화가 온다. 위기 가운데 여성 의식이 변화되는 지점, 즉 '타자'에서 '주체'로 변모되는 지점은 바로 남편의 생명을 구하기 위해 빌린 돈을 갚지 못함으로 해서 협박을 받는 시점이다.

3. '인형'이 되어 버린 '자유부인'

현실은 인간이 처한 외적 현실과 내적 현실을 모두 아우르기에 여성의 정신적이고 심리적인 상태를 모두 문제시할 수가 있다. 보다 구체적으로 여성이 처한 내적 현실은 주변성과 타자성으로 요약할 수 있다. 남성 중심의 전통적 사회에서 남성은 이성적 존재, 진리를 추구하는 존재인 반면, 여성은 재현할 수 없는 존재, 말해지지 않는 존재로 이해되었기 때문이다. 그래서 지배집단인 남성들이 거주하는 중심의 밖인 황폐한 황무지에 거주하는 주변인이 바로 여성이다. 인간의 삶 속에 '집'은 현실과 결코 유리될 수 없는 관계이다. 나의 집이고 너의 집이기에 우리 집이다. 인간은 피호성의 공간인 집 속에서 안락함과 행복감을 느끼는 것은 당연하다. 인간은 누구든 원초적인 집이라고 할 수 있는 어머니의 자궁에서 나오는 순간부터 또 다른 자궁이라고 할 수 있는 집 속에서 살 뿐만 아니라 죽어서는 다시 무덤이라는 집을 갖게 되는 것이 아닌가. 이런 이유로 집은 거칠고 긴장감을 주는 외부 공간으로부터 자신을 견고하게 지킬 수 있는 힘이 생성되기도 한다. 그런데 보호성을 지닌 행복한 공간이어야 할 집이 여성에게 폐쇄적인 감금의 공간으로 받아들여질 때에 이런 공간으로부터의 일탈을 꿈꾸게도 한다.

'자유부인'이기를 간구한 선영과 인형의 집에서 '인형'으로 살아가는 노라, 두 여성이 집에서 처하게 되는 상황은 그들의 현실을 내적·외적으로 형성하면서 그 속에서 체험하게 되는 여성들의 존재 인식을 문제 삼게 된다.

자유 추구라는 이유로 세계, 즉 일탈을 하는 자유부인 오선영, 그녀는 자신을 견고하게 지킬 수 있는 것이 바로 '집 안'으로 다시 인식하고 세계로부터 귀환을 하며, 이와 반대로 남성과 동등한 위치에서의 공간이 아니고, 존재의 의미를 확인할 수 있는 공간이 집이 아니라는 의식을 하는, 그래서 남성의 인형으로 살았던 노라는 집을 박차고 세계로 나가고 있다. 바로 두 여성의 존재 인식의 거리감이다. 여기서 '세계'에 대한 개념은 자아와 대립되기도 하는데 이런 맥락에서 세계라는 용어를 인간적 자기실현에 대립되는, 그래서 자연, 조직, 인습 등의 의미를 포괄하는 용어로 넓게 사용하도록 하겠다.

그렇다면 세계를 두 여성이 어떠한 방식으로 대처하는지, 그래서 대상과 접촉하는 가운데 그 속에서 빚어지는 여러 변이는 어떠한가 그녀들의 행로를 좇아가 보자.

자유부인 오선영, 그녀가 한태석과의 불륜 행각이 발각되어 결국 갈 곳 없어 헤매고 있는 것은 세계로 나간 한 여성의 방황을 통해 안식처가 없는 부유성을 잘 드러내 주는 측면이다. 부정을 통해 정점, 즉 갈 곳을 잃은 삶이 얼마나 황폐한가를 자명하게 보여 주기 때문이다. 선영의 욕망에 대한 일탈은 견고한 자아 인식이 부족했기 때문인데, 이를 작가는 남성 중심 사고로 일관하여 여성을 폄하시켜 그려내고 있다는 데 초점을 두고 계속 읽어 보자.

오선영은 화교회 모임에 나가 부유층 여인들의 화려한 모습 속에서 지금까지 자신이 속했던 과거와 현재를 단절시켰고, 이는 집 밖, 즉 세계에 눈을 뜨게 되는 하나의 동인이 되며, 이 시점에서 현실은 자아와 결별하게 된다. 현실과 분리된 자아는 그녀의 가정생활에 커다란 공동을 만든다. 그래서 가족들조차 그녀에겐 낯선 존재로 인식될 뿐 아니라, 이들에게서 일탈하여 점점 더 세계 속으로 던져지는 선영의 이성은 걷잡을 수 없이 무너진다. 선영의 꿈과 상상의 세계가 자유라는 미명하에 비틀린 욕망으로 대치되고, 비틀린 욕망은 부정으로, 그래서 선영의 외형은 내적 자아를 견고하게 하지 못한 세계였기에 불륜에 대한 상상의 구심점으로만 작용한다. 이 같은 선영의 태도, 마치 영원히 사라지지 않을 것처럼 고급스러운 화장, 양장 등으로 덧칠하는 외적 치장은 사업가 한태석으로 하여금 환상을 유지시키려는 것이며, 여기서 더 나아가 '공금횡령'에 대한 치유책을 위해 한태석을 물질 공급자로 이용, 한태석은 선영의 이러한 마음을 간파함으로써 그녀의 욕구를 한층 더 상승시키게 하는 역할을 하기 때문이다.

그러나 이러한 행위는 헛된 욕망으로 주체로서의 여성을 사라져 버리게 하고, 세계와 거기에서 연원하는 대상을 찾아 헤매는 욕구만이 남게 한다. 이 욕구는 가정주부인 선영이 그토록 추구하던 자유마저 소멸시킨 채, 허구의 세계에서 무게를 점점 감당하지 못한 채 눈 앞에 다가오는 현실마저 망각하게 되고, 불륜으로 치닫게 하는 텅 빈 욕구인 것이다. 결국 '이월선에 의해' 선영의 허구적 자아 인식은 산산조각이 난다. '정사 직전 호텔에서 망신 당하고 새벽에 쫓겨나 통행 금지 시간이 지난 적선동 거리'에서 갈 곳을 잃고 배회하는 그녀. 그녀가 멈춰 서 있는 텅 빈 거리의 어둠은 세계와 자아를 단절시키고, 그녀를 황무지나 다름없는 주변부에 놓이게 한다. 바로 이 지점은 여성의식의 중요한 거점이 된다. 여기서 간과할 수 없는 것은 그녀가 주변을 지니게 되는 양상, 즉 그녀를 주변인으로 몰아넣은 것은 타인에 의한 것이 아니라 그녀의 결핍, 비이성, 부정, 혼란 등에서 시작된 것으로 그녀의 위기와 일치된다는 점이다. 이는 자신의 삶에 새로운 의미를 부여하려 했던, 그래서 여성이 자유를 갈구하는 상상력이 세계에서

완전히 소외되고, 패배밖에 없는 존재로 박제되고 마는 행로는 여성
스스로 선택한 길 위에 놓인 비틀린 욕구로 기인했기 때문이다.

> (이것이 가정을 나온 여자들의 공통적인 운명인가 보구나)
> 신춘호와 한태석인들 백광진과 다르면 얼마나 다르랴 싶어서, 그들
> 에게 미쳐 돌아가고 있었던 자신이 무섭기도 하였다. 일천오백만의
> 남성 중에서 오직 믿을 수 있는 남자는 장태연 한 사람뿐이라는 것
> 을 이제야말로 확고부동하게 깨달았던 것이다.
> 오 여사는 기둥 그늘에 옹숭그리고 서서, 가슴을 졸이며 연사들이
> 돌아가기를 기다렸다. 남편의 영웅적 모습을 다시 한 번 바라보려
> 한 것이었다.
> 오 여사는 눈앞이 아찔해 옴을 느끼며 제풀에 고개를 푹 수그렸다.
> 정신은 없는데 눈물이 비 오듯 흘러내렸다.
> (용서할 것인가, 어쩔 것인가)?
> 장태연 교수는 아내의 장래와, 가정과, 자식들의 입장도 생각을 아
> 니 할 수가 없었다. 아내가 집을 나가게 되면 그날부터 결정적으로
> 불행하게 되리라는 것은 의심할 여지가 없어 보였다.
> (나는 아내를 용서해야 한다, 아내는 이미 자신의 잘못을 깨닫고
> 한글 공청회장에 나타나지 않았는가)

집을 나온 지 '이십일 째 되던' 어느 날 선영은 '국회 공청회에서
당당히 한글 간소화'에 대한 연설을 하고 있는 남편 장태연의 모습을
몰래 숨어서 본다. 이 순간 선영은 남편에게 새롭게 눈을 뜬다. 복도
에서 남편과 눈이 마주친 순간 오 여사인 선영의 눈물은 자신의 욕망
에 대한 회의이며, 용서의 구함이요, 남편에게로의 '순응'의 행위이
다. 그녀가 이렇게 온전히 남성에게 종속되어짐으로 해서 그녀의 불
가능한 소유욕에 불탔던 요구마저 타자화시킨 재 주체직인 자이를
모두 소멸시키게 되는 것이다, 이것이 정비석, 남성 작가에게 의식적
이든 무의식적이든 각인된 여성상이 아닌가. 선영이라는 한 여성이

현실 속의 진정한 자아를 추구하지 못하고 여성 본래의 위치는 가정이며, '남편만이 일천오백만 명 중에서 의지할 유일한 사람임'을 깨닫는 내부 심리에는 남성의 권력을 인정하고 스스로 종속시키고 있기 때문이다. 남편의 울타리 안에서 어머니와 아내의 역할을 지키는 것만이 '참된 여성의 길'인 바로 여성의 존재 인식인 것이다. 이러한 여성 의식 내부에는 여성 스스로 인정한 타자성은 결코 지워낼 수가 없다. 선영의 자유는 여성적 삶으로서의 가치를 지니지 못한 채 불륜의 행위로 치달아 결국 남성 중심의 지배질서, 즉 남편 장태연의 '용서'로 귀착되었기 때문이다. 다시 말해 남편의 용서에 의해 그녀가 집으로 돌아오는 행위는 바로 남성의 지배담론이었던 주변인으로서의 여성의 위치를 거둬내지 못한 채 여성 스스로 받아들임으로 해서 비주체적이고 의존적인 존재로 전락되어 어떠한 가치를 지니지 못하게 한다.

여기서 남성의 용서로 인해 귀환한 '자유부인'은 이제 '인형'이 되고, '인형의 집'을 나서서 당당히 걸어가는 한 여성은 진정한 '자유부인'이 되고 있는 행로를 더 읽어 보자.

4. '자유부인'이 된 '인형'

'자유부인'을 그토록 추구했던 오선영이 여성정체성을 찾는 과정에서 스스로 남편에게 종속된 채 집으로 돌아가는 것은 개인적 가치를 지닌 내적 자아와 사회적 가치를 지닌 외적 자아 사이의 불균형성을 인식했다는 의미를 지닌다. 이는 세계로 향한 탐색을 통해 시야의 변화를 겪으면서 어쩌면 본질적인 변화, 어떤 측면에서 볼 때에 당대 시대적 양상이 진정한 자유를 여성으로서 홀로 찾기가 불가능하게 했는지도 모른다. 그렇기에 자기 자신에게 주어진 현실적 삶이 불가능함을 인식한 여성은 결국 남성의 세계에 스스로 갇힐 수밖에 없는 것인지도 모른다. 어찌했든 이러한 여성을 통해 모호한 세계로의 이동 이외에는 아무것도 여성 스스로 할 수 없다는 확인의 과정으로 남는 것은 분명한 일이다. 이 측면은 기존의 관습이나, 또는 당대의 문화가 여성(선영)이 독립적으로 성숙하도록 용기를 북돋워 주지 않는다는 측면을 드러낸 것이거나 혹은 여성 스스로 열등성이라는 이데올로기를 스스로 내화시키는 남성 중심적 사고를 부각시킨 것이라 할 수가 있다.

집을 나선다는 행위는 이전의 익숙했던 세계를 벗어난다는 것과 새로운 세계와 맞선다는 의미를 함께 지니고 있다. 이러한 떠남을 통해 얻게 되는 너무도 익숙한 이곳에서 너무도 다른, 그래서 두렵기까지만 한 저곳으로의 이동에는 억압으로부터의 해방과 동시에 두려움이라는 내재적인 심리가 자리해 있기 쉽다. 하지만 부정적 현실에서 벗어나고 싶어 하는 욕망이 곧 세계로의 나아감이기에 그러한 벗어남의 의미에는 거부, 저항이 한편에서 자리하는 것이고 두려움도 극복할 수 있게 된다.

'인형'이었던 노라는 '자유부인'과는 대조적으로 자신만의 세계를 구축한다. 곧 자아 찾기를 당당히 보이고 있다. 그 행로를 쫓아가보자.

남편 헬메르의 '종달새, 다람쥐'로 세 아이를 키우며 하루하루를 성실하게 살아가던 노라에게 헬메르의 다음과 같은 말은 '인형'으로만 살아왔던 자신의 왜곡된 모습을 처음으로 들여다보는 계기를 마련해 준다.

헬메르 (왔다갔다 한다), 오오, 얼마나 무서운 사실인가! 지난 팔 년
동안… 내 즐거움이기도 했던 아내가… 위선자라니, 거짓말쟁이라
니… 아니 그보다 죄인이라니! 오오, 그 속에 숨은 이 끝없는 근성!
에이! 에이! 에이!

노라 당신은 저를 이해해 본 적이 없어요. 저는 부정의 희생을 오
래 당해 온 거예요. 첫 번째는 아버지로부터, 두 번째는 당신한테
서. 당신은 저를 사랑한 적이 없었어요. 저를 사랑한다는 것은 당
신들에게는 다만 재미에 지나지 않았어요. 저는 당신의 노리갯감으
로 되어서 그걸로 밥을 먹고 살아왔어요. 한 번도 행복한 적이 없
었어요. 아버지는 저를 자기 인형이라고 부르시고 제가 인형을 가
지고 놀듯이 저와 놀아주셨어요. 그 후 당신 집에 와서도… 우리 가
정은 다만 유희실(遊戱室)에 불과했어요. 그것이 우리 결혼이었어요.
헬메르 놀이의 때는 지났어. 이제는 교육을 할 때가 되었으니까.
노라 누구 교육을 말씀하시는 거예요? 제 교육인가요? 아이들 교육
인가요?
헬메르 양쪽 다지, 우리 귀여운 노라.

사회적으로 성공하고, 엄격하며, 가정에 충실하며 노라에게는 남편
이요, 마치 '아버지처럼' 보였던 헬메르는 노라의 희생-남편 생명을
구한 돈을 오히려 '위선과 거짓말쟁이와 죄인'으로 전락시키는 것도
부족해 노라를 자기 방식대로 '교육'시키고자 한다. '더 이상 아내의
자격도 없으며, 어머니의 자격도 없다'는 헬메르의 냉혹한 언술에는
사랑도, 이해도, 관용도 내포되지 않는다. 남성의 지배질서만 있을 뿐
이다. 두 번째 편지를 다시 읽음으로 마치 관용을 베풀듯 헬메르는
말하지만 노라는 더 이상 이를 수용하지 않는다.

마침내 남편의 실체를 알아챈 노라, 남편의 배신감에 모든 것을 잃
은 노라. 이 순간 비로소 노라는 결혼 생활 8년 동안 한 번도 남편이
자신을 이해하지 못한 채 살아왔음을 깨닫는다. 노라는 자신의 현실

을 들여다보며 자신을 돌아보기 시작하는 것이다. 남편 헬메르의 말은 노라의 삶을 무너지게 하는 발언들이기 때문이다. 남편의 지금까지의 언행들은 상투적 언어의 틀에 맞춘 거짓인 것이다. 여기서 그녀의 희생과 사랑은 모두 무화(無化)된다. 때문에 노라에게 있어 집은 더 이상 내밀하거나 보호받는 공간으로서의 가치를 지니지 못한다. 남편과 동등한 위치에서 애정을 나눌 수 있는 공간이 아니요 존재의 의미를 확인할 수 있는 공간은 더욱 아니다. 종달새 인형으로 살던 그녀의 집은 남성의 권력에 갇혀 사는 '유희실'일 뿐이다. 이제 노라는 눈을 새롭게 뜬다. 그녀만의 솔직한 감정과 내면의 목소리로 그녀의 참 모습을 드러낸다.

'전과 다름없이 남편의 조그마한 종달새, 몸서리쳐지는 자신을 갈기갈기 찢어버리고 싶어요, 지금 나는 더 이상 당신의 아내가 아니에요'라며 서슴지 않고 당당하게 내뱉는 노라의 언술 속에는 냉소와 함께 여성의 자의식이 모두 담긴다. 지금까지 그녀가 거주했던 현실적 공간은 이제 따뜻함이나 안락함에서 벗어나 한갓 '인형의 집'에 지나지 않는다. 여성의 집은 종달새와 다람쥐가 뛰노는 집이었으며, 남성 권력이라는 두꺼운 벽으로 둘러싸인 공간이었기에, 그 내부는 벌판과 다름없는 공간이기에 자의식을 지닌 여성에게는 피호성을 상실하게 된다. 노라의 집은 남편을 위한 공간으로는 단단하고 두꺼웠기에 충분했지만, 벽에 갇힌 종달새에게는 벽이 너무 두꺼워 부부 사이의 교감이라는 낭만적 관념마저 부정되는 곳이 되기 때문이다.

이러한 집의 부정성에 대한 거부는 여성들의 성장을 위한 계기로 작용을 한다. 그래서 하나의 독립된 존재가 되기 위해서는 도덕적이고, 자기중심적이고, 여성을 '노리갯감'으로 취급하는, 그래서 명령과 복종과 순응만 필요로 하는 집으로부터 벗어나게 한다. 그렇기에 노라가 인형의 집을 벗어나고자 하는 것은 남성 지배권력에서 탈피해 진정한 자아를 찾기 위한 행동이자 세계 속에서 자신을 재발견하기 위한 탐색의 행위라고 할 수 있다. 이러한 행위를 통해 노라는 그간 남성 지배담론으로 자리매김되어진 타자성과 주변성이라는 왜곡된 여성적 위치를 그녀 스스로 모두 제거시킨다. 때문에 집(남편)의 부당성을 인식한 노라의 자의식은 남성 중심 사고에서 벗어나고자 하는 저항이며, 떠나는 행위는 진정한 자아실현으로서 자기 공간 찾기의 행로가 되는 것이다.

여기서 자기 공간 찾기는 단순히 하나의 장소(집, 가정)에서 다른 장소로의 이동 공간적인 의미가 결코 아니다. 집 떠남 또는 벗어남이라는 의식 행위를 통해 가부장적인 신화도 거세시킬 뿐만 아니라 자아 인식을 위한 선결 조건으로서의 여성정체성을 형성하기 때문이다. 그래서 인형이 아닌 인간으로 살고자 하는 자의식은 보부아르가 말한 '제2의 성'인 타자성을 제거시키는 의지이며, 남성 지배담론에서 벗어나 비로소 주체가 되고자 하는 당당한 여성 의식인 것이다. 때문에 노라의 집 떠나기는 정신적·육체적 측면에서 '자유부인' 되고, 그래서 타자성을 벗어 던진 무한한 가능성으로의 나아감이다.

5. 종속과 저항 사이에서 '돈'

데카르트의 말처럼 인간이라는 동물만이 지닌 이성, 그 합리적인 이성을 지닌 대단한 인간들은 자연보다 우선시되었고, 그러한 인간들이 자본주의 사회에서 물질(돈)을 배제시키거나 도외시하면서 살아가기란 결코 쉽지 않은 일이다. 제아무리 정신이 물질보다 우선한다는 논리를 부여한다 해도 인간의 외적인 욕구 충족은 개인적, 사회적으로 경제력이 병행할 때에 어느 정도 가능하다.

두 작품의 주요 모티브는 물질이라는 요소인데, 두 여성 인물의 의식이 첨예하게 달리 나타난다. 여성 인물들은 각기 돈과 결부되는 사건을 계기로 자신의 존재를 담고 있는 집, 즉 결혼생활을 파기하고 새로운 세계로 이동하고 있기 때문이다. 이는 독자로서 자신의 모습을 되돌아볼 수 있게도 하는 측면이 아닌가.

이러한 돈은 절망과 희망이 교차하는, 그래서 여성의 과거와 현재의 삶인 어둠을 넘어서 밝은 미래에의 기대가 교차하는 지점이 된다. 억압된 삶에 있어 강렬한 심리적 변이가 내재되는 원동력이 되는 장이기도 하다. 돈이라는 매개에 의해 선영, 노라를 가게(허영)-가정(희생) 등 병렬구조로 본다면, 여기서 가정해 볼 수 있는 것이 개인-사회라는 병렬구조가 된다. 참고로『인형의 집』이 발표 될 당시 노르웨이의 사회적 관습은 결혼한 여성이 남편 모르게 돈을 빌리는 행위가 온당하게 받아들여지지 않았다고 한다.

돈, 인간에게 그것은 무엇인가.

오선영의 물질에 대한 의식은 자신을 대상으로 하고 있는, 이미 자신과 분화되어 있는 왜곡된 욕망이다. 그녀의 자아는 꾸며진 이미지로서 채워야만 하는 그 무엇, 즉 비어 있는 존재로서의 의식이다. '자유시대에는 춤을 출 줄 알아야 한다'는 그녀의 자조적인 말은 사회적 신분을 의식한 자기 확인을 말해 주는 듯하지만, 실은 왜곡된 욕망의 헛됨을 바탕으로 하고 있기 때문에 정당성을 희석시키고 만다. 단지 그녀의 욕구를 촉발시켜 주는 일탈 행위인 것이다. 춤은 자유라는 허

울로 잠시 가려져 그녀 삶의 드라마가 진전되는 듯해도 결국 그녀 욕
구의 허구성으로 자아를 함몰시키기 때문이다. 그렇기에 욕망이 행위
로 옮겨졌다는 점에서 첫 번째 사건이랄 수 있는 대학생 신춘호와의
은밀한 연애감정과 댄스 배우기, 마지막 사건이라 할 수 있는 한태석
과의 정사 직전에 이르는 과정은 그 모두가 어떠한 정당성도 부여받
지 못한 채 선영의 도덕적 위치마저 모두 지워버리게 한다. 이렇게
선영이 그토록 욕구했던 물질, 그것에 대한 갈망과 호사스러움의 결
핍에서 오는 그 부족감을 채우기 위한 행위들, 그리고 정념에서 오는
그 어떤 것들도 여성 의식의 발로인 참 자유라는 가치와는 결코 병치
를 이루지 못한다.

한편 화교회 댄스 파티모임은 남편 아닌 애인을 동반해야 하는 왜
곡된 진풍경 등으로 그려지는 것 또한 경제력이라는 요소로 기인한
당대 사회의 어두운 면을 드러내 주는 측면이며, 여성 개인의 성향을,
거기에서 연유하는 운명을 개인적인 동시에 사회적인 것으로 제시하
는 데 기여한다. 개인적이고, 자유로운 사고와 행동으로 물질을 매개
로 하여 남성과 호사의 추구 속에서 외형 꾸미기에 스스로 도취되어
사랑이 배제된 불륜에 탐닉한 욕망은 파멸될 수밖에 없다. 결국 남성
의 용서가 있어 집으로 귀속함으로써 비주체적이고 의존적인 의식을
지닌 여성이 선영이라면, 노라는 '돈'에 의해서 드러나는 남성의 허구
적인 양태를 발견하고 '웃음이 내재된 냉소'를 보내면서 의존적이고
수동적이던 자아를 버리고 주체적으로 회복시켜 존재의 전환을 이루
는 여성이다.

이처럼 자유, 즉 남성과 동등한 사회적 삶을 누릴 가치에 대한 의
미를 뒤틀린 욕망으로 인식하였던 오선영은 이를 극복하지 못한 채

남성 세계로 다시 편입하여 타자로 안주하는 한계점을 보이는 반면, '남편은 아내에게 대해서 아무런 법적 의무의 구애를 받지 않는다면 서요? 어쨌든 저는 당신의 모든 의무를 해체하겠어요. 저는 이제 구속을 느낄 필요 없어요. 자유예요. 자, 여기 당신 반지를 돌려 드리지요. 나는 남의 도움 받지 않겠어요, 당신도 나도 달라져야 할걸요'라는 마지막 말을 남편 헬메르에게 던진 채 당당히 집을 나서는 노라는 타자성을 여성 스스로 제거시킴으로 해서 '제2의 성'이 아닌 한 인간으로서 당당히 주체가 된다. 그렇기에 이 두 여성의 의식에 내재된 물질은 개인적·사회적 양 측면을 부각시켜 줌으로 해서 남성/여성의 이분법적인 논리를 벗어나 인간은 동등하다는 존재의 자각을 일깨우게 함과 동시에 존재로의 전환으로 작용하는 것이다.

지금까지 동서양 문학을 한 독자의 시각으로 읽어내기 해보았다.

그렇다면 문학 속에서 그려지는 여성, 그로 인한 여성 의식에 내재된 것들이 무엇이었는가. 다시 정리해 보면, 입센의 『인형의 집』과 정비석의 『자유부인』은 약 70년이라는 시대적 격차를 지닌 작품이다. 때문에 두 나라의 당대 사회, 문화적인 차이가 내재하고 있음을 배제하면서, 즉 당대 사회의 모순이나 문화적 요소들을 간과한 채로 모든 것을 읽어낸다는 점은 매우 어려운 작업이었다. '비교문학', 그 자체가 각 나라 '언어'의 이질성을 띠고 있으며, 그 언어에는 그 민족만의 감정, 정서, 생활 양상 등의 문화적 양상이 어떠한 형태로든 내포되기 때문이다.

이러한 한계점을 안고 『자유부인』이 『인형의 집』의 영향을 받은 것이냐 아니냐의 수용관계 양상, 그리고 노르웨이 언어가 아닌 영역본이 한역본으로 해석되어 있는 점 등을 비켜서 젠더 공간에만 초점을 두고 읽기를 해 본 것이다.

두 작품은 인종과 문화적 차이를 넘어서 남성의 여성에 대한 시각이 어떠한 것인가를 잘 대변해 주는 작품이다. 노라라는 한 여성을 통해 여성의 동등한 사회적 삶에 대해서 문제의식을 제시하는 반면, 오선영이라는 한 인물을 통해 남성 중심 사고, 즉 가부장제 이데올로기의 양상을 드러낸다. 정비석은 인간의 삶과 등가적인 위치를 지니는, 그래서 광의의 의미를 담고 있는 억압된 욕망과 자유, 참다운 의미나 가치를 제시하지 못한 채 한 여성의 일탈된 행동 양식으로 천착시키고 있기 때문이다. 이에 대한 작가의 시점은 곧 '젠더' 공간에서의 남성 권력을 형성한다고 말할 수 있는데, 작품 곳곳에서 드러나고 있기 때문이다. 그렇기에 당대 사회의 많은 논란도 있었지만 '작가의 변'처럼 자유 의식 추구, 경제적 가치 질서라는 층위에서 의미를 새롭게 부여하기란 쉽지가 않은 일이다. 이는 통속소설의 여지를 떠나서 시점과 문체, 구성, 서사 등이 시종일관 전지적 작가(남성)의 입장에서 한 여성을 통해 여성의 빗나간 성(性)을 담아내어 결국 남성 지배담론에 순응할 수밖에 없는 여성성을 부각시켰다는 점을 피할 수 없기 때문이다.

시대를 훌쩍 뛰어넘어 '성(性)'에 대한 담론을 너무 노골적으로 드러내는 지금 이 시점에서 아무리 재해석을 해도 선영의 욕망으로 빚어진 일탈된 자유(성, 불륜 등)는 진정한 자유 추구가 아니다. 자신의 자아마저 망각한 채 미화된 자유를 부르짖으며 방황하던 여인이 남성 중심 사고에 스스로 안주하는 여성 의식 속에서는 자유의 참 의미나 가치는 찾을 수 없기 때문이다. 진정한 자유에 대한 갈망은 구속으로 등치를 이루었을 때 일탈하고 싶은 인간의 욕망으로 추구되어지는 것이다. 이를 1950년대 사회적 분위기라는 합리적인 조건을 갖다 붙인다 해도 여성의 진정한 자유는 오선영이 추구했던 그 자유가 아니다. 그렇기에 '자유부인'은 자유를 비틀린 욕망으로 덧씌운 채 스스로 육체와 정신을 물화시켰으며, 그 결과 남성 중심의 지배담론에 다시 편입하는 수동적인 여성으로 남겨지고 있다.

그럼에도 불구하고 오선영의 여성성은 이브와 마리아적인 측면으로 이분화되는 양상을 보였다는 점, 즉 기존의 남성 중심의 이데올로기로부터 여성으로서 지녀야 할 가치를 미처 찾지 못하고 방황하는 과정에 놓이게 한다는 점은 너무나 중요하고, 이 점이 바로 『자유부인』을 '자유부인'일 수 있게 할 수 있었다는 것은 결코 간과할 수가 없게 된다. 이는 자유부인이라는 한 여성의 여정을 통해 사회적·문화적으로 구성된 젠더라는 공간 속에서 여성성, 여성원리, 여성 의식 등의 문제를 제시할 수 있고, 이를 통해 가부장제 권력하에 가시화된 여성의 육체와 욕망의 관계 양상들에 대해서도 놓쳐서는 안 될 부분이기 때문이다. 비록 진정한 자유부인이 되지 못했던 여성, 그녀가 무정형성, 수동성, 불안정성, 물질성, 비합리성, 순종성 등을 지닌 채, 당대 부유층의 양태들에 대한 아무런 비판의식 없이 휩쓸려 자아를 상실한 여성으로 귀착되어진다 해도.

이와는 대조적으로 입센은 '인형의 집'에 안주했던 노라라는 여성을 통해 남성 중심적 사고 틀인, 즉 사회적으로 구성된 젠더 공간 속에 여성을 종속시켜 인형으로 취급되는 삶, 도구로서의 여성에 대한 각성을 하게 한다. 이와 함께 남성 권력에 의한 구속된 삶, 즉 타자화된 몸을 벗고 주체적인 여성으로서 사회적 삶을 당당하게 추구할 수 있다는 의식을 깨우치게 한다. 그녀의 의식에는 합리적·이성적·제어 능력 등을 갖춘, 그래서 세계 속으로 나서는 여성의 당당함이 드러나기 때문이다. 때문에 '인형의 집'을 스스로 함몰시킴으로 해서 주체화된 여성, 그래서 주변부/중심부의 경계를 허무는 여성적 삶의 참가치를 읽게 해 준다.

지금 우리는 너무도 급변하는 시대에 살아가고 있다. 자고 깨면 어제 내가 구입한 디지털 기계는 퇴색되고 새로운 것들이 나를 유혹하고 있다. 누구든 외면할 수 없는 대중문화(학) 속에서 우리는 허우적대며 살아가고 있다.

이 무시무시한 문화 속에서 나는 진정한 자유인인가, 아님 그 무엇의 지시대로 움직일 수밖에 없는 인형인가.

한국문학과 태국문학, 그 닮음과 다름의 긴장 관계

1. 왜 한국문학과 태국문학인가

그 많은 나라 가운데 왜 하필 태국 문학을 선택해서 비교 연구를 했는가라고 그 누가 묻는다면 필자는 유치하게 답변을 할 수가 있다.

우선 태국어를 번역한 외국어대 태국어과 김영애 교수와 가까운 사이라고 말할 수 있겠고, 태국을 여러 번 여행하기도 했지만 논문의 우수성(?) 덕분이었던지 3년 전에 태국 라껀파톰에 있는 매우 우수한 대학인 실라파껀대학교에 객원 교수로 선택(?)이 되는 행운으로 갈 수 있었기에 더욱 동남아문학(문화)에 관심을 두게 되었던 것이 아닌가 싶다.

너무도 대단한 데카르트의 코기토는 20세기까지 이성 중심주의를 매우 견고하게 했다. 때문에 이성과 감성, 백인과 흑인, 남성과 여성,

문화와 원시, 제1세계와 제3세계 등의 많은 기표를 만들어 내면서, 끝 간데없이 미끄러지는 기의들을 우월의 관계로 규정지어왔다고 해도 결코 과언은 아닐 것이다. 하지만 이 우월의 관계가 아니라 동일시에 서 차이를 인정해야 하며, 그래서 다문화시대 혹은 공존의 시대 속에 서 발전하고 있으며 우월의 경계선은 해체되어야만 할 것이다.

문학 장르 가운데 시 텍스트가 지니고 있는 특성은 언어의 베일, 즉 압축과 전치, 메타포 등으로 감싸여진 장르라고 볼 수 있다. 때문 에 시 텍스트는 국가나 민족, 정치와 경제, 사회와 문화적 양상의 경 계를 가로질러 독자의 상상력이 개입되는 공간이고, 그래서 풍요한 분석을 가능케 하는 그 무엇이 있음을 가늠케 해 준다.

본 장에서는 한국문학의 세계화란 패러다임 속에서 동남아 여성문 학과는 과연 어떠한 연계성을 가질 수 있을까에 대한 구심점을 마련 하고자 한·태 여성 시에 드러나는 여성적 담론과 글쓰기에 초점을 두고 읽기 해보고자 한다. 궁극적으로는 소위 서구문학인 제1세계 중 심 문화의 은밀한 전략에 의해 가려져 있거나 왜곡되어 있는 제3세계(?) 문화의 전략을 부각시킴으로써 한국과 태국의 여성 시인의 작품을 통 해 새로운 가치 창출을 해보고자 하는 데 읽기의 목적을 두고 있다.

문학의 정전을 확립하는 것은 누구이며, 그것은 누구의 흥미를 만 족시키는가 하는 문제로 이어진다. 이때 한·태 여성 시가 남성 시인 들의 작품처럼 정전에서 제외되어 읽혀 왔다면 과연 '누구의 시각에 서 그렇게 읽힌 것일까' 하는 부분에 의문을 가질 수 있다. 곧 이러한 의문은 남성적 시각과 여성적 시각의 차이는 무엇인가에 대한 의문 이며, 다양하게 읽기의 방향을 상정할 수 있게 된다. 엘렌 식수에 의 하면 여성적 글쓰기는 분명 존재하며, 단절의 글쓰기인 동시에 탄생과 긍정의 글쓰기로 정의되는데, 곧 여성이 몸을 통해 느끼는 경험을 기입하는 여성적 글쓰기라는 새로운 글쓰기의 한 형태를 말하는 것이다. 소위 남성적 상징계라고 불리는 남근질서 안에서 여성적 글쓰기는 실천할 수 있는 여지가 없게 된다. 하지만 상징질서 속에서도 여성적 글쓰기는 로고스와 남성 담론과 단절하는 대신, 삶을 긍정하고 차이를 긍정하며 되찾은 육체를 긍정하는 글쓰기가 되기도 한다. 이때 여성적 글쓰기란 억압되고 은폐되었던 여성성을 회복하는 것이며, 숨겨져 있던 것을 드러내는 글쓰기이며, 무의식의 글쓰기와도 연관된다. 여성적 글쓰기는 여성의 몸과 여성의 말하기를 강조하고, 남근 중심적인 담론에서 거부된 차이를 강조함으로써 여성을 문학의 영역 밖으로 소외시켰던 남성 중심의 사고를 전복시키기 위한 수단이 된다. 그러므로 여성의 육체를 통한 몸으로 글쓰기는 육체가 겪는 실제적이면서도 은유적인 경험들에서부터 글쓰기의 시도인 것이다.

페미니즘적 독해는 종종 지배 담론과 미학적 대항담론이 모두 경쟁적인 남성성이라는 오이디푸스적 모델을 기준으로 삼아 여성적인 담론들을 공공연하게 경멸한다는 점에서 시작된다. 때문에 단지 작품을 해석하는 것이 아니라 독자의 의식을 바꾸고, 읽을거리와의 관계를 바꿈으로 해서 세계를 변혁하는 것을 목적으로 한 하나의 정치적 행위이기도 하다. 여기서 정치적인 행위란 그간 남근 중심 비평에서 간과되었거나 왜곡된 채로 읽혀 왔던 부분에 저항하는 독자가 되어 거스르며 읽거나 가로 지르기의 행위가 된다. 다시 말해 여성 시인의 시 텍스트에는 남성 중심 사회에서 여성으로서 겪어야 하는 여러 양상이 의식적이든 무의식적이든 표출되어, 즉 성차의 위계질서 근대성, 가부장제, 남성 중심 지배이데올로기 속에서의 모순과 갈등, 굴절

등이 어떤 양상으로 드러나고 있는가에 대한 읽기 행위인 것이다. 그
래서 여성 시의 텍스트를 보다 폭넓은 권력구조, 즉 남성 중심 사고,
남근비평에서 다양한 갈래의 영향과 결정, 인과성을 찾아내고, 궁극
적으로는 남성 중심적 사유 전통을 벗어나 여성 시인들의 담론과 여
성적 글쓰기를 새롭게 규명함으로써 한·태 현대 시의 텍스트 구조
나 특수한 측면 등 매우 복합적인 의미망을 풀어나가게 될 것이다.
그럼으로 해서 동북아, 동남아의 문학이 제1세계로 당당히 나아가는
데 구심점이 되는, 그 초석을 마련하는 하나의 기회가 되는 데 기여
하고자 한다.

2. 거침없는 담론의 출발점

한·태 여성 시인의 시 텍스트를 젠더라는 코드 속에서 새롭게 읽
기를 하고자 할 때에 중요한 것은 그 작품이 쓰인 사회를 바라보는
시각과 그 문화를 구성하는 일부로서 젠더 공간을 문제화하는 방식
이다. 그래서 성별 혹은 젠더라는 것이 사회, 문화를 구성하고 사고하
는 다양한 문화적·사회적·정치적 구조 간의 다차원적이고, 또 때로
는 체계적이지 않은 상호 관계에 대해 관심을 가질 수밖에 없다. 때
문에 시 텍스트에서 표상되는 기표들인, '길'과 '여성의 직업(주부, 직
업여성 등)'은 젠더 공간에서 어떤 권력 질서와 범주를 규정하는가,
그래서 이러한 요소들이 어떻게 여성의 담론을 형성하고 있는가를
세부적으로 논의하는 데 핵심적 역할을 한다.

2.1. 나를 찾는 입구에서

어찌 보면 여성의 말하기와 글쓰기는 새로운 언술 공간의 확보를 위한 일련의 정치적 과정이기도 하다. 왜 그러한가. 좀 더 짚어 보기로 하자.

역사적으로 볼 때에 사회·경제·문화적 현장에서 주변적인 위치에 있어온 여성작가들은 말하기 하는 과정에서 형성되는 현장성을 가진다. 더 나아가 고정 불변의 자리가 사회적으로 정해져 있지 않기 때문에 여성의 주체성은 상상된 자아의 영역에서 생산된다. 그래서 주어진 여성의 영역 변두리에 서서 상상하는 세계는 시공간과 역사적 차이를 초월하여 변혁의 시발점이 될 수 있는 가능성을 지니기 때문이다. 또한 정체성이란 말도 용어 면에서 더 모호한 쌍둥이적 개념인 자아라는 말과 더 유사한 의미로 함께 쓰이면서 당대 문화 및 문학비평의 중심 개념 역할을 했으나 이제는 뜻이 명백하지 않은 진부한 표현이 되어 버린 것 같다. 역설적이게도 동질성과 변별성의 의미를 모두 담고 있는데, 그 말이 여성들에게 적용되었을 때는 그 모순의 의미가 더욱 증식된다. 그래서 독특하고 전체적이며 일관된 느낌을 갖는 정체성은 사회적 관계들을 통해서 형성되고 또 명시되어 개인적 성격의 핵심적 형태와 그 형태에 대한 개인의 의식, 그 둘 다 포괄하게 되고, 본래 타고난 조건, 고유의 본능적 욕구들, 또는 특혜 받은 능력, 의미 있는 동일시, 효과적인 방어, 성공적인 승화, 일관성 있는 역할들을 모두 통합한다. 이때 여성과 남성의 인격 구소 차이에 대한 통찰을 확장시킴으로써 여성의 경험이 남성적 모델과는 다르다는 측면이 있다.

맘속 붉은 장미를 우지직근 꺾어 보내놓고-
그날부터 내 안에선 번뇌가 자라다

늬 수정같은 맘에
나
한 점 티 되어 무겁게 자리하면 어찌하랴

차라리 얼음같이 얼어버리련다
하늘 보며 나무 모양 서버리련다
아니
낙엽처럼 섧게 날아가버리련다

- 노천명. <장미> 전문

　위와 같은 시와 더불어 다음의 시들에서는 청자로 하여금 시적 화
자가 욕망하는 내면의 진정한 목소리를 들을 수 있게 한다. 그 내면의
소리는 시적 자아의 의식이고 곧 여성으로서 말하기이며, 이는 존재
확인으로 나아가는, 그래서 자아 정체성을 찾는 과정이 되기도 한다.
　'붉은 장미'는 말하는 주체의 존재 확인을 위해 제시되는 일련의
구체물로 시적 자아와 동궤에 놓이는 기표가 된다. 화자는 '맘속' 붉
은 장미를 꺾어버렸다. 이때 '꺾'는 행위는 대상에 대한 해체나 소멸
시키고자 하는 행위이다. 더 거칠게 표현하자면 이는 자해 행위나 다
름없다. 화자가 자신의 '맘속'에 있는 붉은 장미를 스스로 꺾어버리기
때문이다. 때문에 '꺾어 보내 놓'은 상태는 자아를 버린 상태나 다름
없다. 자아를 버리고자 하는 행위는 지금 여기에서 벗어나기를 갈망
했을 때 현실태적인 것들을 변형시키거나 초월하기 위한 자의식에서
비롯된다. 그것은 시적 화자 앞에 놓인 '늬 수정같은 맘'에 '한 점 티 되
기' 싫은 '나'라는 자의식이 있기 때문이다. 나는 나를 버림으로 해서,

즉 자아의 상실과 아픔을 통해서 새롭게 나를 획득하게 된다. 곧 순환론의 의미를 지닌다. 그래서 시적 화자의 의식의 전환을 이루기 위한 이러한 과정들은 통과의례 같은 일종의 제의가 된다. 이와 같은 모든 과정은 화자 스스로 말하기를 통해 이루어내고 있으므로 존재 확인이다. 시적 자아의 의식이 새롭게 자라기 시작한 것은 말하는 주체의 언어의 일차적 의미처럼 '늬 수정 같은 맘에 한 점 티 되어 자리하'는 바로 그 지점이며, 벗어나고자 하는 자의식에서 시작되어 그 지점을 벗어날 수 있는 것은 '얼음처럼 얼어버리'거나 '나무 모양' 그 자리에 정지해 있거나 아예 '날아가 버리'기에 가능하다.

여기까지는 시인의 언어의 일차적 의미만 부각시킨 부분인데, 좀 더 구체적으로 말하기 속에 내재된 것들이 어떠한지 파악해 볼 필요가 있다. 그럼으로 해서 시적 자아의 존재 확인과 더 나아가 세계로 그 의식이 어떻게 확산되는가를 확인하게 된다. 이때 주목되는 것은 시인이 처음부터 말 늘리기 함으로써 자의식을 한층 더 명확하게 부각시키게 된다는 점이다. 시적 화자는 '맘속 붉은 장미를 우지직근 꺾어 보내놓고-'처럼 말을 더 늘리고 있다. '그 날'부터 '내 안에' '번뇌'가 '자라'기 시작했음을 자세히 풀이해줌으로써 청자들에게는 시인의 의식 전환 과정을 분명하게 들여다보게 한다. 내 안에 번뇌가 자라고 있다는 것은 내부에서 일어나는 자신과의 갈등이다. 이 갈등을 벗어나기 위해서는 '나'를 둘러싸고 있는 바로 그 물리적이고 가시적인 것들, 즉 '한 점 티 되어 자리하'는 것은 곧 왜곡된, 그래서 추한 자아나 다름없기에 벗어버려야 한다. 벗어버림은 주체의 소멸로 이는 '낙엽'처럼 사라짐이며, '날아가 버'림으로 해서 주체는 다시 회복된다. 때문에 여기, 지금, 이 공간에서 날아가 버림의 상징은 화자 자신의 육체와 정신의 근원으로 되돌아가고자 하는, 즉 자아 정체성을 찾는, 그래서 존재로의 확인을 하는 과정인 것이다.

이러한 일련의 과정들을 드러내고 있는 말하기가 모두가 주체적인 어조라는 점은 시인 말 늘리기가 주요한 요소로 작용하기 때문이다. 맘속의 붉은 장미를 우지직끈 꺾어 버렸다. 그리고는 얼음처럼 얼어버린다. 나무처럼 우뚝 서기도 한다. 그러더니 아예 낙엽처럼 날아가 버린다. 말하기가 모두 주체적이다. 이때 '린다'라는 어조는 말하는 주체의 확고한 다짐, 의지를 더욱 더 뚜렷하게 부각시키는 종결형이다. 얼음처럼 얼어버리는 정신, 나무처럼 멈춰버리는 육체성, 아예 낙엽처럼 날아가 버리는 육체와 정신은 시적 화자의 자의식 속에서 소멸과 생성의 순환론적 의미를 지닌다. 소멸시켰던 자아, 즉 꺾어버렸던 장미가 다시 새롭게-'마음속엔 한아름 장미가 피어오릅니다'- 부활하기 때문이다. 이것이 시적 화자의 진정한 목소리이며, 이러한 목소리는 여성이 말하는 주체로서 여성의 언어가 막히지 않고 널리 퍼져 더 나아가 세계로 흘러넘치기까지 한다.

이러한 의미 작용이 가능한 것은 나의 출현에 선행하는 나의 소유. 그것은 아버지(상징질서)라는 존재가 주체 속에 각인되건 그렇지 않건 간에 상징계의 전재가 의미작용을 하면서 인간 육체(정신) 속에 이미 내재했기 때문이다.

2.2. 직업여성이 당당하게 토해내는 것들

미는 법이나 상징질서의 언어로 표현될 수 있는 영역이 아니다. 미 혹은 표현의 영역 너머에 있다. 그러면서도 그것이 상징질서 안에 있지 않으면 아무런 의미가 없다. 미는 언어로 포착할 수 없는 것에 대한 아름다움이지만 언어로 표현되지 않고는 의미가 없다.

평등한 사회, 후기 자본주의 사회라 할지라도 아직까지 여성이 사회생활을 할 때 그 역할에 있어서 남성과 여성의 관계 안에는 권력과 지배의 개념이 작용하고 있다는 케이트 밀레트의 말처럼 여성 개인의 가난은 억압과 소외의 영역을 더욱 공고히 하게 되어, 여성의 몸은 사고파는 대상 혹은 약탈과 욕망 채우기의 대상쯤으로 여겨지고, 여성 스스로의 감정과 욕망을 애초부터 없거나 있더라도 불결하고 음탕한 것으로 무시되어진다. 더욱 몸을 타자에게 드러내는 '직업'을 지닌 여성인 경우, 때로 여성의 자의식과 상관없이 타인들에게는 하나의 사물, 도구에 불과한 것이 되고 만다.

그런데 다음과 같은 태국 시인의 시 텍스트에서 발화되고 있는 여성은 자신의 직업에 대한 의미를 당당하게 드러낼 뿐 아니라, 타자들에게 경고의 메시지까지 전하고 있음을 보여줌으로써 직업에 대한 미혹이 갖는 미학성을 담아내고 있다는 점이 매우 매혹적이게 읽힌다.

저 휘황찬란한 무대를 보시오
저 정욕에 불타는 여성을 오!… 놀랍네요.
엉덩이를 흔들고 큰 가슴을 울리며
응시하는 눈에 도전한다. 그녀는 상관하지 않네.
부끄러움은 발로 차서 상자에 담아 멀리 차버렸다.
엎드려 옷을 벗어버렸다.
구경꾼들은 정말 근사한 무대의 스타에게 찬사를 보낸다.
윤리적으로 보면 마음이 상한다.
"이 직업은 정직한 것예요. 제가 뭐 잘못했나요?"
그녀는 정직하게 말한다. 우리가 물었을 때.
"저 사내들을 보면 부끄럽지 않나요?"

그녀는 어깨를 으쓱해 보이며 "안 하면 굶어죽어요."
"저는 늙어 꾸부러진 어머니와 동생이 다섯 있어요."
옷을 벗지 않으면 그들은 죽어서 썩어버려요.
초등학교 4학년 학력을 누가 쓰겠어요?
창녀가 되지 않은 것이 다행이에요.
그러나 제가 뻔뻔하다 해도
섹시한 모습을 노골적으로 자랑해요.
그건 꼭 필요한 것이기 때문이지만
전 "사람을 속이며" 살지 않아요.
현재 전 부끄럽지 않아요.
훌륭한 분들은 모두 거침없이 부정축재를 하지요.
무대를 빛내 주는 마음 나쁜 사람에게는 부끄럽지 않아요.
남김없이 폭로된다 해도 난 겁나지 않아요.
저 같은 사람이 부끄럼을 안다면 남자들은 적적할 거예요.
그 사람들이 부끄럼을 안다면 나쁜 마음이 없어질 거예요.
훌륭한 분들이 두려움으로 맛있게 먹지 않는 한
저는 저를 벗겨 남자들에게 자랑하겠어요. 누굴 부끄러워하겠어요?

– 찐따나 뻰찰리여우, <부끄러움에게>[14] 전문

이 시에는 시인의 응시가 먼저 있고, 시선과 응시의 교차에 의해 제삼자의 참모습을 드러내는 타자의 미혹성이 동시에 담겨져 있다. 그래서 시인의 응시에 의해 인물-'정욕에 불타 엉덩이를 흔들고 큰 가슴을 울리'는 '그녀'라는 존재-의 내적 독백을 드러냄으로써 마치 한 편의 소설에서 삼인칭 객관 서술과 일인칭 제한 서술을 동시에 읽는 듯한 감흥을 독자(청자)로 하여금 자아내게 해 준다. '그녀'는 글 속에 묻혀 제삼자로 나타나는 것이 아니라 참 인생을 추적하는, 그래서 순수성을 지닌, 자신의 직업에 대한 미혹을 드러내는 역할을 한다. 더욱 현실을 객관적으로 반영할 뿐 아니라 시인의 개인음성임을 암

---

14) Thawat Poonnothok, Wannakam Padjuban, Bangkok, Thai Watana Panich, 1984, p.164, 김영애 번역.

시해 준다. 이는 곧 시적 화자의 음성이 시인의 욕망과 입장에서 나온, 그래서 자의적인 서술이라는 것을 확연히 드러내 주는 측면이 된다. 다시 말해 혼성서술 속에서 중심에 의해 억압되어 온 타자를 복원시키는 이 시대의 탈식민주의 담론 양식을 그대로 드러내 주고 있는 것이다.

'엉덩이를 흔들며 큰 가슴을 울리'는 '무대의 스타'인 '그녀'의 직업은 표층적으로는 훼손된 여성 육체, 곧 직업여성의 피폐한 상태를 드러내는 것처럼 보인다. 하지만 비인간화 되어가는, '부정축재'를 일삼는 타자들을 향한 가치를 드러내는 매개체로서의 구실을 하는데 곧 몸, 결코 '부끄러움' 없이 벗는, 그래서 이러한 여성 주체를 바라보는 타자들에게는 '미혹'의 대상이 되고 있다. 시인의 언술은 너무도 매혹적이다. 몸의 짐승성과 언어의 괴리는 슬픔이나 위선이 아니라 만물이 회귀하는 축복이 되게 해 주기 때문이다. 누군가에게 미혹된 눈, 즉 그녀를 '응시하는 눈'들이 있다. 여기서 그녀의 행위가 보다 더 매혹적 의의를 획득하면서 보다 더 긴 생명력을 유지하는 것은 그녀의 몸과 마음(육체와 정신)이 이분화되는 것이 아니라, '늙어 꼬부라진 어머니와 다섯 동생'을 부양하는, 그래서 자신의 존재의 전부를 희생해가면서 '옷을 벗어 버리는' '정직한 직업'이기 때문이다. 이 직업은 그녀에게 있어 한 치의 '잘못'도 없다. '부끄럽지'도 않다. '창녀'가 아니기 때문이다. 오히려 '섹시한 모습을 자랑'하는, 그래서 타자들에게는 너무도 매혹적이게 한다. 더욱이 인간이 세상을 살아가면서 '꼭 필요한', '사람을 속이며 살지 않'는 그녀의 정직성이 있기 때문이다. 이 정직성은 자신의 존재 전부를 태울 수 있는 열정을 동반한 그녀의 직업 의식화로써 현실과 치열하게 부딪혀 '나쁜 사람'들을 부끄럽게까지 한다. 그녀의 정욕에 불타는 의식은 부정축재나 일삼는 나쁜 사람, '남자들'을 향하여 당당하게 명령하고 있기 때문이다. 부정축재를 버리고, 나쁜 마음을 멀리하고, 진정으로 부끄러움을 느끼라고 남성 지배담론에게 당당하게 메시지를 던지는 것이다. 그녀의 오염되지 않은 직업의식-옷을 벗고 엉덩이를 흔들어 대는-의 '정직한' 그 미혹성은 타자의 빗나감에 대한 치열한 비판을 통해 오염되지 않은 정신주의적 서정성을 획득함으로써 매혹적이게 하는 것이다.

이처럼 그녀의 행위, '윤리적으로 보면 마음이 상하'는 그것이 오히려 윤리적이게 하고, 그것을 승화시켜 독자의 응시를 내려놓게 하고 새로움을 창조하게도 한다. 이것은 타자들의 부끄러움을 일깨우고, 부정축재를 전복시킴으로써 '두려움'조차 들어올 수 없게 한다. '근사한 무대의 스타'인 직업여성의 미혹은 정욕에 불타는 '여성', '사람을 속이며 살지 않는' 여성의 진정한 삶으로 탈바꿈되어 그녀만이 지닌 '윤리성'이며, 또 하나의 미혹과 매혹 사이에서 거리 두기를 하고 있는 것이다.

인간은 사회적이 되기에는 동물이고 동물이 되기에는 사회적이다. 밀란 쿤데라가 말했듯이 남의 눈치를 보며 상징계에 사는 우리는 눈치 안 보고 사는 동물보다 더 비극적인지도 모른다.

하지만 그녀는 남의 눈치를 보지 않고 산다. 그렇기에 그녀의 삶, 엉덩이를 흔들고 큰 가슴을 울리며 옷을 벗어버리는 짐승성마저 아름답다. 인간이 가장 '정직할 때' 가장 사회적이고, 남의 눈치를 볼 필요가 없는 순간이기 때문에 그녀가 직업여성으로서 지닌 미혹성의 의미는 역설적이게도 실재계의 윤리가 되며 매혹적인 것이다.

3. 이 땅의 딸들, 그 어머니의 숭고함

크리스테바에 의하면 모든 사물을 인식하고 다루는 이성은 그것을
번복시키려는 소음들이나 웃음, 그리고 시들의 소음에 의해서 위협을
받는데, 육체 안에 있는 본능적 충동들과 심리적 충동들이 흘러다니
는 공간이 곧 코라인 것이다. 이러한 기호계적 특성은 어머니의 몸과
동일시된다. 다시 말해 타자(아이)를 품는 어머니의 몸인데, 상징질서,
통사론, 가부장적 기능, 문법적이고 사회적 속박들, 아버지의 이름의
부권 상징 등-와 사회, 현실은 이것을 쫓아내고 비천한 것으로 천시
한다. 이때의 대상은 여성이자 어머니의 몸으로 곧 아브젝션 된다. 그
녀에 의하면 아브젝션에는 자신을 위협하는 것에 대항하는 존재의
격렬하고도 어렴풋한 반항이 있다. 게다가 사유 가능한 세계, 견뎌낼
수 있는 세계 저편으로 몰려나 있던 엄청난 안과 밖이 육박해 올 때
와 같은 주체의 반항이 있다. 그것은 아주 가까이 있지만 동화될 수
없는 것에서 욕망을 불러일으키고, 우리를 욕망과 불안과 유혹에 빠
지게 한다. 그러나 이때 욕망은 결코 유혹당하지 않는다. 또한 어떤
절대성이 욕망으로 하여금 치욕에 빠지지 않도록 보호해 주며, 욕망
또한 그 사실에 긍지를 느끼고 절대성에 매달린다. 그러나 동시에 이
경련하는 도약은 또 다른 세계, 즉 죄짓고 단죄받고자 하는 욕망에
사로잡힌다. 마치 통제할 수 없이 자신으로 돌아올 수밖에 없는 부메
랑처럼 지치지 않고, 문자 그대로 충동과 혐오의 양극에 놓인 자들을
자신의 바깥으로 몰아낸다. 이러한 아브젝션은 모호한 것이다. 왜나
하면 모든 방해를 제거하면서 주체를 위협하는 것으로부터 주체를
분리시키는 대신, 반대로 주체에게 끊임없는 위험을 고백하게 되기

때문이다. 더 나아가 그것은 아브젝션 자체가 판단과 정서, 심정의 토로, 기호들과 충동들의 혼합물이기 때문이다. 때문에 아브젝션은 상징계의 전 조건이며 부산물이며 상징적 기능에 의해 이용되지 않은 잔여물이다. 그것은 안정된 주체의 위치에서 말해지지 않은 것이며 주체의 정체성의 경계선 바로 거기에 세워진 심연이다. 이때 주체는 자신을 주체로 세우기 위해 확실한 통제력을 가져야 되는데, 아브젝션은 주체의 육체성에 대한 불가능한, 그러한 필요불가결한 초월의 인식에 대한 반동이고, 더럽고 통제할 수 없는 물질성으로서 상징질서에서는 불결한 요소들로만 채워진다. 그런데 상징질서, 즉 주체가 밀어내고 천시하는 이 아브젝션의 대상인 어머니의 몸, 이 여성은 자신의 천시의 경험을 극복하여 자신감을 갖는 데 사용한다는데 가장 의미가 있는 것이 크리스테바에게 주목할 부분이다. 바로 이것이 '공포의 힘'이기 때문이다. 이것이 여성의 사랑이며, '타자의식'이며, 곧 이 힘을 성을 초월하여 타자를 품을 수 있는, 바로 말하는 주체로서의 '윤리성'을 갖는다.

다음과 같은 시에서 한국의 여성 시인이 육체를 통해 표출하는 특징적 상상체계 가운데 하나는 훼손된 여성의 몸이 곧 황폐한 시대와 역사의 통증을 앓는 공간으로 작용을 하고 있다는데 주목해서 읽어내기를 할 수 있다. 육체로 겪어내는 시적 상상력을 통하여 역사에 대한 기존의 인식에 위반(저항)하기도 하는데, 이때 그 인식들은 여성의 육체성이야말로 불모성을 치유해 창조와 생산을 꿈꿀 수 있는 공간이라는 인식을 그 기반으로 하고 있기 때문이다. 그래서 말하는 주체로서 열등하고 부정적인 육체성을 넘어서 반대로 이타적인 주체로, 자유로운 주체로서 갖고 누릴 수 있는 것을 노출한다. 여성들에게 내

재된 본래적 자아, 즉 천시된 어머니의 몸, 그래서 남성 지배담론에
지배받는 몸을 자해함으로써 자유로운 여성적 담론과 글쓰기의 근원
을 드러내고 있다.

우리끼리 모이니
훈훈하구나
화로 하나 끼고도 이렇게 훈훈하구나

못생긴 것
어디로 싸다녔기에
꽁꽁 얼어 왔니

외롭고 또 처량하고
늬 꼴이 오죽 병신스러웠겠니
못생긴 것

창 너머로 하늘이 보이잖니
어머니의 옥당목 치마 빛을 한
얼마나 아름다운 우리들의 하늘이야

김가와 이가가
침을 사뭇 퉤퉤 뱉아도
진정 더러울 수는 없는 이 땅

우리끼리 모이니
훈훈하지 않으냐
어디로 넌 싸다녔니

약하고 가난하고 무력한 주변에
우리들 운김이 좋지 않으냐
친구야 구수한 얘기 좀 해보렴

- 노천명, <가난한 사람들> 전문

　‘땅/하늘’의 기표는 <가난한 사람들>의 현실과, 그 현실을 극복하는 공간으로 작용한다. 땅과 하늘은 서로 대립되어지는 기표지만, 시 텍스트에서 말하는 주체의 발화를 통해 등가를 이룬다. ‘꽁꽁 얼어’붙게 하는 혹한의 현실인 이 ‘땅’에서 살아가는 주체에게 있어서는 ‘외롭고’ ‘처량’한 삶이다. 황량하고 메마른 현실 속에서 ‘하늘’을 응시함으로써 ‘약하고’ ‘가난한’ 사람들이 살아가는 땅은 ‘진정 더러울 수 없는 이 땅’이 되기 때문이다. 이 땅에는 두 지층의 현실이 있다. 한 지층에서는 ‘외롭고 또 처량하고’, ‘병신스러’운 ‘못생긴 것’들이 살아가고 있는 현실이 있고, 또 하나의 지층에서는 ‘침을 사뭇 퉤퉤 뱉아’대는 ‘김가와 이가가’ 살아가는 현실이 있다. 침을 퉤퉤 뱉어대는 김가와 이가라는 대상들은 당대의 사회적·문화적·정치적 상황 속에서 지배담론의 주축을 이루는 상징적 대상들이다. 이때 두 지층은 각각 주변부와 중심부적인 삶을 이루는, 그래서 주체와 타자들의 관계성이 얽혀진다.

　시인의 시선 속으로 들어오는 못생긴 것들은 병신스러운 것들이다. 이들은 한결같이 아브젝트한 존재들이다. 이때 아브젝트한 존재들과 반비례하는 또 다른 계층은 중심부가 아닌 ‘무력한’ 존재들로 비춰진다는 점, 이 점이 노천명의 글쓰기의 힘이다. 가난한 자들인 ‘우리끼리 모여서’ ‘우리들 온김’으로 다른 한 계층(무력한 자)을 그러안기 때문이다. 가난한 계층은 다른 계층을 ‘훈훈하’게 해 주는 주체이다. 바로 역전이 된 것이다.

　시인은 외롭고, 처량하고, 약한 자들과 동궤에 있다. ‘창 너머의 하늘’을 볼 수 있는 눈이 있는 자이다. 이들에게는 못생기고, 병신스럽지만, 꽁꽁 얼어붙은 육체를 지녔음에도 불구하고 하늘을 볼 수 있는

‘마음’이 있다. 이때 ‘창’은 이들이 처한 현실의 안과 밖의 경계를 넘나들게 해 주는 구체물이 된다. 창은 말하는 주체, 즉 가난한 사람들의 삶의 안이고 밖이다. 창 안에서의 삶은 육체적인 삶이고 창 밖을 지향하는 삶은 정신적 인 삶이다. 창 안은 병신스럽게 살아내기 하는 공간이다. 그래서 꽁꽁 얼어붙은 육체는 비정상이며, 생명적인 요소가 전무한 상태나 다름없다. 피폐해진 육체는 병신스러운 육체이기 때문이다. 그러나 병신스러움은 육체적 장애이지 정신적인 장애는 결코 아니다. 바로 마음이 ‘창 너머’ 바깥 세상에 있기 때문이다. 그 창 너머에는 이 병신스러운 현실을 모두 거두어 낼 수 있는 ‘하늘’이 있다. 그 하늘은 원초적 어머니의 몸이다. 코라, 곧 ‘옥당목 치마 빛을 지닌 어머니’이다. 그래서 하늘은, 그 어머니의 몸은 우리들이, 가난한 사람들이 타자들에 의해서 소외되고 버려지고 밀려난, 아브젝션된 ‘우리들의 하늘’인 것이다. 우리들은 이 하늘을 얻기 전 꽁꽁 얼어붙은 병신스러운 자들이었다. 이러한 우리들은 우리들의 하늘로, ‘어머니의 몸’으로 무력한 자들까지 모두 ‘그러안기’ 한다. 이는 우리들의 하늘이, 타자를 억압하지 않고 무조건적으로 끌어안는, 허여적인 어머니의 몸이기에 가능한 것이다.

이제 우리들의 몸은 꽁꽁 얼어붙었던 몸이 아니라 ‘화로’처럼 따듯한, ‘우리들 운김’인 사랑만이 가득하다. 우리들의 몸은, 나를 대상천시한 타자들을 아브젝션된 그 몸으로 그러안았기에 이 세상을 승화시키는 힘을 지닌다. 그래서 ‘진정 더러울 수 없는 이 땅’이 되는 것이다. 이 땅은 어머니의 옥당목 치마 빛을 한 하늘과도 같다. 곧 하늘과 땅은 등가를 이루는 것이다. 바로 우리들의 삶으로 들어왔기 때문이다. ‘우리끼리 모이니’ 이제 땅과 하늘은 하나이다. 이 모든 것들은

<가난한 사람들>이 '무력한 주변'에 운김을 불어넣었기 때문에 가능하다. 그 운김 곧 우리들의 운김, 그 어머니의 운김은 얼마나 '좋은가.'

정말 정말로 '우리들 운김이 좋지 않으냐', '친구야 구수한 얘기 좀 해보렴.' 시인은 친구에게 구수한 얘기를 청하고 있다. 이 언술에는 도대체 무엇이 담겨져 있는 것일까. 시인은 친구에게 구수한 얘기가 왜 듣고 싶은 것일까. 친구는 구수한 얘기를 과연 할 수 있을까.

<가난한 사람들>의 운김, 그 사랑(운김)이 어둠과 혹한 앞에서 '화로'처럼 온 주변을 그러안는 볼록렌즈 구실을 하였다고 읽기를 한다면 지나친 것인가. 한 곳으로 빛을 모아 꽁꽁 얼어붙은 육체와 정신을 녹여주는 그 볼록렌즈의 힘은 바로 어머니의 몸과도 같기에. 어머니는 자기 자신까지도 타자를 위해 온전히 내어주는 그 숭고함, 바로 그 허여적인 사랑 그 자체가 아닌가. 이 얘기는 너무도 건조하다. 시인이 듣기를 그토록 원하던 '구수한 얘기'가 무엇인지 모르기에.

노천명의 시 텍스트를 여성적이게 규정짓는데 가장 큰 구심점이 되는 시는 바로 <여원부>라고 감히 말할 수 있다. <여원부>에는 여성의 육체와 정신, 바로 여성성의 그 모든 것이 담겨져 있기 때문이다. 여성의 육체요, 정신 그 모든 것을 아무런 대가 없이 다 내어주기만 하는 어머니. 그 어머니는 아브젝션된 여성이요, 원초적 어머니다. 대상천시된 어머니는 숭고하다. 그 어머니는 남성이 아닌 여성인 '女'이며, 여성의 몸인 '苑'이며, 여성의 정신인 '賦'이다. 이것이 바로 노천명의 여성적 글쓰기의 힘으로 마침내 최정점에 놓이게 된다.

밤마다 번뇌의 숲을 헤치고
여왕처럼 모시는 나의 고독이여

　　모든 굴욕은 나에게로 보내주시오
　　어머니께서 받은 유산이었습니다.

　　찬비 뿌리고 바람 후두들겨도
　　쓰러지지 않고
　　씻겨준 얼굴 오히려 곱게 치닮은

　　우러러보는
　　마음의 푸른 하늘 지녔음이오

　　헐벗은 나는 이 땅의 딸
　　비바람 부짖는 속에 탑을
　　싸 올리는 흰 손이오

- <여원부(女苑賦)> 전문

<여원부>는 4권의 시집 가운데 어느 한 곳에 실린 것이 아니라 『노천명 전집』의 <편자의 말>에 실린, '발굴 시'이다. 시집에 실리지 않았다는 것은 무엇을 말해주고 있는 것일까.

말하는 주체로서 시인이 상기시켜 주는 '어머니'는 천사처럼 이상화되고, 그래서 남성 중심 사고 속에서 '신화화'되는 대상이 결코 아니다. 너무도 비참한 현실, 그래서 너무도 천한, 아브젝션된 어머니이다. 그 어머니는 '밤마다 번뇌의 숲을 헤치고', '모든 굴욕'을 뒤집어 쓴 '헐벗은' '이 땅의 딸'들이다. 그딸들인 어머니는 비현실태 인물이 아닌 현실적인 여성이다. 그렇다면 이러한 여성의 몸과 정신과 여성성은 어떠할까. 또 '어머니께서 받은 유산'은 무엇이며 어떻게 물려주고 있는가.

이 땅의 딸들인 '나', 나와 너의 어머니가, 그 어머니의 어머니께서 받은 '유산'은 오직 '굴욕' 뿐이다. 더럽고 추하고 냄새나고 오물 같은, 그래서 아브젝트한 것들만 '딸'들은 '딸들'에게서 유산으로 받았다. 이때 고통, 희생제의 등의 기표들과 연결되는 어머니의 굴욕스러운 몸과 정신은 '탑을 싸 올리는' 숭고한 '흰 손'이다. 그 의미 생성 과정을 세세히 분석해 본다.

'찬비 뿌리고 바람 후두들겨'대는 거대한 현실이 있다. 이 거대한 현실은 시인이 놓인 당대의 시대성과 맞물린다. 사회적·문화적 젠더 공간을 형성하는, 그래서 시적 자아가 굴욕으로 살아내기 해야 하는 척박한 현실이며, 더 나아가 상징질서의 어떤 대상들이기도 하다. 굴욕스러운 딸들을 더 힘들게 하는 것은 '찬비'와 '바람'이다. 시인이 발화한 비는 차디찬 비이다. '찬'이라는 접두사에 의해 가혹한 현실을 청자로 하여금 더욱 더 인지하게 한다. 세찬 비바람 속, 그 가혹한 현실에 굴욕스럽게 부딪혀야 한다. 그러나 찬비와 바람에도 딸들은 결코 굴복하지 않는다. 처절하게 부딪히는 것 같은데도 결코 처절하지가 않다. 거센 바람과 세찬 비가 내리쳐도 '쓰러지지 않'을 뿐만 아니라 '얼굴'을 곱게 '씻겨준'이라고 발화하고 있기 때문이다. 이는 '우러러 보는', 곧 시적 자아의 응시가 선재했기 때문에 가능하다. 응시로 '마음의 푸른 하늘을 지니'고 있기 때문이다.

여기서 말하는 주체가 하늘을 보는 것이 아니라 '하늘 지녔음'이라고 발화하고 있다는 점에 주목할 필요가 있다. 지녔음은 과거 완료형이다. 이미 응시를 통해 하늘은 내 것이 되었다는 말이다. 다시 말해 말하는 주체는 하늘을 보는 자가 아니라 하늘을 이미 가진 자이다. 이 얼마다 대단한 발화인가. 하늘을 지녔음은 곧 말하는 주체의 소유다. 땅은 상징질서요, 하늘은 기호계적인 세계이다. 시원의 공간이다. 시원의 세계를 소유하고 있는 자는 아무리 험한 현실이라도 거뜬히 이겨낼 뿐만 아니라 오히려 타자들을 그러안을 수 있다. 이때 그러안기는 바로 거친 현실이 '씻겨'주었다고 하는 그 정점에 놓이게 된다.

'그러안기'는 비바람에 부딪혀 상처를 입음으로 해서 그 상처에서 꽃을 피우는 방식처럼('비바람 부짖는 속에 탑을 싸 올리는 흰 손') 자신을 혹사시켜 마치 마조히즘적이기도 하다. 비바람, 즉 억압하는 대상들, 굴욕적인 현실을 향한 시니컬한 시적 자아의 목소리가 함께 내재되는데, 결코 가볍지 않게 지나가고 있다. 가혹한 현실을 그러안음과 동시에 상징질서 체계를 전복시켜 꼼짝 못하게 하는 목소리이기에 결코 가볍지 않은 것이다. 시적 자아의 '얼굴'은 육체이다. 육체는 곧 목소리이다. 이제 이러한 몸과 목소리를 지닌 이 땅의 딸들은 아브젝트한, 굴욕적인 존재들인 어머니들은 이제 매혹적인 존재로 탈바꿈 된다.

왜 아브젝트한데 매혹적인가. '밤마다 번뇌의 숲을 헤치고' 있는 비참한 영상, 이것은 집요하게 '나'를 따라다니는, 그래서 '여왕처럼 모시는 나의 고독'이다. 이 비참함 속에서도 시인은 여왕처럼 고독을 끌어안는다. 더 나아가 지독한 말을 뱉어내고 있다. '모든 굴욕을 나에게로 보내주시오'라고 진술하고 있다. 너무도 자괴적인 언술이다. 여기서 청자들은 또 한 번의 마조히스트의 목소리를 듣게 된다. 도대체 무슨 목적으로 시인은 자신을, 어머니를, 이 땅의 딸들을 이렇게 진술하고 있는 것인가. 바로 내가, 어머니가, 이 땅의 딸들이 혐오스럽고 아브젝트한 존재이자 매혹적인 존재, 즉 '헐벗고', 굴욕적인 존재지만 결코 굴욕스럽지 않은, 그 양가성을 드러내기 위한 전제조건이다. 이렇게 발화된 양상은 양가성을 드러내는 극점에서 전복되는데 그 극점에는 바로 '탑'이 위치하고 있다.

'탑' 쌓는 행위는 예술적인 행위이다. 이는 표면적인 행위일 뿐이다. 탑을 쌓는 행위의 순간은 예술적이든 비예술적이든 모두가 성스러운 순간이다. 탑은 평면적이 아닌 입체성을 지닌 기표이다. 평면은 공간이 아니다. 그래서 이물질들이 담겨질 수가 없다. 입체적일 때, 입체적인 사물은 공간이 되고, 그 공간에는 다른 물질이 담겨질 수 있다. 이때 탑은 주체이고 담겨지는 그 물질은 타자가 된다. 탑은 주체의 몸이다. 주체의 몸에 타자를 담는 그릇은 곧 '원조적 어머니의 몸'이나 다름없다. 어머니의 몸은 코라이다. 타자들을 억압하지 않고, 무조건적으로 받아들이기만 하고 결코 마르지 않는 어머니의 자궁이다. 자궁은 생명수이다.

이렇듯 아무런 대가 없이 그저 내어주기만 하는 원초적 어머니의 몸과 정신은, '싸 올리는 흰 손'은 깨끗할 수밖에 없다. 깨끗한 '손'은 굴욕적인 손이 아니라 아름다운 손으로 승화된다. 상징질서가 대상천시한 굴욕스러운 그 몸은, 아브젝션된 어머니의 몸은 승화되었기에 숭고할 수밖에 없다 숭고한 것은 누구에게나 매혹적일 수밖에 없지 않은가.

이것이 시적 자아, 곧 말하는 주체로서 노천명 시인의 <여원부>인 것이다.

'女' 여자, 굴욕을 유산으로 받은 이 땅의 딸들이다.

'苑' 동산, 세찬 비바람과 부딪혀도 그 부딪힘 속에서도 타자를 그러안는 원초적인 어머니의 몸이다.

'賦' 그 깨끗한 몸으로, 가슴으로 타자들에 아무런 대가 없이 그저 내어주기만 하는 허여성이 전부인 모성의 숭고함은 그 자체가 윤리요,

그 모든 것이다.

<여원부>는 주변부를 지워내는, 그래서 아브젝션된 여성의 몸과 정신이 매혹적인 여성으로 뒤바꿈 되는 그것들이 모두 담겨져 있다. 이들은 여성으로서 시대적 공간 속에서 살아내기 한 '헐벗은' 시인이며, 곧 '이 땅의 딸'들인 우리들의 '어머니'인 것이다. <여원부>는 바로 노천명의 글쓰기의 한 가운데이자 처음부터 마지막까지 가로지르고 있는 시인의 몸으로 글쓰기이며, 여성으로 말하기이며, 그래서 여성적 글쓰기의 힘, 그 힘의 숭고함을 드러내는 바로 그 한가운데 놓여 있다고 할 수 있다.

> 나는 인간입니다
> (중략)
> 내게는 영혼이 있습니다
> 나는 꽃이 아닙니다.
> 나는 말하겠습니다.
> 내 말을 이해하라고
> (중략)
>
> 오! 미래여!
> 당신은 증명해 주겠지
> 내가 앞장선 지도자였다고
> 당신과 똑같이, 어깨를 나란히 하고 함께 걸었다고
>
> — 깐라야, <나는 인간입니다>[15] 부분

시적 화자는 시 초입에서 독백조의 언술을 담아낸다. '나는 인간'이라고. '나는 꽃이 아니'라고. '내게는 영혼이 있'다고. 그래서 '나는

---

15) Mattani Rutnin, Modern Thai Literature, Thammasat University Press, 1978, p.108, 김영애 번역.

말하겠'다고. 이러한 시적 화자의 독백적인 언술은 곧 대화를 나눌 대상이 없다는 상태를 말해 준다. 그가 하는 말은 '결핍된 대화'나 다름없는 것이다. 이때 '나는 인간입니다'라고 부르짖는 듯, 혹은 하소연하는 듯한 목소리에는 시적 자아의 그 어떠한 욕망이 내재되는데, 그것은 바로 '나는 꽃이 아니'기에 덧칠해진, 그 사물화된 이미지를 벗기고 자신 본래의 모습을 인식하고자 하는 욕망이다. 꽃은 생명체이지만 주체적인 유기체는 아니다. 타인의 시선과 응시 속에서 소유되어야만 하는 꽃. 그 꽃으로 살아가야만 하는 인간이라면 그 모든 것은 아브젝트할 수밖에 없는 상황이 된다. 이러한 꽃은 상징질서에서의 생명체이지만 주체의 잔여물에 불과한 존재이다. 꽃은 말을 할 수가 없기 때문에, 즉 상징질서에서 주체로 살아가는 '나'와의 관계항이 아니다. 그것이 대화의 대상이 아니기에, 따라서 꽃은 나와 분리되어서 혐오스러워지는, 그래서 더욱 아브젝트한 것이다. 하지만 시적 자아는 자신의 아브젝트를 거두어내고 있다는 점이 바로 이 시의 매력이다. 시인은 '나는 꽃이 아닙니다'라는 판단과 심정의 토로를 함으로써 기호들과 충동들의 혼합물을 거두어 내게 된다. 그 거두어 냄은 '당신은 증명해 주겠지'라는 확언을 통하여 드러난다. 이는 의사소통의 공존화가 내재되어 있는 언술이다.

시적 주체는 '말'을 통하여 누군가와 의사소통을 진행시키고 있다. 자신의 '말을 이해하라고', 그것은 '미래'가 책임을 지며, '증명'을 해 줄 '당신'이 거기 있기 때문이라는 것이다. 상징질서에서 꽃으로 살아온 '나'의 허허로운 삶은 뒤바뀌어 '지도자'로 나아가는 삶이 된다. 다시 말해 아브젝션이 되돌아와 힘을 지닌 여성으로 탈바꿈되는 것이다. 이렇게 지도자로서의 삶은 '당신과 똑같이, 어깨를 나란히 하고 함께'하는, 그래서 너와 나의 의사소통이 공존하는 삶의 원형이 되며, 그것은 '영혼이 있'는 자만이 누릴 수 있기에 '자유로운 삶'을 추구하는 '우리의 권리'가 있어서 승리한 것이다.

> 우리는 권리가 없다고 말하지 마세요
> 상심하여 하늘을 벌하고 신을 탓하지 말아요
> 우리는 마음대로 할 수 있는 권리가 있어요
> 우리 앞을 그 누가 와서 감히 막겠어요?
> (중략)
>
> 가로막는 관습이라는 장벽은
> 누가 막는다 해도 우리는 넘을 수 있어요
> 한동안 싸우면 매우 힘들고 어려워요
> 방해물이 줄을 지어 앞에 있다 해도 어때요?
>
>   - 나팔라이 쑤완나타다 <우리는 권리가 있네>,[16] 부분
>
> 바람이 불어 우리의 눈물을 먹어버린다
> 한낮 햇볕의 비는 잔인하게 머리 위에 내려 쪼이고
> 소박한 꿈은 가슴에 차 두려움을 안고
> 우울한 마음을 누가 그에게 일러주겠는가?
> 오히려 우리보고 어리석다고 탓한다
> 바로 저 물소 무리처럼
> 창백하고 마르고 비통하다
> 아주 오랜 옛날부터 그랬다
> (중략)
>
> 그녀와 함께 가난에 쪼들려 붕괴되었다
> 수많은 가난과 괴로움을 진정시켰다
> 그녀의 함께 나는 전국을 돌진했다
> 맞서 싸우려는 두 팔로
> (중략)

---

16) Naphalai Suwannathada, Dokmaiklaimon, Bangkok, Mitsayam, 1988, p.19, 김영애 번역.

> 그녀는 혼자가 아니었으므로
> 모든 사람의 고통을 찾아다니며 진정시킬 것이다
> 그녀는 매우 용감한 근성을 가진 군대이다
> 자유로운 삶을 추구하는.

- 웃체니, <그녀와 함께>[17] 부분

삶의 원형, 자유로움과 삶의 권리를 취득한 자, 말할 수 있는 자유를 누리는 자의 원형은 '하늘'과 '신'이 공존하는 세계이다. 그래서 상징질서로 들어가기 전의 시적 자아의 상상계(기호계)적인 삶에 해당한다. 그런데 이것을 가로막는 '관습이라는 장벽'이 방해물이 되고 있다. 이 방해물은 아브젝트하다. 때문에 시적 자아는 이러한 방해물을 제거하고 '넘을 수' 있어야만 상징질서에서의 삶을 누릴 수 있게 된다. 이때 화자는 상징계가 밀어내고 천시했던 어머니 자궁(어머니의 몸, 코라) 속 같이 아늑한 공간에서 모든 존재가 화해롭게 '어깨를 나란히 하고 함께 걸었'던 기억을 끄집어낸다. 자아는 유폐적인 사회 체계 속-가로막는 관습이라는 장벽-으로 편입될 때, '힘들고 어려운' 한계에 부딪히는 처절함. 곧 '바람이 불어 눈물을 먹어버리고', '햇볕의 비는 잔인하게 머리 위에 내려 쪼'임으로 해서 '소박한 꿈'마저 상징질서에서 유폐당한다. 그렇기에 '마음'은 점점 더 '우울'해지고, '창백하고 마르고 비통해'지는 육체와 정신마저 피폐해진다. 이렇게 피폐한 현실을 직시하는 '그녀'와 '나'는 '가난에 쪼들려 붕괴'된 상태에서도 탈바꿈하는 행동을 보인다. '전국으로 돌진'하고 있는 것이다.

---

17) Udcheni, Khobfakhlipthong, Bangkok, Duangkamon, 1980, p.64, 김영애 번역.

돌진한 나는 명징한 상징질서 속으로 편입해 '수많은 가난과 괴로움
을 진정'시킨다. 이제 상징질서로 들어온 나는 '모든 사람의 고통을
찾아다니며' 대화의 소통을 원한다. 이 의사소통은 '혼자가 아니었으
므로' 가능하다. 그 명징한 세계 속에 그녀와 나는 아브젝트한 삶을
거두어내고 진정 자유로운 삶을 추구하는, 그래서 비바람이 몰아치고
잔인한 햇볕, 가로막은 관습이라는 명징한 세계를 거두어내고 자신의
'영혼' 속에 일체화시킴으로써 결핍된 대화는 의사소통을 가능케 하
여 너와 나의 공존으로 화한다.

이와 같은 시인의 의식은 한결같이 지고지순한 가치이며 '매우 용감
한 근성을 가진 군대'처럼, 그 정신을 최대치로 상승시켜 나아간다. 인
간과 인간, 인간과 사물, 정신과 육체가 구분 없이 모든 것이 조화롭게
동일성을 이루는 한가운데 시적 자아의 창백하고 마른 육체, 아브젝션
된 육체인 그 '두 팔'은 모든 것을 그러안을 수 있는 힘, 그래서 나와
타자와의 결핍된 대화를 소통하는 현실태로서 기능을 하는 것이다.

4. 경계선상에서의 담지체

여성의 글쓰기를 회복시키려는 페미니즘적 욕망은 여성의 목소리
가 필연적으로 어떤 한 부분에서든 진리를 말한다는 인식론적 주장
이 아니라 잃어버렸거나 간과되어 있었거나 또는 소외되어 있어 미
처 찾아내지 못한 그 부분, 곧 여성의 목소리를 되찾으려는 것이며,
실현되는 과정의 하나인 것이다.

엘렌 식수에 의하면 여성적 글쓰기는 여성의 무의식이 남성과는
전적으로 다르며, 여성이 남성주의적 이데올로기를 전복시키고 새로

운 여성적 담론을 창출케 하는 힘을 부여하는 것은 여성의 성심리적
특수성이라고 확신한다. 다시 말해 여성의 무의식/이드가 말하는 곳,
바로 거기에 있다는 의미이다. 이때 여성의 신체가 여성적 글쓰기의
직접적인 근원으로 간주되어 대안적 담론이 가능한 몸으로부터 글을
쓴다는 것은 바로 세계를 재창조한다는 것이다. 여성의 글쓰기는 테
두리를 설정하거나 분간하지 않으며 오로지 계속해서 나아갈 수 있
을 뿐이기 때문이다.

    새는 알을 깨고 나온다. 새는 신을 향해 날아간다.
    그 신의 이름은 아프락시스다.(데미안)

    냉동실 선반 안에
    메추라기 알들.

    내 자서전 같다.

    나 항상 A.D.를 꿈꾸어 왔었는데.

                  - 김승희, <아프락시스 1> 전문

    업보의 파도는 어깨에서 넘실대며 흐르고
    흘러넘쳐 온 세상을 속여 삼켜 버린다
    희망을 삼키고 생각을 삼켜 없애 버린다
    세상의 쓰레기 같은 모든 것을 깨끗이 담아낸다

    새 세상은 씻김 뒤에 높이 치솟아 있다
    과거에 있었고 변화되던 것은 모두 사라졌다.
    세상은 현재라는 잣대 위에 있다
    그리고 이 평화롭고 희망에 찬 대지는 "사람"이 있다.

         - 찌라난 핏쁘리차, <평화로운 세상>[18] 부분

헤르만 헤세가 『데미안』에서 언급했던 '아프락시스'는 그리스 신화, 그 신화는 현실 그 어디에서도 찾아볼 수가 없는 '신'이다. 그저 상징일 뿐이다.

시인은 시 초입에서 데미안의 말을 인용하여 자신의 삶을 묘사하고 있다. '내 자서전'이라고. '나 항상 꿈꾸'는 것들로서. '냉동실 선반 안에 메추라기 알들'로 자신의 현실적 삶을 물리적으로 구체화시킨다. 그런데 이 삶은 냉동실에 유폐되어 있는 상태에 놓여 있다. 냉동실 안에 있는 알들은 현실세계에 아직 들어오지 않은, 그래서 기호계적인 상태가 된다. 이 알이 상징질서로 들어오려면 껍데기(알)를 깨뜨려야만 한다. 이러한 행위는 매우 이드적이다. 몸으로의 글쓰기인 것이다. 이때 냉동실(냉장고)은 표층적으로는 여성의 관습적이며 일상적인 역할을 드러내 주는 매개체로 작용을 하는데, 냉동실은 두터운 얼음세계이며 생명체가 살아갈 수가 없는 장소이다. 이러한 삶은 모순된 현실이면서 또한 그것을 극복하기 위한 정신의 단련을 가능케 하는 시련의 장소라는 이중적 의미를 내포하고 있다. 그 극복방법으로 화자의 의식 속에 내재화된 것이 바로 데미안의 '목소리'인 것이다. 이 목소리에 내재화된 의식은 표층과 심층으로 역동적인 욕망의 상상력의 나래를 펴면서, 얼음 세계의 모순을 간파하고 그 세계를 깨뜨릴 수 있는 얼음의 균열점을 직시한다. 그 균열점에 항상 A.D를 꿈꾸고 있음으로 해서 곧 '알에서 깨고 나와 신을 향해 날아가'고자 한다. 그러나 시적 자아가 그토록 만나고자 하는 '신'은 안타깝게도 이 세상 어디에도 존재하지 않는다. 아프락시스는 냉동실 선반 안에 있기에 그 단단한 각질을(알껍데기) 꿰뚫고 결코 나올 수가 없는 것이다. 생명이 존재

---

18) Jiranan Phitpricha, Baimaithihaipai, Bangkok, Rungsaengkanphim, 1991, p.4, 김영애 번역.

할 수 없는, 혹한과 어둠과 적막이 지배하는 곳이기 때문이다. 이러한 시적 자아의 욕망은 얼음 세계에 얽매여 있으면서도 의식의 저편에서는 얼음(냉동실)에서 벗어나려는 의식이 내재해 있다. 그렇기에 시인의 글쓰기는 '알에서 깨어나려는', 즉 리비도적 욕망을 드러냄과 동시에 결코 알에서 깨어나지 못하는 '냉동실'에 갇혀 있는 현실(메추리알)의 피폐함을 드러내는, 그 경계선상에 놓여 있는 것이다.

한국 시인의 의식이 밖으로 표출되지 못한 채 안으로 응축되어 있다면 태국의 여성 시인은 '세상'과 '새 세상'이라는 두 개의 기표를 통해 또 다른 경계선에서 청자로 하여금 보편적인 공감을 자아내게 한다.

시 텍스트에서 '업보의 파도는 어깨에서 넘실대며 흐르'는, 그 '업보'가 무엇인지 구체적으로 드러나지 않지만, 그것은 '세상의 쓰레기 같은 모든 것을 깨끗이 담아낸다'고 시적 화자는 발화하고 있다. 그럼으로 해서 '새 세상은 씻김 뒤에 높이 치솟아 있'게 된다. 세상은 모순된 사회, 즉 '희망을 삼키고 생각을 없애버린' 세상이다. 이러한 세상은 사회제도의 구조적 모순, 그 모순으로 인한 좌절만을 안겨준다. 그런데 아이러니하게도 화자의 인식 속에는 이러한 세상은 '현재라는 잣대 위에 있'는 것이다. 지독한 모순으로 패러독스다. 희망을 삼키고 생각마저 없애버린 세상이 바로 현재이기 때문이다.

그렇다면 높이 치솟아 있는 새 세상은 대체 무엇이며 어디인가. 이때 시적 화자는 '대지'에 평화롭고 희망에 찬 '사람'이 있다고 단언한다. 사람은 시적 자아일 수도 있고 아닐 수도 있다. 사람은 생명체이며 상징질서에서 살아가는 존재이다. 이러한 존재는 업보를 지닌, 즉 과거의 세상과 현재의 새 세상의 경계선에서 놓여 있는 존재이다. 따라서 세상과 새 세상은 '현재'라는 잣대 위에 놓여 있는 것이다. 현재는 다시 과거와 미래의 경계선상에 놓인 시공간이다. 따라서 시인의 글쓰기는 안과 밖(업보와 평화, 희망, 과거와 현재, 현재와 미래)에서 작동하고 있으며, 그것 없이는 아무것도 살 수 없는 사람이 세계(대지)에 있음으로 해서 여성 주체(시인)의 글쓰기는 경계선상에서의 담지체인 것이다.

5. 흰 잉크로 쓰여진 문학

어떤 측면에서 여성적 글쓰기를 제대로 읽는다는 것은 그것을 생산하는 일만큼이나 본능적으로 되는 것이 아니다. 때문에 여성의 글을 자신의 신체와의 무매개적인 교감의 흘러넘침으로 받아들일 것이 아니라 사회, 문학적 현실에 대한 의식적인 대응방식으로 인정한다면, 여성의 글은 작가와 독자 모두에게 훨씬 접근하기 쉬운 것이 되는 것인지도 모른다.

지금까지 한·태 현대 여성 시인의 시에서 표출되는 다양한 양상들에 관하여 여성적 담론과 글쓰기가 어떻게 의미화되고 있는가 읽기를 해 보았다. 이러한 과정은 소위 자칭 중심의 문화, 제도라고 하는 백인 중심의 사고, 즉 식민지적 정전을 다시 읽고 자리매김하기 위한 저항의 몸짓으로서의 다시 보기 행위와 동궤를 이루는 과정이다. 다시 말해 동남아, 동북아, 그리고 3세계인 흑인 여성 등의 작품을 여성 주체의 문학적 담론과 글쓰기로 논의를 확장시킴으로써 가부장적 이데올로기, 남성 중심 사고(제국주의)에서 벗어나고자 함이었다.

여성적 담론은 남성 중심의 문화, 지배이데올로기가 젠더 공간에서 여성 주체를 근본적으로 억압하고 있음을 드러내는데, 이때 대항하거나 순종하는 양 측면에서 여성들은 자신들의 의식을 다양한 양상으로 드러낸다. 때로 자신의 존재에 대한 물음을 다양한 기표를 통하여 시공간적 상황으로 끌어들여 존재에 대한 자기 울림을 보이는가 하면, 때론 여성(여자, 어머니, 주부, 직업여성) 주체로서 타자들에게 보이는 자신에 대하여 미혹적인 양태를 띔으로써 독자들에게는 그 어떤 떨림을 가지게 한다. 이러한 여성 주체는 이 세상의 딸들이며, 어머니며, 그 어머니의 어머니의 어머니들이며 바로 우리 여성들이기 때문이다. 이들은 상징질서인 소위 프로이트의 그 견고한 아버지의 법에서 밀려난 아브젝션된 육체지만, 자신의 대상천시를 극복하기 위해 억압된 욕망의 분출을 하고 있음을 알게 되었다. 스스로 아브젝트-자해-하게 만듦으로써 타자성을 지워내는 힘을 가짐으로 해서 여성 주체는 너무도 매혹적인 존재가 되고 있는 것이다.

　이러한 여성 주체들의 담론은 불확실한 글쓰기를 보이는데, 곧 그것은 경계선상에 있다고 볼 수 있다. 안과 밖을 분리하지 않고 지금 여기에서 과거와 미래, 그 사이에서 현재의 고통이나 억압 양상까지도 경계선을 긋지 않은 상태에서 기호적 의미망을 형성하고 있다. 현실과 꿈이라는-의식과 무의식-을 넘나드는 방식으로 글쓰기를 하고 있기 때문이다. 이러한 글쓰기는 매우 위험하지만 견고하기도 하다. 매우 비현실적인 것 같지만 현실적이기도 하다. 매우 본능적이면서도 이성적이기도 하다. 그렇기에 여성은 '결함 있는 남성'도 아니요, 더더욱 '제2의 성'도 아니요, 결코 '길러지지 않는' 주체인 것이다. 여성들은 남성들과 사회적·문화적 삶을 당당하게 살아가면서 자기 진행형을 흰 잉크로 씀으로 해서 여성적 담론을 재창출해내는 매혹적인 존재들인 것이다.

한·태 여성 시 텍스트성의 공통점과 차이점 따라가 보기

1. 시 텍스트의 의미화 과정

하루가 다르게 변하는 영상 매체 속도의 세계화보다 문학의 세계화는 어떤 측면에서는 훨씬 더 복잡 미묘하다고 볼 수 있다. 문학은 물질이 아닌 의식 혹은 무의식의 세계를 다루기 때문에 고유함, 지향, 매혹 등 다양한 기표들이 기의들과 서로 엇갈리는 장이기 때문이다. 이는 어느 나라 어느 민족의 문학이든 마찬가지라 할 수 있다.

이 장에서의 읽기 과정은 이러한 요소를 안고 한·태 현대 여성 시 텍스트를 심층 있게 분석함으로써 두 나라 여성 시인의 시적 이미지들이 어떠한 양상으로 텍스트성을 이루고 있는가를 밝혀내어 양국의 여성 문학에 대한 가치를 부각시키게 될 것이다. 여기서 텍스트라 지칭하는 것은 한·태 현대 여성 시인의 작품을 중심으로 한 시 텍스트를 말하고, 텍스트성을 새롭게 밝히고자 하는 것은 시 텍스트를 구성하는 중심축, 즉 여성 의식, 여성성과 언술 양상, 그리고 시인이 처한 시대적 상황 등이 어떠한 양상으로 형상화하고 있는가에 대한 모든 과정을 의미한다.

한·태 여성 시인들의 작품성에 대하여 읽기를 하고자 할 때 우선 거시적인 패러다임 속에서 근대성(modernity, cogito, 남성 중심 사고 등)을 떠올리게 된다. 이는 다의적이고 한마디로 딱 잘라 말할 수 없는 애매모호한 의미를 가지고 있음에도 불구하고 사회변화 과정, 즉 다양한 문화적, 정치적, 경제적 구조 간의 체계적인 상호 관계에 관심을 갖게 하는 공간으로 작용하기 때문이다. 이러한 구조에 대한 것들은 시적 형상화, 이미지 등에 깊숙하게 스며들어 단일한 통합적 이데올로기나 세계관으로 쉽게 조합될 수 없는, 그래서 여성만의 목소리와 전망을 드러내고 있다고 볼 수 있다. 다시 말해 어떤 정치적이라거나 이데올로기적 관점에서 보면 해체적으로 보일 수 있는 텍스트도 다른 맥락에서 읽으면 지배이데올로기의 담지체가 되는 것이다. 그렇기에 여성 텍스트에는 여성만의 그 무엇이 존재한다는 것을 염두에 두고 이에 대한 한·태 여성 시인의 시 텍스트성에 대한 새롭게 읽기는 계속 확장될 필요가 있다. 이는 한국이나 태국이나 아직도 여성 문학의 위치가 남성 중심 사유(비평)에서 그렇게 자유롭지는 못하다는 것을 드러내는 한 측면이라고 볼 수 있기 때문이다.

이러한 맥락에서 볼 때 여성 시인들의 작품은 텍스트 상호 간의 복잡한 관계망을 통해 생산되기에 시 텍스트에는 여성으로서 겪어야 하는 여러 양상이 의식적이든 무의식적이든 침투되어 성차의 위계질서와 연루될 수밖에 없게 된다. 이러한 것들은 시대적 모순이나 갈등,

굴절 등이 텍스트를 구조화하는 방식과 거기에서 기인하는 독특한 것들, 그래서 한·태 여성 시의 텍스트성을 새롭게 규명하고자 할 때 이 요소들은 그 중심에 놓이게 된다. 이는 남성 중심의 읽기에서 밀려나거나 혹은 왜곡되거나 간과되어 있는 것을 찾아내고자 하는 것이며, 한·태 여성문학이 정전으로 새롭게 자리매김되기 위한 목적으로 필수불가결한 것들이기 때문이다. 때문에 복합적인 의미망을 구축하고 있는 시 텍스트의 의미 작용을 심층적으로 분석하여 한·태 여성 시의 텍스트성을 새롭게 밝혀내는 작업은 의의가 있으며, 한·태에서 더 나아가 동아시아 문학(문화)적 교류의 활성화와 여성 시의 가치 창출을 함께 이루는 데 그 가치를 지닌다.

2. 다원화를 지향하는 여성주체

인류의 역사 속에서 개별적인 혹은 집단적인 인간 주체는 시간적 의미의 전형적인 담지자로서 상징적인 중요성을 부여받는다. 이때 주체를 여성으로 가정하는가 아니면 남성으로 가정하는가 하는 것은 한쪽 성(性, sex)이 경제적·사회적·문화적으로 우세할 때에 주체의 자리에 놓이고 다른 한쪽은 타자의 자리로 매김 된다. 그래서 규정적이든 상징적이든 여성성과 남성성의 메타포들은 문학 텍스트에 스며들어 다양한 의미를 생성하게 된다. 만약 여성성이 생물학적인 개념에서 벗어난다면 주변성, 전복, 불일치의 개념이 된다. 다시 말해 여성이 가부장제 아래에서 주변적 존재로 규정되는 한 여성성은 가변적이 된다. 여성을 반드시 여성적 존재로, 또 남성을 남성적 존재로 설정하는 것은 가부장적 권력으로 하여금 모든 여성을 상징질서와 사회의 주변적 존재로 규정하도록 만들기 때문이다.

가부장적 사회에서 남성은 자신의 소외를 초월할 수 있기 때문에 주체로 될 수 있으나 여성은 사회적·문화적 한계 때문에 항상 타자로, 그래서 여성의 타자성은 여성이 자유를 얻지 못하게 되는 한계가 된다. 여성이 타자로 남게 되는 것은 남근 중심(생물학적 본질론)의 관점, 즉 가부장제가 억압하는 요소들을 내적·외적으로 안을 수밖에 없는 여성들은 소외되어 주변부에 위치한 타자로 느끼게 되기 때문이다. 그러나 타자의 위치인 여성은 이 주변성을 지워내고 지배문화가 주변인, 즉 여성들에게 부과하고자 하는 규범이나 가치, 실행들로부터 한 발자국 물러나 그것들을 오히려 비판할 수 있게 한다. 이는 타자성 자체가 억압이나 열등감과 관련된다고 할지라도 그러한 점이 오히려 관대함, 더 나아가 다원화를 지향하는 방식으로 변화될 수 있기 때문이다.

> 그 굳은 흙을 떠받으며
> 뜰 한구석에서
> 작약이 붉은 순을 뽑는다
> 늬도 좀 저 모양 늬를 뽑어보렴
> 그야말로 즐거운 삶이 아니겠느냐
>
> 육십을 살아도 헛사는 친구들
> 세상 눈치 안 보며
> 맘대로 산 날 봄 장기(帳記)에서 뽑아보라
>
> 젊은 나이에 치미는 힘들이 없느냐
> 어찌할 수 없이 터지는 정열이 없느냐
> 남이 뭐란다는 것은
> 오로지 못생긴 친구만이 문제 삼는 것

남의 자(尺)로는 남들 재라 하고
너는 늬 자로 너를 재일 일이다

작약이 제순을 뽑는다
무서운 힘으로 제순을 뽑는다

- 노천명, <작약> 전문

일찍이 그대
제왕이 부럽지 않음은
어떤 세력에도 굽힘 없이
네 붓대 곧고 엄해
총칼보다 서슬이 푸르렀음이어라

독기 낀 안개 자국이 날빛을 가리고
밤도 아니요 낮도 아닌 상태에서
사람들 노상 지치고
예저기 썩은 냄새 코를 찔러
웃을 수 없는 광경에 모두들 고개 돌릴 제

시인
오늘 너는 무엇을 하느냐
권력에 아첨하는 날
네 관은 진땅에 떨어지나니

네 성스러운 붓대를 들어라
네 두려움 없는 붓을 들어라
정의 위해
횃불 갖고 시를 쓰지 않으려느냐

- 노천명, <시인에게> 전문

한국의 여성 시인 노천명의 시에서 뚜렷하게 표출되고 있는 것은 시적 자아가 타자로서의 '나'가 아닌 주체로서의 '나'이다. 이러한 주체는 '육십을 살아도 헛사는 친구들', '세상 눈치 안 보며/맘대로 산', '늬'들의 허를 집는 '시인(작약)'이요, '성스러운 붓대'와 '두려움 없는 붓'을 든 '정의'로운 주체다. 곧 시적 자아는 타자가 아닌 주체로서 '권력'을 '탐닉'하고, '권력에 아첨하는 자'가 아니다.

여기서 '무서운 힘으로 제순을 뽑는' 그 '작약'인 시적 자아는 가장 먼저 무엇을 인식하고 있으며, 무엇을 비판하며, 또 무엇을 욕망하는 것일까. 작약은 '굳은 흙' 속에 먼저 존재하고 있었다. 흙은 시적 화자가 놓인 현실이다. '흙 속'은 시적 자아의 내적 현실이며, 내부 심리이다. 두꺼운 각질층을 뚫고, '흙을 떠받으며' 마침내 세계로 들어선 작약은 외적 현실, 즉 세계의 한켠인 '뜰 한구석'에서 '붉은 순을 뽑는다'. '무서운 힘으로 제순을 뽑는다', 이때 작약은 주체가 되어 타자의 힘을 빌리지 않고 주체적으로 현실(외적)로 편입한다. 마침내 뜰 한구석에 있던 주체는 세계의 중심부를 전복시키고 그 자리에 시인은 주체가 되고 있는 것이다.

이러한 시적 자아는 다원화를 지양하게 되는데, 곧 작약은 '늬'가 아닌 '나'로서 정열을 자이며, '제왕이 부럽지 않'은 당당한 주체로 부각된다. 이때 '작약/늬'와 '시인/제왕'은 중심부와 주변부로 이분화되어 젠더 공간의 특성을 밀도 있게 담아내는 기표가 된다. 상징질서 속에서 '세상 눈치 안 보며' 맘대로 살아갈 수 있는 것은 '제왕'처럼 최고 권력을 가진 자만이 함부로 누릴 수 있는 특권이며, 제왕은 권력과 지위를 모두 행사할 수 있는 힘을 지닌 자로서 바로 사회적, 문화적 젠더 공간에서 중심부를 이루는 대상이므로 작용을 하기 때문이다. 여기서 대상은 타자들의 주체가 되고, 남성 중심적 이데올로기의 상징이 된다. 제왕과 함께 '총', '칼' 등의 이미지들은 남성적 지배

담론(유형, 무형의 억압 기제, 시대성 등)으로 주변부에 놓인 타자들에게는 난폭함과 폭력성을 떠올리게 한다. 이것들을 잘못 휘두를 때에, 즉 함부로 '자(尺)'를 들이밀어 타자를 억압할 때 그들은 현존하는 공간 속에서는 제거되거나 거부당해야 할, 또는 부정되어야만 하는 대상이 되기 때문이다. 시인의 의식은 이러한 대상들이 '부러'운 것이 아니라 오히려 제왕처럼 군림하는 자들, 바로 세상 눈치 안 보며 맘대로 산 늬들을, 육십을 살아도 헛사는 친구들을, '젊은 나이에 치미는 힘'도 없는 자들을, 늘 '남의 탓'만을 늘어놓는 '못 생긴' 자들을 타자로 자리매김시켜 놓고 있다. 함부로 휘두르는 총, 칼들은 남성 중심적 사유 틀이며, 지배질서이며 강압적인 사회체제이기 때문이다. 이러한 중심부적인 존재들이 시인에게는 육십을 살아도 헛사는, 그래서 힘도 없고 정열도 없이 맘대로 사는 하찮은 존재로 인지되고 있다.

　마침내 시인은 단호하게 말하고 있다. '늬도 좀 저 모양 늬를 뽑어 보렴/그야말로 즐거운 삶이 아니겠느냐'라고. 여기에 바로 여성성이며 주변부를 전복시킨 여성의 힘의 진가가 담긴다. '보렴'에는 강요하거나 강제하는 그 무엇이 내재되어 있지는 않다. 청유형의 형태를 띤다. 그래서 대상들-맘대로 산 자들의 '장기에서 뽑아 볼' 그 상황들-의 부조리한 여러 현상을 단초하는 것이 아니라, 마치 걱정하고 타이르는 원초적 어머니(Chora)와도 같은, 그래서 다원성을 지닌 진정한 여성성이 현현되기 때문이다. '붉은 순'은 여성성의 상징이다. 흙 속에서도 결코 메마르거나, 제거되지 않고 뜰 한구석에서 제순을 뽑는, 그 몸과 정신은 대지의 여신, 곧 가이아(Gaia)와도 같은 가치를 지닌다. 굳은 흙을 뚫고서 올라오는 새 '순'의 생명력, 이 생명력은 끝도 없이 스스로 제순을 다시 뽑어내고 무서운 힘으로 뽑어내기를 반복함으로써 대지(세상)를 아름답게 할 뿐만 아니라 모든 것을 감싸 안는 여성성의 발로이기 때문이다. 이러한 여성의 강력한 힘이 지니는 가치는 곧 대지의 신인 가이아의 가치와 동급을 이룬다.

이러한 여성 주체는 이제 '어떠한 세력에도' 한 치 '굽힘 없'는 시인의 '붓대' 속에서 더욱 무서운 힘을 지닌다. '곧고 엄해' 총칼보다도 더 '서슬이 푸'른, 그 날카롭고 푸른 힘은 결코 권력에 길들지 않은 힘이기에 권력 체제들에게는 위협적인 양상이 된다. 위협적이 되는 것은 곧 세상을 향한 비판의 목소리이기 때문이다. '독기 낀 안개 자국이 날빛을 가리고/밤도 아니요 낮도 아닌 상태에서/사람들 노상 지치고/예저기 썩은 냄새 코를 찔러/웃을 수 없는 광경에 모두 고개 돌릴 제'/'날빛을 가'린, '썩은 냄새' 나게 하는 주범은 누구인가. 권력에 아첨하는 자들이며, 방관하고 있는 자들이다. 이는 당대의 모순된 상황을 드러내는 것들로서 썩은 냄새로 가득 찬 오염된 세상을 만든 계층이다. 이때 시적 화자는 '너는 무엇을 하느냐', '권력에 아첨하는 날', 바로 그날 '네 관은 곧 진 땅에 떨어지나니'라고 통보를 한다. 곧 파멸의 나락으로 추락됨을 말한다. 과연 이 소리에 두렵지 않을 자는 누구인가. '시인', 시인만은 이 소리에 두렵지 않은 것이다. 성스러운 붓대가 있고 두려움 없는 붓을 지녔기에 두렵지가 않은 것이다. 이러한 시인은 총과 칼 앞에서도 '정의'를 위한 '햇불'을 '갖고' 있기 때문이다. 곧 주체적인 여성이 욕망하는 것들로서 곧 중심부(당대성, 양이데올로기, 남성 중심 문단, 사회억압 체제 등) 권력에 아첨하는 자에 대한 비판과 함께, 권력에 아첨하기 위해 고통에 지치고 지친 자들에게서 고개 돌린 자들에게는 아끼지 않는, 그래서 다원화를 지향하는 의식이 동시에 내재된다.

이처럼 시 텍스트에서 현현되는 것은 타자화된 여성성이 아니라 중심부 지배 담론을 뒤흔들어 놓고 있는 능동적인 여성이 바로 이 땅의 딸들이며, 그 딸들의 숭고한 어머니인 것이다. 이것이 여성과 남성과 차이를 갖는, 다원화의 섬세함이며, 억압적인 젠더 공간을 벗어나는 것, 그래서 중심부 담론을 전복시킴으로써 타자성을 벗어던지는 그것이 바로 노천명의 시 텍스트성이 지니는 힘인 것이다.

3. 상징질서에서 살아남는 법

여성적 리비도가 자아 인식으로 나아가는 것은, 즉 글을 쓰고 싶은 욕망, 자신을 속속들이 살아내고 싶은 욕망 등의 충동은 여성들의 주체적이고 자발적인 이드의 표현을 가능하게 하고 그 즐거움, 즉 주이쌍스의 힘이 작품 속에 드러난다. 여성의 육체에서 비롯한 이 주이쌍스는 바로 여성의 리비도적 특징을 드러내는 것으로 유동적이고 확산과 지속의 개념을 가진다. 이때 목적이나 폐쇄에 대한 걱정 없이 즐거움을 주고 베풀어 주는 것이 바로 허여성이다. 이 허여성은 여성의 리비도적 특성이며, 남성의 리비도적 특성인 고유성과는 상응된다. 그렇기에 아버지의 법 또는 대타자가 완전한 지배자가 아니라는 가능성을 드러냄으로써 기표로 이루어진 중심담론, 즉 아버지의 법, 남성 지배담론인 상징질서에 도전하거나 저항, 왜곡, 질타하여 여성의 저항담론 또는 탈담론화시켜 버려진, 주변화된 타자에게 끝없이 주기만 하는 여성성을 잘 대변해 주는 개념이 된다.

여성은 손이 둘이다
두 손은 영원함을 받치고 있다(두 손은 가장 중요한 핵심을 움켜쥐
고 있다)
공들여 열심히 일한다
근육에서 소리가 나도록 열심히 일한다
아름다운 비단옷만을 탐하는 게 아니다.

여성은 발이 둘이다
두 발은 염원을 딛고 올라간다
후퇴하지 않고 함께 선다
누구의 힘도 빌리려 하지 않는다

여성은 눈이 둘이다
새 삶을 추구하기 위해서
넓고 넓은 세상을 바라본다
기다리고 곁눈질을 하는 것이 아니다

여성은 심장이 있다
변하지 않는 등불이다
모든 힘을 한 데 모은다
여성들만이 뭉쳤다 사람이다

여성은 삶이 있다
이성으로 잘못의 흔적을 씻는다
자유인으로서의 가치는
그저 욕망을 채우려는 것이 아니다

꽃은 뾰족한 가시를 가지고 있다
구경꾼을 위해 피어 있는 게 아니다
모으고 뭉치기 위해 피어 있다
이 나라의 이상을!

– 찌나난 핏쁘리차, <꽃의 지존>[19]

---

19) Chiranan Pitpreecha, Baimaithihai, Bangkok：Annthai, 1989, 김영애 번역.

시인의 육체성인 '손, 발, 눈, 심장' 등의 기표는 살아 있는 존재, 즉 '여성은 삶이 있다'로 자아를 확인시켜 주는 기의로 작용함으로써 많은 것을 담아내고 있다. 리비도적인 육체를 지닌 존재로서의 시적 자아는 단순히 '육체적인 욕정만을 채우는 것'이 아니라 '이성으로 잘못된 흔적을 지우는', 그래서 '누구의 힘도 빌리려 하지 않는' 주체적인 존재를 드러내고 있기 때문이다. 이러한 시적 자아의 의식은 '넓고 넓은 세계'로 나아가게 된다. 시적 화자는 존재 인식 과정을 통해 단순히 리비도적, 그 주이상스에 그치는 것이 아니라 '이 나라의 이상'으로 확산, 지향함으로써 능동적인 존재로서 여성의 위치를 자리매김시키게 된다.

여성은 두 손과 두 발과 심장을 지닌 존재는 '열심히 일을 하는' 주체적인 존재다. '그저 욕망을 채우려는' 존재가 아니고 어떠한 상징질서에도 '곁눈질을 하지 않'고 있으며, '이성으로 잘못된 자국을 지우는' 강인함을 지니고 있다. 이성은 남성 지배담론이며, 상징질서를 상징하는 기표로서 작용을 하는데, 이때 시적 자아는 이러한 이성을 잘못된 흔적으로 먼저 인식하고 있다는 데 이 시의 가치는 배가 된다. 다시 말해 여성이 주변부로 인식되어진 타자성을 스스로 벗어던짐으로써 존재 확인을 하고 있기 때문이다. 시적 화자는 여성을 '자유인으로서의 가치'를 지닌 존재로 부각시킴으로 해서 육체적인, 그래서 단순히 리비도적 욕망만을 채우는-'아름다운 비단옷을 탐하는 게 아니라'- 여성이 아니며, 남성의 타자가 아니라 두 발로 당당하게 걸으며 결코 '후퇴하지 않'는 세계를 지향함으로 해서 상징질서인 남성 지배담론의 모순을 넘어서 '넓고 넓은 세상을 바라보는', 즉 세계를 지향하는 눈을 지닌 주체로서 부각된다. 이러한 당당한 주체는 상징질서에서 규정되어 온, 그래서 여성이 남성의 타자로 취급되어 온, 그 타자성을 벗어버리게 되고, 자아 인식을 하는 존재로 탈바꿈하게 된다. 이는 '날카로운 가시'가 있어 더욱 가능하다. 여기서 가시라는 기표는 수많은 기의를 함의하게 된다. 단순히 '구경꾼을 위해 피어 있는' 가시, 즉 수동적인 여성이 아니라 나라의 이상을 위한 가시이기 때문이다. 그렇기에 시적 화자는 자신의 경험과 시선으로 자신의 육체성을 주체로 스스로 규정함으로 해서 지배 담론의 질서에 맞추어 가는 수동적인 여성에서 탈피해 나라의 이상을 품는, 즉 여성 주체로서 권위를 지닌 존재로 위치하게 된다.

이처럼 시인의 존재 의식은 리비도에서 출발하여 세계로 나아가는 거대한 복합체로의 면모를 지니고 있다. 여기서 시몬 드 보부아르가 『제2의 성』에서 언급했던 타자로서의 여성, 곧 열등하게 취급된 여성의 운명과 역사까지도 시인의 시 텍스트는 전복하는 힘을 지니게 된다. 때문에 시인의 존재 인식은 '여성은 왜 제2의 성인가', '여성은 왜 남성의 타자인가'를 말끔하게 삭제하는 힘을 지니게 되어 시 텍스트성은 세계를 지향하는 당당함의 담지체가 되고 있는 것이다.

4. 스토리텔링이 있는 시

여성의 언어는 어떠한 철학적 주장이나 극적인 사건보다는 심리적 사건에 대한 자각과 관련될 때 그것에 가장 적합한 양식이 내적 독백이나 의식의 흐름이 될 때가 있다. 이때 보다 큰 영역에서 다뤄줘야 할 분야가 성차별, 그리고 소외의 분야가 된다. 그렇기에 여성의 언술 양상은 새로운 언술 공간의 확보를 위한 일련의 정치적 과정이기도 한다. 역사적으로 사회, 경제, 문화적 현장에서 주변적인 위치에 있는 여성 시인들은 말하기 하는 과정에서 형성되는 현장성을 지니고 있기 때문이다. 더 나아가 고정 불변의 자리가 사회적으로 정해져 있지 않기 때문에 여성의 언술 양상은 상상된 자아의 영역에서 생산된다. 그래서 주어진 여성의 영역 변두리에 서서 상상하는 세계는 시공간과 역사적 차이를 초월하여 변혁의 시발점이 될 수 있는 가능성을 가지게 된다.

시 <이름없는 여인이 되어>는 화자가 청자에게 스토리텔링을 하고 있는 듯하다.

어느 조그만 산골로 들어가
나는 이름없는 여인이 되고 싶소
초가 지붕에 박 넝쿨 올리고
삼밭엔 오이랑 호박을 놓고
들장미로 울타리를 엮어
마당엔 하늘을 욕심껏 들여 놓고
밤이면 실컷 별을 안고

부엉이가 우는 밤도 내사 외롭지 않겠소
기차가 지나가버리는 마을
놋양푼의 수수엿을 녹여 먹으며
내 좋은 사람과 밤이 늦도록 여우 나는 산골 얘기를 하면
삽살개는 달을 짖고
나는 여왕보다 더 행복하겠소

- 노천명, <이름없는 여인이 되어> 전문

이 시는 언어의 표층 구조, 혹은 일차적 언어 상징화 체계를 벗어난 시로서 자연적인 기표들이 결코 자연적이지만은 않은, 그래서 수

많은 기의들이 계속해서 미끄러지고 있다. '기차'라는 단 하나의 기표로 도시/시골, 인간/자연, 이성/감성, 낮/밤, 비순수(속화)/순수(정화) 등의 이미지들과 함께 근대성(상징계)/원시성(기호계) 등으로 이분화되는 그 어떤 것들을 함의하고 있는데, 여기서 주목되는 점은 여성의 언술이 이러한 이분화를 모두 지워내고 있다는 측면이다. 이는 자연성의 이미지를 자아의 내면에 육화할 때, 그 육화된 이미지를 통해 청자로 하여금 속화된 일상의 이미지들을 지워내게 하기 때문이다.

시인은 자연에 있는 표층적 이미지-'초가지붕, 삼밭, 박 넝쿨, 오이, 호박, 부엉이, 수수엿, 여우 나는 산골' 등들을 자아의 내면에 모두 육화하고 있다. 이러한 상태에서 자연성은 곧 삶의 근원이 되고, 이 자연성은 도구적 이성으로만 살아가는 인간들에겐 듣고 싶고, 말하고 싶고, 느끼고 싶고, 살고 싶은, 그래서 자기 인식의 지평을 열어가는 가능태로서 작용을 한다. 이때 시인의 언술은 막혀 있는 것이 아니라 인간의 원초적 고향, 바로 그 시원의 세계이자 어머니의 몸과도 같은 그것을 지향하는 인식으로서의 근원적인 힘을 지녀 곧 언술 양상은 열림의 형태를 띠게 된다. '하늘을 들여 놓은 마당'이 있는 곳, '별을 안'는 그곳은 상징질서가 개입되지 않은, 그래서 기호계적 그대로를 간직한, 즉 모든 사물을 있게 하는 근원이 되기 때문이다. 그곳은 부재하는 현존과도 같다. 이는 시인의 의식, 혹은 무의식 속에서 이 공간은 떠나지 않고 자리하고 있기에 결코 공허하다거나 비현실적인 것이 아니다.

자연성으로 꽉 채워진 곳에 정착된 삶은 그야말로 '여왕보다 더 행복'한 삶이다. 이러한 삶은 실낙원을 할 수밖에 없었던 인간이 오늘날도 되찾고 싶은, 그래서 반드시 회복해야 할 그 원초적인 삶이기도 하다. 이러한 세계는 '기차'라는 가공적이고, 기계적이며 상징질서 냄새가 가득 배어 있는 세계조차 그냥 '지나가 버리는' 세계이다. 기차가 멈추지 않는, 순수 자연 그대로인 시원의 세계인 그곳은 하늘을 들여 놓은 마당이며, 별을 안고 있는 사람들만이 기거하는 세계이다. 이 세계에서 '삽살개는 달을 짓고', '좋은 사람과 밤늦도록' 나누는 '여우 나는 산골 얘기' 등의 언술은 경험적 시지각이나 객관적 시공간을 넘어선, 바로 실낙원 하기 이전, 인간과 자연이 이분화되지 않은 상태에서의 아담과 이브의 원초적인 목소리가 담긴, 그래서 인간의 언어 습득 이전의 삶, 아버지의 법을 습득하기 이전의 기호계적 언술과 동궤에 놓인다. 다시 말해 상징질서에서, 즉 아버지의 법을 습득한 인간의 영원한 결핍으로서 그토록 추구하는 바로 영원히 되찾을 수 없는 상상계적 삶, 잃어버린 팰루스, 혹은 어머니의 몸을 욕구하는, 그래서 오브제 쁘띠 아인 것이다. 끝 간 데 없이 욕망하며 상징질서에 몸담고 살아갈 수밖에 없는 현대인에게는 바로 이러한 것들이 비현실태적이지만 시인은 자신만의 말하기의 힘으로 스스로 용해시킴으로써 현실적 삶의 버팀목으로 삼는다. 그것이 곧 '이름 없는 여인이 되고 싶다'는 시적 화자의 언술이며, 이는 퍼소나를 벗어버린 상태, 그래서 이 언술에는 기호계적인 소리만이 내재된다.

이처럼 시인의 언술은 기호계적 언술로서 그것은 중심부(주체)/주변부(타자)의 경계마저 지워내는 열림의 텍스트성을 이룬다. 더 나아가 시인의 기호계적 언술은 자연/인간이라는 이분법적 대립마저 지워내고 화해와 나눔의 열망으로 나아가는, 그 향성을 띰으로써 널리 퍼져 흐르고 있음이 확연히 드러난다. 이것이 노천명 시인의 언술 양상으로서의 시 텍스트성을 이루는 것들이다.

약혼하기 전에 그에게 모든 것을 이야기하라
창자에 있는 고비가 몇 개고 상처가 몇 개인지를
멀리 둘러서 이야기해라 그가 환히 볼 수 있도록 보이지 마라
엄마 집에서 이야기해라 멀리 가지 말아라

결혼하고 나서는 어디를 가든 그건 네 문제다
엄마가 이래라 저래라 할 수 없다!
그러나 염려하는 마음으로 가르치겠다
그에게 너무 복종하지 말아라 좋지 않다

말을 많이 하지 마라 잠자코 있기도 하고 (모르는 척하고) 가만히
있기도 해라
그가 사랑한다고 하면 언제 어디서나 부끄러운 듯 미소를 지어라
그가 비뚤어져 눈을 크게 부릅뜨고 노려보아도 싸우지 마라
아주 가끔씩 흘겨보되 자주 그러지 마라

남자란, 애야, 입(말)을 무서워하는 게 아니라 마음을 무서워한단다
어쩌니! 엄마가 너무 많이 가르치다보니 어색하구나
그래! 넌 날 놀릴 때 큰 소리로 말하지 않겠지
그가 놀리는 것을 들으면 부엌을 잊을 정도로 즐거워하지 마라

오! 요즈음의 처녀들은… 좀 심하다
엄마가 가르치면 몰래 웃는다
뭐라고?… 착한 사람을 남편이 두려워한다고…?
그럼 엄마가 나쁜 사람이 되어 네 아버지를 두려워하지!

- 뜨언짜이 브어클리, <딸을 가르치다>[20] 전문

위 시는 표층구조만 분석한다면 단순히 시적 화자가 딸에게 전해
주는, 그래서 마치 소설 특성의 하나인 스토리텔링의 형식을 취한 교
훈적인 시라 읽힐 수도 있다. 이는 '엄마'의 과거 삶이 딸의 미래를

---

20) Teuanchai Buakhli, Panmakabmeu, Bangkok:Sarnmuanchon, 1990, 김영애 번역.

걱정하는, 즉 딸을 가르치는 서사 형식을 취하고 있기 때문이다. 다시 말해 시적 화자는 어머니, 말하는 주체로서 상징질서(상징계)의 언술 양상을 그대로 답습하고 있다. 상징계인 아버지의 법과도 같은 명령조의 언술('~하지 마라') 양상을 딸에게 강하게 부각시키고 있기 때문이다. 이와 같은 시적 화자의 언술은 결혼을 앞둔 딸의 미래에 대한 남성 지배담론인 '남편'에게 종속되게 하여 여성의 말하기가 닫힌 상태가 된다.

시 전체에 흐르는 이미지들이 지배담론, 즉 중심부(아버지, '남편')와 주변부(시인, '딸')로서 남성과 여성은 주체와 타자성을 벗어나지 못하고 있다. 다시 말해 남성에게 예속되어 순종하는, 그래서 가부장제에 종속적인 여성은 '그가 비뚤어져 눈을 크게 부릅뜨고 노려보아도 싸우지' 말고, '말을 많이 하지 말고, 잠자코 있어'야만 한다고 '약혼하기 전'의 딸을 가르치고 있는 것이다. 이와 같은 시인의 언술은 상징질서에서 여성의 말하기가 막혀 있음을 확연히 드러내는 측면으로, '엄마, 아버지'/'딸', '남자'라는 기표를 통한 주체와 타자와의 관계성은 더욱 견고하다. 이러한 상황에서 아버지(딸의 아버지)와 남자(딸의 남편)는 모두 상징질서에서 주체적인 존재이며, 엄마와 딸은 주변부 인물로 전락되어 수동적인 존재로서 어떠한 상황에서든 참고, 그저 침묵을 강요받는 존재로 전락된다.

하지만 시인의 언술 양상은 여기서만 멈추지는 않고 있음이, 단 하나의 기표로 대신하고 있음에, 이 시의 텍스트성은 빛을 내고 있음에 주목할 필요가 있다.

아버지와 남자의 언어는 곧 상징질서에서 아버지의 법이기 때문에 어머니와 딸의 언어는 닫힌 상태였다. 이러한 상황에서 시적 화자는 딸을 향하여 한마디 던지고 있다. '남자는 입(말)을 무서워하는 것이 아니라 마음을 무서워하는 것이다'라고. 여기서 입(말)과 마음은 상징 질서에서 기호계로 분화 작용을 하게 된다. 다시 말해 입으로 하는 말은 표층구조로 곧 상징계에서의 언술이며, 마음으로 하는 언어는 무의식이 내재된, 그래서 기호계적 언술이 된다. 이와 같은 시적 화자의 언술 양상, 즉 상징질서에서 입으로 말을 한다는 것은 언어가 열린 상태이며, 마음으로 말을 한다는 것은 언어가 닫힌 상태로서 서로 거리 두기를 하게 된다. 그렇기에 남성에게 종속, 혹은 순종하는 '말을 많이 하지 마라 잠자코 있기도 하고 (모르는 척하고) 가만히 있기도 해라/그가 사랑한다고 하면 언제 어디서나 부끄러운 듯 미소를 지어라/그가 비뚤어져 눈을 크게 부릅뜨고 노려보아도 싸우지 마라'- 상황에서 여성의 말하기는 닫히게 되어 남성 지배담론을 더욱 견고하게 해 준다. 그렇기에 여성 주체로서 존재 확인 등의 의식은 단지 껍데기에 불과할 뿐 여성의 언어는 비본질적인 것이 되며, 입이 아닌 마음으로 말을 한다는 것은 비록 비현실태지만 신비한 형태로서 상징질서, 즉 종속에서 벗어나고자 하는 또 다른 언술로 분화가 된다. 마음으로 하는 말은 타자(남자, 아버지)로부터의 삶을 벗어나 다시 자신의 존재를 담고자 하는 무의식적 욕망이 내재된 언술이며, 상징질서에서 언어의 이차적인 작용을 불러일으켜 남자, 즉 상징질서가 알아들을 수 없는 언술이 되기 때문이다. 따라서 시인의 언술 양상은 말하는 주체로서 상징계에서는 비록 널리 퍼져 나가지 못하지만 닫힘과 열림, 그 사이에서 거리 두기를 하는 텍스트성을 보이고 있다.

5. 시인, 시대의 통증을 품다

문학은 한 시대의 정치적이고 사회적인 상황과 뗄 수 없는 관계에 있다. 일어나는 순간에는 저항이었던 것이 회고적인 눈길로 보면 그 시대의 반영으로 매김되고, 당시에는 대혼돈도 지나고 나면 매끄럽게 정의되어 역사의 갈피에 차곡차곡 쌓이듯이, 역사는 때로는 현재 상황이 얼마나 고난에 찬 갈등인가를 말하기 위해 과거를 매끄럽게 쓰다듬어 버리기도 한다. 때문에 이러한 경향은 한국문학사에서든 태국문학사에서든 예외는 아닐 것이다.

문학사에서 한국의 1950년대와 태국의 1970년대 혼돈-한국동란과 태국의 민주화 투쟁 속 양 이데올로기 등-의 상황 속에서 시적 이미지들은 시대와 맞물려 있다는 데 보다 더 큰 의미를 지니고 있다고 볼 수 있다. 한국의 시인과 태국의 시인이 처한 당대 시대적 상황은 약간의 시공간적 차이가 있지만 그 시대적 공간에서 시 텍스트에 표출된 기표 아래로는 수많은 기의들이 끊임없이 미끄러져 묻어나고 있음을 결코 간과할 수 없기 때문이다. 다시 말해 노천명이 처한 시대적 상황은 남과 북 양 이데올로기가 극화된 상황에서의 양상들을 표출하고 있으며, 태국의 시인이 처한 시대적 상황은 민주화를 위한 상태에서의 의식을 드러내고 있으니, 약 20여 년의 차이만 있을 뿐 두 시인이 처한 시대야말로 그야말로 대혼돈이며, 그것은 개인 혹은 집단, 즉 양 이데올로기라는 끔찍하고도 견고한 기표로 인해 모두가 그 시대는 지독한 통증 공간이 될 수 있다.

높은 담장이 가로막고

무거운 철문이 나를 넣고 잠궜어도

마음의 창문은 열려 있어
나는 이 누더기 속에 있지 않다
이 붉은 계열 속에 있지 않다

마음은 언제나 푸른 하늘을-
대한의 푸른 하늘을

                    - 노천명, <마음은 푸른 하늘을> 전문

유명하다는 건 얼마나 거북한 차림차림이냐
이 거추장스런 것일레
나는 저기서도 여기서도
걸려 넘어지고
처참하게 찢겨졌다

아무도 관심을 안 해 주는 자리는
얼마나 또 편한 위치냐

                    - 노천명, <유명하다는 것> 전문

　시적 주체인 '나'의 '마음'은 지금-시대적 공간- '대한'의 '하늘'에 있다. 여기서 노천명 시인이 '민국'을 소외시키고 있다는 점에 주목할 필요가 있다.

　라캉의 말을 빌리자면 무의식은 언어처럼 구조화되어 있다. 그 언어는 야콥슨이 말하는 은유와 환유로 이루어져 있으며, 이는 프로이트의 압축이고 전치이다. 곧 언어는 무의식에 이미 삐죽이 고개를 내밀고 있다는 의미를 갖는다. 때문에 시인의 무의식은 의식의 전재의식이므로 시인의 '민국'은 의식적·무의식적 둘 다를 포괄하게 되는 것이다. 지금 시인의 의식은 '민주'를 표명하는 한쪽 공간에 위치하고 있다. 이때 기표 대한은 '대한민국'이라는 기의를 함의하게 된다.

그러한 대한민국에서 시인은 지금 '높은 담장'과 '무거운 철문'에 갇혀 있다. 모든 기표는 시적 자아의 통증을 가중시키는 작용을 한다. 얼핏 그리고 가볍게 표층구조만 읽어내어도 '감옥'임이 드러나며, 이는 정치적·사회적 극한 상황에서 시인을 억압하고 짓누르는 기제들이기 때문이다. 이때 시인은 높은 담장이 '가로막고', 무거운 철문이 '나를 넣고 잠궜어도' 내 '마음의 창문은 열려 있'다고 표출하고 있다. 참으로 무서운 말하기이다. '나는 이 누더기 속에 있지 않다/이 붉은 계열 속에 있지 않다'고 직접적으로 한쪽 이데올로기를 선택하고 있는 언술이다. 여기서 '누더기/붉은 계열'은 시인에게는 가해자(시대적, 정치적 상황)가 되고, 그 가해자로서 시인을 대상천시하여 '높은 담장' 안으로 밀어 넣어 가둬놓은 주체이며, 상징질서에서의 부조리(양 이데올로기)함을 담아내는 시대적 통증을 가중시키는 기표가 된다. 때문에 시인이 감옥에 들어오게 된 근원은 '붉은 계열' 때문이며, 동시에 '대한민국'이기도 한 것이다. '나는' 바로 '여기서도', '저기서도' '처참하게 찢겨졌다'고 발언하고 있기 때문이다. 이렇게 양 이데올로기의 기표들은 시인의 육체를 철저하게 가두고 억압하여 처참한 존재로 대상천시하였다.

그러나 시인의 정신, 곧 시적 주체는 결코 억압적인 기제들을 '안'으로 편입시키지 않고 그것들을 오히려 교란시키고 있다. 교란시키고 밀어내는 것이 '마음의 창문은 열려 있어'라고 말하는 주체의 언술에 이미 들어가 선재하고 있기 때문이다. 여기서도 저기서도(양 이데올로기) 걸려 넘어지고 처참하게 찢긴 그 고통스러운 상징질서를 벗어나고자 하는 주체의 욕망 속에는 모든 욕구와 요구들이 스며들어 그 어떤 울림이 담긴다. 이것이 대상천시된 시인의 의식이 갖는 힘인 것이다. 다시 말해 저항과 극복, 즉 붉은 계열을 밀어내고 저 너머 세계인 대한의 '푸른 하늘'을 응시함으로써 누더기 속이나 붉은 계열을 파괴하고 교란시켜 그것들을 밀어내고 있는 자신을 드러낼 때의 강력한 힘이다. 이때 시인이 처한 시대에서의 통증, 즉 조국이 시인에게 쥐어 준 억압적인 '패'의 의미 생성은 '표창'과 '훈장'으로 가시화되어 청자들에겐 또 하나의 울림으로 작용을 하게 된다. 패는 '붉은 군대의 총부리'에 의해, '대한민국의 총부리'에 의해 채워진 훈장과 표창이기 때문에 시인에게는 '어울리지 않는', '값' 없는, 그래서 떼어버리거나 소멸시켜야 할 대상이기에 훈장이 붙어 있는 육체를, 어울리지 않는 표창이 드리워진 의식을 모두 제거해야만 한다. 제거함은 육체와 정신의 소멸이며, 소멸은 곧 죽음과 동궤에 놓인다. 그래서 '팔다리'가 '떼어'지고, '주리 틀리우고' 있는 조각난 육체의 덩어리들, '피를 족족 말리우'는 끔찍스러운 몸으로 권력의 휘두름을 방해하고, 거스르며 교란시키는 행위는 대상자들에게는 조롱으로 탈바꿈되는 것이다.

그렇다면 어떻게, 무슨 방법으로 양 이데올로기를 거스르며 교란시켜 울림을 주고 그 울림은 승화되고 있는 것일까?

팔다리가 떨어져 조각난 그 너덜너덜한 살갗의 안과 바깥(육체와 정신)을 관통하는 붉은 군대의 총부리는 견고하기만 하다. 주리 틀리우고 있는 그 끔찍스러운 살덩이들을 관통하고 있는 대한민국의 총부리 역시 견고하기만 하다. 이때 안이요, 밖인 육체와 정신 혹은 안도 밖도 아닌 그것이 '고초'당한 그 내부가 뒤집히는 곳, 그곳은 바로 시적 자아의 '현실'이요, '진정으로 꿈'이 되기도 한다. 시적 자아에게 있어 이 두 층위는 서로 교차되어 자아를 분열시키고 있다. 자아가 현실을 못 견뎌 할 때 무의식, 즉 상상계로 고착되어지면 자아는 분열 증세로 꿈과 현실을 구별하지 못하기 때문이다. 이때 자아는 현실, 즉 상징질서가 억압했기 때문에 마치 예수가 십자가에 못 박힘이 선행됨으로써 부활할 수 있었던 것처럼 팔다리를 떼어내고 주리 틀리우고 피를 족족 말리움이 먼저 선행됨으로써 육체와 정신은 승화된다. 또한 노천명의 시 텍스트는 양 이데올로기에 바스러지거나 갇히거나 덧없는 것이거나 또는 고착되어지는 것이 아니라 오히려 그 의미는 터져 마치 저쪽에서 벼락 맞는 순간처럼 한순간의 섬광처럼 번뜩이며 청자들에게는 그 어떤 소리보다 더 큰 울림을 준다. 마침내 분열된 자아는 회복되게 된다. 때문에 시대적 통증 공간에서의 울림과 동시에 승화의 시학을 드러내는 시 텍스트성의 가치는 배가 되는 것이다.

> 날이여… 대비극의 날이여
> 슬픈 세상에 있는 꽃이 사라졌네
> 어제… 너는 티끌도 없이 밝게 피었네
> 오늘… 네 피는 흘러내려 사람의 마음에 넘친다
> 작은 꽃은 피의 강을 흘러가고
> 창백한… 부지런한 영혼이여 너는 떠돌지도 불안해하지도 말아라
> 네가 태국 사람들 자리 잡기를 바란다.
> 날이여… 대비극의 날이여
> 슬픈 꽃의 냄새가 쓸쓸하게 풍긴다
> 영혼이여… 고통스럽게 사라지지 말아라
> 희망의 꽃을 뿌려 미워함을 덮는다
> 기구하기 위해 마음을 보낸다
> 남자와 여자 모두의 영혼에게

그의 생명이 다하여 사라진 것은 사실이다
그 용감함은 영원할 것이다
그 피 한 방울 한 방울은 맑아
잊지 못하도록 추억에 점을 찍었네
민주주의는 확고할 것이다
만일 태국 국민 모두가 영원히 지키면
(중략)
생명이 다하도록 지킬 것이다
그 "피와 눈물"을 잊지 말아라

- 쿨라삽 룽루디, <대비극의 날에>[21] 부분

태국의 시인 꿍라쌉 룽르디의 위의 시 한 편을 읽음으로써 시인뿐만 아니라 '태국 국민 모두가' 처한 당대성은 너무도 끔찍스러운 시대적 통증 공간이었음을 청자들은 한순간에 인지할 수가 있다. <대비극의 날>은 바로 1970년대 시인이 처한 시대적·사회적·문화적·정치적으로 상황이 너무도 피폐했으며, 그래서 시대적 통증 공간은 시 텍스트와 결코 뗄 수 없는 관계성으로 묶이는 기표로 의미 작용을 하고 있기 때문이다.

시인은 '날이여 대비극의 날이여, 날이여 대비극의 날이여'를 두 번씩이나 반복하여 표출하고 있다. 그것도 시 초입에서 발화하고 있는데, 이는 대상-민주화를 위해 '피'가 되어 희생당한 '영혼'들, 혹은 시인이 처한 그러한 시대에 대한 통증-들에 대한 주체의 응시가 먼저 내재되어 청자들에게 그 어떤 것들을 들려주기 위한 전제 조건으로서 큰 울림을 주게 된다. 그렇다면 이러한 울림에는 무엇이 담겨 있는 걸까.

---

21) Somphorn Mantasutr, Wannakamthaipatjuban, Bangkok:Wangburapha, 1982, 김영애 번역.

지금 시인은 '사라진 꽃', 즉 '민주주의'를 위해 싸우다 죽어간 '용감'한 '영혼'들이 흘린 '피의 강'에서, '슬픈 꽃의 냄새'로 가득한 공간에 놓여 있다. 이때 시인은 청자들을 향하여 '그 피 한 방울'도 '잊'지 말자면서 '민주주의는 확고할 것이다'라며 단호하게 의지를 표명하고 있다. 여기서 <대비극의 날>에 흘린 영혼들의 피와 눈물과 '민주주의'는 등가를 이룬다. 이때 주목할 시적 이미지는 바로 시인이 고통을 이겨내고자 하는 자의식이 담긴 부분인데, 여기에서 바로 승화 작용이 이루어지게 된다. '희망이 꽃을 뿌려 미워함을 덮'고 있기 때문이다. 이렇듯 극한 상황에 처한 상황에서도 시적 화자는 가해자들에게 미움이나 원망 등을 보이는 것이 아니라 오히려 꽃을 뿌려 주어 미워함마저 덮어 주는 미덕을 드러내고 있는 것이다. 여기서 한국의 전통 시인인 김소월의 <진달래꽃>의 '승화된 사랑'과 어떤 면에서는 의미가 상통하고 있음을 직감하게 된다.

그렇기에 <대비극의 날>은 시인에게 있어 혹은 청자에게 있어서 시대적 통증 공간인 것을 부인하기란 결코 쉽지 않다. 그날, 대비극의 날에 수많은 생명은 희생되어 피로 사라져 갔기 때문이다. 이들 희생된 영혼들을 위하여 여성 주체인 시인은 이를 극복하고자 가해자-민주의 반대편 이데올로기-들에게 미움을 갖는 것이 아니라 미움을 덮는 행위를 취하는 것은 바로 여성성의 특성인 허여성의 발로를 보이고 있는 것이다. 이러한 행위에는 더 이상 어떠한 기표로도 대신할 수 없는 기의들이 담긴다. 용서받는 자에게는 울림을 주고, 용서하는 주체에게는 원수에 대한 승화 작용을 일으키게 한다. 울림과 승화가 더욱 견고하게 되는 것은 시인이 희생당한 영혼들을 버리는 것이 아니라 '생명이 다하도록 지키'자는 내적 울림이 선재했고, 희생당한 이들에 대한 '피와 눈물을 잊지' 않고 있기 때문이다. 때문에 시인이 고통스러운 시대의 지독한 통증을 견뎌내는 방식, 끔찍한 고통마저 끌어안는 방식은 어느 순간엔 종교마저 초월한, 그래서 부처의 가르침인 자비와 예수가 원수를 사랑하라 했던 기표들이 동시에 등가를 이루는 측면이 되기도 한다.

마침내 청자들에겐 더욱 깊게 각인시킴으로써 더 큰 울림을 주는 동시에 처참하게 죽어간 이들에 대한 애도는 더욱 승화되게 한다. 이는 시인의 의식이 피가 흐르는 강을 응시하고 그 응시한 대상을 철저하게 내면화함으로써 가능한 것이다. 이것이 사회적·문화적·정치적으로 대혼돈 상황이었던 그 시대적 통증 공간을 이겨내는 여성 주체로서 시인의 지적 담론이며, 이는 그 시대를 산, 혹은 지금 이 순간에도 살아가는 우리-얼마 전까지만 해도 자유와 민주를 원하는 태국인의 사태 등-의 구체물로서 국적을 초월해 자유를 구가하는 자들에게는 현실태22)가 되고 있는 것이다. 시인이 처한 고통의 시대적 공간을 넘어설 수 있는 것은 시인의 바람대로 '태국 국민이 이를 지'킬 때라야 가능태가 될 것이다.

이처럼 한·태 양국의 두 여성 시인은 자신이 처한 시대의 지독한 통증을 단순히 낭만적 감성으로만 치부해 버리거나 아픔으로 고착시키는 것이 아니라, 그것을 뛰어넘는 울림과 승화로서 타자의 위치를 지워내고, 당당한 여성 주체로서 시 텍스트성은 견고하게 자리매김된다. 한·태 여성 시인들이 겪어낸 그 끔찍한 시대적 통증공간이 비록 허구화된 진실이거나 혹은 허구화된 진실일지라도.

---

22) 필자가 3년 전 태국 실라파껀대학교 한국어과 객원교수로 있었을 때, 그 기간에도 태국은 소위 쿠데타로 인해 사회가 몹시 혼란스러웠음을 직시한 경험이 있다.

6. 승화된 여성시학

　지금까지 한·태 여성 시에 대하여 페미니즘적 관점으로 텍스트성을 밝혀내기 위해 비교하여 심층 있게 읽기를 해 보았다. 이와 같은 읽기의 과정들은 양국 여성 시인들은 대상을 바라보는 인식 주체로서 자신이 처한 시대적 상황에서의 다양한 양상들을 어떻게 형상화시키고 있는가, 그래서 모든 시적 이미지의 의미화 작용들이 상호 작용하는 다양한 구조 속에서 영향과 결정, 인과성 등이 어떠한 양상으로 시 텍스트에 어떻게 내면화되고 있는가에 대한 의문에서 출발한 읽기의 과정이었다.

　문학은 후기소비사회의 문화논리, 즉 광고와 말의 홍수, 이미지가 실체를 삼킨 디지털문화 속에서 어찌 보면 한켠으로 밀려나 자칫 소외된 양식으로만 보일 수도 있다. 하지만 시라는 장르는 픽션을 기본으로 하는 소설과 달리 의식, 혹은 무의식의 결정체로서 지니고 있는 의미나 가치 등은 결코 사라지지 않을뿐더러, 오히려 시 텍스트가 갖는 장점은 영상 매체의 콘텐츠를 만들어 내는, 그래서 시적 상상력이라는 구심점으로서의 역할을 담당할 수가 있다.

　한국이나 태국이나 아직도 여성 시인들의 텍스트는 남성 중심 비평에서 볼 때에 자칫 밀려나 왜곡되거나 혹은 폄하시켜 부각되는 측면이 없지 않을 것이다. 이는 지배담론에서 문학 행위의 주체가 남성이었음을 부인하기가 결코 쉽지 않기 때문이다. 이 지점에서 필자는 가까운 시기에 페미니즘이라는 기표가 사라지고 휴머니즘이 그 자리를 대신하기를 바라고 있다.

　한·태 여성 시인들의 시 텍스트는 다양한 층위에서 공통점과 차이점을 모두 함유하고 있다. 양국 여성 시인들은 페이소스라는 여성적 감성으로 시적 형성화를 이루고 있는 것이 아니라 이 기표를 뛰어넘고 있다. 양국 시인들은 여성 의식을 주체적으로 표출하고 있으며, 남성 중심 사고인 중심부를 전복하고 다원화를 지향하며, 타자성을 극복하고 존재 인식은 세계로까지 나아가고 있다. 당당한 여성 주체로서 자아를 인식하고 타자에 대한 허여성을 드러내는 동시에 언술 양상이 때론 상징질서에서 크게 벗어나지 못한 듯하지만 그 의식은 당차고 힘이 있으며, 타자를 무한히 그러안는 기호계적 열린 언술을 지향함으로써 떨림을 독자들에게 한 번쯤 갖게 해 주고 있다. 또한 여성 시인들이 처한 당대성이 지독하게 고통스러운 시대의 통증 공간인데, 즉 모순과 파편들로 가득 찬 시대가 대혼돈이라 할 수 있을 정도로 혼란스러울 때, 그 시대의 한복판에서 현실을 응시함으로 해서 자신들이 겪어낸 것들을 형상화시키고 있다. 그래서 한·태 양국의 여성 시인들은 모순된 당대의 기표인 양 이데올로기를 거둬 내고, 그 자리에 하나로 융화되는 울림과 승화의 시학을 위치시킴으로써 시 텍스트성은 국가와 민족과 시대를 초월해 현재 진행형으로 그 시적 가치는 최대치를 지니고 있다고 할 수 있다.

아직까지 '비교 문학 연구'의 측면은 정치, 경제, 사회적 분야보다는 아주 작은 귀퉁이에 위치하고 있다고 보인다. 필자는 한국문학 전공자로서 거시적인 측면에서 문학(문화)은 동아시아 관계를 보다 더 든든히 떠받쳐주는 교량의 역할을 한다고 주장하고 싶다.

앞으로 더욱 활발한 비교 문학 연구가 이루어지려면 동아시아 언어 전공자들이 좋은 문학 작품을 발굴하여 다양한 번역 활동이 선행23)될 때, 그 가능성은 한층 더 커질 것임을 기대해 본다.

- 문학과 문학교육의 지평 열기, 그 한켠에서

아직도 고독할 것만 같은 위대한 영혼 임화, 그를 좇는 순간

이 한 장은 그야말로 바람처럼 마음대로 읽어낼 것이고, 멋대로 손가락 움직여가면서 자유롭게 쓰기를 한다. 이렇다 할 이론을 들이대지 않은 상태에서 읽고 쓰기를 함으로.

---

23) 필자가 태국 실라파껀대학교에 있었을 때, '한국문학 교육의 나아갈 방향'에 관하여 치앙마이 라차팟 대학으로부터 초청 받아 강의-부족하였지만-를 한 적이 있었다. 그때 '한·태 문학 비교 연구'의 중요성 이전에 먼저 '한국문학 번역의 문제점'에 대해 심각성을 갖게 되었다. 비록 재직한 기간은 짧았지만, 실제 '한국문학 번역의 현황'을 나름대로 세세히 살펴본 결과에 너무 놀랐기 때문이다. 한국문학이 태국어로 번역되는 것은 제대로 검증되지 않은, 즉 한류현상과 상업성이 맞물려 청소년들의 말초신경만 자극하는 저속한 내용, 에니메이션 등이 대부분이었다고 해도 과언이 아니다. 당시 태국의 한국어과 재학생이나 졸업생들을 통해 주로 번역활동이 이루어지고 있는 형편이었다. 고급(수준 있는 대중문학) 문학은 전혀 번역이 이루어지지 않고 있는 상황이었다. 이와 같은 현상은 정말 심각하다고 볼 수 있다. 이 부분에 대해서는 태국어를 전공하는 분들과 한국어를 전공하는 태국의 우수한 인재들이 힘을 모아 진정성 있게 한국의 수준 높은 문학에 대한 관심을 좀 더 기울여 좋은 번역을 해야 할 필요성이 있음을 감히 필자는 강조한다. 좋은 번역 문학은 원어민과 외국어를 전공하는 자의 몫으로 정서 공유에서 나오는 결과물이기 때문이다. 수준 높은 작품 번역은 문학에서 한 발 더 나아가 문화의 활발한 교류에도 이바지할 수 있는 원동력이 아닌가.

문학사를 논할 때 카프와 임화라는 두 단어는 잊지 않고 늘, 마치 습관적인 것처럼 술술 떠올리게 된다. 왜? 왜 그럴까?

임화의 시 몇 편을 골라 거침없이, 그래서 그야말로 필자는 독자가 되어 마음대로 읽어내고 읽어낸 것들을 자유롭게 표현해 볼 것이다. 읽기와 쓰기라는 행위가 하나가 되는 그 순간이다. 그 누구도 개입할 여지를 두지 않기에. 또한 이 장에서는 필자를 '나'라는 기표로 사용함을 먼저 밝혀두고 글을 쓰고자 한다.

임화의 본명은 임인식이다. 나와 종씨라는 점에서 내 맥박은 너무 빠르게 뛴다.

林仁植[24]의 "아아, 나는 새 시대의 맥박이 높이 뛰는 이 하늘 아래 살고 싶다"라는 시 구절이 계속 가슴을 후벼 파고드는 까닭은 왜일까?

이십일 세기인 지금, 맥박이 높이 뛰는 그의 하늘은 없다. 인간들이 뿜어낸 악취-이성이 양 이데올로기라는 도그마를 견고하게 해 놓았기에-는 하늘을 구멍 내고 말았으니까. 이제 박살 난 오존이 내 심장마저 마구 파먹는 이 시대에 던져진 나, 그저 살아갈 뿐이다.

그 앞에서는 이데올로기라는 허울로 쓰인 정치인? 문학평론가? 따위의 허섭스레기 같은 단어들을 집어치우고 싶다. 그래야 비극의 주인공으로서 아픈 시대를 앞서 살다간 임화라는 한 사람의 가장 진솔된 목소리를 어렴풋이나마 들을 수 있을 터이니.

아름답다, 이 형용사처럼 애매모호한 말이 더 있을까? 무엇이, 구체적으로 어디가 어떻게 아름답다는 말인가.

---

24) 임화의 본명이 林仁植. 오래전에 돌아가신 필자의 사랑하는 아버지 함자가 林昌植이다. 이 두 남자의 상관관계에 대해서 궁금한 것이 너무 많았으나 임화의 죽음 뒤에는 아무것도 남아 있지 않아 찾을 수가 없었다. 앞으로 찾으려고 애를 쓸 것이다. 더욱 깊은 연구를 소망하면서.

우리의 눈을 사로잡지 못하는 것, 그래서 우리의 감각을 자각하지 못하는 것은 통상적으로 미의 범주에서 이따금 추방되곤 한다. 하지만 진정한 아름다움은 우리의 감각을 자극하는 것만으로는 그칠 수 없다. 오관과 뇌수를 함께 뒤흔들어 빠져나가 미처 채 영글지 못한, 그래서 결코 생명을 가질 수 없었던 그것이 가장 아름다울 수는 없을까.

존재의 심연을 밝히기 위해 온갖 고행을 감수하는 구도자, 고통받는 이웃을 소리소문없이 도와주는 따듯한 심성의 소유자, 사회와 역사의 어두움을 제거하려고 침묵 속에 혼신을 다하는 고독한 자야말로 아름다움을 드러내는, 그래서 진정한 아름다운 자인지도 모른다. 때문에 내게 있어 임화는 그렇게 아름다운 자일 수밖에 없다.

그토록 끔찍스러운 이데올로기, 그 두 색깔로 줄긋기를 해 놓았던 남북한 문학이 어인 일로 서로 교류될 것 같았는데 언제부터인가 어쩌고저쩌고 쉰 목소리들이 들리기 시작하였다. 어찌했든 반쪽짜리 우리의 문학 연구는 그 내재적 요소보다는 외재적 상황에 지나치게 무게 중심을 두어 왔음을 부인하기란 쉽지가 않은 일이다. 이는 민족 문학사 중에서 근대 문학사는 20세기 초부터 오늘에 이르는 식민 통치와 남북분단, 그리고 남북의 파시즘적 정치 상황으로 이어지는 결코 짧지 않은 질곡의 세월에서 자유롭지 못했다는 이유를 붙여도 괜찮으리라.

이제 반쪽은 자기의 반쪽을 다시 찾으려 한다. 월북 작가들은 이데올로기를 신앙처럼 신봉했지만, 그것의 가장 큰 피해자 또한 그들 자신이라는 역사적 아이러니의 주인공들로 다시 우리에게 다가오고 있다.

그들 가운데 문학사의 한 귀퉁이가 아닌 한 가운데에 너무도 당당하게 버티고 섰다가 형장의 이슬로 사라져 간 인간 임화, 그는 결코 어설픈 시인도 아니요. 어설픈 정치가도 아니었다. 그는 오직 모순된 정치적 상황 속에서 살다 간 비극적 아이러니의 대표자일 뿐이다. 한국 근대사에 있어서 그처럼 불운한 삶의 궤적을 그어 놓은 인물이 또 있을까?

임화, 그 사람이야말로 운명을 미리 예측했던 진정한 사람, 진짜 시인이었다.

이제 나는 그의 시 몇 편을 통해 그의 영혼을 단 몇 초간이라도 만나려고 한다. 옷깃만 스쳐도 몇억만 년의 인연을 생각할 수 있다지 않던가.

나는 그를 모른다(감히 임화를 ‘그’라고 표현하는 내가 너무 수준 이하다. 나의 아버지의 큰 형님, 아니 어쩌면 나의 할아버지가 되실지도 모르는 그분을 감히 그라고 하다니. 하늘에서 저를 크게 용서하소서). 그를 알아내기엔 그가 내겐 너무나 크고 무섭다. 그래서 그를 알 수가 없을지도 못할 뿐만 아니라 감히 그에게 접근할 수조차 없다. 다만 너무도 부족한 문학 연구자로서 나는 그에게 한 발자국만 다가서도 크게 만족하리라.

가장 정치적인 국민들이 한국인이라고 하지 않던가. 하지만 아이러니하게도 나는 가장 비정치적인 인간축에 낀 존재라고 말할 수 있다. 그래서 솔직히 어떠한 이데올로기라도 알고 싶지 않다. 롤랑바르트 말대로 자본주의는 이데올로기를 신화화하지 않았던가. 그래서 지금 세상은 온통 신화화되어 너와 나를 속이고, 속고 있는 것 아닌가.

근대 시민 혁명의 결과로 성립하는 민주주의는 부르주아 민주주의로서 그 형태와 계급적 내실에 모순을 내포하고 있으며, 이에 대해 마르크스 축으로부터 프롤레타리아 민주주의의 개념이 대치되어 왔음은 누구나 인지하고 있다. 이와 함께 근대 모던 사회는 경제적으로 자본주의라는 제도적 이데올로기에 의해 운용된다. 이 자본주의는 봉건적 생산 양식과 문화적 관습들마저 과감하게 부정하고 파괴하면서 대량의 상품화, 획일화된 일상 속에 인간 소외를 초래하였음을 우리는 부정할 수 없다.

지금 이 점만을 나는 다만 기억하고 싶을 뿐, 어떠한 이데올로기도 더 이상 거론하고 싶지 않다. 착취와 비착취의 모순된 사회 구조를 부정하고 당대 한국 사회의 자본주의와 제국주의의 속성을 아주 부정적으로 인식하고 비판하였던 이가 유일하게 임화, 그분뿐이었음은 이미 한국의 문학연구자라면 누구나 다 아는 사실이니까 말이다. 그렇기에 나는 '임화'라는 한 인간, 그 위대한 '시인'과 그저 마주치고 싶을 뿐이다.

고독한 인간, 절대자처럼 엄숙한 삶을 살다간 시대의 불운아, 그의 위대한 영혼이 시다.

아이들아, 너희들은 공을 물어오는 사냥개!
월천군들은 눈 먼 포수!
그러나 사냥개란 집에서 놀릴 때도 고기를 주지만,
그렇게 너희들은 온 종일 마당에 풀만 뜯다
비를 맞으며 강아지처럼 달달 떨고,
뚝을 넘어서 집으로 가 내놀 것이란 빈손뿐이니, 들앉았던 아버지
는 화를 내실밖에?
그럼 너희들은 이곳에 놀러 온 것이 아니로구나

– <골프장> 부분

                가난한 동포와
                주머니를 노리는
                외국 商館의
                廣木과 통조림의
                밀매를 의논하는
                廢 王宮의
                商標를 위하여
                우리의 머리 우에
                國旗를 날릴
                필요가 없다

- <旗ㅅ발을 내리자>[25] 부분

임화!

그는 가난한 동포의 '주머니를 노리는' 서구 자본주의, 제국주의의 무차별적인 탐욕 앞에 서서 통곡하며 허물어지는 '廢 王宮'의 오염된 실상을 담아 놓는다. '외국 상관'들, '통조림의 밀매'와 '골프장' 등으로 꽉 들어찬 도시, 서울. 이제 경성은 서구자본과 제국주의가 침투되어 또다시 지배당하기 시작한다. 자본을 지탱하는 이성 중심적 사고와 논리의 체제, 그 자리에서 '아버지는 화를 내'건만… 도시는 '공을 물어오는 사냥개'만이 으르렁거리는 곳으로 탈바꿈 된 채, '썩은 살코기 냄새'가 밴 '비를 맞으며' '강아지처럼 달달 떨고', '빈 손'뿐인 '너희들', '온 종일 마당에서 풀만 뜯는', 너희들이 바로 우리들인 것이다.

여기서 임화는 온갖, 서구 상품 쓰레기로 오염된 골프장의 한편에서 잃어버린 왕궁을 되찾고자 몸부림을 한다. 가난한 우리들의 주머니나 노리고, 밀매나 하는 외국 상인들과 관리들이 판치는 그런 왕궁

---

25) 「林和研究」, 金允植, 文學思想社, 1989.

은 당연히 '폐 왕궁' 되어야만 한다. 부정부패와 부조리가 판치는 왕궁을 우리는 우리의 머리 위에 다시 쓸 이유가 없다. 낡은 것, 추한 것, 의존적인 것들을 버려야만 한다. 온갖 부정부패로 가득한 폐왕궁을 말끔하게 지워내고 씻어내고 버려야 한다. 그렇기에 '국기도 우리의 머리 위에 날릴 필요가 없다.' 이제 새 조국을 건설해야만 한다. 그것이 어떠한 이데올로기이든 이데올로기를 등에 지지 말고 아득하게 잃어버렸던, 아니 쫓겨나야만 했던, 어딘지 모르겠지만 그 아득하기만 한, 그렇지만 너무도 행복한 에덴동산에 대한 강렬한 지향성을 지녀야 한다. 그러기 위해서는 영혼은 결코 메말라서도 아니 된다. 그래서 다시 생명의 정화수를 우리의 머리 위에 우리 스스로 부을 줄 알아야 한다.

"네 온갖 부정부패로 가득한 폐왕궁, 이제 깃발을 내려야만 한다"는 임화의 말이 지금 내게 그 어떤 떨림과 울림을 강렬하게 주고 있다.

> 폭풍우다 xx다
> 우리들의 진격하는 전열을 향하야 두 동지는 헤어지지 않느냐
> 세계의 동지야…
> 1927… 리아
> xx에 대하기를 xx으로
> 우리들은 동모와 같이 용감하게 전장으로 가자.
>
>   - <曇>1927 부분

시인 앞에 놓여진 '폭풍우', 그 폭풍우 속에서 그가 지향하는 것은 '전장'으로 나가기이다. 비인간적인 이념들을 폐하기 위해 용감한 '동모들이' 진격하는 그곳은 과연 어디인가. 이들은 광란의 폭풍 속에

가로 놓인 이념들을 뚫고 그 어디론가 잠입하기 시작한다. 이들이 가
는 곳 전장, 그곳은 어쩌면 인간과 인간들이, 인간과 자연이 한데 뒹구
는 공간-나뭇잎 따위로 그 추한 허물들을 결코 감추려 하지 않는-인지
도 모른다. 그 공간으로 용감무쌍하게 진격을 해야 한다. 전장, 그곳은
밀매되는 통조림 같은 것들 따윈 감히 놓일 자리가 허락되지 않은 곳
이다. 그러니 '우리들은 동모와 같이 용감하게' 가야 하는 것이다.

<blockquote>
나는 이같이 간악한 동안에서
더 오래 살고자 하지 않노라
그리하야 나는 떠나가리라
지내간 모든 거룩한 꿈이나
기리든 거룩한 동안이나
光明을 싸간 어둠 속에서
한가지 아울러 파묻어두고
… (憎惡와 싸움이 나의 고단한 몸을 파악하는 나라로)
나는 길 떠날 차림을 하노라
…(겨울)
</blockquote>

- <宣詩> 부분

　　임화는 '宣詩'로 그 무엇인가를 알리고자 한다. 그는 '간악한 동안'
에서 더 오래 살고자 하지도 않는다. 거룩한 '꿈', '광명을 먹어 치운
어두움'은 마치 아우토반처럼 무제한 속도로 질주해 오니 이들을 제
어해야만 한다. 더 이상 '고단한 몸'을 누일 데가 없다. 이곳은 고단한
민중의 마음조차 헤아려 주지 못하기 때문이다. 너무도 '간악'한, 그
래서 너무도 거대한 악마적 요소인 이곳은 '광명을 싸간' 곳이기에
사람이 살 수 있는 곳이 아니다. 때문에 '나는 길 떠날 차림'을 하는

것은 당연한 이치다. 그렇다면 '고단한 몸을 파악하는 나라', 그 나라는 도대체 어디 있는 것일까.

어쩌면 시인은 시대에 대한 인식, 즉 그는 이데올로기의 역사의 방향성을 이미 알고 있었기에 길 떠날 수 있었던 것이 아닌가.

지금 독자로서 내가 살아 숨 쉬는 이 시대의 이념들이란 난지도에 이미 매몰되었어야 하는데…. 아직도 좌파빨갱이란 단어가 총·대선 때만 되면 난무하는, 이십일 세기 디지털시대의 아이러니란…. 도대체 좌우파가 어디 있고, 무슨 필요가 있을까. 그저 임화가 지향했던 그곳으로의 길 떠남은 바로 인간과 자연, 너와 나의 삶이 평화로우면 되는 것 아닌가. 실낙원을 했기에 결코 그렇게 될 수는 없겠지만.

임화라는 한 위대한 인간, 그 시인은 양 이데올로기가 폐기처분되기를 어쩌면 원했을지도 모른다. 그렇기에 양 이데올로기의 팽팽한 싸움 속에서 한 몸으로 감싸 안고 시대의 십자가를 스스로 제 등에 지고 길 찾아 나서려고 하였는지도 모른다. 그의 길 떠남은 결코 가벼움이 아니다. 너무도 지독한 외로움이다. 왜? 그 경계선에서 너무도 억울하게 죽임을 당했으니까. 너무도 견고했던 양 이데올로기에 의해서. 이쪽도 저쪽도 아닌 그곳에서.

네가 지금 간다면 어디를 간단 말이냐
그러면 네 사랑하는 젊은 동모
너 내 사랑하는 오 한아뿐인 동생 順伊 너의 사랑하는 그 귀중한
아이희…
勞動하는 모--든 여자의 戀人
(중략)
자 좃타 바루 鐘路 네거리가 아니냐…
어서 너와나는 번개갓치 손을 잡고 또 다음일 計劃하러 또 남은 동

모와 함께
거문 골목으로 드러가자
네 산야회를 찻고 또 勞動하는 모든 여자의 연인인 勇敢한 靑年을
차즈러…
그리하야 끄니지 안는 새롭은 用意와 계획으로 젊은날을 보내라

- <네거리의 順伊> 부분

이 시를 쓸 당시 임화는 볼세비키화와 계급 혁명이라는 단어를 극명하게 드러내고자 한 시기라고 할 수가 있다. 잠깐만 언급하기로 하자. 그의 단편서사시를 변호하기 위해서라도.

임화의 '카프' 입성은 어쩌면 서울을 오염시킨 전범들에 대한 적극적 대응 방식의 하나로 채택된 것일지도 모른다. 비록 지금 시대를 훌쩍 건너 뛰어 이데올로기를 저버리고 살아도 되는 우리들이 '정치성을 띤 자'라는 그의 닉네임을 지울 수가 없다 할지라도. 하지만 대중적 볼세비키화를 주창했던 카프의 제2차 방향전환과도 관련되는 바, 예술 조직이라기보다는 정치 조직의 성격이 강했던 1차 방향전환(1927) 이래 그동안의 오류를 청산하기 위해 기본의 문학 분야에만 한정되었던 활동을 전 예술의 분야로 확대시켜 놓는 임화의 능력, 그 누가 부인할 수 있단 말인가. 예술 운동의 차원을 넘어서 대중의 문화를 조직적으로 발전시키려 했던 당시, 이와 같은 단편 서사시로 임화는 부진했던 프로시의 한 타개책을 제시한 것으로 보인다는 논의가 기존 연구자들의 입장인 것으로 나는 받아들인다.

임화, 지금 길 찾아 나선 그는 '종로 네거리'에 잠시 서서 세상을 읽고 있다. 사랑하는 '노동'하는 '누이 순이와 사랑하는 그 아이희 청년'들과 함께.

352   읽기와 쓰기 사이의 시학

그는 계급투쟁 따위를 전면으로 드러내 놓는 것이 아니라, 오히려 위 시처럼 서정성이 짙은, 그래서 서사적 이야기를 지니고 있는 시를 우리들에게 남겨 놓았다.

'나'와 '누이'와 '청년'은 모두가 서로 사랑할 수밖에 없는, 그래서 서로에게는 '연인'들이다. 비록 '거문 골목'일지언정 함께 걸어가야 하는 사람들은 '번개갓치' '손 내밀어 맛잡고' '다음일'을 '계획'하러 길을 떠나야 한다. 길 떠남의 행위는 결코 에서 '끝나지 않아야' 하므로. '새롭은 용의와 계획으로'써 '젊은 날을 보내'기 위함이다. 길 떠나는 연인들은 어떠한 고통 속에서도 서로 아껴주고 한없이 내어 주며 끝없이 함께 가는, 그래서 너무도 행복한 존재들인지도 모른다.

다시 임화의 목소리에 살며시 귀 기울여 본다.

'종로 네거리'는 '좋'은 도시이어야 한다. 태초의 빛이 감도는 도시이어야 한다. 유토피아적인 도시를 계획하고 건설하기 위해서 연인들은 손을 맞잡아야 한다. 도처에서 돌발하는 위험한 상황이나 사라질 운명에 대해서도 겁내지 않고 새로운 용기로 도전하는 자세로, 젊은 날을 보내야만 하는 것이다. 그런데 우리의 연인인 사랑하는 순이가 노동하는 거리인 것이다. 종로 네거리에 선 누이, 나, 청년들을 통해 시적 긴장감은 마치 광화문 광장 앞 분수처럼 치솟는다. 연인처럼 마음이 설레는 동시에 부르주아와 프롤레타리아의 대치 상황, 안과 밖이 보이지 않는 긴장된 상황이 내재된다. 이러한 상태에서는 통로가 제대로 보인다거나 있을 턱이 없다. 통로가 없는 종로 네거리에 선 이들에게 유일한 통로란 '거문 골목'뿐이다. 검게 자본화된 도시, 인간의 모든 것을 지배하는 그런 검은 골목으로부터 자유로울 것이란 단 하나도 없다. 그렇기에 떠나가고자 하는 어두운 골목은 현실 도피가 아니라 도달할 수 있는 태초의 공간으로의 이동인 것이다. 하지만 갈 수가 없다. 시인은 이를 이미 알고 있었는지도 모른다. 통로가 없는 길을 가려 하니까. 그렇다 해도 막을 자는 그 누구인가. 때문에 시인은 비록 암흑인 골목일지라도 언젠가는 거대한 빛이 감도는, 그래서 인간이 인간답게 살아 숨 쉬는 도시가 되기를 '계획'하고 있었는지도 모른다. 지금 당장은 힘들고 너무나 아플지라도, 노동하는 순이의 고단한 몸을 쉬도록 해 주는 도시 건설을 위해 젊은 날을 희생하기를 주저할 수는 없는 것이다.

어쩌면 임화는 자신만의 유토피아적 세계를 꿈꾸며, 그래서 새로운 계획을 세우는 젊은 날을 노래하고 있었는지도 모른다. 그런데 그 노래가 너무도 고독하기만 하니 어찌할까.

<blockquote>
자유를 위하여 그대들과 함께 노래부르든
우리의 목소리를 기억하는가
주검의 마당에서 그대들과 더불어 원수와 싸호든
우리의 모습을 외우고 있는가
</blockquote>

— <祭詞> 부분

자본주의에 길들여지는 삶을 버리는 경계선에서 나아갈 방향은 이들 세 젊은이들이 연인처럼 끌어안고 지향할 것은 노동의 세계일뿐이다. 폭풍우 몰아치는 힘겨운 상황에서 헤쳐 나가 살 수 있는 삶이란 이들에겐 노동뿐이다. 때문에 이들의 노동이야말로 생명이요, 주체요, 자유인지도 모른다. 인간의 진솔된 목소리다. 그런데 노동하는 목소리가 고독하다. 때문에 고독한 목소리에 담긴 곡조가 아프게 들린다.

이 고독한 목소리의 주인공은 자신의 운명에 대한 그 무엇이 뒤따를 줄 이미 알고 있었는지도 모른다. 자유를 위하여 제사를 지내면서 '자유', 해방을 맞이했다. 제국주의는 아직도 마수의 손길을 놓지 않는 상황 속에서 한 발 더 다가온다. 이때 '자유를 위해 함께 노래 부르던' 목소리들을 기억해야 한다. '주검의 마당' 앞에서 '원수와 싸호든' '우리의 목소리'를 우리는 기억해야 한다. 이제 이들의 목소리는 '해방'이라는 틈새를 뚫고 꿈틀거리기 시작한다. 노동 현장에서 외치던 목소리들을, '제사'를 통해서 주검과 맞바꾼 자유의 목소리들을 다시 들어야 한다. 그 목소리가 육체를 뚫고 영혼과 정신에 다시 피어오르기 시작한다. 이러한 목소리에는 배제의 논리나 지배의 논리 따위의 허접한 것들은 결코 담겨질 수가 없다. 오직 자유만 가득 담겨질 뿐이다. 얼마나 그렸으며, 얼마나 성취하고 싶었던 자유인가. 이제 임화는 상실된 유토피아에 대한 꿈을 사랑하는 딸에게 자유롭게 들려주려 한다.

아직도
이마를 가려
귀밑머리 땋기
수집어 얼굴을 붉히던
너는 지금 이
바람 찬 눈보라 속에
무엇을 생각하며
어느 곳에 있느냐
머리가 절반
아버지를 생각하여
바람 부는 산정에 있느냐
가슴이 종이처럼 얇아
항상 마음 아프던

엄마를 생각하여
해 저므는 들길에 섰느냐

그렇지 않으며
아침마다 손길 잡고 문을 나서던
너의 어린 동생과
모란꽃 향그럽던
이야기 소리 귀에 쟁쟁한
그리운 동무들을 생각하며
어느 먼 곳 하늘을 바라보고 있느냐

사랑하는 나의 아이야
벌써 무성하던
나무 잎은 떨어져
매운 바람에
마른 가지에 울고
낯익은 길들은
모두 다 눈 속에 묻혀
귀 귀우리면 어데선가
들려오는 얼음창 터지는 소리
아버지는 지금
물소리 맑던 락동강가에서
악독한 원쑤들의 손으로
불타고 허물어진
숱한 마을과 도시를 지나
우리들이 사랑하던
서울과 평양을 거쳐
절벽으로 첩첩한 산과
천리 장강이 여울마다 우는
자강도 깊은 산골에 와서
어데매도 있는가 모를
너를 생각하여 이 노래를 부른다

    - <너 어느 곳에 있느냐> 사랑하는 딸 혜란에게 부분

이 시에 대해 기존의 논자들이 이념을 토대로 하여 어떻게 평가하든 내게는 이데올로기를 떠나 읽혀지는 시일뿐이다. 어떠한 당위성을 부여한다 해도 허접쓰레기 같은 이념은 부각시키고 싶지가 않다. 한 인간이 자식에 대한 사랑을, 그저 인간이었음을 절절이 토해내고 있기 때문이다. 여기엔 인간의 떨림이 있어 더욱 아프다. 너무나 인간적인 임화를 읽을 수 있는 유일한 시라고 나는 고독하게 읽어낼 뿐이다.

그도 사람이다. 시인이기 이전에, 이데올로기를 말하기 이전에 그는 딸을 지독히 사랑하는 한 남자, 아버지였던 것이다.

인간들만의 이념, 그래서 동족끼리의 처절한 싸움, 피비린내 나는 '낙동강' 강가의 비참한 실상에 천착하면서도 한 남자는 인간임을 진솔하게 드러내고 있다. 시인이기 이전에 한 아버지로서. 그래서 그는 총성이 오가는 끔직한 상황 속에서도 딸을 위한 노래를 불러 준다. 고요하게, 그러나 웅장한 목소리로, 너무도 처절하게. 너무도 보고픈 딸에게 말이다.

'어데메에 있는가'도 모를 딸에게 다가가기 위해서 아버지라는 염색체를 '서울'과 '평양'을 거쳐 '낙동강'가에서 몽땅 토해 낸다. 그가 토해 낸 진액 속엔 '귀밑머리 땋은' 딸의 모습이 끈적거리며, '모란꽃 향그럽던 고향집'과 '그리운 동무'들도 애처롭게 담긴다. 어쩌면 그가 낙동강에 토해낸 모든 것들이 딸에게 흘러들었을지도 모른다. 하지만 임화도 그의 딸 혜련도 없으니 나는 더욱 고독하다.

그는 한 치 양보도 없는 양 이데올로기의 처절한 줄다리기로 인해 몰리고 몰려 '자강도 깊은 산골에' 와서는 한 인간으로 돌아가고자 한다. 아버지로, 그는 죽지 않는 생명수를 마심으로 해서 죽지 않고 살아 있다. 딸이라는 생명수를 마셨기에.

이 시처럼 당대의 끔찍한 전쟁 상황 속에서 서정을 그대로 드러낸 시가 그 어디 있을까. 전장 속에서 한 인간의 처절한 삶, 자식에 대한 사랑을 거침없이 진솔하게 드러냄으로써 에덴의 공간에 마음의 뿌리를 드리우고 있는 가장 인간적인, 그래서 가장 아름다운 사람으로 내 가슴을 파고든다.

아름다운 사람, 죽음마저 아름답다. 그는 비겁하지 않았기 때문에. 그는 타인에 의해 죽임당하기 전, 그 스스로 이미 자신의 운명을 받아들였을지도 모르기에.

詩人의 입에
마이크 대신
재갈이 물려질 때,
노래하는 열정이
침묵 가운데
최후를 의탁할 때

바다야!
너는 몸부림치는
肉體의 곡조를
伴奏 해라

– <바다의 讚歌> 부분

이 시를 읽는 지금, 너무 가슴이 저미다 못해 소름까지 끼친다. 너무 슬퍼서.

그의 마지막 삶 속에서 쓰인 시가 아닐지라도 이 시는 그의 운명을 마치 그가 먼저 인지하고 쓰인 것으로 읽혀지는 것은 왜일까. 그 이유는 단 하나, 나는 그의 죽음에 관한 책을 읽고 다만 짐작하는 것뿐이다.

임화, 그는 서울 낙산 근처에서 태어나 보성학교도 스스로 도중하
차하고 십대에서 사십대를 거쳐 평탄치 않은 삶을 영위하는 동안, 그
많은 이들과 정치적·문학적 논쟁 속에 인간으로서 인간적인 감정을
그대로 표출하기란 쉽지 않았을 것이다. 시인으로서 말이다.

‘시인’은 더 이상 자신의 목소리를 낼 수가 없다. 청자들이여 ‘마이
크’ 대신 ‘재갈’이 물려진 ‘입’을 상상해 보라. 이것은 시뮬라시옹이
아니라 리얼리티이다. 시인이 그토록 열정으로 부르던 노래는 더 이
상 부를 수 없다. 재갈 물려진 입에서 어찌 노래다운 노래가 나올 수
있으랴. 그렇기에 ‘침묵’할 수밖에 없다. 이 침묵은 최후를 ‘의탁할
때’ 필요한 것이다. 인간으로서 피할 수 없는 상황, 부조리한 상황을
직시할 때 침묵은 또 다른 목소리로 작용하여 타자에게는 무시무시
한 무기가 될 수도 있다. 그렇기에 이때의 침묵은 마이크를 통해 부
르는 노래보다 몇 갑절 더 위대하다. 그렇다면 이 위대한 침묵의 곡
조는 어떤 것인가. 침묵의 곡조는 절망이 아니라 희망의 감춤이다. 이
러한 그의 바람을, 희망을 바다는 벌써 읽는다. 바다는 어머니요, 생
명의 부활이요, 카오스의 세계이기 때문이다. 그래서 대혼돈 속에서
몸부림치는 ‘육체의 곡조를’ 바다는 들을 수 있음을 시인은 벌써부터
직관하고 있었다. 그가 바다를 부르기도 전 이미 바다는 그의 침묵으
로 그를 모두 듣고 있었다. 재갈 물린 입 속에 감추어진 침묵을, 그의
진혼곡을, 바다만이 들어 준 것이다.

육체와 영혼이 합일되는 소리를… 침묵하는 소리를… 바다와 시인,
임화와 바다만이 아는 그것들은 무엇이었을까.

지금까지 임화라는 위대한 삶의 시를 독자로서 읽어내었다는 것이
너무도 부끄럽고 부끄러울 뿐이다. 나는 아주 작은 가슴으로 읽어내

는 동안 마치 살풀이를 하는 것처럼, 그간의 연구자들이 이데올로기라는 잣대로 임화 시를 해석한 부분이 정말이지 마음에 들지 않아 고개를 돌려버렸다. 임화 한 개인을 그저 사람, 그래서 그의 진정한 사람냄새를 보고 싶어 그의 시를 내 멋대로 해석하고 내 멋대로 글쓰기를 해보았다. 참으로 허접하고 또 부끄러움을 감출 수가 없다.

그는 시대를 아프게 살다간 고독한 자였다. 제국주의, 자본주의, 양 이데올로기라는 질곡 속에서 끔찍한 고통을 고통이 아니게 끝냄으로써 자신만의 영혼을 가지고 자유롭게 '그곳'으로(?) 갔다. 그를 죽인 자들은 누구인가. 나도 너도 아니라면 그 누구인가.

지금 그는 하늘에서, 혹은 땅 어디에선가 말간 영혼으로 그만의 자유함을 만끽하고 있을 것이라 나는 믿는다. 찌들어 살 수밖에 없는 나와 너를, 이십일 세기의 지식인들이라고 자칭하는 나와 너, 결코 잘나지도 못한 주제에 잘난 척하는 우리 인간들을 내려다보며 비웃고 있을지도 모른다. 아니 반드시 비웃어야 한다. 비웃기를 나는 소망한다. 더 많이 우리를 가르치고 채찍질해야만 한다. 그때도 지금도 우리의 정신과 영혼 속에 내재하여 살아 숨 쉬고 있는 그가 말이다.

이제 고독한 자의 위대한 영혼을 위하여 우리는 침묵을 벗어 던지고 그를 위해 새 노래를 불러야 하지 않을까. 거짓과 위선을 버리고. 적어도 우리 지식인들이라고 자처하는 이들이라면.

"아아 나는 새 시대의 맥박이 높이 뛰는 이 하늘 아래 살고 싶다"는 林和. 林仁植, 이제 그가 새 시대 새 하늘에서 편한 숨 쉬기를 진정 나는 바란다.

그 고독한 자의 위대한 영혼이 지금 이 순간에도 살아있음을 나는 거짓이라도 인지하고 싶어서.

임화, 그 만큼은 아니더라도 한 번쯤 우리들은 이 시대의 통증을 느껴야 하지 아닐까.

지금까지 내 시각대로 읽고 쓰기를 하여 텍스트를 새롭게 써 놓았다. 이 텍스트를 읽고 누군가 자신만의 시각으로 그것을 다시 쓸 것이고, 써야만 할 것이다. 이것이 진정 문학과 문학교육이 지향해야 할 임무이며 권리기에 말이다. 이러한 과정들은 언어를 사용하는 인간이기에 가능한 것이고 인간만의 성스러운 행위 가운데 하나가 아닌가. 그것이 곧 너와 내가 이루어 내는 시학이기에.

임명숙

서울교육대학교 국어교육과를 졸업하고, 성신여대자대학교 대학원 국문과에서 박사학위를 받았다. 『시와 산문』으로 등단했으며, 시집으로는 『그 바람이고 싶어라』, 『나는 아직도 이 만큼에서 서성이고 있다』, 『이렇게 이렇게 울어도』 등을 펴냈다. 그 밖에 저서로는 『기녀』, 『노천명 시와 페미니즘』 등이 있다. 태국 실라파껀대학교에서 객원교수를 역임했으며, 현재 서울교육대학교에서 강의하고 있다.

읽기와 쓰기
사이의 시학

초 판 인 쇄 | 2012년 10월 2일
초 판 발 행 | 2012년 10월 2일

지 은 이 | 임명숙
펴 낸 이 | 채종준
펴 낸 곳 | 한국학술정보㈜
주　　 소 | 경기도 파주시 문발동 파주출판문화정보산업단지 513-5
전　　 화 | 031) 908-3181(대표)
팩　　 스 | 031) 908-3189
홈 페 이 지 | http://ebook.kstudy.com
E-mail | 출판사업부 publish@kstudy.com
등　　 록 | 제일산-115호(2000. 6. 19)

ISBN　　978-89-268-3863-1 93810 (Paper Book)
　　　　 978-89-268-3864-8 95810 (e-Book)

내일을여는지식 은 시대와 시대의 지식을 이어 갑니다.